OS EXCLUÍDOS

Yiyun Li

OS EXCLUÍDOS

Tradução
Maria Helena Rouanet

Título original: THE VAGRANTS

EDITORA NOVA FRONTEIRA
R. Nova Jerusalém, 345 – Bonsucesso
Rio de Janeiro – RJ – CEP: 21042-235
Tel.: (21) 3882-8200 – Fax: (21) 3882-8212/8313
http://www.novafronteira.com.br
e-mail: sac@novafronteira.com.br

O trecho do poema intitulado "O escudo de Aquiles" que aparece na epígrafe foi extraído do livro *Poemas*, de W.H. Auden, com a tradução de José Paulo Paes e João Moura Jr., gentilmente cedido pelos tradutores e pela Companhia das Letras.

Texto revisto pelo novo Acordo Ortográfico

CIP-Brasil. Catalogação na fonte
Sindicato Nacional dos Editores de Livros, RJ

L659e
Li, Yiyun, 1972-
Os excluídos: um romance sobre juventude e morte na China revolucionária. / Yiyun Li ; tradução de Maria Helena Rouanet. – Rio de Janeiro : Nova Fronteira, 2010.

Tradução de: The Vagrants

ISBN 978-85-209-2296-5

1. China – Política e governo – Século XX – Ficção. 2. China – Condições sociais. – Século XX – Ficção. 3. Comunismo – China – Ficção. 4. China – História – Revolução cultural, 1966-1976 – Ficção. 5. Romance sino-americano. I. Rouanet, Maria Helena, 1950- . II. Título.

CDD: 813
CDU: 821.111 (73)-3

Para meus pais

A massa e majestade deste mundo, tudo
    Quanto tenha algum peso e pese sempre o mesmo
Está na mão dos outros, eles eram miúdos,
    Não podiam esperar ajuda, que não veio,
    O que seus inimigos queriam já foi feito,
E o pior: perderam o seu próprio orgulho, mortos
Como homens bem antes da morte dos seus corpos

— W.H. Auden, "O escudo de Aquiles"

Parte I

I

O dia 21 de março de 1979 começou antes do nascer do sol, quando o professor Gu acordou e viu a mulher soluçando baixinho debaixo das cobertas. Aquele era um dia de igualdade, ou, pelo menos, era o que geralmente passava pela cabeça do professor Gu quando ele refletia sobre a data: o equinócio da primavera. Também agora a ideia lhe ocorreu. A vida de sua filha terminaria ali, naquela ocasião em que nem o sol nem a sua sombra imperavam. Um dia depois, o sol ficaria mais perto dela e das outras pessoas daquele lado do mundo, de início, de forma talvez imperceptível para os olhos humanos tão insensíveis, mas os pássaros, os vermes, as árvores, os rios sentiriam a transformação no ar e assumiriam a responsabilidade de tornar manifesta a mudança das estações. Quantos quilômetros de rios derretendo e quantos botões de árvores florescendo seriam necessários para que a estação fosse chamada primavera? Essa denominação, porém, não deve ter muita importância para os rios e as flores quando eles repetem os seus ritmos com fidelidade e indiferença. A data estabelecida para a morte da sua filha era tão arbitrária quanto o crime que ela havia cometido: foi determinada pelo tribunal que a acusara de ser uma contrarrevolucionária reincidente; só os tolos procurariam um significado especial para uma data aleatória. O professor Gu fez um esforço para manter o corpo quieto e teve esperanças de que a mulher logo percebesse que ele estava acordado.

Ela continuou chorando. Pouco depois, o professor saiu da cama e acendeu a luz do quarto, uma velha lâmpada de dez watts. De um lado a outro do aposento, havia uma corda de plástico vermelho; as roupas que a mulher tinha pendurado para secar na véspera estavam úmidas e frias, fazendo o varal pender sob o seu peso. No pequeno fogareiro que ficava a um canto, a chama já tinha se apagado. O professor pensou em botar mais carvão ali dentro, mas desistiu da ideia. Num outro dia qualquer, sua mulher já teria feito isso. Ia deixar o fogareiro por conta dela.

Da corda, tirou um lenço branco com caracteres chineses em vermelho — era um slogan, exigindo de cada cidadão absoluta lealdade ao Partido Comunista — e o pôs em cima do travesseiro da mulher.

— Todo mundo morre — disse.

A sra. Gu enxugou os olhos. Logo, logo as manchas molhadas se espalharam pelo tecido, fazendo o slogan ficar de um vermelho-escuro.

— Pense no dia de hoje como o momento em que saldamos tudo — acrescentou ele. — Quitamos a dívida.

— Que dívida? O que é que estamos devendo? — perguntou a mulher, e ele estremeceu ao perceber o estranho tom estridente naquela voz. — O que é que estamos devendo?

Não pretendia discutir com ela, nem tinha resposta para as perguntas que a esposa lhe fazia. Vestiu-se em silêncio e foi para a sala da frente, deixando a porta do quarto entreaberta.

O aposento, que servia de cozinha e sala de jantar, e que também havia sido o quarto da filha do casal, Shan, antes de ela ser presa, tinha metade do tamanho do outro quarto e estava abarrotado por décadas de acumulações. Alguns potes, usados antigamente uma vez por ano para fazer as conservas favoritas de Shan, jaziam vazios e empoeirados, empilhados a um canto. Perto deles, havia uma caixa de papelão onde o professor Gu e a esposa criavam duas galinhas, tanto pela companhia que os bichos lhes faziam quanto pelos poucos ovos que elas botavam.

Assim que ouviram os passos do professor, as aves começaram a se agitar, mas ele as ignorou. Vestiu o velho casaco de pelo de carneiro e, antes de sair de casa, arrancou do calendário a folha correspondente à véspera, hábito que cultivava há anos. Mesmo ali, na sala às escuras, a data, 21 de março de 1979, e as letrinhas miúdas abaixo dela, *Equinócio de primavera*, se destacavam. Arrancou também a outra folha e amassou os dois quadradinhos de papel, transformando-os numa bola. Ele próprio estava quebrando um ritual, mas não fazia sentido algum tentar fingir que aquele era um dia como outro qualquer.

O professor Gu se dirigiu ao banheiro público que ficava no final da ruela. Num dia normal, sua esposa viria logo atrás. Eram um casal de hábitos bem arraigados, e sua rotina matinal não havia mudado em nada nos últimos dez anos. Quando o despertador tocava, às seis horas, os dois se levantavam de imediato. Ao voltarem do banheiro, revezavam-se na pia, para se lavar, ela bombeando a água que iam usar, ambos calados.

A poucos metros da casa, avistou um cartaz branco, pregado no muro de algumas moradias da vizinhança e com o texto bem destacado, assinalado em vermelho. Como bem sabia, era o anúncio da morte da sua filha. A não ser pela luz do único poste, na extremidade da ruela, e por umas poucas estrelas pálidas ainda no céu, estava escuro. O professor Gu chegou mais perto e viu que o aviso estava escrito na antiga caligrafia Li, cada traço carregando um peso extra, como se quem os desenhara estivesse habituado à tarefa de anunciar a morte iminente de alguém com uma elegância desapressada. Tentou imaginar que fosse o nome de um estranho, cujo pecado não fosse mental, e sim físico. Assim, graças aos hábitos de intelectual, podia ignorar a gravidade do crime — estupro, assassinato, roubo ou qualquer outro malefício cometido contra inocentes — e apreciar a caligrafia pelos seus méritos estéticos. Acontece que o nome era simplesmente aquele que havia escolhido para a própria filha, Gu Shan.

Já fazia muito tempo que o professor Gu havia deixado de entender a dona daquele nome. A vida toda, ele e a mulher tinham sido cidadãos tímidos, cumpridores da lei. Desde os quatorze anos, Shan se mostrara entregue a paixões que ele não conseguia compreender; primeiro, como partidária fanática do presidente Mao e da Revolução Cultural; mais tarde, veio a mais absoluta descrença que fez dela uma crítica severa do zelo revolucionário da sua própria geração. Nos contos de antigamente, ela bem poderia ter sido uma daquelas criaturas divinas que se apropriam do ventre materno para ter acesso ao mundo mortal e ganhar fama como heroínas ou demônios, dependendo da intenção dos poderes celestiais. O professor Gu e sua esposa poderiam continuar sendo seus pais enquanto ela precisasse deles para se nutrir. Mesmo em tais narrativas, porém, os pais, privados dos filhos que os deixam para seguir algum chamado do destino, acabam de coração partido, já que são seres humanos de carne e osso e não conseguem enxergar uma vida para além da que eles próprios vivem.

O professor ouviu um portão ranger ali perto e tratou logo de se afastar para não ser apanhado chorando diante do cartaz. A sua filha era contrarrevolucionária e derramar lágrimas pela sua morte iminente era um perigo para qualquer pessoa, até mesmo para os seus pais.

Quando voltou para casa, viu a mulher remexendo num velho baú. Na cama desfeita, jaziam umas poucas roupas de menina; as que ela não tivera coragem de vender para algum brechó quando ficaram pequenas para Shan. Logo, logo outras peças vieram aumentar a pilha, blusas, calças, uns pares de meias de náilon, algumas das quais pertenciam a Shan antes de ela ser presa; a maioria, porém, era da própria mãe.

— Passamos bem uns dez anos sem lhe comprar nenhuma roupa nova — disse a mulher, com voz tranquila, dobrando um casaco de lã em estilo Mao e a calça correspondente, que ela só vestia nos feriados e em outras ocasiões especiais. — Vamos ter de usar isso aqui mesmo.

Quando um filho morria, era costume na região os pais queimarem as suas roupas e os seus sapatos para mantê-lo aquecido e lhe dar conforto na viagem até o outro mundo. O professor Gu tinha pena dos pais que via queimando sacolas em encruzilhadas, gritando o nome dos filhos, mas não conseguia imaginar a própria esposa, ou a si mesmo, fazendo isso. Aos vinte e oito anos — vinte e oito anos, três meses e onze dias, idade que ela jamais deixaria de ter daqui para frente —, Shan já não era mais a sua filhinha. E os dois não podiam ir até uma encruzilhada e gritar o nome do seu fantasma contrarrevolucionário.

— Devia ter lembrado de comprar sapatos novos para ela — disse a sra. Gu. Pôs um velho par de sapatos de couro que pertencia à filha no alto daquela pilha, junto com as próprias sandálias. — Ela adora sapatos de couro.

O professor viu a mulher enfiar as roupas e os sapatos numa sacola de pano. Sempre achou que a pior forma de sofrimento era tratar a vida após a morte como uma continuação — as pessoas carregando o fardo de viver não apenas por si próprias, mas também pelos mortos. "Cuidado para não se enredar nas tradições tolas e ingênuas dos aldeões incultos", pensou em dizer à esposa, tentando alertá-la; quando abriu a boca, porém, não conseguiu encontrar palavras brandas o bastante para aquela mensagem. Deixou-a ali, então, dirigindo-se bruscamente à sala da frente.

O fogareiro continuava apagado. Na caixa de papelão, as duas galinhas cacarejavam, à espera de comida. Nos dias normais, a sua esposa acenderia o fogo e prepararia o mingau com as sobras de arroz enquanto ele daria um punhado de farelo de milho às galinhas. O professor encheu a latinha de comida. As aves pareciam tão entretidas em comer quanto a sra. Gu arrumando as coisas da filha. Enfiou uma pá debaixo do fogareiro e abriu a portinhola ruidosamente. As cinzas da véspera encheram a pá sem barulho algum.

— Será que devemos lhe mandar as roupas agora? — perguntou sua esposa. Estava parada na porta, carregando uma sacola cheia. — Vou acender o fogo quando voltarmos — acrescentou ela, ao ver que o marido não respondia.

— Não podemos sair para queimar essa sacola — sussurrou ele.

A mulher o fitou com um ar inquiridor.

— Não é certo fazer isso — acrescentou o professor. Era frustrante ter de lhe explicar essas coisas. — É pura superstição, uma atitude reacionária... É um erro, sob todos os aspectos.

— E o que é certo? Aplaudir os assassinos da nossa filha?

O tal tom estridente estava de volta à sua voz, e o seu rosto assumiu uma expressão dura.

— Todo mundo morre — disse ele.

— Ela está sendo assassinada. É inocente.

— Não cabe a nós decidir isso — prosseguiu o professor. Esteve a ponto de gritar, dizendo que Shan não era tão inocente quanto sua esposa achava. Era de se esperar que uma mãe fosse a primeira a perdoar e esquecer os erros da própria filha.

— Não estou falando do que podemos decidir — retrucou a sra. Gu, erguendo a voz. — Estou apelando para a sua consciência. Acha mesmo que ela deve morrer pelo que escreveu?

"A consciência não está entre as coisas de que uma pessoa precisa para viver", pensou o professor Gu, mas, antes que pudesse dizer o que quer que fosse, alguém bateu na parede fininha que separava a sua casa da dos vizinhos; talvez para reclamar do barulho que estavam fazendo àquela hora da manhã, ou, o que era mais provável, para lhes dar um alerta. Os vizinhos de porta eram um jovem casal que havia se mudado para lá no ano anterior; a mulher, líder de uma seção da Liga Comunista da Juventude naquele distrito, tinha vindo duas vezes à casa dos Gu, querendo saber quais eram as suas atitudes com relação à filha que estava presa. "O Partido e o povo puseram mãos confiáveis nos ombros dela, e cabe a vocês ajudá-la a corrigir o erro cometido", disse a moça, em ambas as visitas, observando as reações do casal com olhos inquiridores, que mais pareciam de um pássaro. Isso foi antes do segundo julgamento de Shan, quando seus pais tinham esperanças de que ela logo fosse libertada, depois de ter cumprido os dez anos a que fora condenada no primeiro julgamento. Não podiam imaginar que ela seria levada novamente ao tribunal pelo que havia escrito em seu diário na prisão, ou que as palavras postas no papel fossem prova suficiente para uma condenação à morte.

O professor Gu apagou a luz, mas as batidas não pararam. No escuro, dava para ver o brilho que sua esposa tinha nos olhos, mais de medo que de raiva. Os dois não passavam de passarinhos que se apavoravam ao primeiro estalido do arco. Bem baixinho, o professor lhe pediu num tom premente:

— Dê cá a sacola.

A sra. Gu hesitou, mas acabou lhe entregando a bolsa de pano, que ele escondeu atrás do caixote das galinhas, e o barulhinho que as aves faziam, ciscando e bicando, tomou conta do espaço vazio. Lá fora, ouvia-se de vez em quando o rangido de um portão se abrindo; uns poucos corvos se remexendo no telhado de uma das casas vizinhas, e o seu grasnido tinha um estranho tom de conversa. O professor Gu e a mulher ficaram esperando e, quando as batidas na parede cessaram, ele mandou que ela fosse descansar um pouco, até o dia clarear.

A CIDADE DE RIO LAMACENTO recebeu esse nome por causa do rio que corre para o leste, a partir do limite sul da localidade. Mais abaixo, ele vai se unir a outros cursos de água para formar o rio Dourado, o maior da planície do nordeste, embora ali não haja ouro e sim muito lixo e águas altamente poluídas pelas cidades industriais espalhadas em ambas as suas margens. Denominação igualmente inadequada era a do rio Lamacento que se formava pelo degelo da neve da montanha Branca. No verão, os meninos que iam nadar ali podiam mergulhar e, debaixo da água, olhar para o sol que ondulava em meio aos corpos transparentes das carpas atarefadas, enquanto as suas irmãs, batendo roupa nas pedras das margens, cantavam em coro cantigas revolucionárias com uma voz tão cristalina e alegre quanto aquelas águas.

Construída numa faixa de terra entre a montanha, ao norte, e o rio, ao sul, a cidade tinha a forma de um fuso. Tanto a montanha quanto o rio limitavam a sua expansão, mas, a partir do próprio centro, ela ia se espalhando em direção ao leste e ao oeste e, depois, voltava a se estreitar, no ponto onde começavam as terras incultas. Para se chegar da montanha à margem do rio, era uma caminhada de trinta minutos e, em duas horas, percorria-se a distância entre as pontas do fuso. Mesmo sendo assim tão pequena, Rio Lamacento era uma cidade bastante povoada e em boa parte autossuficiente. Aos vinte e dois anos de idade, planejada para industrializar a zona rural, ela podia contar com as diversas pequenas fábricas ali instaladas para garantir empregos e conforto aos seus moradores. As casas também haviam sido planejadas e, à exceção de uns poucos prédios de quatro ou cinco andares ao redor da praça, e da rua principal com uma loja de departamentos, um cinema, dois mercados e várias lojinhas menores, o resto da cidade era dividido em vinte setores bastante grandes, todos constituídos de nove quarteirões, cada um dos quais se compunha de quatro fileiras de oito casas térreas e geminadas. Essas construções, um quadrado de quatro metros e meio em cada face, tinham um quarto e uma sala, além de um pequeno quintal na frente, com uma cerquinha de madeira ou, no caso das famílias mais abastadas, um muro de tijolos mais alto que um homem. Nesses quintais, havia um passeio de uns poucos metros de largura; nos de trás, só dava para passar uma pessoa de cada vez. Para evitar que os vizinhos pudessem se ver uns aos outros na cama, a única janela do quarto não passava de um quadradinho e ficava bem alta, na parede dos fundos. Nos meses mais quentes, não era raro uma criança chamar pela mãe e outra mãe, numa outra casa, responder a esse chamado; mesmo na época mais fria, dava para ouvir os vizinhos tossindo e às vezes roncando por detrás das janelas fechadas.

Era nessas quadras numeradas que viviam oitenta mil pessoas, pais dividindo com filhos camas de alvenaria que tinham uns fogareiros embutidos para aquecê-las. Às vezes, um avô ou uma avó dormia ali também. Raramente viam-se ambos os avós numa casa, já que a cidade era nova e os seus moradores, vindos de aldeias próximas ou distantes, só levavam os pais consigo se fossem viúvos e não tivessem mais condições de morar sozinhos.

A não ser para esses velhos solitários, o fim do ano de 1978 e o começo de 1979 foram auspiciosos para Rio Lamacento, bem como para a nação inteira. Dois anos antes, o presidente Mao havia falecido e, em cerca de um mês, Madame Mao e a sua corriola, no governo central, foram parar na cadeia; todos os culparam pelos dez anos de Revolução Cultural que, supostamente, teriam levado o país à estagnação. Tanto nas cidades quanto no campo, os alto-falantes encarapitados nos telhados anunciavam as políticas nacionais para desenvolver a tecnologia e a economia, e, se um homem viajasse até a cidade vizinha, ficaria na mesma situação do mendigo cego que percorria a região de Rio Lamacento com o seu velho violino e as suas pernas cansadas: sendo acordado ao nascer do sol e embalado para dormir ao anoitecer pelas mesmas notícias lidas por vozes diferentes; depois de dez longos anos de inverno, chegava a primavera, cantavam em coro essas lindas vozes, alardeando, para o Comunismo, uma nova era repleta de amor e de progresso.

Numa das quadras do lado oeste, onde a área residencial ia gradualmente cedendo lugar à zona industrial, as pessoas dormiam em casas semelhantes à dos Gu, sem pensar, mergulhados que estavam nos últimos sonhos antes do amanhecer, naqueles pais que iam perder a filha nesse dia. Foi numa dessas casas que Tong acordou, rindo. Assim que abriu os olhos, não conseguiu mais lembrar do sonho que teve, mas o riso ainda estava presente, como aquele gostinho que ficava quando ele acabava de comer o seu prato favorito, carne cozida com batatas. Ao seu lado, na cama de alvenaria, os seus pais ainda dormiam e uma mecha do cabelo de sua mãe estava enrolada num dos dedos do marido. Pé ante pé, o menino passou por cima das pernas dos pais e foi pegar as suas roupas, que a mãe sempre deixava em cima do fogareiro para que ficassem quentinhas. Para ele, que acabava de chegar àquela casa, a cama de alvenaria ainda era uma novidade, com os seus túneis misteriosos e complexos, e um fogareiro embutido ali debaixo.

Tong cresceu na aldeia natal da mãe, na província de Hebei, e fazia apenas seis meses que tinha se mudado para Rio Lamacento, quando chegou a hora de entrar para a escola primária. Não era filho único, mas só ele morava atualmente com os pais. Os dois mais velhos tinham ido para capitais de província quando terminaram o nível médio, exatamente como seu pai e sua mãe haviam feito vinte anos antes, vindo se instalar ali na cidade; ambos trabalhavam em fábricas, como aprendizes, e o seu futuro — casar com boas moças, também operárias nas capitais, ter filhos com direito legal de residência nessas cidades repletas de prédios no imponente estilo soviético — era traçado pelos pais de Tong nas conversas que tinham. A sua irmã, nada atraente até mesmo aos olhos dos próprios pais, tinha conseguido se casar numa cidade bem maior, que ficava a uns oitenta quilômetros rio abaixo.

Tong não conhecia direito os irmãos, nem sabia que devia a própria existência a uma camisinha que furou. O seu pai, cuja paciência havia praticamente se esgotado pelas horas passadas diante do torno mecânico para dar de comer a três filhos adolescentes, não ficou nada feliz com a chegada daquele bebê, coisa que várias outras famílias teriam festejado. Fez questão de mandar a criança para a casa dos sogros, e, depois de passar um dia inteiro chorando, a mãe de Tong enfrentou uma heroica viagem de vinte e oito horas num trem superlotado, carregando nos braços um bebê de apenas um mês. Tong não se lembrava dos porcos grunhindo ou dos camponeses que viajavam fumando ao seu lado, mas os seus gritos estridentes acabaram enrijecendo o coração da mãe. Quando chegaram à sua aldeia natal, tudo o que ela sentia era alívio por entregá-lo aos pais. Nos seis primeiros anos de vida, o menino só viu os próprios pais duas vezes; mesmo assim, não sentia a sua falta até que os dois vieram tirá-lo da aldeia e levá-lo para uma casa desconhecida.

Bem quietinho, foi para a sala da frente. Sem acender a luz, achou a escova de dentes, já com um nadinha de pasta, e uma bacia com água junto do lavatório — a sua mãe jamais se esquecia de deixar tudo pronto de véspera para ele se lavar de manhã, e eram esses pequenos detalhes que o faziam ver que ela o amava, apesar de ser praticamente uma estranha. Bochechou rapidamente com um pouco de água e sujou a caneca com pasta para tranquilizar a mãe; molhou um dedo, passou na testa e nas bochechas, pois isso era o máximo que o menino se permitia em termos de limpeza.

Não estava acostumado à vida que os pais levavam. Na aldeia dos avós, os camponeses não gastavam dinheiro à toa comprando pasta de dentes com gosto estranho e sabonetes cheirosos. "Para que lavar o rosto e ficar todo bonitinho?", dizia o seu avô, quando lhe contava histórias das velhas lendas. "Passe trinta anos da vida exposto ao vento, à poeira, à chuva e à neve, sem lavar o rosto, e vai se tornar um homem de verdade." Os pais do menino riram ao ouvir isso. Parecia importantíssimo para sua mãe que ele tivesse a aparência e os modos de um garoto da cidade, mas, apesar de todos os seus esforços para lhe dar banho com frequência e vesti-lo com as melhores roupas que pudessem lhe comprar, até as crianças pequenas da vizinhança eram capazes de notar que o menino não era dali, pelo seu sotaque. Tong não ficava com raiva dos pais, e nem lhes contava o que acontecia na escola, onde todos riam dele. Cabeça de nabo. Era assim que os outros garotos o chamavam. E, às vezes, Boca de Alho ou Bolinho Caipira.

Vestiu o casaco, herdado da irmã. A mãe tinha se dado o trabalho de trocar os fechos; mesmo assim, o casaco continuava parecendo roupa de menina. Quando abriu a porta que dava para o quintalzinho, o seu cachorro saiu correndo da caixa de papelão onde dormia e veio ao seu encontro. Orelhudo tinha dois anos e viera lá da aldeia com o menino, mas, para os seus pais, o bichinho não passava de um vira--lata, e nem o seu pelo amarelo luzidio, nem os olhos escuros amendoados exerciam qualquer fascínio sobre os dois.

O cachorro pôs as patas dianteiras nos ombros de Tong e fez um barulhinho meio ronronante. O menino levou o dedo aos lábios, mandando que ele se calasse. Os seus pais não acordaram, o que foi um alívio. Vivendo lá na aldeia, Orelhudo não havia sido treinado para ficar quieto e passar despercebido. Se não fosse pelos dois e pelas ameaças dos vizinhos, dizendo que iam vender o bichinho para um restaurante, Tong jamais teria tido coragem de lhe dar aquela palmada logo que chegaram ali. A cidade era um lugar impiedoso, ou, pelo menos, essa era a impressão que ela lhe dava: um lugar onde o menor dos erros podia se tornar uma ofensa grave.

Juntos, saíram correndo até o portão, o menino na frente, o cachorro pulando atrás. Na rua, ainda havia um restinho de noite em torno da pálida luz amarelada dos postes e nas janelas escuras dos quartos das pessoas. Na esquina, Tong viu o catador de lixo, abaixado, remexendo numa pilha com umas pinças enormes, recolhendo até os menores fragmentos de papel usado e enfiando tudo num saco de aniagem. O velho Hua catava o refugo da cidade antes que as moças e os rapazes da limpeza urbana chegassem para levar aquilo tudo embora.

— Bom dia, vô Hua — disse o menino.

— Bom dia — respondeu o velho, erguendo-se e enxugando os olhos sem pestanas, vermelhos e lacrimejantes. Tong já tinha aprendido a não fitar aqueles olhos inflamados. A princípio, aquela visão era meio assustadora, mas, quando o garoto passou a conhecer melhor o catador, chegou até a esquecer os seus olhos. O velho o tratava como se ele fosse alguém importante — parava o trabalho com as pinças para falar com ele, parecendo ter medo de perder as coisas mais interessantes do mundo que Tong tivesse a lhe dizer. Era por isso que o garoto evitava encarar aqueles olhos quando os dois conversavam. Mas os meninos da cidade saíam correndo atrás do catador de lixo, chamando-o de Camelo de Olhos Vermelhos, e Tong ficava triste ao ver que o velho não parecia dar a mínima bola para isso.

O sr. Hua tirou do bolso uma pequena pilha de papel — alguns rasgados de jornais, outros usados só de um lado, e todos desamassados ao máximo — e os deu a Tong. Todo dia, guardava papel limpo para o menino, que podia ler o que estava escrito ali e exercitar a caligrafia nas partes brancas. Tong lhe agradeceu e enfiou tudo no bolso do casaco. Olhou ao seu redor, mas não viu a esposa do velho catador que, a essa altura, devia estar varrendo o chão com a vassoura de bambu, tossindo por causa da poeira que se erguia. A sra. Hua era varredora de ruas e trabalhava para a administração municipal.

— Onde está a avó Hua? Está doente?

— Hoje de manhã, ela tem de pregar uns cartazes antes de qualquer outra coisa. É o comunicado de uma execução.

— Nossa escola vai assistir — disse Tong. — Uma bala na cabeça do bandido. Bang.

O velho Hua abanou a cabeça e não respondeu. Era diferente essa escola, onde os meninos falavam desse tipo de passeio como algo emocionante, e nenhum dos professores censurava tal empolgação.

— Você conhece o bandido do comunicado? — perguntou o menino.

— Vá ver um dos cartazes — disse o catador de lixo, apontando para o fim da rua. — Depois venha me dizer o que acha.

Tong desceu a rua e viu um cartaz recém-colado, com as pontas inferiores já se soltando por causa do vento. Viu uma cadeira velha diante de um quintal, carregou-a e subiu nela. Mesmo assim, ainda tinha de ficar na ponta dos pés para alcançar a parte de baixo do cartaz. Desistiu, então, e deixou aquelas pontas soltas ficarem esvoaçando à vontade.

A luz dos postes era fraca, mas do lado do nascente, o céu já estava de um branco azulado, parecendo até um peixe virado de barriga para cima. Leu o anúncio em voz alta, pulando as palavras que não sabia pronunciar, mas adivinhando o seu sentido sem maiores problemas:

A contrarrevolucionária Gu Shan, sexo feminino, vinte e oito anos, foi condenada à morte, tendo todos os seus direitos políticos cassados. A execução terá lugar no dia 21 de março de 1979. Para fins educacionais, todas as escolas e unidades de trabalho estão convocadas a assistir à cerimônia acusatória que antecede a execução.

Na parte inferior, havia uma assinatura, mas Tong não reconheceu a maioria dos caracteres que a compunham. Uma marca, feita a tinta vermelha, destacava o texto inteiro.

— Entendeu tudo direitinho? — perguntou o velho quando Tong voltou para perto dele.

— Entendi.

— Diz ali que é uma mulher?

— Diz, sim.

— Ela é muito jovem, não é mesmo?

Na cabeça de Tong, alguém de vinte e oito anos não era exatamente jovem. Na escola, tinha aprendido histórias de jovens heróis. Um pastor, de sete anos e meio, não muito mais velho que ele próprio, levou os invasores japoneses para o campo minado quando lhe perguntaram como chegar a um lugar qualquer, e morreu junto com os inimigos. Outro garoto, de treze anos, protegeu os bens do povo de sua comuna e foi assassinado pelo ladrão que pretendia roubá-los. Liu Hulan, aos quinze anos e meio, foi executada pelo Exército Branco, como o mais jovem membro do Partido Comunista de sua província, e, antes de ser decapitada, teria olhado com desprezo para os seus carrascos, dizendo: "Quem trabalha em prol do Comunismo não tem medo da morte." A mais velha de todas as heroínas que conhecia era uma moça soviética chamada Zoya; aos dezenove anos, foi enforcada pelos fascistas alemães, mas dezenove anos era tempo mais que suficiente para alguém se tornar herói.

— Vinte e oito anos é cedo demais para uma mulher morrer — disse o velho Hua.

— Liu Hulan deu a vida pela causa comunista quando tinha quinze — retrucou Tong.

— As crianças deviam pensar em viver, e não em sacrificar a vida — observou o catador. — Essa coisa de ficar pensando em morte é para nós, os velhos.

Tong achou que não concordava com o sr. Hua, mas não quis dizer isso. Deu um sorriso meio amarelo e ficou feliz ao ver Orelhudo voltando, louco para prosseguir com aquela excursão matinal.

ATÉ MESMO O MÍNIMO RUÍDO podia acordar uma alma fria e faminta: o latido de um cachorro ao longe; a tosse alta vinda do quarto de um vizinho; passos na viela, que se transformavam em trovoadas nos sonhos de Nini, enquanto, para outros, sequer chegavam a atrapalhar; os roncos de seu pai. Com a mão boa, puxou mais a manta fina. Por mais que tentasse, porém, havia sempre alguma parte do seu corpo que ficava exposta ao ar gelado. Já que a cota de carvão de que a família dispunha era limitada, toda noite a chama acabava se apagando no fogareiro embutido na cama de alvenaria, e como dormia mais longe dele, Nini ia sentindo a friagem invadir o seu corpo, atravessando o colchão fino e as camadas de roupas velhas que não tirava na hora de ir para a cama. Os seus pais dormiam na outra ponta, onde ficava o fogareiro, que, bem debaixo deles, mantinha-os aquecidos por mais tempo. No meio, ficavam as suas quatro irmãs menores, de dez, oito, cinco e três anos, abraçadas, aos pares, aquecendo-se umas às outras. Só o bebê estava acordado, pois, como Nini, não tinha a quem se aninhar durante a noite, e, agora, lutava para encontrar o seio da mãe.

Nini saiu da cama e se enfiou num casaco de algodão grande demais para ela, mas com o qual podia facilmente esconder a mão deformada. A neném acompanhou os seus movimentos com olhos brilhantes e inexpressivos, e, depois, frustrada por aqueles esforços inúteis, mordeu a mãe com os dentinhos recém-nascidos. A mulher gritou e lhe deu um tapa, sem abrir os olhos.

— Sua coletora de impostos! Comer, comer, comer! É só o que sabe fazer! Morreu de fome na vida passada?

A neném abriu o berreiro. Nini franziu as sobrancelhas. Para quem tinha fome, como a irmãzinha e ela própria, a manhã sempre começava cedo demais. Às vezes, a menina pegava a irmãzinha no colo, quando só as duas estavam acordadas, e a neném, pensando que fosse a mãe, batia com a cabeça pesada no seu peito. Nessas ocasiões, Nini tinha a sensação de ser alguém especial e, por isso, sentia-se muito ligada àquela criança e responsável por tudo que ela não podia obter da mãe.

Curvou-se, e então tirou a neném da cama e tentou fazê-la calar enfiando um dedo na sua boca e sentindo aqueles dentinhos que mais pareciam uns grãos. À exceção da primeira e da segunda filhas, que frequentavam a escola primária, nenhuma das meninas, inclusive ela própria, tinha nome oficial. Os seus pais sequer tinham se dado o trabalho de lhes dar apelidos, como haviam feito com Nini; limitavam-se a chamá-las Pequena Quarta, Pequena Quinta e Pequena Sexta, que era o caso da menorzinha.

A neném sugou com força o dedo da irmã; algum tempo depois, porém, insatisfeita, largou aquele dedo e recomeçou a chorar.

— Será que vocês duas podiam morrer um instantinho só? — perguntou a mãe, abrindo os olhos.

Nini botou a Pequena Sexta de volta na cama e tratou de sair dali antes que o pai acordasse. Na sala da frente, pegou o cesto de bambu para o carvão e se enfiou num par de botas. Depois de alguns passos pela ruela, ainda podia ouvir o choro do bebê. Alguém bateu na janela, reclamando. Nini tentou apressar o passo, com a perna aleijada fazendo círculos maiores que de costume, e o cesto, pendurado no ombro por uma corda, ia batendo nos seus quadris num ritmo arrevesado.

Na ponta da ruela, viu um cartaz no muro. Chegou mais perto e olhou para aquela imensa marca em vermelho. Não era capaz de identificar qualquer dos caracteres ali impressos — há muito que seus pais haviam deixado bem claro que, para uma inválida como ela, instrução era um desperdício —, mas, pelo cheiro, sabia que a cola usada para prender o cartaz tinha sido feita com farinha. O seu estômago roncou. Olhou ao redor, à procura de um banquinho ou de alguns tijolos, mas, não vendo nada disso por ali, pôs o cesto no chão, de cabeça para baixo, e subiu nele. A palha vergou um pouco, mas não cedeu de todo com o seu peso. Com a mão boa, puxou a ponta do cartaz, soltando-a do muro. A cola de farinha ainda não tinha secado, ou congelado, e a menina a raspou, enfiando depois os cinco dedos na boca. Aquela pasta estava fria, mas era doce. Raspou um pouco mais. Estava lambendo os dedos quando um gato de rua pulou de um muro e parou a poucos metros de distância, fitando-a com um ar ameaçador. Nini se apressou em descer do cesto, quase torcendo o pé aleijado, e espantando o animal.

Na outra esquina, avistou a sra. Hua, passando cola nas quatro pontas de um cartaz.

— Bom dia — disse a mulher.

Nini não respondeu, com os olhos fixos na tigelinha cheia daquela pasta de farinha. Às vezes, cumprimentava a sra. Hua na maior gentileza, mas, quando estava de mau humor, o que não era raro acontecer, sugava a parte interna da boca com tanta força que ninguém conseguiria fazê-la falar. Hoje era um desses dias: a Pequena Sexta tinha aprontado novamente. A neném era a pessoa que Nini mais amava no mundo, mas, nem mesmo esse amor, que a menina sentia às vezes como um bolo no estômago, era capaz de aliviar a sua fome.

— Dormiu bem?

Nada de resposta. Como a sra. Hua podia esperar que ela dormisse bem se estava sempre faminta? Os poucos bocados de cola já tinham ido embora, e o ligeiro gosto doce que lhe ficou na boca só fazia aumentar a sua fome.

A velha tirou do bolso um pãozinho que alguém havia jogado no lixo, coisa que fazia questão de ter sempre consigo de manhã, para o caso de encontrar Nini. Mas a menina jamais ficou sabendo disso. Ela lhe lembrava as filhas que teve um dia, todas aquelas meninas que os pais abandonavam. Se a vida fosse diferente, adotaria Nini e a manteria sempre aquecida e bem-alimentada, era o que pensava a sra. Hua. Ao que parecia, nem fazia tanto tempo assim que a vida que levava com o marido era um dique sólido; com as menininhas que haviam recolhido em suas andanças, descobriram, mais de uma vez, que até mesmo para mendigos, a vida não era sovina, e tinha alguns momentos de trégua. Mas o dique se rompeu, foi levado pelas águas e a sua felicidade foi arrasada como terras baixas desamparadas. A sra. Hua viu Nini dar uma boa mordida no pãozinho, e mais outra. Pouco depois, a menina estava com soluços.

— Está comendo depressa demais — disse a velha. — Não se esqueça de mastigar.

Quando já estava na metade do pãozinho, Nini começou a comer mais devagar. A sra. Hua voltou ao seu trabalho com o cartaz. Anos e anos varrendo as ruas e, antes disso, vagando de aldeia em aldeia para revirar o lixo, haviam dado às suas costas uma forma permanentemente recurvada; mesmo assim, ela era bem alta, pairando acima da maioria dos homens e das outras mulheres. "Talvez por isso tenha conseguido aquele emprego", pensou Nini, já que podia colar cartazes fora do alcance das pessoas, para que ninguém pudesse roubar a cola de farinha.

A velha deu umas pancadinhas nos cantos do papel, grudando-os no muro.

— Acabo na próxima rua — disse ela.

Nini nem se mexeu, olhando fixo para a tigelinha de cola que a sra. Hua tinha nas mãos. A velha acompanhou aquele olhar e abanou a cabeça. Vendo que não havia ninguém pela rua, pegou uma folha da pilha de cartazes e a dobrou, formando um cone.

— Tome — disse então, entregando o tal cone à menina.

Nini viu a sra. Hua pôr uma boa colherada de cola ali dentro. Ao perceber que tinha terminado, a menina lambeu os dedos, até não sobrar nem um restinho. A velha contemplou aquela cena com uma tristeza imensa. Ia dizendo algo, mas a garota começou a se afastar.

— Quando acabar, jogue fora o cone de papel — sussurrou a sra. Hua às suas costas. — Não deixe ninguém perceber que você está usando o cartaz.

Nini fez que sim com a cabeça, sem olhar para trás. Entre um soluço e outro, continuava sugando a parte interna da boca com toda força, para ter certeza que não diria uma palavra além do necessário. Não entendia por que a sra. Hua era tão boazinha com ela. Aceitava a benevolência do mundo, bem como a sua crueldade, do mesmo jeito que estava resignada ao fato de o seu corpo ter nascido deformado. O conhecimento do ser humano lhe vinha aos pouquinhos, através das histórias que ouvia aqui e ali — quando estavam de bom humor, os seus pais circulavam ao seu redor como se ela fosse um móvel qualquer e as outras pessoas pareciam perfeitamente capazes de ignorar a sua existência. O que significava que Nini tinha condições de aprender coisas que as outras crianças não podiam ouvir. No mercado, as donas de casa falavam de "coisas de casal", rindo alto; faziam piadas maldosas sobre os jovens vendedores ambulantes que vinham das aldeias das montanhas e que, quando começavam a trabalhar, faziam a maior força para fingir que não ouviam o que as mulheres diziam, embora, às vezes, se traíssem porque enrubesciam. Depois de um dia de trabalho, os vizinhos se reuniam na rua antes do jantar, e, em grupinhos de dois ou três, faziam fofocas. O fato de Nini estar por perto jamais os levava a mudar de assunto às pressas, como aconteceria se fosse uma outra criança qualquer. A menina ouvia histórias de todo tipo — uma nora que misturou capim ao recheio dos bolinhos da sogra; uma babá que estapeou um bebê, deixando-o surdo para sempre; um homem e uma mulher que faziam tanto barulho quando estavam às voltas com as suas "coisas de casal" que o vizinho, um operário que trabalhava na pedreira, montou uma mini bomba-relógio para que o pênis do tal sujeito virasse algodão-doce. Histórias como essas davam à menina os prazeres que outras crianças tinham com jogos ou brincadeiras com amiguinhos, e, embora soubesse muito bem como fazer uma cara de quem não estava nem aí, os momentos de alegria e liberdade proporcionados pelas conversas que ouvia eram a experiência mais próxima que ela tinha daquela infância que lhe era negada, uma perda de que sequer tinha consciência.

O cargueiro das seis e meia apitou. Todo dia, Nini ia à estação ferroviária para apanhar carvão. A ponte, única ligação entre a cidade e a outra margem do rio Lamacento, tinha quatro pistas, mas, a essa hora da manhã, havia poucos caminhões e bicicletas. Os raros pedestres que passavam por ali eram mulheres e camponeses adolescentes descendo da serra com ovos, que mantinham aquecidos num lenço, latinhas de leite fresco, tirado de cabras e de vacas, macarrão e panquecas caseiros. Ao cruzar com aqueles camponeses, a menina os fitava desconfiada, e eles faziam o mesmo, sem sequer tentar disfarçar a repulsa que o seu rosto deformado lhes causava.

Na estação ferroviária perto da ponte só paravam cargueiros. O carvão, a madeira e a bauxita extraídos das montanhas eram embarcados e transportados para as cidades maiores. Os trens de passageiros paravam em outra estação, no extremo oeste da cidade, e, às vezes, ali da ponte, Nini os via passar sacolejando, com os rostos das pessoas aparecendo pelas várias janelas quadradas. Sempre se perguntava como seria ir de um lugar a outro num piscar de olhos. Adorava a velocidade — aqueles trens compridos, cujas rodas barulhentas tiravam faíscas dos trilhos;

os jipes com placa oficial que passavam a toda, mesmo nas ruas mais movimentadas, levantando poeira do chão nas épocas de estiagem, respingando lama quando chovia; as barcaças de gelo, descendo o rio Lamacento na primavera; os rapazes afoitos com suas bicicletas, pedalando na maior velocidade e soltando as duas mãos do guidão.

Nini apressou o passo. Se não chegasse logo à estação, os operários já teriam passado o carvão dos vagões para os veículos de carga. Todo dia, esses sujeitos deixavam cair carvão pelo chão, e, mais tarde, dividiam entre si o produto daquele descuido intencional. A tarefa matinal de Nini era ficar ali por perto, de olho, só esperando que um dos trabalhadores percebesse a sua presença e lhe desse um pouquinho de carvão. Todos trabalhavam para ter o que comer, como sua mãe tanto repetia, e tudo que a menina queria era chegar a tempo à estação para que não lhe negassem o café da manhã.

Atravessando a ponte, em sentido contrário, no meio daqueles grupos de camponeses, Bashi estava perdido nos próprios pensamentos e não viu a garota, nem ouviu os comentários que duas mulheres fizeram sobre o seu rosto deformado. Estava longe, tentando imaginar o que as meninas teriam *lá embaixo*, entre as pernas. Aos dezenove anos, jamais vira as partes íntimas de uma moça e não fazia ideia da aparência que teriam. Para o rapaz, filho de um herói comunista — o mais vermelho das sementes vermelhas —, aquilo era uma falha terrível.

O pai de Bashi tinha servido na guerra da Coreia como um dos primeiros pilotos do país, e havia recebido várias condecorações como herói de guerra. As bombas americanas não o mataram, mas um pequeno erro humano, sim — ele morreu numa operação de garganta, quando o filho tinha dois anos. O médico aplicou a anestesia errada e, mais tarde, foi condenado à morte por prejudicar a nação comunista e matar um dos seus melhores pilotos. No entanto, o destino do tal médico, que houvesse morrido ou sobrevivido, era algo que não tinha a mínima importância para Bashi. A mãe o deixou com a avó paterna, voltou a se casar numa outra província, e, desde então, o menino era sustentado pelo governo. Essa pensão, uma quantia considerável se comparada ao que ganhavam outras pessoas, permitia que ele e a avó levassem uma vida modesta, mas confortável. Esta tinha esperanças que o neto fosse bom aluno e ganhasse a vida decentemente com sua capacidade; não foi isso, porém, que aconteceu, já que Bashi não dava a mínima para a instrução que recebeu. A avó ficava preocupada e o repreendia por essa atitude, mas acabava perdoando, pois era a única pessoa que o amava, e esse amor era correspondido. Um dia, ia morrer — sua saúde vinha se deteriorando nos últimos dois anos, e sua cabeça vivia confusa com fatos e fantasias que não conseguia distinguir. Bashi não queria ver chegar esse dia em que a avó ia deixá-lo, passando para o outro lado do mundo; nesse meio tempo, porém, sabia que a casa, embora de propriedade do governo, ficaria para ele enquanto vivesse, e que as suas economias dariam perfeitamente para pagar comida, roupas e carvão sem que precisasse mover um dedo sequer. O que mais poderia pedir da vida? Uma esposa, por certo, mas quanta comida a mais ela consumiria? Por ele, levaria uma vida confortável com uma mulher, nenhum dos dois precisando se esforçar para trabalhar.

O problema, portanto, era encontrar uma mulher. A não ser pela avó, Bashi não tinha lá muita sorte com as mulheres. As mais velhas, da idade de sua avó ou de sua mãe, se referiam a ele como um alerta para os próprios descendentes. Ficariam envergonhadíssimas de encontrar os ancestrais depois da morte se porventura tivessem que aguentar um filho ou um neto como Bashi — tais comentários, quase sempre feitos em tom alto o bastante para o rapaz ouvir, eram destinados às crianças que precisassem de uma história que lhes servisse de exemplo. As mais jovens, em idade de casar, evitavam Bashi como a princesa das histórias de fadas evitaria o sapo. E o rapaz estava persuadido de que precisava conhecer um pouco mais o corpo de uma mulher para chegar ao seu coração, mas qual daquelas moças que o fitavam com tanto desprezo lhe confiaria os seus segredos?

A essa altura, Bashi depositava todas as suas esperanças nas meninas bem mais novinhas. Já tinha feito diversas tentativas, oferecendo balas a garotas dos mais diferentes bairros; nenhuma delas, porém, concordou em ir com ele para o mato alto, que cobria as margens do rio. E o que era ainda pior, uma delas foi direto contar a história para os pais, que lhe deram uma boa surra, além de espalharem a notícia por toda parte. Resultado: agora, por onde quer que passasse, Bashi sentia que as pessoas que tinham filhas ficavam de olho nele. As garotinhas fizeram uma música a seu respeito, chamando-o de lobo, canalha, papa-meninas. Bashi não ficou ofendido com isso, pelo contrário; até gostava de se aproximar de grupos de garotas que brincavam e sorria quando elas cantavam a tal musiquinha na sua frente. Imaginava-se levando-as, uma a uma, para uma moita bem escondida e aprendendo com elas o que precisava aprender. Então, abria um sorriso ainda mais largo, já que nenhuma daquelas meninas, cantando ali para ele com suas lindas vozes, sequer desconfiava do que poderia estar acontecendo com elas naquele exato momento.

Mas Bashi também tinha outros planos. Por exemplo, se esconder no banheiro público depois da meia-noite ou de manhã bem cedinho, quando as mulheres chegavam apressadas, ainda meio entorpecidas, sonolentas demais para reconhecê-lo agachado num cantinho que a luz vinda da lâmpada única não conseguia iluminar. No entanto, a ideia de ficar ali agachado por um tempão, com frio, cansado e sentindo aquele fedor o impedia de levar adiante esse plano. Poderia também se vestir com as roupas da avó, cobrir a cabeça com um xale e ir a uma casa de banhos pública. Com voz esganiçada, poderia comprar um tíquete para a seção feminina, ir até o vestiário e deixar seus olhos se banquetearem diante daquelas mulheres se despindo. Ficaria ali por alguns instantes e, depois, fingiria que precisava voltar para casa por algum motivo importante, como uma galinha deixada no fogo ou roupa esquecida secando no varal.

E havia ainda outra possibilidade que sempre lhe dava esperança: encontrar uma nenenzinha abandonada nas margens do rio, exatamente o que o rapaz estava tentando nesse momento. Tinha procurado do lado dos trilhos do trem, e, agora, ia se dirigindo lentamente para a outra margem, a da cidade, olhando atrás de todas as pedras e tocos de árvores cortadas. Não era muito provável alguém deixar um bebê ali no inverno, mas não custava nada tentar. Dois anos atrás, numa manhã de fevereiro, tinha encontrado uma debaixo da ponte. A criança tinha se enrijecido, gelada pelo frio da noite e, depois, pela própria morte. Bashi ficou observando aquele rostinho acinzentado; por algum motivo, a ideia de abrir a manta e espiar debaixo daqueles trapos o deixou arrepiado; então, simplesmente a largou onde a tinha encontrado. Uma hora mais tarde, voltou ao local e viu que já havia juntado gente. Uma menininha pode ser até bem saudável, mas era uma pena que não fosse um garoto, diziam todos. Bastam umas folhinhas de papel de arroz molhado, e não leva mais que cinco minutos, comentavam animadamente, como se todas as pessoas ali reunidas já tivessem sufocado um bebê pelo menos uma vez na vida. O rapaz tentou sugerir que a criança podia ter morrido congelada, mas ninguém parecia ouvi-lo. Ficaram conversando até que o velho Hua e sua esposa chegaram e enfiaram aquela trouxinha num saco de aniagem. Só Bashi acompanhou o casal até o lugar onde eles enterravam os bebês abandonados. Subindo o rio, em direção ao oeste, havia um local onde nasciam umas flores brancas sem nome durante todo o verão; as crianças da cidade as chamavam de flores dos bebês mortos. Naquele dia, o chão estava tão duro que ficava difícil cavar um buraco, por menor que fosse. O casal encontrou então um cantinho por trás de um rochedo; depositou o bebê ali, cobrindo-o com folhas mortas e capim seco, e, depois, marcou o lugar. Voltariam mais tarde para enterrá-la, segundo disseram a Bashi, e o rapaz retrucou que sabia perfeitamente que os dois fariam uma despedida adequada para a criança, já que eram pessoas de bom coração e nunca deixariam uma alma abandonada.

Bashi acreditava que, se tivesse paciência, acabaria encontrando um bebê vivo nas margens do rio. Não entendia por que as pessoas não ligavam para as menininhas. Ele por certo não se importaria de levar uma delas para casa, lhe dar comida, banho e criá-la consigo, mas esse projeto tinha de ser mantido em segredo, pois os outros moradores da sua cidade o consideravam um idiota. E a idiotice parecia ser um dos raros crimes para o qual nenhum castigo era suficiente. Um ladrão ou um assaltante pegavam um ano ou mais por seu delito, mas o rótulo de idiota, assim como o de contrarrevolucionário, era uma acusação contra a própria essência de alguém e, por isso, Bashi não gostava da gente da sua terra. Pelo que ouvia dizer hoje em dia, até mesmo um contrarrevolucionário podia, às vezes, vir a ser reabilitado. Havia várias histórias no rádio sobre fulano de tal, injustiçado durante a Revolução Cultural e que, agora, voltava a fazer parte da grande família comunista. Para Bashi, porém, tal redenção parecia absolutamente impossível. Era raro alguém lhe dar atenção quando tentava participar de uma conversa numa esquina ou de uma partida de xadrez na calçada nas noites de verão, e, se davam pela sua presença, era sempre com um sorriso descrente e distraído estampado no rosto, como se ele os fizesse perceber como eram muito mais inteligentes. Inúmeras vezes, Bashi tomou a decisão de não falar com aquela gente, mas, quando via esses grupinhos reunidos, voltava a ter esperança. Apesar de ser tão maltratado, o rapaz adorava gente e adorava conversar com os outros. Sonhava com o dia em que os seus conterrâneos iam compreender a sua importância; talvez até segurassem as suas mãos ou os seus ombros, desculpando-se pelo engano que haviam cometido.

Um cachorro passou correndo pela margem do rio, com a pelagem amarelada reluzindo à luz da manhã. Na boca, levava um cone de papel. Bashi assobiou.

— Aqui, Orelhudo! Que tesouro é esse que você encontrou?

O animal o viu e recuou. Pertencia a um garoto recém-chegado à cidade, e Bashi já tinha observado tanto o cão quanto o seu dono. Chamava-se Orelhudo, um nome bem estranho para um cachorro, e Bashi achava que o menino que tinha lhe dado esse nome não devia ser lá muito bom da cabeça. Eram parecidos: ambos criados em aldeias e não muito brilhantes. Enfiou a mão no bolso e disse, com uma vozinha branda:

— Olhe aqui, Orelhudo. Um osso.

O animal hesitou, mas não chegou perto de Bashi. Fitando-o bem nos olhos, o rapaz foi se aproximando, sempre chamando com aquela vozinha gentil. De repente, sem mais nem menos, pegou uma pedra e a jogou no cachorro que soltou um breve ganido e saiu correndo, deixando o cone de papel cair no chão. Bashi continuou atirando pedras na direção para onde Orelhudo tinha fugido. De uma outra vez, tinha conseguido atrair o animal para perto de si, e, então, pôde lhe dar um bom chute na barriga.

Pegou o tal cone e o esticou no chão. A tinta estava borrada, mas dava para ler a mensagem.

— Ser contrarrevolucionário não é brincadeira — disse ele, em voz alta.

O nome escrito no cartaz não lhe soou familiar, e Bashi ficou se perguntando se aquela mulher seria ali da cidade. Seria filha de quem? A ideia de a filha de alguém ser executada era horrível; nenhum crime cometido por uma moça devia levar a um desfecho tão terrível, mas será que ela ainda era virgem? Releu o aviso; quase não havia informações sobre essa tal de Gu Shan. Talvez fosse casada — em geral, uma moça de vinte e oito anos já não era mais virgem, a menos que fosse...

— ...uma solteirona? — disse ele, concluindo o pensamento em voz alta.

O que será que aquela mulher teria feito para conseguir o título de contrarrevolucionária? Só conhecia uma pessoa que havia cometido um crime semelhante: o médico que matou o seu pai. Mais uma vez, leu o texto do cartaz. Era um nome bonito; portanto, essa moça devia ser alguém como ele, alguém que ninguém compreendia nem se dava o trabalho de tentar compreender. Que pena que ela fosse morrer justo no dia em que ele a tinha descoberto...

TONG CHAMOU POR ORELHUDO várias vezes; finalmente, o animal apareceu, correndo ao seu encontro e parecendo assustadíssimo.

— Andou provocando o cachorro preto novamente? — perguntou o menino.

O tal cachorro preto pertencia ao velho Kwen, o zelador da usina elétrica que, à diferença da maioria dos habitantes da cidade, morava num casebre caindo aos pedaços, no limite entre as zonas residencial e industrial. O velho Kwen e seu cachorro foram uma das poucas coisas sobre as quais seu pai lhe falou assim que ele chegou à cidade. Como o bicho passava a vida toda amarrado diante do casebre, só podendo circular por um raio de menos de um metro e meio, era, ao que se dizia, muito bravo, tornando-se o melhor cão de guarda das redondezas, sempre pronto para derrubar qualquer pessoa que ousasse se aproximar da casa de seu dono e mordê-la no pescoço. Fique longe de um homem que tem um cachorro assim, disse-lhe seu pai. Mas, quando Tong perguntou por quê, não recebeu nenhuma explicação.

Curioso e amistoso como era, Orelhudo se aproximou do cachorro preto diversas vezes, e, sempre que fez isso, o outro rosnou, pulando e puxando a corrente com toda força. Nessas ocasiões, Tong levava um tempão para conseguir acalmar o pobrezinho.

— Você precisa aprender a não se meter com outros cachorros — disse o menino, mas Orelhudo só fez ganir.

Talvez estivesse zangando com ele pelo motivo errado, pensou Tong, e, então, se deu conta de que não tinha ouvido o cachorro preto latir.

— É, acho que não foi ele, mas uma pessoa qualquer. Você precisa aprender a não se meter com os outros. Nem todo mundo gosta de você como imagina — acrescentou o menino.

Saíram andando pela margem do rio. No céu, havia nuvens carregadas. O vento trouxe um cheiro rançoso de neve velha que não havia derretido. Tong arrancou uma lasca da casca clara e dura de uma bétula e se sentou com o seu toco de lápis na mão. Escreveu ali as palavras que se lembrava de ter lido no tal cartaz: *Mulher. Contrarrevolucionária. Escola.*

O menino era um dos alunos mais aplicados da sua turma. Às vezes, a professora dizia aos seus colegas que ele era um ótimo exemplo de alguém que não era brilhante mas que conseguia superar as suas deficiências graças ao trabalho aplicado. De início, aqueles comentários mais o entristeciam que o deixavam orgulhoso, mas, com o tempo, aprendeu a se animar com aquilo: afinal de contas, elogios eram elogios e a acumulação de tais comentários favoráveis poderia acabar fazendo dele um aluno importante aos olhos da professora. Adoraria ser um dos primeiros a ingressar nos Jovens Pioneiros Comunistas assim que terminasse o primeiro ano, pois, com isso, mereceria mais respeito por parte dos moradores da cidade. E, para realizar esse sonho, precisava de alguma coisa importante para impressionar a professora e os colegas. Pensou em decorar cada um dos caracteres do dicionário elementar e, no fim do semestre, apresentar à professora o resultado desse trabalho. Só que os seus pais, ambos operários, não tinham dinheiro bastante para lhe fornecer um estoque interminável de cadernos. A ideia de usar a casca da bétula lhe ocorreu depois que leu num livro escolar que, quando estava na prisão, o camarada Lênin havia usado o pão preto como tinteiro e o leite como tinta para escrever mensagens secretas para seus companheiros; nas margens dos jornais, tais mensagens só apareciam quando se botava a folha perto do fogo. Sempre que chegava um guarda, Lênin devorava o tinteiro com a tinta dentro. "Para encontrar o caminho, é preciso encontrar o coração": esta era a moral da história, segundo a professora. Desde então, Tong tentou encontrar o seu próprio coração e saiu juntando todos os tocos de lápis que os colegas jogavam fora. Também descobriu a casca da bétula que era perfeita para se escrever e muito mais garantida que os papéis que o velho Hua guardava para lhe dar.

Orelhudo se sentou sobre as patas traseiras e ficou olhando o dono por alguns instantes. Depois, pulou para o rio congelado, deixando, na neve já velha, umas marquinhas que mais pareciam flores. Tong escreveu até os dedos ficarem enrijecidos pelo frio. Soprou neles com força e, antes de guardar o toco de lápis, releu o que havia escrito.

Olhou para a cidade às suas costas. Bandeiras vermelhas tremulavam no alto dos prédios da prefeitura e do tribunal. No meio da praça, uma estátua de pedra do presidente Mao fazia o prédio vizinho do hospital, com seus cinco andares, parecer pequeno. Pelo que diziam os professores, aquela era a maior estátua do presidente Mao existente na província, o orgulho de Rio Lamacento, que atraía peregrinos de outras cidades e aldeias. Foi particularmente por causa dela que o lugar mereceu ser promovido de vila a cidade e, agora, era uma sede administrativa com poderes sobre várias localidades dos arredores. Meses atrás, pouco depois que Tong chegou ali, um sujeito encarregado da limpeza semestral da estátua sofreu um acidente e morreu ao cair do ombro do presidente Mao. Juntou gente ao seu redor. O menino foi uma das crianças que abriram caminho por entre as pernas dos adultos para ver o corpo de perto — o homem, usando o uniforme azul dos funcionários da limpeza, estava deitado no chão, de barriga para cima e, ao seu lado, uma pocinha de sangue saído de sua boca; tinha os olhos bem abertos e vidrados, e os seus braços e pernas formavam uns ângulos esquisitíssimos. Quando os funcionários do hospital municipal chegaram para levar o corpo, ele deslizou e se balançou como se não tivesse ossos. Tong lembrou até de uma espécie de lesma que havia na aldeia dos seus avós, com um corpinho carnudo e úmido. Se alguém jogasse uma pitada de sal em cima daquele bichinho, ele ia aos poucos se transformando numa poça de um líquido pegajoso e esbranquiçado. A criança que estava ao seu lado ficou enjoada e os pais a levaram embora; já ele decidiu que não daria parte de fraco. Até mesmo alguns adultos desviaram os olhos quando os funcionários tiveram de soltar a cabeça do sujeito que tinha ficado grudada no chão, mas Tong se obrigou a olhar, sem perder um detalhe sequer. Acreditava que, se fosse corajoso o bastante, os meninos da cidade, e talvez até os adultos, passariam a aprová-lo e a aceitá-lo como um dos melhores moradores do local. Não era a primeira vez que via um cadáver, mas nunca tinha visto alguém morrer de um jeito tão estranho. Lá na aldeia dos seus avós, as pessoas morriam de maneiras bem normais: de doença ou de velhice. Só uma vez aconteceu de uma mulher, que estava trabalhando na lavoura com um tanque de pesticida nas costas, morrer instantaneamente quando o tal tanque explodiu. Tong e outras crianças se aglomeraram na orla do terreno e viram o marido e os dois filhos adolescentes da mulher ficarem jogando água em cima dela, de longe, até conseguirem apagar o fogo e dispersarem aquele gás venenoso. Nenhum deles parecia estar chocado ou sofrendo; o seu silêncio sugeria algo que Tong não conseguia compreender.

A morte de certas pessoas é mais pesada que o monte Tai; a de outras é leve como uma pluma. Tong se lembrou da lição que a professora tinha ensinado poucas semanas antes. A mulher que morreu naquela explosão tornou-se uma história que os aldeãos adoravam contar aos forasteiros, e, muitas vezes, o ouvinte soltava exclamações de espanto. Será que isso fazia aquela morte ser mais pesada que a de uma velhinha que morreu dormindo na ruela perto da casa dos seus avós? A morte de uma contrarrevolucionária devia ser mais leve que uma pluma, mas, todas aquelas faixas e a cerimônia que ia durar o dia inteiro pareciam dizer o contrário.

A cidade despertou diante do olhar desconcertado do menino, algumas pessoas mais preparadas que outras para o grande dia. Horrorizada, uma estudante do quarto ano descobriu que o irmãozinho havia rasgado o seu lenço de seda dos Jovens Pioneiros ao amarrá-lo na pata do gato para brincar de cabo de guerra com o bichinho. A mãe tentou consolá-la — ela não tinha um lenço limpo de algodão? E, mesmo que usasse o de seda, ninguém ia notar que estava rasgado —, mas nada conseguia fazê-la parar de chorar. Como podiam imaginar que ela, a capitã dos Jovens Pioneiros Comunistas de sua turma, fosse usar um simples lenço de algodão ou um de seda rasgado? E continuou chorando até perceber que as lágrimas só fariam deixá-la com uma aparência ainda pior para a cerimônia; pela primeira vez na vida, teve a sensação da imensa inutilidade de tudo, já que a patinha de um gato era capaz de destruir o maior dos sonhos.

A poucos quarteirões dali, um motorista de caminhão agarrou a jovem esposa assim que ela se levantou da cama. Mais uma vez, implorou ele; a moça resistiu, mas, não conseguindo soltar os braços que ele segurava com muita força, cedeu e deitou-se ao seu lado. Afinal, ambos bem poderiam tirar uma soneca durante a cerimônia acusatória, e ela não precisava se preocupar, já que ele não teria de dirigir. No hospital municipal, uma enfermeira chegou atrasada para o turno da manhã porque o filho tinha perdido a hora e, na pressa de terminar o trabalho antes de ir assistir à cerimônia, acabou errando na dose dos antibióticos de um bebê que estava se recuperando de uma pneumonia. Só anos mais tarde, os médicos descobririam a surdez que esse erro provocou na criança, mas não houve qualquer investigação, e aos pais só restou culpar o destino por essa infelicidade. Do outro lado da rua, no prédio das comunicações, a telefonista gritou com um camponês que estava querendo ligar para o tio numa província vizinha: será que ele não sabia que hoje era um dia importante e que ela precisava estar absolutamente preparada para o evento político em vez de perder tempo com ele? E aquelas palavras ásperas foram, em parte, engolidas pela ligação ruim. Enquanto a moça passava essa descompostura no tal camponês, chegou uma ligação do hospital militar da capital da província e, desta vez, ela é que foi repreendida por ter demorado a atender o telefonema.

II

A moça estava usando um terno de homem, escuro, um número acima do seu; tinha o cabelo preso e escondido por um chapéu Fedora combinando com a roupa. As mãos, calçadas de luvas pretas, seguravam firme o punho de uma pequena espada desembainhada. Com a lâmina virada para cima, a arma era o único objeto claro naquela imagem em preto e branco. O rosto sério estava parcialmente sombreado pelo chapéu e os olhos fitavam diretamente a câmera. Pensando em Jade de Outono, preparada para abrir mão da própria vida, Kai se lembrou da explicação que a professora lhe deu quando ela foi escolhida para desempenhar o papel da célebre heroína numa nova ópera. Na época, tinha doze anos; era uma estrela em ascensão na escola de teatro da capital provincial, e não foi surpresa alguma terem lhe dado todos os papéis principais, tanto o de Jade de Outono — que foi decapitada depois de uma tentativa fracassada de assassinar uma autoridade provincial na corte do último imperador — quanto o de Chen Tiejun, o jovem comunista que foi fuzilado junto com a amada pouco depois de terem declarado, diante do pelotão, que eram marido e mulher. Kai sempre recebeu elogios por suas interpretações maduras, mas, agora, olhando para o próprio retrato, era difícil ver nos olhos daquela menina uma compreensão dos mártires que havia encarnado. Antigamente, ficava toda orgulhosa por ter se tornado adulta antes das crianças da sua idade; hoje, porém, podia perceber que aquela maturidade era tão falsa e duvidosa quanto as suas interpretações juvenis da morte e do martírio.

Devolveu a foto ao lugar que ela vinha ocupando na parede havia cinco anos, junto com outras tantas, relíquias da sua vida no palco, dos doze aos vinte e dois anos. De início, o estúdio — um quartinho sem janelas no último andar do prédio da administração, com paredes revestidas e luzes fluorescentes que ficavam piscando — a deixou impressionada, pois não parecia muito diferente de uma cela de prisão. Só mesmo Han para pensar em decorar aquele lugar, pendurando fotos dela nas paredes e um espelho em forma de coração atrás da porta; pondo vasinhos com flores de plástico pelas prateleiras para deixar tudo florido o ano inteiro sem necessidade de sol ou de cuidados. Tudo para que aquele fosse mesmo o seu estúdio, como Han insistia em dizer, quando a ajudou a conseguir o cargo de locutora. Mais um motivo para aceitar o seu pedido de casamento, repetia a mãe de Kai, pensando em outros empregos menos privilegiados para os quais a filha poderia ter sido designada quando deixou a trupe de teatro da província: dar aulas numa escola primária e ficar lutando para que as crianças fossem um pouco menos desafinadas ao cantar, ou ser uma dessas funcionárias que pouco mais fazem do que levar uma presença feminina aos escritórios do Departamento de Cultura e Diversões. Han, filho único de um dos casais mais poderosos do governo municipal, vinha tentando namorar Kai havia uns seis meses. Era o pretendente perfeito, segundo seus pais, ambos funcionários de escalão intermediário que não tiveram condições de ajudar a filha quando outros rostos mais jovens a substituíram no palco. Para uma mulher, o maior sucesso não está na profissão, mas no casamento, disse-lhe o pai quando Kai estava pensando em deixar Rio Lamacento para tentar a carreira de atriz em Beijing ou em Xangai; era muito mais desafiador prender para sempre a atenção de um único ouvinte do que conquistar o coração de vários que, da noite para o dia, a teriam esquecido. Na ausência de sua mãe, o pai de

Kai lhe explicou tudo isso, e não foi tanto a sua percepção do caráter efêmero da fama, mas a inequívoca indicação de que a mãe — a parte dominadora e briguenta do casal — havia fracassado que fez a moça reconsiderar a decisão que tomara. Quando vislumbra pela primeira vez o lado escuro do casamento dos pais, um filho é obrigado a entrar no mundo dos adultos, muitas vezes a contragosto, exatamente como, um belo dia, foi empurrado pelo canal do parto para reivindicar a própria vida. Para Kai, que havia trocado a casa paterna pela escola de teatro aos oito anos, esse segundo nascimento veio num momento em que a maioria das suas colegas tinha se lançado na aventura do casamento e da maternidade precoce, e ela resolveu casar com Han. A morte do pai pouco depois disso, de um câncer de fígado descoberto tarde demais, lhe deu a sensação de que tinha tomado a decisão certa, ao menos durante o primeiro ano de casada.

Pôs um disco na vitrola. A agulha começou a girar naquela superfície vermelha e, conscienciosamente, a canção que era o tema do noticiário matinal, "Amor à terra natal", foi saindo dos alto-falantes, espalhando-se por todas as esquinas. A moça imaginou o mundo fora do estúdio da estação de rádio: a fumaça escura do carvão se erguendo dos telhados, rumo ao céu acinzentado da manhã; pardais pulando de um telhado a outro, com as asas empoeiradas e o piado abafado pela música patriótica; debaixo desses telhados, as pessoas estavam acostumadas a esse ritual matinal, em que à música se seguia o noticiário. Provavelmente, não ouviam uma única palavra da transmissão.

O coro terminou, Kai ergueu o braço da vitrola e ligou o microfone. "Bom dia, trabalhadores, camponeses e todos os camaradas revolucionários de Rio Lamacento", principiou ela, dizendo a saudação de praxe com a voz bem-treinada que soava a um só tempo quente e impessoal. Transmitia tanto as notícias internacionais quanto as nacionais — que um funcionário do Departamento de Propaganda extraía do *Diário do Povo* e do *Jornal de Referência* durante o turno da noite —, seguidas dos fatos provinciais e locais. Depois, pegou um editorial que denunciava o governo vietnamita por ter traído a verdadeira fé comunista e louvava a importância ideológica de Pol Pot e do seu Khmer Vermelho, apesar do recuo temporário provocado pelo avanço vietnamita. Enquanto lia, tinha diante dos olhos o bilhete colado ao microfone, determinando que ela anunciasse para os habitantes da cidade a cerimônia acusatória e a subsequente execução de Gu Shan.

Gu Shan tinha vinte e oito anos, exatamente como ela própria, e era quatro anos mais moça que Jade de Outono quando esta foi decapitada depois de um julgamento apressado. Jade de Outono deixou dois filhos, pequenos demais para lamentar a sua morte, e um marido que a repudiou, assumindo o partido da última dinastia que ela combatia. Kai tinha marido e um filho; Gu Shan não tinha nada disso. A liberdade de se sacrificar em nome de uma crença era um luxo que poucos podiam se permitir, pensou a moça. Passou-lhe pela cabeça a ideia de introduzir as palavras *pioneira* e *mártir* no anúncio da execução. Será que Shan, que decerto receberia o café da manhã e quem sabe até roupas limpas para se trocar, ouviria a voz de uma amiga que talvez tivesse perdido a esperança de encontrar durante os longos anos na prisão? Leu o anúncio com as mãos trêmulas. Naquele momento, as duas mulheres eram aliadas, mas Shan jamais viria a saber disso.

Desligou o microfone e imediatamente alguém bateu à porta: duas batidinhas rápidas, seguidas do som da madeira sendo arranhada. Kai examinou o próprio rosto no espelho antes de ir abrir.

— O melhor dos tônicos para a melhor das vozes — disse Han, erguendo a garrafa térmica com um gesto teatral. Toda manhã, quando ia para o escritório que ficava no mesmo prédio, passava no estúdio levando chá feito com uma erva chamada *pang da hai*, que tem fama de ser boa para a voz. Tudo começou como um hábito carinhoso, depois da lua de mel, e Kai achava que aquele gesto ia acabar se espaçando até desaparecer por completo, como acontece com todas as paixões irracionais entre um homem e uma mulher. No entanto, cinco anos e um filho depois, Han mantinha aquele costume. Devia ser o único marido na cidade que vinha trazer chá para a esposa, ele às vezes dizia, encantado, como se ele próprio se espantasse com o que fazia e ficasse feliz da vida com isso. Os outros deviam achá-lo um idiota, acrescentava, em tom de brincadeira; mas era o orgulho indisfarçado que havia naquela afirmação que a deixava apavorada. No passado, casar e ter filhos lhe parecia o rumo mais natural para a própria vida; às vezes, porém, não conseguia se impedir de desejar que todas as decisões erradas que havia tomado pudessem ser simplesmente apagadas.

— Já lhe disse mil vezes que não preciso disso — exclamou ela ao ver o chá, e aquela resposta, que geralmente soava como uma censura carinhosa, hoje lhe pareceu mais impaciente que o normal. Aparentemente, Han não notou nada. Deu um beijinho no rosto da mulher, entrou no estúdio e lhe serviu uma caneca de chá.

— Hoje é um dia importante. A voz da minha mulher, que o mundo inteiro vai ouvir, tem de estar simplesmente perfeita.

Kai esboçou um sorriso e, quando o marido insistiu para que ela bebesse o chá, tomou um gole. Ele a fitava. Perguntou-lhe então como estavam os seus preparativos para o dia antes que ele pudesse elogiar a sua beleza, como geralmente fazia.

— Já está tudo pronto. Só falta o helicóptero — respondeu ele.

— Helicóptero? — indagou Kai.

Han lhe disse que não era responsável por esse detalhe, e foi tudo o que ela obteve como resposta. Com um ar de curiosidade inocente, a moça lhe perguntou para que precisava de um helicóptero e o marido lhe respondeu que tinha certeza de que alguém ia resolver a história a contento e que ela não precisava se preocupar com aquelas coisas tão aborrecidas.

— A preocupação envelhece — acrescentou Han, em tom de brincadeira, e Kai lhe disse que talvez logo, logo chegasse a hora de ele procurar uma mulher mais moça. Ele riu, interpretando aquela resposta como um gesto sedutor.

Achava incrível o marido não duvidar dela em hipótese alguma. A confiança que depositava na mulher — e mais ainda em si mesmo — fazia com que ele tivesse uma fé cega naquele casamento, a seus olhos perfeito. Como era fácil enganar alguém tão confiante assim... Mas aquela ideia a incomodava. Olhou para o relógio e disse que já estava na hora de ir. Estava sendo esperada às oito horas no Estádio do Vento Leste, um dos principais locais escolhidos para a cerimônia acusatória. Han disse que podia acompanhá-la até lá. Kai adoraria encontrar uma desculpa para recusar aquela proposta, mas não disse nada.

Separou algumas páginas do noticiário e ajeitou o cabelo antes de sair do estúdio com o marido. Ele a segurou pelo cotovelo, como se a moça precisasse de alguém para guiá-la e lhe dar segurança para descer os cinco lances de escada, mas, quando saíram do prédio, Han a soltou para não serem vistos tendo algum tipo de contato impróprio em público.

— Vejo você no Felicidade Tripla, então? — perguntou ele quando dobraram a esquina.

— Para quê? — indagou Kai, e Han lhe respondeu que seria lá o banquete comemorativo. A moça retrucou, dizendo que ninguém tinha lhe falado disso, e o marido lhe disse que achou que, a essa altura, ela já soubesse que era o que se fazia normalmente depois de um evento como esses.

— Nos últimos dois jantares, o prefeito perguntou por que você não tinha ido — observou Han, acrescentando que tinha dado uma desculpa qualquer em ambas as ocasiões.

Kai podia até ver a cena: um lugar para ela naquela mesa, junto com o prefeito e a esposa, Han e seus pais, e algumas outras famílias, um círculo bem restrito de privilegiados. Esse foi justamente um dos atrativos alegados para o seu casamento: quando se tornasse membro daquela família, ingressaria num grupo social com o qual os simples funcionários, como seus pais, passavam a vida inteira sonhando. Não era fácil admitir isso agora, mas Kai sabia que a vaidade era um dos defeitos que lhe saía mais caro. Era uma esposa e nora bem-apresentável, pois era bonita, nunca tinha namorado ninguém antes de Han e conseguiu ter um filho homem logo na primeira gravidez. Os sogros a tratavam bem, mas nunca hesitaram em deixar bem claro que, naquela família, ela é que devia sua ascensão social ao casamento.

Kai disse que tinha avisado à babá que estaria em casa por volta da hora do almoço. A nova babá, que só trabalhava para eles havia uma semana, tinha quinze anos e meio, jovem demais para tomar conta de um bebê, na opinião da moça, mas, quando a anterior resolveu ir embora para trabalhar na roça com o marido e os filhos — depois de anos e anos da Comuna do Povo, o governo central tinha finalmente permitido que os camponeses fossem donos do que plantassem nas próprias terras —, tudo o que conseguiram para substituí-la foi essa menina de uma aldeia das montanhas.

Han retrucou que mandaria o empregado dos seus pais para dar uma olhada na babá. E um garoto de dezoito anos lá entendia alguma coisa sobre bebês de onze meses, perguntou Kai, mas seu marido, percebendo um tom de impaciência naquelas palavras, a observou e indagou se ela estava se sentindo bem. Apertou rapidamente a sua mão e, depois, a soltou.

Kai abanou a cabeça e disse que só estava preocupada com Ming-Ming. Han lhe disse que compreendia perfeitamente, mas que seus pais não ficariam nada felizes se ela não comparecesse a um compromisso social tão importante. A moça assentiu dizendo que iria se era o que ele desejava. O bebê vinha sendo uma desculpa fácil quando ela se mostrava distraída durante o café da manhã, quando faltava aos jantares no apartamento dos sogros, quando começou a espaçar as visitas que fazia à própria mãe, e também para as suas evasivas cansadas sempre que Han queria fazer sexo à noite.

— Os meus pais querem que você vá — disse ele. — E eu também.

Ela concordou e os dois continuaram a andar em silêncio. Alguns quarteirões adiante, viram fumaça num cruzamento. Tinha se formado um grupinho de pessoas e havia um cheiro forte de couro queimado no ar. Um pedaço de seda de cerca de um palmo, ligeiramente desbotado, passou voando pela rua, levado pelo vento. Um gato amarelo que se espreguiçava num muro baixo acompanhou o paninho com os olhos.

Han pediu licença para passar. Algumas pessoas se afastaram e Kai penetrou naquele círculo junto com o marido. Um homem, usando a braçadeira vermelha da patrulha de segurança do Sindicato dos Trabalhadores fitava uma senhora sentada diante de uma pilha de roupas em chamas. Ela não ergueu os olhos quando Han lhe perguntou por que estava atrapalhando o trânsito no dia de um evento político importantíssimo.

— A velha bruxa está se fazendo de surda e muda — disse o patrulheiro, acrescentando que o seu colega tinha ido chamar a polícia.

Kai olhou para o alto da cabeça da mulher, malcoberta pelo cabelo grisalho já bem ralo. Inclinou-se, disse que ela estava violando as regras do trânsito e que era melhor que fosse embora de uma vez. Houve um ligeiro movimento entre as pessoas ali reunidas quando Kai falou; todos na cidade reconheciam a sua voz. Quando se levantou, sentiu que a mulher ao seu lado se afastava um pouco, tentando observar o seu rosto por um ângulo melhor.

— Talvez a senhora ainda tenha uma chance, se for embora agora mesmo — sugeriu Han, e, falando baixinho, disse à esposa que fosse indo para a cerimônia, pois ele ficaria esperando a polícia.

— Vocês vão se despedir dela do seu jeito. Por que não posso me despedir ao meu modo? — perguntou a mulher erguendo os olhos.

O patrulheiro explicou ao casal que aquela ali era a mãe da contrarrevolucionária que estava para ser executada. Só então Kai percebeu o ar de desafio que havia nos olhos da sra. Gu. Vira a mesma expressão nos olhos de Shan doze anos atrás, quando participavam de facções rivais da Guarda Vermelha.

— A nossa forma de nos despedir da sua filha não é apenas a mais correta, mas também a única permitida por lei — disse Han, mandando que o patrulheiro fosse buscar água. A sra. Gu continuou atiçando o fogo com um galho de árvore, como se não tivesse ouvido o que ele disse. Quando o homem voltou com um balde cheio, Han recuou e, com um gesto, mandou que ele apagasse o fogo. A sra. Gu não protegeu o rosto quando a água foi jogada. A pilha em chamas chiou e praticamente se apagou, mas a mulher voltou a atiçar o fogo, como se quisesse que ele se reavivasse.

Atendendo ao chamado do outro patrulheiro, dois policiais vinham abrindo caminho em meio à multidão, aos gritos, mandando que todos se dispersassem. Algumas pessoas foram embora; a maioria, porém, se limitou a se afastar, formando um círculo mais amplo.

— Não vamos armar toda uma confusão por causa disso — observou Kai quando seu marido se adiantou para ir ao encontro dos guardas.

— Quem pede para ser castigado tem o que merece — replicou ele.

O patrulheiro cumprimentou os guardas e apontou para Han e Kai; a sra. Gu, porém, mal deu atenção aos homens que a cercavam, murmurando algo antes de enxugar as lágrimas no canto do olho.

— Por que não deixar que vá embora simplesmente? — perguntou Kai, e citou um velho dito popular: "Os favores que fazemos voltarão para nós; as dores que causarmos nos serão infligidas."

Han a fitou, dizendo que não sabia que a esposa podia ser supersticiosa.

— Se não quer acreditar nisso por si mesmo, ao menos acredite por seu filho — retrucou a moça. O tom aflito que havia na sua voz fez com que Han se detivesse e a encarasse com olhos meio sorridentes. Disse que jamais imaginou que ela levasse a sério as crenças das gerações mais antigas.

— Uma mãe precisa de todo auxílio possível para garantir que o filho tenha uma vida boa — disse Kai. — E se as pessoas rogarem pragas em Ming-Ming por causa do que fazemos?

Han abanou a cabeça, como se estivesse achando engraçada a lógica da esposa. Cumprimentou os guardas, mandou que escoltassem a velha até em casa e chamassem alguém para limpar a rua.

— Não vamos fazer confusão desta vez — prosseguiu ele, fazendo eco às palavras da esposa, e acrescentou que não havia necessidade de arranjar nenhuma tensão adicional para um dia como aquele.

Os outros homens o cumprimentaram por sua generosidade: é mais poderoso aquele que deixa alguém sair livre, sem puni-lo pelo erro cometido, observou o guarda mais velho, e Han concordou com um aceno de cabeça.

III

A sra. Hua não viu os guardas retirarem a sra. Gu da cena do crime que ela havia cometido; mesmo que tivesse visto, não teria compreendido que a mulher que foi meio arrastada, meio carregada para o jipe da polícia era a sra. Gu.

Como a própria empregada da limpeza urbana, a sra. Gu jamais viria a ser avó. A sra. Hua estava com sessenta e seis anos, idade em que um ou dois netos representam um motivo melhor para viver do que as ruas que seu marido vasculhava e ela varria; mas, ao contrário desses sonhos com netos, as ruas lhe davam o sustento e ela sabia muito bem a sorte que tinha por estar viva, graça que o casal geralmente não esquecia de agradecer. Mesmo assim, a necessidade de segurar um bebê no colo se tornava às vezes tão forte que ela precisava parar o que estava fazendo e, prendendo a respiração, sentir nos braços o peso imaginário de um corpinho quente e macio. Nesses momentos, ficava parecendo uma velha meio distraída. De vez em quando, seu patrão, Shaokang, um sujeito de uns cinquenta anos que jamais tinha se casado, ameaçava despedi-la, se fingindo de bravo por ela demorar tanto a fazer o que ele mandava; mas a sra. Hua sabia que ele só dizia aquilo por causa dos outros empregados do serviço de limpeza urbana, já que era um daqueles homens que escondem a gentileza por trás das palavras duras. Tinha lhe oferecido aquele emprego havia treze anos, quando a viu com o marido na rua, ela com febre alta e ele implorando uma tigela com água numa loja. Isso aconteceu pouco depois que os dois foram obrigados a deixar que as quatro meninas menores fossem levadas para orfanatos em quatro lugares diferentes, uma prática que se acreditava benéfica para as crianças que teriam a chance de começar uma vida nova. A sra. Hua e o marido passaram três meses andando por quatro províncias, na esperança de que as estradas curassem a ferida recente. Não contavam se instalar em Rio Lamacento, mas Shaokang lhes disse, em tom sério, que o inverno que se aproximava por certo mataria a ambos se não aceitassem a sua proposta, e, afinal, a vontade de continuar vivendo pôs fim à viagem do casal.

— O entroncamento da rua Libertação com a Rio Amarelo — disse Shaokang quando a sra. Hua entrou na sede do departamento, uma sala do tamanho de um armazém, com uma escrivaninha num canto, formando um espaço destinado a servir de escritório. A mulher se dirigiu ao tanque e passou água na vasilha. A cola estava quase acabando; ele tinha lhe dado muito mais farinha que o necessário, mas a sra. Hua sabia que o seu patrão não faria perguntas sobre o paradeiro do que porventura sobrasse.

Foi então até o armário, mas a maioria das vassouras ainda não tinha sido devolvida pelas equipes de varredores. Quando estavam todas ali, aquelas vassouras, umas grandes, feitas de bambu e outras pequenas, feitas de palha, formavam uma fileira, como um batalhão de soldados, cada uma com um número escrito na caligrafia nítida de Shaokang e destinada a um varredor específico. Às vezes, a sra. Hua ficava imaginando se o seu patrão manteria, naqueles cadernos grossos, um registro de todas as vassouras que já haviam passado pelo serviço de limpeza urbana: quanto tempo teriam ficado pelas ruas e por quanto tempo teriam ficado ociosas, ali naquele armário; quantos anos teriam durado até ficarem inteiramente carecas. O mais jovem dos varredores dizia brincando, pelas costas de Shaokang, que ele adorava as vassouras como se fossem os próprios filhos, mas a sra. Hua não via nada de errado nisso e sabia que essas brincadeiras só podiam mesmo vir de gente jovem, que não tinha noção do que era ter filhos.

Pegou as suas vassouras e disse a Shaokang que, na véspera, tinha sonhado com ovos pintados de vermelho para festejar o aniversário de um neto. Só falava com o patrão quando não havia ninguém por perto. Às vezes, passavam-se dias ou até semanas sem que ela tivesse uma oportunidade de falar com ele; nenhum dos dois, porém, achava isso estranho, e as suas conversas se limitavam a umas poucas palavras.

— *Um sonho é tão real quanto um botão de flor no espelho ou a lua cheia no rio* — observou Shaokang, sem erguer os olhos do caderno que analisava. A sra. Hua suspirou, concordando, e se encaminhou para a porta. Mais cedo, naquela mesma manhã, tinha contado o tal sonho para o marido que replicou, dizendo que, quanto mais não fosse, era um belo sonho.

— Quer algumas horas de folga hoje? — perguntou Shaokang.

— Por que ia querer? — replicou a sra. Hua. O patrão lhe disse que estava preocupado, achando que a cerimônia acusatória poderia lhe parecer aborrecida e acrescentou que já havia gente suficiente para representar o departamento de limpeza urbana. Como se tédio fosse algo com que gente como ela pudesse se preocupar, pensou a velha, mas bem que podia usar a folga para ajudar o marido a separar as garrafas que vinham se acumulando na cabana em que viviam. Na verdade, estava tentando se curar de um resfriado, disse a sra. Hua, mentindo em consideração ao escritório, às vassouras e às quatro paredes nuas. Shaokang assentiu e disse que, quando tivesse terminado a limpeza do lugar determinado, não precisaria comparecer à cerimônia acusatória.

A pilha lá no tal cruzamento tinha se desmanchado, pisada pelos pés indiferentes dos adultos e chutada pelos das crianças, que acharam aqueles panos parcialmente queimados e sapatos chamuscados divertidíssimos. A sra. Hua afastou algumas crianças persistentes e limpou a rua, pensando no sonho que tivera na véspera.

— Bom dia, sra. Hua — disse baixinho uma voz quase colada ao seu ouvido.

Assustada, virou-se e viu Bashi, aquele vagabundo preguiçoso, sorrindo para ela. A velha resmungou, dizendo que ele bem que poderia ter mais o que fazer do que ficar dando susto em idosos pela rua.

— Susto? Não era a minha intenção. Só queria lhe dizer que o sr. Hua deve estar esperando a senhora em casa.

— Casa? Catadores de lixo não têm casa de que se gabar — retrucou a velha. — É só um ninho temporário.

— Mas a minha casa é sua, sra. Hua. Já disse várias vezes para a minha avó que a senhora e o seu marido poderiam se mudar para lá quando quisessem. A senhora sabe que ela vive meio sozinha e não se importaria de ter uns velhos amigos por perto — disse o rapaz, fitando a varredora nos olhos, com toda sinceridade.

— Ninguém acredita nessa sua conversa mole, a não ser a sua avó — replicou a sra. Hua, abanando a cabeça.

— É verdade, sra. Hua. Pode perguntar a qualquer pessoa aqui na cidade. Todo mundo sabe que sou generoso com a minha riqueza e que estou sempre pronto para ajudar quem quer que esteja precisando.

— Sua riqueza? É o dinheiro que seu pai ganhou com a própria vida...

Bashi deu de ombros e nem tentou refutar o que ela dizia.

— Você não se preocupa com o futuro, filho?

— E por que me preocuparia? — indagou ele.

— Que tipo de trabalho pode ter, filho? — prosseguiu a velha. — Eu me preocupo com você.

— Posso ir catar lixo com o velho Hua — disse o rapaz. — E também posso varrer as ruas com a senhora. Não tenho medo de trabalho. Veja só os meus músculos. Aqui e aqui. Pode acreditar, sra. Hua, não estou brincando, não. Levanto pesos toda manhã.

Não havia peso algum, nem tampouco músculos de que se vangloriar, mas essas histórias lhe ocorriam com a maior facilidade e lhe pareciam convincentes.

— Atualmente está difícil conseguir emprego como varredor — retrucou a sra. Hua. Nos últimos dois anos, o fim da Revolução Cultural tinha feito muitos jovens voltarem do campo para onde haviam sido mandados na década anterior. Agora, as pessoas brigavam para conseguir até mesmo o cargo de varredor de ruas. Não se espantaria nada se, qualquer dia desses, descobrisse que alguém estava ocupando o seu lugar.

— Não é preciso tirar uma licença para ser catador de lixo — disse Bashi. — É uma coisa bem fácil de se fazer.

— É uma vida dura.

— Isso não me importa. Sinceramente, sra. Hua, adoraria sair por aí catando lixo, e catando bebês também, junto com vocês dois.

A velha juntou as cinzas úmidas sem responder. Anos atrás, ela e o marido tinham aberto mão das sete meninas que haviam encontrado nas suas andanças como catadores de lixo, e ela não sabia o que continuava atraindo a atenção daquele rapaz, quando essa história há muito já tinha deixado de despertar a curiosidade dos outros e ser motivo de falatórios. Vira e mexe ele fazia perguntas como essa, e as respostas dela nunca eram satisfatórias.

— A senhora e o velho Hua pegariam uma menininha para criar se encontrassem uma com vida hoje em dia?

A sra. Hua olhou para o céu e pensou na pergunta que ele havia feito. Por mais que tentasse — muitas vezes isso acontecia à noite, quando tinha dificuldade de dormir —, não conseguia se lembrar com clareza daqueles sete rostos. Como era possível esquecer a aparência que tinham quando as havia resgatado da condição de coisinhas embrulhadas em trapos e abandonadas à beira da estrada? Mas a idade pregava peças, deixando a sua memória fraca, exatamente como os seus olhos.

— A senhora, digamos, sairia por aí procurando uma nenenzinha? — insistiu o rapaz.

— A vida anda muito dura — respondeu a velha, abanando a cabeça. — Para todo mundo.

— Mas eu poderia ajudá-la a criar a menina, sra. Hua. Tenho dinheiro. Posso trabalhar também. Sou jovem.

A sra. Hua fitou Bashi com os olhos turvos pela catarata. Ele se aprumou e ajeitou o chapéu. Aquele rapaz parado ali, na sua frente, não fazia ideia do que era uma vida dura, pensou. E lhe disse isso.

— Perdi os meus pais muito cedo — retrucou Bashi. — Sou tão órfão quanto aquelas meninas eram até a senhora aparecer para pegá-las.

Apanhada desprevenida, a sra. Hua ficou sem saber o que dizer. Não imaginava que Bashi fosse se lembrar dos pais.

— Teria sido melhor deixar que morressem lá mesmo — disse ela, depois de um instante de silêncio.

— Onde estão as suas filhas agora? — perguntou o rapaz. — Que idade têm?

— Estão onde o destino quis. Onde mais poderiam estar?

— Onde fica isso?

— Deixamos três delas com gente que estava procurando futuras noivas para os seus filhos. As quatro menores foram levadas pelo governo e mandadas para orfanatos porque não éramos seus pais de verdade. O que acha disso, filho? — indagou ela, sem se dar conta de que havia erguido o tom da voz. — Nós lhes demos cada colherada de comida, criamos todas elas e, depois, vieram nos dizer que era ilegal mantê-las ali. Teria sido melhor deixar que morressem lá onde estavam...

— Essa vida não faz sentido algum, não é mesmo? — observou Bashi, suspirando.

A sra. Hua não respondeu. O rapaz repetiu a frase com seus botões e deixou que permanecesse ali no ar, entre os dois, pairando por mais alguns instantes.

NINI COMEÇOU A ANDAR mais devagar quando se aproximou da ruela onde moravam o professor Gu e a mulher. Tinha conseguido chegar a tempo na estação; os carregadores lhe deram carvão e a enxotaram de lá. Nenhum daqueles sujeitos parecia gostar dela e a menina se perguntava se, algum dia, iam achá-la tão insuportavelmente feia que mudariam de ideia. Isso nunca tinha acontecido, mas ela ficava bem preocupada com a possibilidade.

Outra coisa que a preocupava era o jeito hospitaleiro da sra. Gu. Nos últimos dois anos, jamais havia deixado de aparecer na esquina da viela. Parada junto a uma ameixeira meio morta, apoiava a mão no tronco da árvore e balançava as pernas, primeiro uma, depois a outra, como se estivesse fazendo algum tipo de exercício um tanto desanimado, e, quando passava alguém por perto, ela não cumprimentava. Ao ver Nini, a sra. Gu fazia um ligeiríssimo aceno de cabeça e voltava para a ruela; a esse sinal, a menina sabia que, por mais um dia, era bem-vinda àquela casa.

Esse ritual matutino começou pouco depois que os pais de Nini lhe confiaram a tarefa de ir buscar carvão. Como a casa dos Gu não ficava no caminho da menina, a sra. Gu se encarregou de ir ao seu encontro certa manhã e lhe perguntou, com toda educação, se ela não gostaria de comer alguma coisinha antes de voltar para casa. Nini achou aquele convite estranho e ficou até desconfiada, mas para alguém que, como ela, vivia com fome, não era nada fácil dizer não e ir embora.

Não sabia por que o casal Gu a convidava para tomar café da manhã. Era raro os dois ficarem conversando, ao menos quando ela estava ali por perto. De vez em quando, perguntavam pela sua família, e, quando a menina lhes dava as respostas mais lacônicas possíveis, não tentavam arrancar mais informações, o que a fez compreender que o interesse que tinham por aquele assunto não era maior que o dela própria. O professor Gu comia depressa, e, enquanto esperava que Nini acabasse, fazia um sapo dobrando a folha que havia tirado do calendário e deixado bem esticada em cima da mesa. É para as suas irmãs, dizia ele, pondo a dobradura em suas mãos, mas a menina jamais entregou aqueles presentes. Chegou a pensar em guardar todos eles, mas, em sua casa, não havia espaço para nada. Acabava então jogando-os na lata de lixo. Mais tarde, o velho Hua pegaria aqueles sapos, desdobraria o papel e venderia tudo para a unidade de reciclagem.

Nini vivia inquieta, achando que, um belo dia, o professor Gu e a esposa deixariam de se preocupar com ela e não poriam mais a sua tigela na mesa do café. Quando viu que não havia ninguém ali perto da ameixeira, pensou, por um segundo, que talvez os dois tivessem perdido a hora; também podiam ter ficado doentes, imaginou a menina: o corpo de gente velha não é mais confiável. Mesmo assim, os seus instintos lhe diziam que eles não queriam mais saber dela e decidiu ir até a sua casa só para ter certeza.

Já tinha dado vários passos pela ruela quando um jipe da polícia veio na sua direção, dando umas buzinadas rápidas e impacientes. Mais que depressa, Nini tratou de sair da frente do veículo, quase torcendo o pé aleijado. Depois que o jipe foi embora, rogou uma praga que tinha aprendido no mercado — embora não entendesse bem o que significava, parecia combinar perfeitamente com o seu estado de espírito, e a menina a usava com frequência. Parou por alguns instantes diante do portão, tossiu um pouco, mas nem a sra. Gu nem o professor saíram de casa para se desculpar pelo atraso. Nini entreabriu o portão e entrou. A sala da frente estava escura e a janela que dava para o quintal havia sido recoberta com várias camadas de jornal velho para que não se visse o interior da casa. A menina tentou espiar por ali, mas não dava para enxergar nada através daquele papel opaco.

— Sra. Gu — disse ela baixinho. Depois, um pouco mais alto: — Professor Gu.

Como ninguém respondeu, Nini experimentou a porta que se abriu sem ruído. A única luz na sala da frente, escura e fria, era uma réstia alaranjada que se estendia no chão, vinda da porta entreaberta do quarto de dormir.

— Sra. Gu — disse a menina. — Está se sentindo bem?

A porta se abriu e apareceu a silhueta escura da sra. Gu.

— Vá para casa, Nini — disse ela, com uma voz apática. — Já não lhe devemos nada. Nunca mais volte a bater à minha porta.

A menina vivia esperando por momentos como esse. Não ficou espantada, mas sim aliviada. Não tinha se enganado. As pessoas estão o tempo todo mudando de ideia; quase sempre sem motivo algum. Mordeu a parte interna da boca e ficou parada onde estava. Na sombra, não conseguia ver o rosto da mulher; a qualquer momento, porém, ela ia se aproximar, agarrá-la pelos braços e botá-la porta afora, e o corpinho da menina se retesou com a expectativa. Será que a sensação das mãos da sra. Gu batendo no seu rosto seria diferente da de sua própria mãe?

— Nini — disse o professor, surgindo por trás da esposa e com uma voz bem mais branda. Saiu do quarto e pegou a corda que pendia dos seus ombros. A menina largou o cesto e o seguiu até uma escrivaninha velha que fazia as vezes de bancada de cozinha e mesa de jantar. Não havia nem mingau nem repolho em conserva à sua espera. O professor deu uma olhada ao seu redor e, antes que dissesse alguma coisa, ouviu-se um choro abafado vindo lá do quarto.

— A sra. Gu não está se sentindo bem hoje — disse ele, esfregando as mãos. — Espere aqui. Já volto.

Nini assentiu. Quando o professor Gu entrou no quarto e fechou a porta, ela abriu as duas gavetas laterais da escrivaninha. À luz fraca que passava pelos jornais colados na vidraça, viu que a primeira delas estava cheia de pauzinhos de comer, facas, fósforos, velas, pilhas usadas e outras quinquilharias. Voltou a fechá-la com todo cuidado e abriu a outra: havia uns lápis, uma caixa de veludo preto, papel de rascunho, um caderno bem grosso com vários recibos colados, um prendedor de cabelo de plástico. Abriu a tal caixa e viu ali dentro uma caneta-tinteiro; alisou a superfície macia e azul-escura antes de devolvê-la ao estojo. Pegou então o prendedor de cabelo e o enfiou no bolso; a sra. Gu merecia aquilo. As duas galinhas, tão quietas que a menina as tinha esquecido, começaram a ciscar e a cacarejar; Nini tomou o maior susto e quase gritou. Como não apareceu ninguém, resolveu folhear o caderno. Um dos recibos estava solto e ela também o enfiou no bolso, no exato momento em que o professor Gu saiu do quarto. Acendeu a luz e a menina piscou com a súbita crueza daquela claridade. Ele foi até o armário e pegou uma lata de biscoitos.

— Tome, Nini, leve esses biscoitos — disse o professor. — Para você e para as suas irmãs.

Nini ergueu a cabeça para fitá-lo e viu que os seus olhos, tristes e cansados, pareciam não dar pela sua presença. Lembrou do recibo enfiado no seu bolso, e que ele ficaria procurando mais tarde. Se o professor Gu dissesse algumas palavras para se desculpar pela atitude da esposa, pensou a menina, daria um jeito de pôr aquele papelzinho de volta na gaveta ou simplesmente o deixaria cair perto da porta.

O professor não percebeu a sua hesitação. Pegou o cesto de carvão.

— A sra. Gu não tem se sentido bem ultimamente e não vai querer ver você por algum tempo — disse ele, empurrando-a delicadamente porta afora. — Não volte a aparecer aqui até ela estar melhor.

Já na rua, Nini abriu a lata e pôs um dos biscoitos na boca. Era doce e tinha gosto de velho. O professor Gu também tinha mudado de ideia, despachando-a com uma lata de biscoitos que devia estar enfurnada numa prateleira há séculos. Tirou o recibo do bolso e olhou para o selo oficial pregado nele. Não sabia ler, mas um selo vermelho devia significar alguma coisa importante, o que a deixou feliz da vida. Amassou o papel, fazendo uma bolinha, e o jogou na lixeira que ficava ali perto. Pegou mais um biscoito e foi indo para casa, bem devagar, andando e comendo quando, de repente, alguém bateu no seu ombro.

A menina se virou e deu com um rosto conhecido. Era aquele rapaz que ficava o tempo todo circulando pela praça do mercado. Recuou um pouco para fitá-lo.

— O seu nome é Nini, não é? — perguntou ele, mostrando os dentes tortos e amarelados.

Ela fez que sim com a cabeça.

— Deve estar achando estranho eu saber como você se chama... — disse ele. — Quer saber por que sei o seu nome?

A menina fez que não com a cabeça.

— E você tem cinco irmãs. Quer saber o que mais eu sei a seu respeito?

Nini só ficou olhando para ele, sem responder. Se fosse um outro dia qualquer, quando ela estivesse menos aborrecida, talvez perguntasse ao rapaz quem ele pensava que era para ficar se intrometendo assim na vida dos outros. Tinha ouvido uns adultos falando desse jeito e achava que tinha aprendido o tom certo, impaciente e com autoridade. Pelo menos, quando falava naquele tom com as próprias irmãs, todas elas pareciam intimidadas. Podia deixar o rapaz atrapalhado e sem saber o que dizer, mas, hoje, não estava a fim dessas coisas. Tudo o que queria era morder a parte interna da boca até sentir gosto de sangue.

— Se a sua mãe tiver outra filha, os seus pais vão se tornar o Imperador e a Imperatriz Celestiais. Sabe por quê?

Nini fez que não com a cabeça.

— Só o Imperador e a Imperatriz Celestiais tiveram sete filhas, as Sete Irmãs Fadas — disse o rapaz. — Ha, ha, ha...

Ficou esperando que a menina risse e pareceu desapontado porque isso não aconteceu.

— O meu nome é Bashi. *Oitenta*.

"Que estranho ter um número assim como nome", pensou Nini. Ficou imaginando se aquele sujeito teria outros irmãos que se chamariam algo como Setenta, Sessenta e Cinquenta. Como se tivesse lido seus pensamentos, ele prosseguiu:

— Sabe por que me chamo Bashi? Porque comi oitenta bolinhos no dia em que nasci.

Nini sabia que aquilo também era brincadeira, mas não achou graça nenhuma e, portanto, decidiu nem sorrir.

— Você é muda? — perguntou o rapaz.

— Claro que não. Que pergunta mais idiota!

— Ótimo! Então, você fala. Quantos anos tem?

— Não é da sua conta!

— Eu tenho dezenove, ou melhor, dezenove e um quarto. Nasci em julho. No dia sete de julho. É uma data importante porque é o dia em que nasci. Já viu um livro de história? Eles trazem uma lista com o aniversário de todas as pessoas importantes e, algum dia, vão incluir o meu.

Nini passou o cesto com o carvão para o outro ombro. Não era boba de acreditar no que o rapaz dizia, mas ninguém tinha parado para conversar com ela por tanto tempo assim antes.

— Quantos anos você tem? Se não disser, vou ter de adivinhar...

— Doze — respondeu Nini. Não entendia por que o tal rapaz era tão persistente.

— Doze? Maravilha!

— O que é uma maravilha?

Bashi pareceu estarrecido com aquela pergunta.

— Não quer vir conversar comigo? — indagou.

— Por quê?

O rapaz coçou a cabeça com toda força e Nini viu um monte de caspas caírem.

— Se vier conversar comigo não vai ter de fazer todo esse estirão a pé até a estação ferroviária para buscar carvão. Na verdade, o que está fazendo é roubo. Tenho certeza que sabe disso. Hoje, ninguém diz nada, o que não significa que alguém não venha a processá-la no futuro. Espere só para ver. Mais dia menos dia, vão aparecer para acusá-la de andar roubando propriedade do governo. "Que pena", dirão todos. "Uma graça de garota, mas vejam só a confusão em que se meteu." Quer ser presa como ladra? E desfilar pela cidade toda numa jaula para as pessoas atirarem pedras em você? — perguntou Bashi. — Lá em casa tem bastante carvão. Moro com a minha avó e ela adora conversar com garotinhas como você. Podemos comprar um pouco mais de carvão para a sua casa e nem vai precisar contar para os seus pais. Pense nisso, está bem?

Nunca tinham usado a palavra *graça* referindo-se a ela, e, por um instante, Nini se perguntou se aquele rapaz seria cego. Mas ele tinha razão quando dizia que o que ela estava fazendo era ilegal. A ideia não tinha lhe passado pela cabeça antes, mas, agora, ficou achando que talvez fosse por isso mesmo que os seus pais tinham lhe dado essa tarefa. Imaginou os guardas vindo prendê-la. Os seus pais ficariam aliviados e as suas irmãs iam comemorar porque uma boca concorrente teria sido eliminada da mesa de jantar. Os Gu nem tentariam saber o que teria acontecido. Todos os vizinhos e até os estranhos diriam que era muita sorte aquela menina feia ter enfim pulado fora de suas vidas. Ninguém sentiria a sua falta.

Bashi voltou a lhe dizer para pensar no que ele podia lhe oferecer. Nini não entendia por que as pessoas resolviam ser boazinhas ou, o que era mais frequente, malvadas com ela. Ficou imaginando uma casa com uns bons pedaços de carvão bem sólidos. Uns poucos homens e mulheres passaram pelos dois, todos usando os seus melhores paletós Mao e levando bandeirolas coloridas nas mãos enluvadas. Alguns deles olhavam com desprezo para o sujeito que estava junto de Nini; a maioria, porém, simplesmente o ignorava. Bashi parecia nem notar. Sorria e acenava para aquela gente.

— Bom dia, tio; bom dia, tia. Vai haver um desfile hoje? Para a execução? — dizia ele. — Afinal, quem é essa mulher? Será que alguém sabe a história dela?

Como ninguém respondia, o rapaz voltou a se dirigir a Nini.

— Vão executar uma pessoa hoje. É uma mulher. Pense nisso. Ninguém pode cometer um crime e escapar de ser punido. — E, baixando a voz, acrescentou: — Olhe, não quer vir conversar comigo?

— Onde?

— Venha. Posso lhe mostrar a minha casa agora mesmo.

Nini abanou a cabeça. Estava ficando tarde e sua mãe já devia estar xingando aquela filha, culpando a perna aleijada pelo atraso.

— Tenho de ir para casa — disse a menina.

— E depois do café da manhã? Espero você na margem do rio, perto do velho salgueiro. Sabe onde é?

O tal salgueiro era uma velha árvore de tronco nodoso, com uma cabeleira de ramos que a faziam parecer uma mulher louca. Ficava bem longe da casa de Nini. Era preciso atravessar metade da cidade, passar pelo bosque de bétulas da beira do rio até chegar ao lugar de onde não se viam mais as fileiras de casas baixas, mas as altas chaminés da usina hidrelétrica. A menina tinha ido lá uma vez, antes do nascimento da Pequena Sexta. Naquela época, ainda não tinha tantas tarefas e, na primavera, às vezes mandavam que fosse colher dentes-de-leão e bolsas-de-pastor. Na primavera e no começo do verão, a sua família comia as folhas comestíveis, fervidas e bem salgadas. Continuavam comendo aquilo mesmo depois da época, até ficarem com a boca cheia de fibras duras e amargas. Só de lembrar, Nini sentiu aquele gosto de folhas na boca.

— E então? — indagou Bashi.

Ele a olhava como se o seu rosto fosse igual ao de qualquer outra garota, sem a boca repuxada para a esquerda ou os olhos meio descaídos na mesma direção. A mão e o braço esquerdos também eram aleijados, mas o rapaz parecia não ter reparado nisso.

— Você vai?

Nini fez que sim com a cabeça.

— Ótimo! — exclamou ele. Antes de se afastar, pegou um biscoito da lata que ela estava segurando e o enfiou na boca.

o professor gu acendeu o fogo e jogou água no arroz que tinha sobrado da véspera. Ficou olhando a chama alaranjada que lambia o fundo da panela, ouvindo o murmúrio ligeiramente hipnótico da água ali dentro. Um grão de areia é tão completo quanto um mundo, disse ele, dirigindo-se ao fogo, num tom de voz que só os seus próprios ouvidos puderam ouvir. A ideia de que alguém sentado acima das nuvens pudesse ver o interior do pequeno casulo em que ele e a esposa estavam encerrados na sua dor o consolava; para os olhos lá de cima, o seu sofrimento podia ser tão minúsculo e irrelevante quanto um pedaço de carvão aos seus próprios olhos, uma brasa ardente que logo esfriaria, transformando-se numa bolinha de cinzas.

A água ferveu e a tampa da panela soltou uns suspiros de vapor esbranquiçado. O professor mexeu o arroz e se sentou à mesa. Não se ouvia som algum vindo lá do quarto. Ele se perguntou se a esposa teria pegado no sono. Horas atrás, ela tinha voltado para casa escoltada por dois guardas que, antes de retirar as suas algemas, fizeram algumas ameaças duras. Teve medo que ela ficasse histérica, mas não, sua esposa manteve a calma até Nini aparecer. Logo Nini, a última pessoa no mundo que deveria ser alvo da sua raiva...

As mãos do professor Gu tatearam pela mesa como se pertencessem a um cego. Ao longo dos anos, tinha adquirido o hábito de ocupar as mãos com o que quer que estivesse ao seu alcance; indício, talvez, de algum transtorno psicológico, mas ele tentava não pensar muito a esse respeito. A mesa estava vazia, a não ser pela presença de uma tigela com um restinho de sopa. Mais um ritual que não havia sido cumprido, pensou o professor; algo que se foi junto com Nini e o sapo de origami feito com a folha arrancada do calendário. Tudo começou quando Shan tinha quatorze anos, jovem membro da Guarda Vermelha, pronta para conquistar o mundo. Saiu dobrando o papel compulsivamente para que os dedos ocupados o salvassem da tristeza de ver a filha se transformar uma estranha desalmada bem diante dos seus olhos. Nos primeiros dias do verão, à hora do café da manhã, quando Shan fez todo um discurso dizendo que ele deveria se curvar aos jovens revolucionários em vez de ficar resistindo com aquele silêncio, o professor Gu fez o sapo de papel pular e acabar aterrissando na tigela do mingau que sua esposa ainda estava comendo. Nem ele nem a mulher tiraram o sapo dali. Foi então que descobriu que nunca mais voltariam a rir juntos como uma família. Naquela mesma manhã, quando os jovens revolucionários amigos de Shan apareceram, ela sugeriu que saíssem todos para "chutar o traseiro de alguns contrarrevolucionários". Com que naturalidade as palavras grosseiras saíram da boca daquela filha que, desde bem pequena, tinha aprendido com ele a recitar poemas da dinastia Tang! Mais tarde, alguém chegou à sua escola dizendo que, além de chutar o traseiro de algumas pessoas, Shan também tinha dado um pontapé na barriga de uma mulher grávida de oito meses. O professor Gu se fechou no seu escritório e escreveu um longo ensaio, uma reflexão sobre a incapacidade da poesia como forma de educação numa época inteiramente avessa a ela. Quando terminou, releu o texto e o atirou ao fogo. Preparou-se para enfrentar a esposa, com quem dividia a responsabilidade de ter trazido ao mundo uma quase assassina.

O professor Gu não fazia ideia de como Shan tinha escapado às consequências dos seus atos. Sua esposa começou a ter crises nervosas e a chorar com frequência, em geral, logo que acordava pela manhã ou, às vezes, no meio de uma refeição insossa. O que tinha feito de errado para merecer Shan?, perguntava ela. Será que o céu os estava punindo porque ambos haviam sido casados antes, o que teria trazido impureza para aquele casamento? O professor gostaria de lhe dizer que essas ideias eram meras superstições absurdas, mas ela também estava perdida, desorientada pela crença de que era diretamente responsável pelos crimes que a filha cometia. Diante da desaprovação calada do marido, a sra. Gu acabou se tornando simplesmente uma tola, tentando encontrar motivos para qualquer calamidade ou falha, como se o mundo pudesse ser explicado e a vida precisasse fazer sentido para que alguém tivesse condições de continuar vivendo.

Abanou a cabeça. Não era melhor que ela, disse consigo mesmo. Era um homem que se deixou enganar tolamente pelos próprios desejos. Quando conheceu a esposa, ela tinha deixado de pertencer ao marido, que dividia com outras quatro esposas. Foi a única que abandonou a família por vontade própria quando o regime comunista recém-estabelecido baniu a poligamia; as outras tiveram de ser arrastadas da casa pelas autoridades do governo. Foi a primeira a se inscrever na turma que o professor Gu mantinha para mulheres analfabetas — estava com dezoito anos, tinha o cabelo preto e macio como seda, as faces cor de pêssego e os olhos eram dois poços profundos cheios de água triste. Era uma mulher nascida com um rosto nada atraente, como disseram os habitantes da aldeia, alertando o professor quando este resolveu se casar com ela. Olhe só os ossos da face, que são altos demais; e os lábios, que quase não têm carne, diziam todos. Ele só fez dar de ombros diante de tais comentários. Desafortunada, isso sim, pois perdeu os pais aos doze anos; aos quatorze, um tio a vendeu para um homem quarenta anos mais velho, que ela passou um bom tempo servindo, em parte como esposa, em parte como criada. Mas o professor Gu não queria nem ouvir os palpites dessa gente. Marido e mulher eram pássaros de mesma plumagem, como diziam os poemas de antigamente. Não foi principalmente por isso que se tornaram marido e mulher? No dia em que se casaram, a sua primeira esposa lhe mandou um telegrama: *que vocês se mantenham vivos dando água um ao outro*. Ele o escondeu, embora a sua atual esposa não soubesse ler todos os caracteres que havia ali. Nunca lhe falou sobre a bênção ou sobre a fábula que estava por trás dessas poucas palavras — dois peixes, marido e mulher, ficaram encalhados numa poça; competiram para engolir o máximo de água possível antes que a poça secasse ao sol escaldante, pois, assim, poderiam se manter vivos durante toda a longa agonia que precederia a morte dando água ao ser amado.

Não foi inesperado que o professor Gu e sua primeira mulher, estando apaixonados, quisessem ser os dois peixes da história; tampouco foi surpreendente que esse desejo, junto com outros sonhos e planos, tenha sido calado quando o casamento terminou. Não foi culpa de ninguém; simplesmente, como escreveu ela no pedido de divórcio, o casal não tinha condições de cumprir as exigências da nova sociedade, já que ela era um membro modelo do Partido Comunista e ele, um intelectual contrarrevolucionário que havia trabalhado para o governo nacionalista como especialista em educação. Depois do divórcio, ela permaneceu na universidade, a primeira mulher professora de matemática naquela região que cobria três províncias e, mais tarde, foi nomeada reitora de uma prestigiada faculdade em Beijing. Por seu turno, ele, fundador da primeira escola de ensino médio em estilo ocidental na província, foi transferido para uma simples escola primária local. Se marido e mulher fossem efetivamente pássaros de mesma plumagem, ele não era o par ideal para a ex-esposa. Desejava que ela tivesse melhor sorte, encontrando um marido à altura da posição que ocupava, alguém aprovado pelo Partido, ou, melhor ainda, designado por ele. Ela, porém, continuou solteira e sem filhos. O professor Gu jamais conseguiu tomar coragem para lhe perguntar por quê. Trocavam uma ou duas cartas por ano, dizendo pouco, pois ele sentia que não tinham nada, ou tinham coisas demais a se dizer. Já as cartas dela eram simples votos de felicidade para ele e sua família, e o professor não ousava imaginar a tristeza que estaria por trás daquela cordialidade tranquila.

Esse primeiro casamento durou três anos e, agora, tempos depois, a lembrança que tinha dele eram as inúmeras conversas intelectuais do casal. Mesmo na lua de mel, haviam passado mais tempo lendo e discutindo Kant que aproveitando o hotel à beira-mar. À noite, no início do segundo casamento, o professor ficava às vezes olhando a sua jovem esposa adormecida e tinha esperanças de que ela acabasse lhe oferecendo mais que beleza física, que pudesse vir a compartilhar sua vida intelectual — ele tinha então trinta e dois anos, ainda jovem demais para entender como os desejos dos homens são ilimitados ou o absurdo de semelhante ganância.

Quando finalmente aceitou o que podia esperar da jovem esposa, não a amou menos por isso. Sentiu-se mais responsável por ela, não apenas como marido e como homem, mas também como pai e educador. Sempre a viu como a primeira filha, nascida antes de Shan e dos outros que não vingaram — o primogênito, um menino, só teve três dias de vida, e, quando Shan tinha dois anos, o casal fez mais uma tentativa que terminou com um aborto espontâneo. Depois disso, desistiram, considerando uma bênção terem Shan, uma menina forte, saudável e bonita.

Tudo teria sido diferente se tivessem um menino, pensava ele agora; um garoto que teria crescido para se tornar um rapaz inteligente, alguém com quem poderia conversar de verdade. Um filho cuidaria dos pais nesse dia de perda e em todos os demais que os dois teriam pela frente. Mas era bobagem ficar desejando assim algo em vão... O melhor era parar com essas divagações irracionais da própria mente. Abriu a gaveta. Desde a véspera não pegava nas contas da casa.

Folheou o caderno com todo cuidado, mas nem sinal do recibo. Repassou mentalmente todo o dia anterior, os dois guardas, que não foram grosseiros, e as cópias rosa, amarela e branca do recibo que lhe entregaram. Nunca lhe passou pela cabeça que ele e a mulher tivessem de pagar pela bala que ia tirar a vida da própria filha, mas por que questionar esse absurdo quando não estava em condições de fazer perguntas? Assinou, e separou o dinheiro correspondente ao preço da bala, vinte e quatro centavos, para entregar aos dois homens. Custava o mesmo que dois lápis, ou umas poucas espigas de milho — coisas que tinha comprado tantas vezes para os alunos mais pobres. Lembrou de ter dobrado o recibo ao meio e enfiado no caderno quando sua mulher voltou do mercado, trazendo um repolho e um rabanete na sacola de crochê. Na rua, não perguntou nada aos dois homens que estavam indo embora; talvez nem os tenha visto, ou talvez já tivesse imaginado quem seriam eles. O casal não havia voltado a falar sobre o caso da filha desde que a apelação foi indeferida.

Examinou de novo o caderno. Sua mulher jamais punha as mãos nele, confiando ao marido tudo que dizia respeito a dinheiro. Ele próprio não tinha aberto o caderno desde a véspera. "Ele deve ter ido dar uma voltinha com algum fantasma", disse-lhe uma voz familiar. Depois de um susto momentâneo, o professor reconheceu a voz da babá que teve décadas atrás. Era uma empregada dos seus pais e o chamava de Patrãozinho; no fundo, porém, era praticamente sua mãe, já que a sua mãe de verdade dirigia um colégio interno para moças e passava a maior parte do tempo levantando fundos para que crianças de famílias pobres tivessem acesso à educação secundária. A sua mãe é mais competente que um homem, dizia-lhe a babá em tom de admiração. Ela própria, como toda uma geração de mulheres do seu meio, não teve nenhuma instrução, mas tinha teorias e explicações para os mínimos incidentes da vida. Um grampo fora do lugar devia ter ido dar uma voltinha com um fantasma, exatamente como uma moeda perdida ou um soldadinho de chumbo que ninguém conseguisse encontrar; às vezes, os fantasmas devolviam o objeto perdido, só que em lugares diferentes, porque fantasmas não têm boa memória, o que também explicava o fato de mil coisas estarem sempre desaparecendo. Ela tinha uma voz áspera que, segundo dizia, era o resultado de ter chorado muito pelo marido e pelos filhos, todos vitimados por uma epidemia de cólera. Eles se foram para quitar as suas dívidas, dizia. A babá falava da família como se aquelas mortes tivessem sido apenas mais uma circunstância da vida comum que exigisse alguma explicação clara.

O professor Gu fechou os olhos; naquele estado de torpor, sentia-se como se tivesse voltado à infância, cochilando quando a babá lhe contava histórias com toda calma.

A porta do quarto se abriu e, antes que ele pudesse esconder o caderno, sua mulher correu até o fogareiro e tirou a panela do fogo. Já fazia um bom tempo que o mingau tinha parado de borbulhar e todo o aposento estava impregnado pelo cherio de fumaça. Ele a fitou como que pedindo desculpas; ela, porém, evitou aquele olhar e serviu a comida para os dois, deixando para o marido a parte menos queimada e ficando com o que havia grudado no fundo da panela.

Comeram em silêncio, sem sentir o gosto dos alimentos. Quando terminaram, a sra. Gu se levantou para lavar as tigelas. Ele ficou esperando ela acabar.

— Nini não tem culpa de nada. Você não deveria tratá-la daquele jeito.

Ao saírem de sua boca, as palavras soaram mais acusadoras do que pretendia. A mulher o fitou. Ele tentou abrandar a voz.

— O que quero dizer é que, afinal de contas, fizemos mais mal a ela e à sua família. Eles não nos fizeram nada.

— Fazem parte do mundo que vai celebrar o assassinato da sua filha — disse a sra. Gu. — Por que temos de nos sentir em dívida para com as outras pessoas quando é a nós que devem mais que a quem quer que seja?

— *O que possuo é a minha fortuna; o que me possui é o meu destino* — respondeu o professor. As palavras soaram tranquilizadoras e ele as repetiu mais uma vez consigo mesmo, bem baixinho, quase numa cantiga. A mulher não respondeu e se fechou no quarto.

Nini comeu todos os biscoitos e jogou a lata fora antes de empurrar o portão. À diferença da maioria das famílias ali em Rio Lamacento, a sua não tinha um galpão rudimentar para guardar coisas no quintalzinho. Jogou o carvão no caixote coberto por uma lona velha. A galinha branca, uma das duas que possuíam, bateu as asas e pulou em cima do caixote. Com um tapa, a menina jogou a ave de volta ao chão. Toda manhã, aquela galinha, a criatura mais bisbilhoteira do mundo, vinha espiar o carvão, como se a mãe de Nini a tivesse encarregado de vigiá-la; baixinho, mas em tom severo, a menina mandou que ela se metesse com a própria vida. A galinha branca se afastou, na maior calma.

Na sala da frente, que fazia as vezes de cozinha, a mãe de Nini estava fritando alguma coisa no óleo e a menina franziu o nariz ao sentir aquele cheiro estranho. A outra galinha da família, uma marrom que não era tão diligente quanto a branca em termos de pôr ovos, bateu as asas quando viu Nini entrar, embora as suas patas amarradas e presas a um banquinho a impedissem de ir muito longe. Sem se virar para olhar a filha, a mulher ergueu a voz, para suplantar o chiado da fritura, e perguntou por que tinha se atrasado. Já contando com a raiva da mãe, e temendo ficar de castigo sem tomar café da manhã, a menina começou a balbuciar alguma coisa sobre o tempão que teve de esperar na estação. Sua mãe, porém, nem parecia estar ouvindo.

No quarto, o pai e as irmãs de Nini estavam sentados ao redor da mesa na cama de alvenaria. A mesinha de madeira era o único móvel de qualidade que possuíam; o resto da casa estava cheio de caixas de papelão que a família usava como armários, baús e cômodas. Era na cama de alvenaria que se realizavam todas as funções domésticas: ali era a mesa de jantar, a escrivaninha onde as suas irmãs faziam o dever de casa, a mesa usada para todo tipo de trabalho. O pai de Nini era operário na fábrica de metais pesados e a sua mãe empacotava ginseng e cogumelos no setor de atacado do departamento de agricultura; mal e mal ganhavam o suficiente para alimentar a menina e as suas cinco irmãs, e as roupas iam sendo herdadas em ordem decrescente: dos pais para Nini e dela para as outras meninas. Toda noite, a família inteira se reunia em torno da mesa-cama e dobrava caixas de fósforos para ter um dinheirinho a mais. Até a filha de três anos recebia uma pilha para dobrar. Além do bebê, Nini era a única que não fazia aquele trabalho por causa da mão aleijada e ninguém se negava a deixar bem claro que a menina vivia não apenas do suor dos próprios pais, mas também do das irmãs menores.

Haviam acendido o fogo nas entranhas da cama de alvenaria. O pai de Nini estava tomando uma tigelinha de uma aguardente de inhame bem vagabunda, mas não parecia tão deprimido como quando bebia à noite. A mãe chegou com uma bandeja de pão frito. Nini ficou chocada ao ver um café da manhã tão extravagante.

— Venha. Se não se apressar, comemos a sua parte — disse-lhe o pai.

Todas as irmãs riram, de início, um risinho meio nervoso, que se tornou mais ousado quando viram que a mãe não gritou, mandando que se calassem. Até a Pequena Sexta estava fazendo uns barulhinhos de felicidade. O pai de Nini mergulhou os pauzinhos na aguardente e derramou umas gotas da bebida na boca da neném. A mãe lhe disse para parar com aquilo, mas falou rindo e de um jeito nada bravo. As meninas de três e de cinco anos pediram para provar também, e o pai lhes deu algumas gotas da bebida. As duas mais velhas, que já iam à escola, tinham mais juízo e não pediram nada, mas se sentaram bem perto do pai. Ultimamente, vinham competindo para atrair a sua atenção, e a segunda filha sempre ia correndo buscar os seus chinelos e o seu chá quando ele voltava para casa. Por mais que tentasse, porém, assumindo muitas das tarefas da mãe no cuidado com o pai, Nini notava que ela não era páreo para a terceira filha. A menina de oito anos era um verdadeiro barômetro do humor paterno — quando ele estava bem-humorado, ela agia como se fosse o seu único amor, pedindo mais atenção bem de mansinho, com uns gemidos e uns gestos íntimos; quando ele estava de mau humor, a menina ficava na sua e saía andando, pé ante pé, em redor da casa.

Nini subiu na cama. Encolheu-se no canto mais afastado da mãe e perguntou à irmã de dez anos:

— O que aconteceu com a galinha marrom?

— Vamos fazer um ensopado hoje à noite, para comemorar — respondeu a mãe. — Tirem a barriga da miséria. *Toda alma injustiçada tem seu dia de recompensa*. Estou feliz por ver esse dia finalmente chegar.

Na primavera, os camponeses da serra desciam até Rio Lamacento com cestos de bambu repletos de pintinhos amarelos, fofinhos, todos ciscando e piando. Timidamente, as crianças pequenas pediam um ou dois como animais de estimação e ficavam espantadas ao ver os pais comprarem uns dez ou quinze. Os pintinhos não duravam muito, partindo o coração de diversas crianças, mas, com sorte, quando chegava o verão, alguns frangos tinham sobrevivido e, entre eles, uma ou outra galinha que logo começava a botar ovos. Como os pais de Nini não tinham dinheiro para comprar vários pintinhos, mandavam as irmãs da menina ficar de olho neles para evitar que gatos de rua famintos viessem devorá-los. De noitinha, quando Nini estava cozinhando para a família, as suas irmãs ajudavam os vizinhos a recolher as galinhas. Às vezes, no final do verão, alguém dava à família de Nini uma galinha que tivesse sobrado. A transação se baseava em confiança e entendimento, mas era comum não sobrar nenhuma ave depois de todos aqueles meses, e não se podia culpar ninguém por isso.

Nini ficou pensando na galinha marrom, que gostava de vir ciscar ao seu redor, quando ela lavava a roupa da família no quintal nos meses mais quentes. Não era de espantar que a sua mãe tivesse escolhido matar a marrom e não a branca. Nini nunca tinha provado galinha antes e gostaria que aquela marrom não fosse a primeira que ia comer na vida.

Seu pai tomou mais uma tigelinha de aguardente. Apesar de beber bastante, era delicado com a mulher e nunca batia nela como faziam outros bêbados da vizinhança. À exceção da de oito anos, em geral ignorava as filhas. Vivia suspirando, e, às vezes, chorava quando ficava bebendo sozinho à noite, acreditando que as meninas já tinham pegado no sono. Nessas noites, do seu canto na cama, Nini espiava o pai de vez em quando. A mãe nem ligava, como se aquelas lágrimas não existissem, e ia dobrando caixas de fósforos de mansinho.

— Deixem-me dizer uma coisa — principiou a mãe de Nini. — Sejam sempre delicadas com os outros. O céu está de olho nas pessoas malvadas. Elas nunca escapam de ser punidas.

As meninas logo trataram de assentir com um gesto. Com todo carinho, a mãe despejou o maior pedaço de pão no prato do marido.

— Que aquela puta da Gu lhes sirva de exemplo — acrescentou ela. — Aprendam bem essa lição.

— Quem é puta? — perguntou a de oito anos.

A mãe serviu mais uma tigelinha de aguardente para o marido e outra para si mesma. Nini nunca a tinha visto tocar em álcool, mas, agora, lá estava ela tomando aquela bebida com o maior prazer.

— Não fique achando que os seus pais são injustos e tratam você como escrava, Nini. É que, de uma forma ou de outra, as pessoas têm de ser úteis. Quando as suas irmãs ficarem mais velhas, vão se casar, e os seus maridos vão cuidar delas pelo resto da vida.

A irmã de oito anos deu um risinho, com um ar tão arrogante que Nini teve vontade de lhe dar uns tapas.

— Mas não vai aparecer ninguém querendo casar com você — prosseguiu a mãe. — Portanto, tem de ser útil para o seu pai e para mim, entendeu?

Nini assentiu e enfiou a mão aleijada debaixo da perna. Gostava de sentar em cima daquela mão até ela ficar dormente. Nessas horas, parecia até que era a mão de outra pessoa, e a menina precisava mexer em todos os dedos para saber que estavam ali.

— Alguém nos rogou uma praga através de você, Nini, e é por isso que nunca conseguimos ter um menino na família. Hoje, porém, a pessoa que fez isso conosco vai ter o seu último dia de vida. A praga acabou e logo, logo seu pai e eu vamos ter um filho — disse ela, e o marido esticou a mão para acariciar a sua barriga. Ela lhe sorriu e, depois, voltou a se dirigir às filhas. — Ouviram falar da cerimônia acusatória que vai acontecer hoje, não ouviram? — perguntou.

As meninas de dez e oito anos disseram que iam à tal cerimônia com a escola, e a mãe de Nini pareceu satisfeita com aquela resposta.

— E você também vai, Nini. Leve a Pequena Quarta, a Pequena Quinta e a Pequena Sexta ao estádio do Vento Leste.

Nini pensou no rapazinho, Bashi, que tinha encontrado na rua, e no salgueiro que ficava depois do bosque de bétulas, perto do rio.

— Por quê, mãe? — perguntou a de oito anos.

— Por quê? Porque quero que todas as minhas filhas vejam o que vai acontecer com aquela puta — respondeu a mãe. Dividiu então o seu próprio pedaço de pão em quatro partes e as deu às filhas, menos a Nini e ao bebê.

O pai pôs a tigela de lado. Tinha o rosto afogueado e os seus olhos pareciam incapazes de fitar um ponto que fosse.

— Deixem que eu lhes conte essa história, e todas vão ter de se lembrar dela de agora em diante. Sua mãe e eu crescemos juntos numa aldeia da província de Hebei, onde seus tios e tias ainda vivem. Nós dois nos apaixonamos quando estávamos na quinta série.

A menina de dez anos olhou para a de oito e ambas deram uma risadinha, a mais velha ousando rir um pouco mais alto que a outra. A mãe de Nini enrubesceu.

— Para que contar a elas essas velhas histórias? — perguntou e, por um instante, Nini achou que a mãe parecia outra pessoa, encabulada como uma adolescente.

— Porque quero que todos os meus filhos saibam o que você e eu passamos juntos — retrucou o pai. Ergueu a tigelinha, cheirou a bebida e voltou a se dirigir às meninas. — Na nossa aldeia, se vocês fossem lá hoje, as pessoas ainda saberiam lhes contar a nossa história de amor. Quando tínhamos quatorze anos, a sua mãe foi visitar a tia na Mongólia Interior. Passamos todo o verão escrevendo um para o outro e, juntos, usamos mais selos que todos os habitantes da aldeia usariam num ano inteiro. O carteiro dizia que nunca tinha visto algo assim em toda a sua carreira.

— Sinceramente, onde foi que arranjou dinheiro para aqueles selos? — perguntou a mãe de Nini. — Eu apanhava dinheiro da gaveta da minha tia e nunca tive coragem de lhe perguntar se ela tinha dado falta das notas.

— Roubei fio de cobre da usina elétrica, lembra? Aquela que ficava perto da aldeia da Nogueira. E, depois, vendi tudo.

Devia ser a primeira vez que a mãe de Nini ouvia essa história, pois os seus olhos ficaram tão carinhosos e sonhadores quanto os do marido.

— É incrível como não o apanharam — disse ela. — E que não tenha levado um choque daqueles...

— Se eu tivesse morrido eletrocutado, quem é que ia acender você hoje? — retrucou o marido, com uma risadinha.

— Não faça essas piadinhas na frente das crianças — disse a mulher, corando.

Ele riu e pôs um pedaço de tofu temperado na boca da esposa. A bebida os tinha deixado mais ousados, com uma alegria inconsequente. Nini ficou olhando para os dois e, depois, desviou os olhos, meio fascinada, meio enojada.

— O pai da sua mãe, o seu avô, fabricava tofu e o meu era o melhor fazendeiro da região que, trabalhando, conseguiu juntar o suficiente para comprar umas terras.

— E não se esqueça — acrescentou a mãe de Nini. — O meu pai era um fabricante honesto, que jamais enganou uma pessoa que fosse durante a vida toda.

— Mas essa moça, essa tal de Gu Shan, disse que os seus avós eram capitalistas e latifundiários. Era a líder da Guarda Vermelha e trouxe um grupo de moças para espancar a mãe de vocês. Ela estava grávida de Nini e essa moça lhe deu uns chutes na barriga. Foi por isso que Nini nasceu desse jeito.

As meninas de dez e oito anos lançaram uns olhares furtivos à irmã mais velha; a Pequena Sexta ficou balbuciando e agarrou a mão de Nini, levando-a à boca. Ela pegou a irmãzinha no colo e lhe deu um pedacinho de pão frito.

— É por isso que vai ter essa cerimônia de acusação para ela hoje? — indagou a de oito anos, depois de um longo silêncio.

— Não — respondeu a mãe. — E alguém lá está preocupado com o que ela nos fez? Ninguém se lembra da nossa desventura, porque somos pessoas sem a mínima importância. Mas está tudo bem. De uma forma ou de outra, a justiça está sendo feita. Um dia, você é líder da Guarda Vermelha, e, no dia seguinte, é uma contrarrevolucionária à espera de uma bala. Seja qual for o motivo da sua condenação, fico feliz ao ver que ela vai quitar a sua dívida hoje.

Nini abraçou a Pequena Sexta bem junto ao peito, e a neném foi passando a mão pelo seu rosto. Quando os seus dedinhos encontraram a orelha da irmã, ela a puxou, gesto que foi reconfortante para ambas.

— Andei pensando — disse a mãe depois de alguns instantes, e sua voz, agora, parecia mais calma. — Quero fazer um permanente amanhã. Muitas das minhas colegas já fizeram.

— Não tem problema para o bebê? — indagou o marido.

— Não, já me informei, não tem problema nenhum — respondeu ela. — Está mais que na hora de eu ficar com jeito de mulher em vez de parecer um fantasma.

— Para mim, você sempre foi a mulher mais linda do mundo.

— E quem acredita nessas suas bobagens de bêbado? — perguntou ela, sorrindo e erguendo a tigelinha para brindar com o marido.

BASHI SAIU ASSOBIANDO E foi voltando para casa com grandes passadas saltitantes. A cada dez ou quinze passos, via pessoas reunidas diante de um cartaz e outras tantas que seguiam pela rua, em direção ao seu local de trabalho, carregando faixas e cartazes. Pensando apenas em Nini, o rapaz não tinha tempo de parar e se distrair conversando com aquela gente. Perguntava, com seus botões, por que essa ideia não tinha lhe ocorrido antes. Há anos que via a menina pela rua, trazendo cestos de carvão lá da estação ferroviária de manhã bem cedo; durante o dia, ela ia ao mercado catar folhas já meio passadas, que as donas de casa arrancavam das verduras antes de comprá-las. Uma criatura desprezível, era a ideia que fazia dela. Ainda era uma coisinha feia, mas, agora, sem dúvida parecia mais uma garota. "Doze anos", disse Bashi consigo mesmo, saboreando o prazer de pronunciar aquele doce número em voz alta. Com tantas garotas crescendo saudáveis e bonitas pelo mundo afora, quem, senão ele, pensaria em Nini como alguém desejável? Começou a assobiar, alto e desafinado, uma canção de amor de um filme romântico dos anos 1950. Duas meninas, paradas diante do portão da escola secundária, apontaram para ele, dando umas risadinhas, e ele sorriu para ambas todo simpático, e lhes mandou um beijo como tinha visto um ator fazendo num filme importado de algum país do Leste Europeu, que havia sido o primeiro filme estrangeiro a passar em Rio Lamacento. Bashi tinha ficado impressionado com a desenvoltura do sujeito e treinou aquele gesto diversas vezes, diante do espelho da penteadeira da avó. As meninas saíram andando bem depressa, com o rosto corado de indignação, e ele riu, mandando-lhes mais um beijo, um dos tantos que mandou assim e continuaria a mandar, e que não chegavam a parte alguma.

Pensou na sra. Hua e, depois, deixou a mente vagar pelas sete meninas que já não eram mais suas filhas. Essas meninas, embora tenham sido abandonadas pelos pais, deviam ter rostos e corpos bem melhores que os de Nini. Ficou se perguntando por que não teria ocorrido aos pais da garota a ideia de abandoná-la na margem do rio e deixá-la morrer quando a viram nascer com aquela cara horrorosa, ou por que o casal também não abandonou as outras filhas quando era óbvio que o que estavam tentando, gravidez após gravidez, era ter um filho homem. Pensou nas meninas que a sra. Hua entregou a outras pessoas como futuras esposas. Talvez fosse a melhor solução: uma mocinha comprada de alguém como os Hua para ser sua futura esposa. Mas era algo que levaria tempo. Enquanto isso, tinha de pensar em Nini, a menina feia, porém real, que logo, logo estaria à sua espera.

Ao chegar em casa, encontrou, em cima da mesa, uma marmita de bambu coberta com um paninho de algodão para mantê-la aquecida. Ali dentro, havia seis pãezinhos claros, frescos e convidativos. Pegou um deles e achou divertido ver os seus dedos deixarem marcas na crosta macia. Chamou pela avó, dizendo que o café da manhã estava pronto; como não teve resposta, foi até o quarto que dividia com ela. As duas camas haviam sido feitas, e a cortina que as separava estava aberta e amarrada com uma fita. Aquela cortina havia sido instalada por Bashi dois anos atrás, quando descobriu as coisas empolgantes que podia fazer sozinho ali na cama. Não que a avó fosse acordar para espioná-lo, já que os seus sentidos andavam tão embotados quanto uma faca enferrujada retirada de uma tumba antiga, mas Bashi insistiu na necessidade da tal cortina, detalhe que aumentava o prazer dos seus joguinhos secretos.

Deu uma mordida no pãozinho e se aproximou da avó, que estava cochilando numa poltrona estofada, do seu lado do quarto. Pondo um dedo diante do nariz da velha, pôde sentir a sua respiração. Ela estava viva.

— Levante daí, sua leitoa preguiçosa. O sol está brilhando lá fora e a casa está pegando fogo — disse Bashi, fazendo uma vozinha de mulher, a voz da sua avó quando ele era criança. Mas ela não abriu os olhos. — O café da manhã está pronto e as formigas estão esperando pelas suas migalhas — acrescentou ele, sempre com aquela vozinha de falsete.

A velha abriu os olhos, assentiu com um gesto breve e voltou a cochilar. O rapaz desistiu. Ela estava com oitenta e um anos e tinha o direito de se permitir o que quer que desejasse: tirar umas sonecas pela manhã, beliscar uma coisinha aqui e ali, passar um tempão sentada num penico, cochilando. Atualmente, era um perigo ela ir até o banheiro público, com gente entrando e saindo, e tendo de atravessar aquele brejo fedorento, passando por pedregulhos e rochedos. Algum dia, como Bashi bem sabia, teria de começar a tomar conta da avó, cozinhando para ela, fazendo a sua cama, esvaziando o penico, cuidando da sua higiene. Não tinha medo disso. A avó havia passado a vida inteira tomando conta dele e estava disposto a assumir essa função quando ela precisasse. Se viesse a ter uma filhinha, faria a mesma coisa pela criança. Se conseguisse encontrar uma agora, pensou o rapaz, ia lhe dar o nome de Bashiyi, *oitenta e um*, em homenagem à avó, aquele bebê de oitenta e um anos. O próprio Bashi se chamava assim pelo mesmo motivo, já que nasceu no ano em que o seu bisavô estava completando oitenta anos.

— Bashiyi — disse ele, em voz alta, dirigindo-se às paredes, achando que só mesmo um gênio seria capaz de descobrir nome semelhante, pois a menininha passaria a ser sua irmã, como qualquer idiota poderia perceber, mas também pertenceria a ele. Oitenta e um só existia porque havia um oitenta; como encontrar uma Bashiyi sem um Bashi? De repente, precisava urgentemente contar essa ideia para alguém, mas a sua avó andava cada vez mais esquecida e as conversas entre ambos viviam sendo interrompidas por comentários irrelevantes sobre coisas acontecidas anos ou até décadas atrás. Talvez pudesse contar para Nini. Será que ela o compreenderia? Parecia uma palerminha, mas os moradores da cidade não tinham decidido que ele próprio era mudo? — Nunca se sabe... — disse o rapaz, assentindo com ar de quem entende das coisas, como se houvesse alguém parado ali bem à sua frente. — Ela pode ser muito mais esperta do que você imagina.

Enfiou o resto do pãozinho na boca e saiu de casa quando o relógio estava marcando oito horas. A rua principal tinha uma aparência festiva. Dois homens, usando braçadeiras vermelhas, impediam a entrada na praça do mercado. Alunos de uma escola primária da vizinhança passaram marchando e cantando uma canção soviética. Bashi achou a melodia familiar, mas jamais tinha ouvido a letra e não conseguia entender nada, pois aquelas crianças mais gritavam que cantavam, soltando fileiras de *O* pela boca. Numa rua lateral, duas professoras de uma creche apressavam umas dez crianças bem pequenas que deviam se juntar ao desfile; todas iam segurando numa corda cujas pontas estavam nas mãos das professoras. Os operários da fábrica de doces, homens e mulheres usando uns jalecos azuis, riam e conversavam enquanto esperavam as crianças passarem, e dois sujeitos assobiaram para duas garotas mais crescidas que, provavelmente, haviam repetido de ano várias vezes e já tinham idade suficiente para retribuir aquela atenção com um olhar.

— Onde vai ser a cerimônia acusatória? — perguntou Bashi, dirigindo-se a um guarda que estava na esquina.

— Não atrapalhe o trânsito — retrucou o policial, puxando-o pelo braço.

— Qual o problema se eu ficar parado aqui, camarada? — indagou o rapaz. — Está vendo o slogan lá naquele muro? servir ao povo, é o que está escrito ali. Sabe quem disse isso? O presidente Mao. É assim que você pretende servir ao povo, hein? Gritando com as pessoas e quase quebrando o seu pulso?

— Quem é você? — perguntou o guarda, voltando-se para fitá-lo.

— Um membro do povo a quem você serve.

O policial tirou um bloquinho do bolso.

— Como se chama? Qual a sua unidade de trabalho?

Bashi tentou inventar alguma coisa, mas, antes que pudesse dizer uma palavra, o guarda se virou para gritar com alguém que queria passar no meio do desfile das crianças. O rapaz então deu de ombros e disse bem baixinho, afastando-se dali:

— Eu me chamo Seu Tio e a minha unidade de trabalho é a cama da sua mãe.

Poucos passos adiante, perguntou a outra pessoa e ficou sabendo que todos ali estavam se dirigindo à escola de ensino médio, um dos seis locais escolhidos para a cerimônia acusatória que precederia a execução.

— Sabe quem é essa moça? — indagou ele.

— Uma contrarrevolucionária — respondeu o sujeito.

— Isso eu sei, mas quem é ela?

— O que é que você tem com isso? — retrucou o homem, dando de ombros.

— Onde conseguiu o ingresso? — perguntou Bashi.

— Ingresso? Vá com a sua escola.

— Não estou na escola no momento.

— Vá com a sua unidade de trabalho.

Bashi ia começar a explicar que era um homem livre, mas parou quando percebeu que o outro não parecia estar prestando atenção. Ficou ali olhando aqueles homens e mulheres, estudantes e aposentados que desfilavam. Todos tinham um ar feliz, cantando cantigas, gritando slogans e acenando bandeirolas coloridas acima da cabeça. Nunca tinha lhe ocorrido a importância que havia em ser membro de um grupo. Pensou em se meter no meio dos estudantes de ensino médio, mas, sem uma daquelas bandeirolas, iam desconfiar dele. Pouco depois, disse consigo mesmo:

— O que há de tão especial numa cerimônia de acusação? Vou para a ilha, ver a própria execução.

Mal acabou de dizer essas palavras, já estava decidido. Por que ser um em meio a uma multidão que marchava quando tinha toda a liberdade do mundo para fazer o que bem entendesse?

— Tchauzinho — disse ele, sorrindo, e acenou para aquela gente que ia seguindo pelas ruas como um bando de carneiros.

IV

O estádio do Vento Leste, construído em 1968, no auge da Revolução Cultural, e buscando reproduzir o estádio dos Trabalhadores, de Beijing, embora com uma capacidade muito menor, não era desconhecido de Kai. Várias vezes por ano, ela atuava como mestre de cerimônia nas comemorações do Primeiro de Maio, do aniversário do Partido Comunista chinês, da Festa Nacional ou para celebrar diversos tipos de conquistas que a municipalidade decidia honrar reunindo multidões. De onde estava, não conseguia ver a maior parte dos seus ouvintes e tinha aprendido a atrair a atenção de quinze mil pessoas com a própria voz amplificada que, ao que parecia, podia ser afetada pela mínima alteração no ar. Às vezes, o eco de sua voz voltava como se tivesse vida própria, vibrante de energia, e Kai sabia que estava sendo olhada com admiração, e talvez até com algum desejo inocente, substituindo uma amante, uma esposa ou uma filha no coração de um estranho, mesmo que fosse apenas por um breve instante. Momentos como esses, porém, tinham ficado cada vez mais raros no ano anterior; era comum, agora, sentir-se como uma pedinte, com a voz perdida num labirinto intricado e ricocheteando em paredes frias e desinteressadas.

— Está nervosa? — perguntou Han quando pararam junto ao portão lateral. Olhou ao seu redor antes de tocar o rosto da mulher com o dorso da mão. Ia dar tudo certo, disse ele. Ela abanou a cabeça sem responder. No último outono, quando voltou a trabalhar depois da licença-maternidade, tinha se descontrolado no palco durante a comemoração da Festa Nacional. A voz embargada e as lágrimas que não conseguiu conter não duraram mais que um minuto, e o público, como se atônito com aquele comportamento, não teve qualquer reação que pudesse prejudicar o evento. Mesmo assim, as lágrimas decerto foram notadas e comentadas pelas autoridades sentadas mais perto do palco, nos lugares destinados aos convidados de honra. Devem ser os hormônios, comentou a esposa do prefeito quando encontrou Kai no banquete que se seguiu à cerimônia, e a mãe de Han, numa atitude menos generosa e indulgente, chamou a atenção da nora, diante dos outros convidados, dizendo-lhe que não devia deixar os sentimentos tolos da mulher interferirem nos seus deveres políticos.

— Todos sempre olham atentamente para uma mulher que está prestes a ser executada — disse Han. Kai ergueu os olhos para fitá-lo, surpreendida por aquela verdade simples e cruel que nem imaginava que o marido fosse capaz de dizer. Alguns dias depois da crise da Festa Nacional, Han lhe perguntou o que tinha acontecido; Kai mentiu, dizendo que ficou preocupada com a falta de atenção por parte do público, pois sabia que jamais poderia explicar, a ele ou a quem quer que fosse, a imensa desolação que se apossou dela ali naquele palco.

Han voltou a repetir que ela não corria o risco de ter um público distraído hoje. Kai assentiu, dizendo que precisava entrar no estádio. Iam se encontrar no banquete, disse ele, e a moça ficou olhando o movimento ensaiado da boca do marido — como um adolescente que tinha plena consciência da sua boa aparência, Han treinava expressões faciais diante do espelho, sorrindo, rindo, franzindo o cenho, olhando sério — e, por um instante, o sentimento que teve foi de ternura. Se ele tivesse nascido numa família de status inferior, talvez aquela inocência pueril houvesse feito dele, além de bom marido e bom pai, uma boa pessoa; mas, nesse caso, tal inocência talvez já tivesse sido há muito destroçada pela dureza da vida. Pela primeira vez naquela manhã, a moça o fitou nos olhos e lhe desejou boa sorte para o dia.

— A sorte está sempre ao meu lado — retrucou ele.

Kai o deixou e entrou pelo portão lateral do estádio. Ele ficaria ali, olhando, até vê-la desaparecer, e ela precisou se conter para não se virar e lhe pedir perdão. De manhã bem cedo, tinha beijado Ming-Ming com um ímpeto tão apaixonado que deixou a babá espantada. A menina se encolheu num cantinho mais escondido do quarto e, com os olhos baixos e um ar impassível, ficou esperando a hora de retomar o seu lugar cuidando do bebê. Ming-Ming ficou passando os dedinhos gorduchos e macios no rosto da mãe, sem ter a mínima noção do amor que ela tinha por ele ou de sua decisão de abandonar o mundo limitado por esse amor.

Nos bastidores, todos estavam ocupados com os últimos preparativos. Um colega repassou o roteiro da cerimônia com Kai e, em seguida, sugeriu que ela fosse descansar na saletinha onde a esperava uma caneca de um chá aromático. Pouco depois, uma secretária do departamento de propaganda entrou dizendo que havia alguém procurando por ela no portão lateral. Era Han, perguntou a moça, e a outra lhe disse que não era seu marido, mas um estranho. Um admirador secreto, disse a tal secretária com um risinho, mas Kai desconsiderou a brincadeira, afirmando que a última coisa de que precisava na vida, atualmente, era um admirador secreto. A outra então se ofereceu para ir dizer ao tal estranho que ela era esposa e mãe feliz, se preferisse assim. Kai lhe agradeceu, mas recusou, afirmando que ia dizer isso tudo pessoalmente. Nesse instante, chamaram a secretária para realizar alguma tarefa menor e deu para ouvir o seu riso pelo corredor. O mundo podia ser tão ignorante e cheio de si quanto um marido que não suspeita de nada.

Diante do estádio, do outro lado da rua, Jialin estava parado debaixo de uma árvore, com o paletó cinzento se confundindo com o muro às suas costas. Tinha um gorro de algodão no velho estilo soviético enterrado quase até as sobrancelhas, com os protetores de orelhas baixados e amarrados sob o queixo; uma máscara branca também de algodão, parecida com a que tanto homens quanto mulheres usavam em Rio Lamacento durante os longos invernos, lhe cobria o rosto quase todo. Se não fosse pelos óculos, com o aro quebrado e emendado com várias camadas de esparadrapo, Jialin passaria tão despercebido quanto um trabalhador voltando para casa depois do turno da noite ou um comerciante a caminho de sua lojinha que era quase uma gaiola. Mesmo assim, não era do seu feitio pedir para vê-la em público num dia como aquele.

— Estava querendo falar comigo? — perguntou a moça. Fora da biblioteca onde às vezes se encontravam, os dois só podiam agir como estranhos.

Tinha passado apenas para se certificar de que estava tudo bem, disse ele, e, então, tomado por um acesso de tosse, virou o rosto para o lado. Quando a tosse passou, Kai lhe disse que não estava entendendo o que ele pretendia e ficou imaginando se o rapaz poderia notar o tom de falsidade que havia em sua voz.

— Quer dizer que não precisava me preocupar? — indagou ele. — Quis ter a certeza de que você não tinha algum plano secreto que pretendesse levar adiante sozinha.

— Por quê?

— Qualquer ação prematura equivale a um suicídio.

— Estou perguntando por que você achou que eu faria alguma coisa sem lhe dizer.

Jialin a fitou e Kai não se esquivou àquele olhar. Às suas costas, ouviu um apito e os seguranças gritando com um passante qualquer. Logo, logo teria de encerrar aquela conversa; logo, logo deveria estar no palco, e ele, que o mundo inteiro já tinha como meio morto, não estaria entre o público presente.

— Você disse uma coisa da última vez em que a vi — prosseguiu Jialin, e, abanando a cabeça, acrescentou: — Tomara que eu tenha me enganado.

Uma revolução exigia algum impulso, foi o que ela tinha dito duas semanas atrás, quando ficou sabendo da data da execução de Gu Shan. Apareceu inesperadamente no casebre em que ele morava. Tinha chegado a hora de fazerem alguma coisa, disse ela. E a esperança de salvar a vida de Gu Shan fazia com que a sua fala assumisse um tom apaixonado que jamais voltara a ter desde que ela deixara a trupe de teatro. As massas tinham de ser motivadas, era preciso chamar a atenção do público para o caso; com a ação certa, poderiam ao menos impedir a execução, se não fosse possível reverter a sentença. Durante todo o tempo em que ficou ali falando, Jialin a ouviu com o cenho franzido. Aquela proposta era impulsiva e nada sensata, disse ele quando a moça parou de falar, e, pela primeira vez, os dois tiveram uma discussão.

— Quero passar à ação tanto quanto você — disse ele agora.

Kai fitou aqueles olhos por detrás dos óculos. Pareciam perplexos, como se o rapaz não estivesse conseguindo encontrar as palavras certas. Irritada com o argumento que ele aventou e que ela não conseguiu contestar, a moça o tinha chamado de covarde naquela tarde em que estiveram juntos semanas atrás. Ele estava mais perto do túmulo que a maioria das pessoas que conhecera no mundo, retrucou Jialin naquela ocasião, e o problema não era a sua vida ou a sua morte, mas saber escolher o momento oportuno. Disse aquilo com uma raiva fria que Kai nunca teria imaginado que pudesse existir por baixo da sua delicadeza tranquila, e a moça simplesmente foi embora sem pedir desculpas. Ele tinha lhe falado de sua condição física quando se conheceram, seis meses antes; desde então, porém, não voltaram a tocar no assunto da tuberculose. Jialin era quatro anos mais velho que Kai, mas a doença lhe dava a aparência de uma idade indefinida, coisa que a moça não ignorava quando decidiu fazer amizade com ele. Aquilo também deve ter lhe passado pela cabeça, supunha ela: que, na condição de moribundo, o rapaz estava isento de diversas regras sociais. Pensou nisso quando Jialin lhe escreveu pela primeira vez; era uma carta cheia de ideias sobre democracia e ditadura que poderiam tê-lo levado à prisão. Kai ficou espantadíssima com a confiança que o rapaz depositava numa estranha, uma mulher cuja voz, mais que qualquer outra coisa, representava o governo em Rio Lamacento, embora jamais tenha lhe perguntado por que ele havia julgado que podia lhe confiar não apenas o seu idealismo, mas também a sua vida. Apesar de logo terem ficado amigos, tinham poucas oportunidades de conversar pessoalmente. Nas cartas que trocavam, tratavam apenas de assuntos políticos e transformações sociais, falando muito pouco sobre a própria vida.

— Por que achou que eu ia fazer alguma coisa por conta própria? — insistiu Kai.

Jialin disse que tinha esperanças de estar enganado, mas era um sentimento que podia vir a lamentar mais tarde se não tivesse vindo falar com ela essa manhã. A moça pensou em lhe dizer que a sua intuição não havia falhado: tinha decidido, depois da última vez em que se encontraram, pôr em prática o seu próprio plano; sendo Jialin uma pessoa tão reservada, a esperança de Kai era que, a partir do momento em que ela deflagrasse um protesto público durante a cerimônia acusatória, os seus amigos e ele fossem obrigados a optar pela ação. Como uma criança forçada a expulsar a mãe do seu próprio mundo, antes de lhe dar as costas a moça pensou que havia se preparado para enfrentar um dia, uma batalha, uma vida sem Jialin. A ideia que ele pudesse ter pressentido a decisão que ela havia tomado e tivesse vindo ao seu encontro a deixava a um só tempo tocada e assustada.

— Já começou a fazer alguma coisa de que não tenho conhecimento? — indagou ele, observando-a.

— Não.

— E está pretendendo deflagrar um protesto sem me dizer nada? — acrescentou o rapaz. — Tenho motivo para me preocupar?

Umas poucas pessoas passaram por eles ali na rua e tanto Jialin quanto Kai ficaram calados por alguns instantes. A campainha de uma bicicleta soou com impaciência, e, logo depois, ouviu-se um barulho. Nenhum dos dois se virou para ver o que havia acontecido.

Tinha visto o rosto dele apenas uma vez, quando, pouco depois do almoço, foi procurar o endereço que estava numa carta que ele lhe havia enviado. A tal carta, deixada na caixa postal com o seu nome, na entrada do departamento de propaganda, tinha atraído a sua atenção em meio às outras tantas de fãs que lhe escreviam para cumprimentá-la por sua atuação em diversos eventos ou para fazer algum comentário. E os remetentes dessas cartas tinham a esperança de que a sua fosse a escolhida para ser lida em voz alta no programa de rádio. A letra naquele envelope parecia ser de uma pessoa mais velha, alguém da geração de seu pai, que tivesse se dedicado à prática contínua da caligrafia. Por curiosidade, separou aquela carta antes de entregar as outras a uma das secretárias do departamento.

Naquela tarde, seis meses atrás, quando bateu ao portão foi recebida por um cumprimento familiar. Supôs, e sua suposição estava certa, que não era a única pessoa a visitá-lo. Abriu o portão, penetrou no quintalzinho e, pouco depois, ele saiu de uma cabana baixa, demonstrando surpresa ao ver que não era quem estava esperando. Era alto, muito mais jovem do que ela havia imaginado, com um rosto fino e pálido. A sua fala era interrompida por um ou outro acesso de tosse e, nessas ocasiões, o seu rosto assumia um tom vermelho nada saudável. Nesse primeiro dia, o rapaz não a convidou para entrar. Da próxima vez, por favor traga máscaras e luvas, disse ele; quando já se conheciam melhor, ele sugeriu que passassem a se encontrar na sala de leitura da única biblioteca pública da cidade.

— Sei que não posso retê-la por mais tempo — disse Jialin, quando já não havia ninguém que pudesse ouvi-los. — Mas será que você pode ao menos prometer que não fará nada antes de conversarmos novamente?

Aquele tom suplicante não soava familiar aos ouvidos de Kai; entre os dois, o que havia era sempre confiança. Às vezes, a moça reescrevia uma carta diversas vezes, temendo desapontá-lo.

— Mais cedo ou mais tarde precisamos abrir mão do que temos por aquilo em que acreditamos, não é mesmo? — indagou Kai.

— Não nos sacrificamos por um sonho irracional.

— Então vamos deixar que Gu Shan se sacrifique por nós? — perguntou a moça. Imaginou que Jialin pudesse achar aquele tom apaixonado insensato e pueril, como dera a entender duas semanas antes. Mas, se discutia com ele agora, não era por discordar dos seus princípios, e sim por uma sensação de estar fracassando. Não tinham feito nada para salvar Gu Shan, disse ela; iam deixar que ela morresse sem chamar a atenção do público para aquela injustiça? Não, ele não tinha se enganado: efetivamente planejava agir por conta própria; afinal, tinha o microfone e a sua voz.

Alguém a chamou pelo nome. Kai se virou e viu a secretária acenando para ela e, depois, mostrando o casal aos guardas que faziam a segurança do local. A moça disse que precisava ir. Jialin lhe perguntou se ela podia ao menos pensar no que ele tinha dito antes de fazer o que quer que fosse, mas, tendo pouco tempo para responder, Kai o deixou sem prometer o que ele tanto queria. Os guardas a fitaram preocupados ao vê-la atravessar a rua. Era uma dessas pessoas que insistiam em discutir problemas políticos com ela, foi o que disse quando a secretária lhe perguntou quem era o sujeito; já aos guardas, disse que podiam deixá-lo em paz.

QUALQUER DIA DESSES, perderia o filho mais velho, pensou a mãe de Jialin, deixando o café da manhã do rapaz no toco de árvore que lhe servia de mesa. Além daquele toco, uma cadeira e um catre estreito, não havia móveis ali na cabana. Um fogareiro feito com uma lata de gasolina, que a mãe de Jialin enchia de água quente três vezes por dia, mantinha o local ligeiramente mais aquecido que o exterior, e, durante o ano inteiro, lençol e cobertor ficavam úmidos. De um dos lados da cabana, havia pilhas de livros dispostas sobre caixas de papelão abertas, com um plástico por baixo. Uma caixa de sapatos com fios, tubos e botões — o seu rádio, como o rapaz se referia àquela geringonça rústica — ficava em cima do catre, tendo, ao lado, fones de ouvido, um esqueleto de fios e anéis metálicos.

Jialin não estava em casa e a mulher não fazia ideia de onde o filho teria ido assim de manhã. Não era comum ele sair e ela se sentiu quase feliz por ter um momento a sós ali dentro. Quando o rapaz estava por perto, era delicado; agradecia a comida, a água quente e a roupa lavada que ela trazia, mas não a convidava a se sentar. Há muito tinha aceitado o fato de que Jialin era uma pessoa que ela jamais conseguiria entender, mas, como toda mãe cujos filhos vão crescendo e se afastando, precisava passar o maior tempo possível naquele casebre, agarrar-se a qualquer coisa que pudesse usar para reconstruir o filho na memória depois que ele tivesse desaparecido de sua vida. Pegou um dos livros e o abriu ao acaso; alguém havia sublinhado um parágrafo com grossos traços azuis e vermelhos — talvez o próprio Jialin, ou o antigo dono do volume, mas ela preferia pensar que aquele livro não tinha nenhuma outra história a não ser o fato de ter pertencido ao seu filho. Olhou para as palavras que não era capaz de ler — era analfabeta e Jialin acreditava que era por isso que tinham lhe dado o cargo de responsável pelos livros banidos na fábrica de utensílios de papel. O rapaz implorou para que ela lhe desse alguns daqueles livros; na época, já fazia um ano que tinha contraído tuberculose e um filho isolado do mundo era motivo suficiente para uma mãe se transformar numa ladra barata. Diariamente, retirava um ou dois exemplares da pilha dos que iam ser desmantelados e os escondia dentro da roupa. Os livros chegavam com a temperatura do seu corpo. O rosto de Jialin se iluminava quando ele via aqueles volumes e, por esse raro momento de felicidade, a sua mãe, uma mulher honesta que jamais havia enganado quem quer que fosse, nunca se arrependia do crime cometido.

Da casa, alguém gritou, reclamando do atraso no café da manhã. Mais que depressa, a mulher voltou para a cozinha para preparar a refeição do resto da família: os três filhos mais moços, de dezenove, dezesseis e quatorze anos, que só faziam pegar os pauzinhos postos ao alcance de sua mão, e o marido, que elogiava os rapazes por se portarem como homens.

Jialin era filho de um casamento anterior que terminou com um acidente; o seu primeiro marido, um homem forte que crescera junto ao mar, mergulhou no rio Lamacento e quebrou o pescoço, três meses antes do nascimento do bebê. Um filho que, para nascer, exigiu a vida do próprio pai, diziam todos os que vinham lhe fazer propostas de casamento e aconselhar que ela entregasse o bebê para adoção. A mulher não quis dar ouvidos a essas bobagens e esperou dez anos para voltar a se casar; às vezes, porém, perguntava a si mesma se não teria cometido um erro. Será que, sendo adotado por outro casal, Jialin não teria levado uma vida diferente, sem doenças e infelicidade, duas coisas que ela não conseguia compreender. O filho tinha agora trinta e dois anos: estava velho demais para se casar, mas jovem demais para morrer. Não conseguiria vê-lo casado com uma moça, e, no entanto, viveria o bastante para ver a sua morte. Respirou fundo, mas as lágrimas não lhe vinham mais aos olhos. Não sabia onde ele tinha contraído a tuberculose, assim como ignorava de onde vinha aquele seu amor pelos livros; seu próprio pai, exatamente como o padrasto, era um homem sem muita instrução. Os três outros filhos que tinha eram robustos, rudes, fanfarrões — cada um deles sendo uma versão mais jovem do pai, que trabalhava na estação de carga. Jialin era diferente, como se nascido de outra família; não filho do seu primeiro marido, mas de um homem culto, gentil e refinado. Essa ideia às vezes passava pela cabeça da mulher, mas era algo tão estranho que ficava difícil articulá-lo até para si mesma.

No passado, havia se encantado por outro homem. Nessa ocasião, era recém-casada e começou a frequentar as aulas de alfabetização de mulheres dadas pelo professor Gu. Fazia menos de um ano que estava casada. O seu marido já tinha lhe causado toda a dor que um homem pode infligir à esposa. O professor Gu era o homem mais delicado que conheceu na vida, com aqueles olhos tristes por trás dos óculos de aro preto, a calça e a camisa limpíssimas e impecáveis. Reparou nas unhas dele, bem-cortadas, quando ele veio lhe mostrar o jeito certo de segurar o lápis, e aquela imagem a fez corar de vergonha mais tarde, quando estava deitada na cama, acordada, ao lado do marido, que roncava. Ficou desapontada quando ouviu dizer que o professor Gu ia se casar com uma de suas colegas de turma, a concubina de um proprietário rural, uma mulher que já fora de outro, com uma carinha miúda em forma de coração. Foi justamente a indignação que sentiu, aliada à gravidez, que a fez parar de frequentar as aulas. Durante todos esses anos, viu o professor Gu pela cidade, calado e tristonho, exatamente como nas suas lembranças. Ele não a reconhecia, mas o fato de poder vê-lo de longe era algo estranhamente reconfortante. Imaginava como o velho se sentiria tendo a filha fuzilada. Até a mulher dele, no passado objeto de sua inveja secreta, havia sido perdoada, pois, afinal de contas, um filho era tudo o que o professor precisava, mas ela só lhe deu uma filha contrarrevolucionária. Se ao menos o professor tivesse um filho como Jialin, que, com sua palidez e aquele rubor nada saudável nas faces, era um sujeito tão tristonho quanto o professor Gu das suas recordações. "Os dois se entenderiam bem", pensou ela por um bom momento e, depois, abanou a cabeça. Levou a comida até a mesa e se sentou ao lado do marido. Jialin morreria jovem; que tipo de consolo ele poderia representar para o professor, se fosse seu filho? Durante algum tempo, o rapaz ficou internado num sanatório, mas não deu mostras de qualquer recuperação. Não havia motivo para gastar dinheiro com ele quando os três mais moços pareciam perder as roupas da noite para o dia. Não foi preciso o marido mencionar esse fato para ela concordar em trazer Jialin de volta para casa. Seu marido construiu uma cabana no quintal e todos contavam, embora ninguém expressasse essa ideia, que o rapaz passasse o resto dos seus dias ali.

O PROFESSOR GU SAIU de casa logo depois do café, evitando encarar os vizinhos que iam para o trabalho a pé ou de bicicleta. Alguns alunos da sua escola o cumprimentaram aos gritos. Ele respondeu com um aceno de cabeça, incapaz de definir se havia alguma diferença naquela atitude. Será que os pais deles tinham lhes falado a respeito da sua filha? O que será que pensariam no dia seguinte, quando ele voltasse à sala de aula para ensinar as mesmas coisas que a sua própria filha tinha renegado?

Levava meia hora a pé de casa até o extremo oeste da cidade. Quando dobrou a esquina da rua principal, se deu conta de que as suas mãos, enfiadas nos bolsos do casaco, não carregavam nenhuma bandeirola e as suas pernas cansadas não acompanhavam o ritmo das demais. Decidiu então seguir por transversais e ruelas onde, depois que todos já tinham ido para a cerimônia acusatória, só havia galinhas, gatos e cachorros, bem como os velhos viúvos e viúvas ocupando o espaço existente entre as fileiras de casas. Ao vê-lo passar, um senhor bem idoso, sentado num banquinho baixo, ergueu os olhos e murmurou algo com a boca banguela; o professor assentiu sem ter entendido o que o outro havia dito. Uma mulher, mais moça porém também idosa, curvou-se junto dele e enxugou a baba que escorria pelo seu queixo usando um lenço preso ao seu casaco por um alfinete. Depois, voltou ao lugar onde estava sentada antes, balançando-se numa cadeira com o pé quebrado e tricotando alguma coisa com uma lã usada, cor de ferrugem.

Quando o professor Gu passou pela estação de passageiros, o trem que seguia para a capital da província estava chegando para sua rápida parada ali. O chefe da estação, que desde sempre, pelo que ele podia se lembrar, passava o dia sentado na guarita e a noite dormindo na cabine adjacente, bocejava junto aos trilhos. Uma menina, de uns sete ou oito anos, vendia ovos cozidos aos passageiros pelas janelas, com os dedos enregelados e inchados como aquelas cenouras pequenininhas. O professor Gu reduziu o ritmo para fitá-la. Por força do hábito, chegou a pensar em lhe perguntar onde ela morava e se alguma vez tinha ido à escola, mas desistiu. Há trinta anos, vinha ajudando crianças de famílias pobres, principalmente as meninas, a frequentar a escola, pagando a matrícula e as taxas quando os pais não podiam arcar com essas despesas. Viu a alegria de saber ler nos olhos da própria esposa e nos de todas as meninas das gerações seguintes; esperava ter feito a sua parte, por menor que ela fosse, para tornar aquela cidade um lugar melhor. Agora, porém, via que as mensagens dos livros, formuladas por homens e mulheres loucos para enganar e seduzir, seria a perdição de todas elas. Até as suas duas melhores alunas — a mulher e a filha — o tinham desapontado. Shan jamais teria se tornado um membro fanático da Guarda Vermelha se não fosse capaz de ler nos jornais os atrativos da Revolução Cultural; nem teria ido parar na prisão, por expressar as suas dúvidas, se não tivesse aprendido a ter ideias próprias em vez de seguir o pensamento das massas invisíveis. A sua esposa simplesmente suportaria a perda de Shan num silêncio sofrido, como faziam todas as mulheres analfabetas que perdiam filhos, resignando-se a entregá-los nas mãos de um destino incontestável e depositando as suas únicas esperanças numa outra vida.

O velho funcionário da ferrovia tocou uma sineta. O professor Gu se deteve. Ficou olhando para a fumaça branca no ar frio da manhã e os passageiros que se afastavam dele, um homem enfiando um ovo na boca, uma mulher mordiscando uma salsicha feita em casa. Logo o trem ganhou velocidade e o professor não conseguia mais distinguir aqueles rostos. Era exatamente assim que ele e a mulher estavam: num ponto da vida em que um dia não se distinguia do outro; e os dois não deviam se preocupar com o fato de um momento ou um dia ser longo demais ou triste demais. Ao menos foi o que disse à esposa quando ela voltou depois de ter ido queimar as roupas; precisavam olhar para frente e compreender que, em um ou dois anos, as dores não seriam tão intensas quanto agora. "Todos morrem", disse ele. "Não somos os primeiros nem seremos os últimos pais a perder uma filha." Tampouco era a primeira vez que perdiam um filho. Não mencionou esse fato, mas tinha esperanças de que a mulher se lembrasse disso.

O trem passou e um maquinista, de pé na traseira do veículo, acenou para o professor Gu. Depois de alguns segundos, este conseguiu reunir forças para responder ao aceno, mas o homem já era um pontinho miúdo, distante demais para ver o seu gesto.

O professor atravessou a via férrea. No local onde a rua se transformava numa estradinha de terra que levava à zona rural, situada nas montanhas, encontrou a cabana dos Hua. Acocorado diante dela, o velho separava umas garrafas de vidro. A sra. Hua mexia uma panela de mingau num pequeno fogareiro a gás. Ficou parado ali, olhando para os dois, e só quando a velha ergueu os olhos ele os cumprimentou.

O casal se levantou para saudá-lo.

— Já tomou seu café? Se ainda não comeu, junte-se a nós, por favor — disse a sra. Hua.

— Já comi, sim — respondeu o professor Gu. — Desculpe vir atrapalhar assim o seu café da manhã.

— Não se desculpe — replicou a velha, pondo mais uma tigela na mesa de madeira que ficava dentro da cabana. — Venha comer conosco. Não temos muito a oferecer, mas...

— A senhora é tão gentil... — disse o professor, esfregando as mãos.

A sra. Hua abanou a cabeça. Pôs uma frigideira meio tronxa no fogo e despejou ali umas gotas de azeite de uma garrafinha que, antes, servia para guardar mel.

— Quer um ovo frito, professor?

Ele tentou detê-la, mas, logo em seguida, a sra. Hua já tinha posto um ovo frito num pratinho para ele. O velho parou o trabalho que fazia e voltou a convidar o professor Gu para se sentar e comer com eles. Não vendo como começar a conversa sem aceitar a hospitalidade do casal, acabou se sentando na cadeira do velho Hua, que empilhou dois cestos, fazendo um banco improvisado onde se acomodou.

— A primavera está custando a chegar esse ano — disse o catador de lixo. — Isso não é comum, não é mesmo?

— Tem razão — respondeu o professor.

— O senhor tem passado bem?

— Tenho, sim.

— E a sra. Gu, também está bem? — indagou a mulher.

— Tem tido uns probleminhas por causa do inverno, mas nada sério.

— Espero que ela melhore logo — observou a sra. Hua, e, empurrando o prato para perto do professor, acrescentou: — Coma, por favor.

— É demais para mim — retrucou o professor Gu, empurrando o prato na direção do velho Hua. — Estou bem satisfeito.

Depois de um minuto nessa história de prato para lá, prato para cá, o velho Hua, admitindo que o visitante não tocaria naquele ovo, partiu-o com os pauzinhos e passou a metade à sua mulher. O professor esperou em silêncio que o casal terminasse de comer.

— Vim lhes pedir um favor — disse ele. Os dois velhos ficaram ali sentados, com os olhos cravados nas tigelas vazias à sua frente.

Pegou então um embrulho e o empurrou na direção do velho.

— Na verdade, é um grande favor, e espero que isso seja o bastante para compensar por tanto aborrecimento.

O velho Hua e a mulher se entreolharam.

— Está tentando encontrar alguém para cuidar da sua filha hoje? — perguntou ele.

— Estou — respondeu o professor Gu. — A culpa é toda nossa, pois não soubemos educá-la bem o bastante para que ela se tornasse um ser humano útil...

A sra. Hua o interrompeu, de forma quase veemente, dizendo que, ali na casa deles, não havia a menor necessidade de recorrer àquele discurso oficial. O professor pediu desculpas e, por um instante, ficou sem ter o que dizer.

— Lamentamos muito — disse a mulher, em tom mais brando. — Pelo senhor e pela sra. Gu.

O velho Hua assentiu com um gesto.

— Muita gentileza sua — disse o professor.

— Mas queira nos desculpar — prosseguiu a sra. Hua, empurrando de volta o embrulho com dinheiro. — Não podemos ajudá-lo.

O professor Gu sentiu uma dor aguda no peito e não conseguiu encontrar palavras para responder. O velho Hua tossiu, constrangido, e desviou os olhos.

— Sentimos muito — disse, então, fazendo eco às palavras da mulher.

O professor Gu assentiu, pondo-se de pé.

— Não — replicou ele. — Eu é que tenho de pedir desculpas por ter vindo até aqui incomodá-los com um pedido descabido. Agora, se me perdoam, já vou indo...

A sra. Hua pegou o embrulho e o entregou ao marido. Este o devolveu ao professor, dizendo:

— Achamos que o senhor podia aparecer por aqui e, por isso, andei perguntando se alguém estaria disposto a ajudá-lo. Conhece o velho Kwen?

O professor respondeu que não e que tampouco queria continuar incomodando. Quis acrescentar que tinha sido irresponsável em imaginar que os Hua iam sair por aí assumindo todos os filhos indesejados, mas conseguiu se conter.

— Não é incômodo algum — retrucou o velho Hua. — Ele é meio rabujento, coisa que pode perfeitamente acontecer com um velho solteirão. Tudo o que ele faz, faz bem. Se não se importar, posso levá-lo até a casa dele.

— É muito incômodo — insistiu o professor Gu. Sentiu as pernas bambas e precisou se apoiar com ambas as mãos na mesa.

— Está se sentindo bem? — indagou a sra. Hua.

Ele assentiu desejando, por um instante, que o casal mudasse de ideia. Imaginou como seria ir a outra casa procurar um estranho que o desprezaria ou, o que era ainda pior, que teria pena dele. Sentiu-se exausto.

— Ele não mora longe daqui — disse o velho Hua, enfiando o casaco de pele de carneiro. — São uns cinco minutos a pé.

A sra. Hua pôs um velho gorro de lã na cabeça do marido e o espanou com umas batidinhas.

— Gostaríamos de poder ajudá-lo, mas temos os nossos próprios problemas — disse ela.

— Eu compreendo.

— Queríamos mesmo ajudá-lo — repetiu a sra. Hua, como se tivesse medo de que o professor não acreditasse nela. — Não vá pensar que guardamos rancor de Shan.

O professor Gu aquiesceu. Não tinha nada a dizer em defesa da filha: o velho Hua e sua esposa estavam entre as pessoas que Shan havia chicoteado e chutado durante um evento público, em 1966. Todos os que foram condenados naquele dia eram velhos, viúvas de ex-proprietários, uns frágeis avós cujos netos, que assistiam a tudo, gritavam assustados até que os pais mandavam que se calassem. O próprio professor Gu e sua esposa estavam entre os acusados naquele dia, mas, pelo menos, a sua filha foi clemente o bastante para deixar que seus companheiros os castigassem. Não sabia por que os Hua estavam lá, já que ambos eram de origem bem humilde, mas, para aqueles jovens revolucionários enlouquecidos, o simples fato de ser gente parecia motivo suficiente para justificar a humilhação. Foi naquele dia que o professor Gu perdeu o que podia lhe restar de esperança com relação à filha. Shan não era a única ali a se mostrar feroz: uma de suas companheiras, uma moça um ano mais jovem que ela, que ainda tinha as bochechas gorduchas de um bebê, bateu na cabeça de uma velha com um bastão cheio de pregos. A mulher cambaleou e desabou no chão com um baque surdo. O professor se lembrava de ter visto aquele cabelo ralo e grisalho ir aos poucos se tingindo de vermelho por causa do sangue escuro e pegajoso. Depois, Shan obrigou o público presente a gritar vivas à sua companheira pela façanha realizada.

— Sabemos o que o senhor tem passado durante todos esses anos — disse a sra. Hua.

O professor assentiu. Os Hua foram dos poucos que o receberam, juntamente com a esposa, quando, no fim da Revolução Cultural, resolveram procurar as pessoas que haviam sido espancadas por Shan, levando-lhes presentes e pedindo desculpas em nome da filha. A maioria, porém, como os pais de Nini, os enxotou da porta de casa.

— Não foi culpa de vocês. Naquela época, ela ainda era uma criança.

— *O erro de um aluno é decorrência da incapacidade do professor* — retrucou ele, citando um antigo ensinamento. — *O erro de um filho é o erro do pai.*

— Não ponha esse fardo em suas costas — observou o velho Hua.

A esposa do catador disse que estavam ficando velhos e esperavam passar o resto da vida em Rio Lamacento. Não tinham documentação de residentes e, portanto, não podiam se arriscar a ser taxados de simpatizantes.

— Se fôssemos mais moços — prosseguiu ela —, não hesitaríamos em ajudá-lo. Naquele tempo, estávamos sempre com o pé na estrada.

— Eu sei.

— E não tínhamos tanto medo.

— Eu sei.

— Pode contar conosco para qualquer outra coisa.

— Eu compreendo.

— Volte para tomar uma xícara de chá quando quiser — disse a sra. Hua. O velho catador esperou até a mulher terminar aquela conversa e, então, puxou o professor pelo braço com toda delicadeza.

— É por aqui, professor.

— Obrigado, sra. Hua — disse o senhor Gu, com um aceno de cabeça, tentando disfarçar o desapontamento que sentia.

— Traga a sra. Gu para uma xícara de chá quando ela quiser — disse ainda a velha. Hesitou por um instante e acrescentou: — Nós também perdemos nossas filhas.

V

O estádio já estava com metade dos seus lugares ocupados quando a Escola Primária Estrela Vermelha chegou. "O Comunismo é bom", uma canção que Tong sabia de cor, estava sendo transmitida pelos alto-falantes e ele começou a cantarolar baixinho. Os lugares destinados aos alunos ficavam nas primeiras filas e, depois de se sentarem, alguns dos seus colegas começaram a abrir o lanche que os pais tinham posto na sua pasta; outros bebiam o que haviam trazido nos cantis. Sentindo-se solene e importante, Tong não cometia esses erros infantis.

A cerimônia acusatória começou às nove horas. Uma mulher, vestindo um paletó de lã azul em estilo Mao, novinho em folha, e com uma fita vermelha no peito, subiu ao palco e pediu ao público que se levantasse para cantar "Sem o Partido Comunista não há vida para nós", junto com o Coral dos Trabalhadores. Tong se pôs de pé, fitando aquela mulher com admiração. Assim que chegou a Rio Lamacento, antes mesmo de saber andar pela cidade, ia se sentar no quintal com Orelhudo, pela manhã e no final da tarde, e ficava ouvindo a voz da locutora emitida pelos alto-falantes. Não entendia quase nada das notícias que ela transmitia, mas aquela voz, quente e reconfortante, lembrava ao menino as mãos carinhosas da sua avó na hora de botá-lo para dormir.

Os adultos levaram alguns minutos para se levantar e, mesmo depois que o coro já tinha começado a cantar, metade dos presentes continuava a rir e a conversar. Com um gesto, a mulher convidou o público a entoar a canção e Tong, entusiasmado, se pôs a cantar a plenos pulmões. Os diferentes setores do estádio seguiram o comando em ritmos diversos e, quando o coro e os músicos que os acompanhavam terminaram, foram mais alguns minutos até que o público chegasse ao fim da canção, cada setor no seu próprio tempo. Aqui e ali, ouviram-se alguns risos divertidos.

Anunciaram o primeiro orador, um representante do governo municipal e os adultos levaram alguns instantes para se calar. Outros oradores, de diversas unidades de trabalho e escolas, subiram ao palco e acusaram a contrarrevolucionária. Todos encerravam a sua denúncia diante do microfone bradando slogans que eram repetidos pelo público. O que deixou o menino mais encantado foi o discurso de uma aluna da quinta série da sua escola, capitã dos Jovens Pioneiros e solista do coral da corporação em Rio Lamacento. A garota proferiu palavras duras com uma voz melodiosa. Tong sabia que ele próprio seria incapaz de fazer algo assim tão perfeito, e nem conseguiria ter a pronúncia ideal para obter a honra de ser escolhido para falar numa cerimônia solene como aquela.

Algum tempo já tinha se passado e nem sinal do momento mais divertido do evento: a presença da contrarrevolucionária, acusada publicamente antes de ser escoltada até o local da execução. A criminosa estava sendo levada a vários lugares, segundo explicou a mulher, pedindo que a orquestra tocasse mais músicas patrióticas.

Os adultos começaram a circular, conversando e brincando uns com os outros. Algumas mulheres tinham trazido agulhas e novelos de lã para tricotar. Um professor mandou que os seus alunos aproveitassem para lanchar. Bem alto, um menino declarou que a mãe tinha mandado ele fazer xixi pelo menos uma vez ali no estádio, o que levou vários outros estudantes a levantar a mão, pedindo a mesma coisa. A professora contou as crianças e, quando achou que tinha reunido um grupo suficiente, levou a todos, em fila, até os fundos do prédio.

Tong ficou sentado todo empertigado na sua cadeira, sem tocar nos biscoitos que a mãe tinha embrulhado e posto na sua bolsa. Adoraria que a locutora subisse ao palco e brigasse com as crianças e os adultos que haviam transformado a cerimônia numa feira livre; já tinha aprendido, porém, desde que chegou a Rio Lamacento, que as opiniões de uma criança como ele não significavam absolutamente nada no mundo. Lá na aldeia dos seus avós, os camponeses o respeitavam porque, uma vez, um célebre vidente o tinha escolhido para ser seu aprendiz. Não se lembrava do episódio, pois, na época, tinha dois anos e meio, e tudo o que sabia a respeito eram as histórias que os avós e os vizinhos viviam repetindo. O velho cego, enfraquecido por anos de viagem de uma aldeia a outra para ler a sorte das pessoas, tinha previsto a própria morte se aproximando. Decidiu então escolher um menino para herdar a sua sabedoria secreta e o seu conhecimento do mundo. Atravessou três montanhas e passou por dezoito aldeias até encontrar Tong. Rezava a lenda que, quando o velho chegou àquela aldeia, analisou o formato do crânio de todos os meninos com menos de dez anos e, a cada observação, mostrava-se desapontado. Quando chegou a vez de Tong, o menor da fila, o velho tocou na sua cabeça e derramou lágrimas de alívio. Durante os seis meses que se seguiram, o cego se instalou na aldeia e, diariamente, antes do nascer do sol, vinha se pôr ao lado da cama do menino para lhe ensinar os cânticos e fazê-lo memorizar as rimas e as fórmulas de que ia precisar mais tarde para a sua carreira de vidente.

Tong já não lembrava do mestre. O velho morreu pouco depois de o menino completar três anos, surpreendendo os aldeãos pois, sendo um mestre daquela arte, falhou na previsão da própria morte com exatidão. Era uma pena que toda a sua sabedoria se perdesse para o mundo. Mesmo assim, o breve tempo em que foi aprendiz de vidente destacou Tong como um menino especial, respeitado pelos moradores do local. Essas histórias, porém, não valiam muita coisa para seus pais e os habitantes de Rio Lamacento. Eles não o fitavam nos olhos que, como os camponeses lá da aldeia sempre diziam, eram profundamente humanos. Um menino extraordinário, diziam todos, e Tong sabia que estava destinado a uma causa importante. Mas como poderia convencer Rio Lamacento dessa importância, uma vez que a sua existência não era muito mais perceptível que a dos gatos e cachorros de rua?

Um pelotão de policiais entrou no estádio e isolou ambas as extremidades de cada corredor. A locutora pediu aos presentes que retornassem aos seus lugares. A voz da mulher estava abafada, como se ela tivesse pegado um resfriado; sentado bem na frente como estava, Tong podia ver as suas sobrancelhas franzidas. O menino ficou se perguntando se ela estaria tão aborrecida quanto ele ao ver a falta de entusiasmo do público, mas a mulher não viu o seu rosto erguido e preocupado quando anunciou a chegada da acusada.

Um murmúrio generalizado percorreu todo o local enquanto a contrarrevolucionária era arrastada até o palco por dois policiais envergando uniformes imaculadamente brancos e bem-passados. Ela tinha os braços amarrados às costas e os dois sustentavam o peso do seu corpo, fazendo com que os seus pés mal tocassem o chão. Pela primeira vez desde o início da cerimônia, o público soltou um suspiro coletivo. A cabeça da mulher pendia, como se ela estivesse dormindo. Um dos guardas a fez erguer a cabeça, puxando-a pelos cabelos, e Tong viu que o pescoço dela estava todo envolvido por um esparadrapo bem grosso, com manchas escuras de sangue. Os seus olhos, entreabertos, pareciam fitar as crianças das primeiras filas, sem registrar o que quer que fosse, e, quando o guarda largou o seu cabelo, a cabeça voltou a pender como se ela houvesse pegado no sono novamente.

O público foi convidado a se levantar e todos começaram a gritar slogans. Tong também gritou, junto com seus colegas, mas estava se sentindo enganado. A mulher não era o que esperava: não tinha a cabeça raspada, como os seus pais haviam imaginado, nem parecia o demônio descrito por um dos seus colegas. De onde estava, via o alto da cabeça da acusada, com um pedacinho sem cabelo bem no meio, e o seu corpo, miúdo naquele uniforme de presidiária que fazia mil dobras como um saco de farinha cinzento, não lhe dava a aparência de uma criminosa perigosa.

Minutos depois, a moça foi retirada do palco e, junto com os dois policiais, desapareceu nos fundos do estádio. A gritaria de slogans continuou até todos perceberem que não lhes restava mais nada a fazer senão ir embora. Alguns adultos começaram a se dirigir às saídas, mas os guardas se recusaram a deixá-los passar. Houve uma briga ou outra, o que atraiu mais guardas, e a locutora se apressou a voltar ao palco, convidando o público a se unir ao coro, cantando mais canções revolucionárias. Já desinteressados, quase todos os adultos simplesmente se aglomeraram nos corredores que levavam às saídas, deixando as bandeirolas que haviam trazido abandonadas nos assentos do estádio.

No caminho de volta à escola, Tong ouviu os comentários de uns meninos que estavam mais atrás. Um deles jurava que a mulher tinha ameaçado descer do palco e atacá-lo se aqueles dois guardas não a estivessem segurando; outro garoto repetiu uma história que o seu avô tinha contado: às vezes, uma mulher é uma cobra disfarçada — se conseguir fitá-lo bem nos olhos, à noite pode se infiltrar nos seus sonhos e devorar o seu cérebro.

"Que bobagem", pensou Tong, mas ele estava desanimado e não quis contestar aquelas criancices dos colegas.

COMO NEM A PEQUENA QUARTA nem a Pequena Quinta queriam segurar a sua mão aleijada, Nini teve de deixar a mais velha solta. A menorzinha tentou soltar a mão também e, num tom bravo, a irmã lhe disse que, se não obedecesse, um carro ia atropelá-la ou alguém ia raptá-la para vendê-la a estranhos. Com isso, nunca mais voltaria a ver os pais. Assustada, a menina começou a chorar e a Pequena Sexta, que vinha balbuciando feliz da vida presa às costas de Nini por uma faixa de algodão, parou por um instante para ver a irmã chorando e logo se uniu a ela no berreiro.

Nini chegou a pensar em levar as três de volta para casa e trancá-las ali dentro, como fazia tantas vezes para ir ao mercado. Ia sozinha até a margem do rio. O jovem Bashi, por mais estranha que fosse a sua conversa, era uma pessoa interessante e a menina tinha ficado curiosa para saber se aquela história de lhe dar carvão de graça era mentira ou verdade. Mas as irmãs iam contar tudo e, com certeza, a mãe ia mandar que ela ficasse ajoelhada num canto durante todo o almoço. Devia ter escondido a lata de biscoitos, pensou Nini, e, de repente, lembrou da presilha que havia enfiado no bolso. Conseguiu fazer as irmãs se calarem e pôs a borboleta de plástico azul na palma da mão boa. Levou bem uns cinco minutos para convencer as duas mais velhas a esperarem até que chegasse a sua vez. Pôs a Pequena Sexta sentada no meio-fio; pegou o próprio cabelo castanho, fez uma trança bem apertada no alto da cabeça e a prendeu com a tal borboleta. A trança balançou para um lado e para o outro. A Pequena Quarta e a Pequena Quinta bateram palmas, rindo. Nini sorriu. Em momentos como esses, gostava das irmãs.

Quando chegaram ao estádio do Vento Leste, todos os portões estavam fechados; as únicas pessoas que circulavam por ali eram os guardas, com braçadeiras vermelhas.

— O que estão fazendo aqui? — gritou um deles, dirigindo-se a Nini, quando as meninas se aproximaram de um dos portões. De tão assustada, a Pequena Quarta parou até de correr e se agarrou à manga da irmã.

Nini a puxou mais para perto de si e respondeu que tinham vindo assistir à cerimônia acusatória.

— De que unidade vocês são?

— Unidade? — indagou a menina.

— É. Qual é a unidade de vocês? — repetiu o sujeito abrindo um ligeiro sorriso.

Um guarda mais velho se aproximou e mandou que o colega parasse de implicar com as crianças, ao que o primeiro retrucou, dizendo que não estava implicando, e sim ensinando a elas a lição mais importante da vida: estar integrado a uma unidade. Ignorando esses comentários, o segundo guarda disse a Nini:

— Vá para casa. Aqui não é um bom lugar para vocês brincarem.

Nini pensou até em explicar ao mais velho dos dois por que tinham vindo à cerimônia acusatória, mas ele já estava agitando os braços, enxotando-as dali. A menina levou então as irmãs para a ruela mais próxima ao estádio e mandou que elas se sentassem na esquina.

— Vamos ficar esperando aqui.

— Por quê? — perguntou a Pequena Quarta.

— Porque temos de dar uma olhada nessa filha dos Gu antes da execução — respondeu Nini. — Se não a virmos, vamos ficar sem jantar hoje à noite.

Mais que depressa, as duas meninas se sentaram. Poucos minutos depois, começaram a brincar com pedrinhas e gravetos, cantarolando bem baixinho. Nini se pôs a rodar em círculos, e, logo, logo a Pequena Sexta já tinha pegado no sono, com a cabeça quente e pesada encostada no ombro da irmã. Dos alto-falantes vinham slogans, canções e vozes enfurecidas, mas não dava para entender o que diziam. Nini pensou na sra. Gu, pondo vagem em conserva e ovos mexidos num prato e lhe dizendo para comer o quanto quisesse, e no professor Gu, dando-lhe aqueles sapos de papel, com as mãos delicadas mal tocando as suas. Desde o começo, aqueles dois deviam desejar que ela não existisse, já que a sua deformidade era a prova do crime cometido pela filha deles.

Uma ambulância e um carro de polícia vieram pela rua principal e dobraram ali na ruela. Os motoristas desligaram as sirenes, mas deixaram as luzes vermelhas e azuis piscando. A Pequena Quarta e a Pequena Quinta pararam com o jogo e perguntaram:

— O que é isso?

Antes que Nini pudesse responder, um policial saltou da radiopatrulha, gritando:

— Onde é que vocês moram? Vão para casa agora mesmo! Não fiquem aqui nessa rua.

A Pequena Sexta acordou e começou a chorar. Nini pegou a Pequena Quinta pela mão e chamou a Pequena Quarta. A poucos passos de distância, viu umas casas sem cerca. Empurrou as irmãs para trás da cerca de uma casa vizinha, mandando-as ficarem quietas. A neném se remexia presa às suas costas. Enfiou então um dedo na sua boca, para acalmá-la. As duas meninas começaram a circular pelo quintal, indo ver de perto uma pilha de lenha num canto, esmigalhando uns pedacinhos de carvão macio.

Nini ficou espiando por trás da cerca. Algumas pessoas desceram da ambulância, todas usando jalecos brancos, toucas também brancas e máscaras. Alguém tirou uma maca lá de dentro e as duas figuras menores — duas mulheres, como Nini pôde perceber, pois o cabelo que aparecia por baixo das toucas lhes batia no pescoço — pegaram também uns embrulhos azuis e brancos, uns tubos e uma lâmpada de formato estranho que ficava ligada ao interior da ambulância por uns braços metálicos bem compridos. Uma delas acendeu e apagou a tal lâmpada, testando-a, e os quatro policiais, indiferentes ao que estava acontecendo, ficaram patrulhando os arredores segurando uns cassetetes pretos.

De repente, alguém começou a gritar. Um cachorro veio para a ruela na disparada, ganindo, seguido por um guarda que brandia o cassetete.

— Depressa, eles estão chegando! — berrou uma voz.

O homem que vinha atrás do cachorro voltou correndo e Nini foi espiar novamente. Alguém estava sendo arrastado pela ruela. Por um breve instante, pensou ter visto o cabelo preto de uma mulher, mas, antes que pudesse voltar a olhar, vários homens puseram a tal pessoa na maca cobrindo-a imediatamente com um pano branco. O corpo se debatia debaixo do lençol, mas algumas mãos o seguraram firme.

— O que é isso? — perguntou a Pequena Quarta.

Nini não respondeu. Seu coração disparou quando ela viu a mancha vermelha no pano branco que cobria aquele corpo. De início, era mais ou menos do tamanho de um prato, mas foi crescendo, assumindo uma forma irregular.

Poucos minutos depois, o corpo já estava na maca, dando chutes. Estranhamente, porém, aquele corpo que se debatia não emitia som algum. Nini sentiu um aperto esquisito no peito, como naqueles pesadelos em que a voz não sai de jeito nenhum, por mais que a gente tente. Os guardas enfiaram a tal pessoa dentro da radiopatrulha. Os homens e mulheres de jaleco branco voltaram a subir na ambulância. Num instante, ambos os veículos dobraram na rua principal e desapareceram, acompanhados dos longos e prementes lamentos das sirenes.

— O que foi? — perguntou de novo a Pequena Quarta.

Nini abanou a cabeça, dizendo que não sabia.

— O que foi? O que foi? — exclamou a Pequena Quinta. Nini mandou a irmã parar de agir como um papagaio. Levou-as até a entrada da ruela, onde a ambulância havia estacionado minutos atrás. Antes que as meninas menores pudessem perceber as gotas de sangue, passou o pé aleijado em cima delas, misturando-as com a poeira do chão. A Pequena Quarta apontou para um sapatinho de algodão preto caído ali perto e a Pequena Quinta o apanhou. A sola de borracha estava furada; a menina enfiou o dedo no buraquinho e começou a agitá-lo. Nini mandou a irmã jogar aquilo fora, mas, como ela se recusou, passou a mão no tal sapato e, com toda força, o atirou do outro lado da rua. A Pequena Quinta abriu o berreiro; parou, porém, ao ouvir um barulhão vindo do céu. Todas olharam para cima. Era um helicóptero do Exército que parecia uma imensa libélula verde.

— Um helicóptero — disse a Pequena Quarta, e a irmã menor repetiu a palavra em eco, ambas apontando para o céu.

Não tardou muito e os portões do estádio se abriram, dando passagem às pessoas que vinham todas conversando umas com as outras. Nini pegou as irmãs pela mão e se aproximou da multidão.

— A mulher não disse uma palavra durante toda a cerimônia — comentou um sujeito. — Será que não estava drogada?

Outro homem jurou ter visto a acusada abrir a boca. — Ela não parecia drogada, de jeito nenhum — disse ele.

— Como poderia falar? Devem ter cortado a sua traqueia — observou um terceiro. — Não viram as ataduras que ela tinha no pescoço?

— Traqueia? Não seja idiota! Como ela podia estar viva se tivessem cortado a sua traqueia? Cortaram as suas cordas vocais, isso sim...

— Mas que ela não podia falar, lá isso não podia... — replicou o primeiro homem, dando de ombros.

— Com licença — disse Nini, e falou um pouco mais alto ao perceber que ninguém a estava ouvindo. — Com licença, tios. A contrarrevolucionária ainda está aí dentro?

— E isso lá é da sua conta? — retrucou um dos homens.

Gaguejando, a menina disse que queria ver a mulher, mas, antes mesmo de poder terminar a frase, foi interrompida pelos sujeitos.

— Não tem nada para ver lá dentro! A primeira coisa que fizeram, assim que a cerimônia terminou, foi levarem a prisioneira embora. A essa altura, ela já deve ter sido fuzilada.

Desapontada, Nini mandou as irmãs se afastarem do portão para não serem pisoteadas. Ficaram ali esperando até a multidão se dispersar e o último grupo de alunos da escola primária desaparecer. Agora, tudo o que lhes restava a fazer era ir para casa.

O PILOTO DO EXÉRCITO nem olhou para a cidade de Rio Lamacento ali embaixo ou para as pessoas que ergueram a cabeça quando ele sobrevoou com o seu helicóptero a estátua gigantesca do presidente Mao. O voo até a capital da província não durava mais que meia hora e ele só pensava no almoço que viria então. Aquela refeição, depois de uma operação especial, com frango assado, costelas de boi e peixe no vapor era disputada mesmo pelos pilotos mais bem-tratados. Pensou no primeiro ano que passou no Exército; tinha dezesseis anos e meio, e era um bom palmo mais baixo que o oficial responsável pelo treinamento, um sujeito que, quando todos estavam em formação, gostava de cuspir na cara dos recrutas e lhes chutar a canela. Durante os primeiros três meses, não sentiu gosto de carne. Adoraria que aquele oficial pudesse vê-lo agora, com um galão e três estrelas nos ombros. Como o seu pai tantas vezes dizia, quem consegue suportar o insuportável estará, um dia, acima de todos os demais. "Acima de vocês todos", pensou o piloto, imaginando os garotos correndo pelas ruelas cheias de gente, mostrando o helicóptero uns aos outros.

Entre as cabeças que se ergueram, estava a de Bashi. O rapaz estava junto ao rio, defronte da ilha Corcunda. Essa ilha, situada no extremo leste da cidade, no ponto em que o rio Lamacento se alargava e fazia uma curva para o sul, era uma faixa de terra comprida e estreita, no formato do dorso de uma baleia. No verão, era invadida pelos patos e gansos selvagem que vinham para o Norte no seu período de migração; nesses meses, as crianças adoravam ir até lá nadando para roubar os ovos dessas aves que tinham um gosto forte, desagradável, a não ser que fossem cozidos com temperos bem picantes. Essa caça aos ovos fazia mais sucesso por ser considerada uma diversão que por motivos de ordem prática. Afora as aves e as crianças, só de vez em quando a ilha recebia outros visitantes, entre os quais a polícia, para limpar o local que funcionava como centro de execuções tanto para Rio Lamacento quanto para várias outras localidades vizinhas. A última vez que fuzilaram alguém ali havia sido dois anos atrás, no verão, quando um morador de uma cidade próxima foi condenado por estuprar uma moça e quase matá-la, estrangulando-a. Os guardas tinham evacuado a ilha com antecedência, mas uns rapazes mais ousados foram nadando até lá e ficaram escondidos debaixo da água, a poucos metros da margem. Mais tarde, saíram dizendo que tinham visto a cabeça do sujeito estourar com um único tiro, como uma melancia. Bashi não estava nesse grupo, mas, com o passar do tempo, passou a acreditar que sim. Contava a todos que o membro do homem ficou apontado para o céu, por baixo das calças, mesmo depois que ele caiu morto como um saco pesado.

— Ele era um desses sujeitos que têm problemas aqui embaixo — dizia, com um sorriso de especialista, dirigindo-se indiferentemente a homens ou mulheres.

Ficou olhando as bandeiras vermelhas e a fita amarela que cercavam a ilha. Com o rio ainda congelado, não havia a possibilidade de alguém se esconder debaixo da água e Bashi estava obcecado com a ideia de ludibriar as autoridades para conseguir ir até lá. Se pelo menos pudesse ficar invisível! Chegaria à ilha com toda facilidade, passaria pelos policiais e soltaria uns bafos gélidos bem na cara deles. Poderia até lhes falar com uma voz encantadora e sussurrante de mulher, chamá-los pelos seus apelidos íntimos, agradecer-lhes por dar um fim àquela sua vida tão sofrida e convidá-los a se encontrar com ela no outro mundo, para se divertirem a valer. Ficou imaginando os guardas, especialmente aquele que o havia ameaçado horas antes na rua, enlouquecidos de medo e chegando a molhar a calça branca do uniforme. Riu tanto que teve de se apoiar numa árvore para recuperar o fôlego. Ninguém mais ousaria pôr os pés naquela ilha mal-assombrada; ele poderia então construir ali uma cabana e viver com aquela mulher que decerto lhe devotaria a vida já que era o seu salvador.

Ela tinha vinte e oito anos, como vira no cartaz. Não era tão velha assim. Não tinha problema algum em morar com a avó, uma mulher muito mais idosa, e tinha certeza que aquela moça o amaria como sua avó o amava. Se ela se sentisse muito só ali na ilha quando ele precisasse ir para casa passar algum tempo com a avó — sem dúvida ela entenderia a situação —, pediria que Nini fosse lhe fazer companhia, servindo até mesmo de criada, e de toda confiança, pois ninguém estaria interessado em ouvir o que a menina teria a dizer. Lembrou-se então que, a essa altura, ela devia estar à sua espera lá perto do salgueiro, com aquela carinha deformada toda séria. Ora, mas ele poderia ir se encontrar com ela um pouco mais tarde e entretê-la desfiando algumas histórias sobre a execução. Era difícil fazer aquela carinha fechada sorrir, mas Bashi não via problema algum em tentar novamente.

Alguém bateu no seu ombro, dizendo:

— O que está fazendo aqui, sorrindo assim feito um idiota?

O rapaz ergueu os olhos e deu com Kwen, que o fitava. Aquele sujeito nunca tinha se casado e Bashi sempre teve vontade de lhe perguntar como era ser solteirão, sem uma mulher para aquecer a sua cama ou lavar os seus pés. Ficava imaginando se o outro sonhava com mulheres como ele próprio, mas esse tipo de pergunta decerto o ofenderia. Eram poucas as pessoas que Bashi não atormentava com a sua conversa mole, e Kwen era uma delas. Todos diziam que o vigia tinha um gênio bem difícil. Perto dele, os cachorros da cidade se comportavam como gatinhos. Dizia-se que até os lobos das montanhas o temiam; as cobras e os ursos negros também. Bashi nunca duvidou dessas afirmações. Certa vez, viu Kwen chicotear o seu cachorro preto, com o cigarro pendendo no canto da boca; no rosto, tinha uma expressão quase gentil, com um sorriso paciente, mas o cachorro, que era uma fera com praticamente qualquer um, se mostrou dócil como um cordeiro, baixando a cabeça até o chão, como se estivesse lhe pedindo clemência.

— Ei, está me ouvindo? — insistiu Kwen.

Assim de perto, ele se parecia com qualquer outro velho: um rosto com as rugas habituais, os olhos apertados, a boca sem dois dentes da frente e os demais manchados de um amarelo escuro por causa do cigarro. O rapaz sorriu, erguendo ambos os braços num gesto de rendição.

— Que surpresa! O que está fazendo aqui?

— Estou aqui pelo mesmo motivo que você.

— E por que motivo estou aqui? — perguntou Bashi todo interessado.

— Por causa da execução, não é?

— Errou. Estou aqui para um encontro — disse o rapaz. — Com uma linda mulher.

— Se dissesse que estava aqui para um encontro com a morte acharia mais fácil acreditar em você — retrucou o sujeito, abanando a cabeça.

— Mau augúrio! Não diga isso — replicou Bashi, cuspindo três vezes na palma da mão.

— Onde arranjou essa mania de mulher?

O rapaz fingiu que não tinha ouvido. — Então, o que está fazendo aqui? — perguntou.

— Vim para um encontro com a morte.

— Ora, vamos! — exclamou Bashi. Procurou nos dois bolsos do paletó, mas acabou encontrando no da calça o maço de cigarros que havia comprado duas semanas atrás. Já tinha feito umas quatro ou cinco tentativas; mais uma vez, porém, descobriu que aquele gosto de coisa queimada não lhe agradava. Deu umas pancadinhas no fundo do maço até que um cigarro caiu na palma de sua mão. — Tome! — disse, e dobrou o cigarro, fazendo com ele uma rodinha perfeita, antes de estendê-lo a Kwen.

O vigia olhou para o cigarro com ar desconfiado. Bashi suspirou e lhe deu o maço inteiro. Kwen acendeu o cigarro e guardou o maço. Na margem do rio, apareceu um carro da polícia seguido por um caminhão fechado. Todo um esquadrão desceu do tal caminhão, e, pouco depois, a contrarrevolucionária foi puxada pelos braços para fora do carro. Kwen e Bashi ficaram olhando para o grupo que atravessava o rio gelado em silêncio. De onde estavam, mal podiam ver o rosto da mulher.

— É por causa dela que você está aqui? — perguntou o rapaz.

Kwen lhe disse que era; que tinha vindo para recolher o corpo.

— Por que você e não eu? — exclamou Bashi.

— Porque estou sendo pago para isso.

— Por quem?

— Pelos pais dela.

— Onde está o dinheiro? — indagou o rapaz.

— Aqui — respondeu o outro, batendo no bolso do paletó.

— Deixe ver — pediu Bashi. Não estava acreditando naquela história. Uma mulher é uma mulher e tinha certeza que Kwen estava ali porque queria dar uma olhada nela, a despeito do estado em que estivesse o seu corpo.

O vigia tirou um embrulhinho do bolso. Parecia um volume bem grosso, mas quem podia garantir que Kwen não tivesse posto papel higiênico ali dentro? O rapaz já ia examinar o tal embrulho mais de perto quando o outro voltou a guardá-lo no bolso.

— Não meta essas patas no meu dinheiro! — exclamou ele.

— Quanto lhe pagaram?

— Por que eu deveria lhe dizer?

— Porque posso lhe dar a mesma quantia para você não apanhar o corpo.

— E quem vai fazer isso, então? Não se pode deixar um corpo apodrecendo ali na ilha.

— Eu me encarrego dele — replicou Bashi.

— Você é mais divertido do que eu imaginava — disse Kwen, rindo.

— Por quê?

— Porque nunca vi um idiota tão interessante quanto você.

Bashi estava a ponto de bancar o ofendido, mas, pensando melhor, começou a rir junto com o velho. Se conseguisse continuar a diverti-lo, talvez viessem a ser amigos. As pessoas iam vê-lo com outros olhos quando percebessem que era o único capaz de fazer amizade com Kwen. Uma raposa temida por todos os outros animais porque ficou amiga de um tigre, como na velha história que lhe veio à cabeça. Mas o que havia de errado em ser uma raposa esperta?

— Posso ajudá-lo a recolher o corpo — propôs o rapaz. — Deve ser pesado para uma pessoa carregar sozinha.

— Não tenho dinheiro para lhe pagar — retrucou Kwen.

— Mas eu pago para você me deixar ajudar. Pelo menos, deixe eu dar uma olhada nela.

O vigia o fitou por um bom tempo e soltou uma risada. Alguns pardais que ciscavam pelo chão, por entre as árvores, saíram voando. Bashi sorriu, nervoso. Foi então que ouviram um único tiro, seco, seguido por um eco metálico. Kwen parou de rir e os dois olharam para os bandos de pássaros que deixavam a ilha em revoada. Durante alguns instantes, não aconteceu nada, até que o esquadrão da polícia veio atravessando o rio, esmagando a neve velha com as botas pesadas.

— Creque — murmurou Bashi, imaginando um buraco enorme se abrindo no gelo e devorando toda aquela gente que tanto desprezava.

— Agora, chegou a hora de fazer o meu trabalho — disse Kwen depois que o carro da polícia e o caminhão foram embora.

— E eu? — indagou Bashi.

— Quanto pode me pagar?

O rapaz ergueu dois dedos; Kwen abanou a cabeça. Então, ele ergueu mais um e, depois, mais outro. O vigia só fazia fitá-lo com as sobrancelhas levantadas.

— Tudo bem. Cem está bom? — perguntou Bashi, quase implorando. — Provavelmente, é mais do que a família dela está lhe pagando, não é?

— Isso é problema meu — retrucou Kwen, sorrindo, e fez sinal para que o rapaz viesse atrás dele pelo gelo.

VI

A sra. Gu não respondeu quando o marido lhe disse que o almoço estava pronto. Ao voltar da casa do velho Kwen, ele a encontrou sentada numa cadeira e, desde então, continuava ali feito uma estátua. O professor tentou fazer alguns ruídos com mil pequenas tarefas que conseguiu inventar. Quando terminou tudo o que havia a fazer, sentou-se e se obrigou a tirar uma soneca. Foi acordado pelo barulho das pessoas que voltavam da cerimônia acusatória, homens falando e prendendo a bicicleta, mulheres chamando os filhos para almoçar. Levantou-se e, ruidosamente, começou a cortar, cozinhar e fritar as coisas para o almoço. Tentou não pensar no que tinha acontecido fora de sua casa — como adulto, praticamente só conheceu uma maneira de seguir vivendo: se concentrar no trechinho de vida que tinha diante dos olhos.

Sentou-se à frente de uma tigela de arroz e voltou a pedir à mulher que tentasse comer ao menos um pouquinho. Ela respondeu que estava sem fome.

— Temos de ser responsáveis pelo nosso corpo — observou o professor. Sempre insistia na importância das refeições regulares e nutritivas para manter o corpo e a mente saudáveis. Se havia algo de que se orgulhava era que jamais se entregava às dificuldades a ponto de ignorar o seu dever para com o próprio corpo. Ensinou à mulher e à filha que a vida é imprevisível e que comer e dormir são das poucas coisas nas quais podemos confiar para enfrentá-la com todos os seus caprichos. Ficou ali mastigando e engolindo com cuidado. Talvez não tivesse posto água suficiente no arroz, pois os grãos estavam secos e difíceis de comer. As fibras do repolho faziam os seus dentes já enfraquecidos doerem, mas ele continuou mastigando, tentando dar o exemplo à esposa, como sempre fazia.

Quando acabou, foi até onde ela estava. A sra. Gu não se mexeu e, depois de um instante de hesitação, ele pôs a mão no seu ombro. Ela estremeceu e ele retirou a mão. Poderia ter sido pior, disse; deviam ver as coisas pelo lado positivo.

— Pior como? — perguntou a sra. Gu.

O professor não respondeu.

— Os Hua não puderam aceitar — disse ele, depois de alguns momentos. — Pedi ajuda então ao vigia da hidrelétrica.

— Onde ela vai ficar?

— Ele vai encontrar um lugar. Pedi que não assinalasse o local.

— Preciso ir vê-la — exclamou a sra. Gu, pondo-se de pé.

— Achei que já tínhamos concordado a esse respeito — replicou o professor. Juntos, haviam tomado uma decisão, ele propondo, ela consentindo: eles próprios não iam enterrá-la. Estavam velhos demais para fazer isso; o seu coração podia não aguentar.

Mas ela tinha mudado de ideia, segundo disse, e saiu à cata do casaco; não podia deixar um estranho fazer a despedida da filha.

— Tarde demais — observou ele. — A essa hora, já está tudo terminado.

— Quero vê-la pela última vez.

O professor Gu ficou calado. Nos últimos dez anos, tinha ido visitar Shan apenas duas vezes: quando ela começou a cumprir pena e pouco antes do segundo julgamento. Na primeira ocasião, foi com a mulher e ambos estavam cheios de esperanças, embora a moça tivesse sido condenada a dez anos de prisão. Ela tinha dezoito anos, era ainda uma criança. Dez anos não eram assim tão difíceis de aguentar, disse ele à mulher e à filha, só uma pequena fração da longa vida de alguém. As coisas podiam ser piores, acrescentou.

Enquanto ele falava, Shan ficou o tempo todo com um ar de deboche no rosto.

— *Baba*, não se cansa de ficar dizendo essas coisas em que nem você mesmo acredita? — perguntou ela então.

— Acredito na paciência — retrucou o professor Gu. Aquele comportamento da filha não o surpreendeu. A prisão tinha sido um choque para o casal; para ambos, a filha era uma jovem revolucionária. Só mais tarde ficaram sabendo que Shan tinha escrito uma carta ao namorado falando de suas dúvidas com relação ao presidente Mao e à Revolução Cultural. O professor e a mulher nem sabiam que ela tinha namorado. Se tivesse sabido disso antes, teria alertado a filha sobre o tal homem; teria dito, e repetido caso ela não lhe desse ouvidos, que as traições geralmente vêm das pessoas mais íntimas e que mais amamos na vida; teria pedido que ela trouxesse o rapaz para que o conhecessem. Mas será que isso faria alguma diferença? O namorado entregou a carta da moça ao Comitê Revolucionário da cidade. Shan foi condenada a dez anos de prisão e concederam ao rapaz o privilégio de entrar para o Exército, coisa que não teria sido possível em circunstâncias normais, pois ele vinha de uma família de capitalistas e contrarrevolucionários.

As pessoas são os bichos mais perigosos que há no mundo: foi o que o professor quis dizer à filha naquela visita dez anos atrás. Seja sempre pequeno e sem importância, como um grão de poeira: era o conselho que queria lhe dar, mas, antes que tivesse a chance de fazê-lo, Shan se recusou a permanecer naquela sala e chamou os guardas, pedindo que a levassem embora.

Depois disso, o professor Gu não voltou a visitar a filha. Sua mulher até ia lá, mas apenas uma ou duas vezes por ano. Ela temia que muitas visitas pudessem complicar o prontuário de Shan e acrescentar mais tempo ainda à sua pena. Raramente falavam sobre ela, ambos com esperanças de que aqueles dez anos pudessem transcorrer sem qualquer incidente. No entanto, ao cabo daquele período, o que lhes chegou às mãos foi uma comunicação de que a moça iria a um segundo julgamento: na prisão, não demonstrou qualquer arrependimento e, durante todos aqueles anos, escreveu cartas apelando da própria condenação e alguns diários que continham as piores calúnias contra o Comunismo.

Na reunião semanal da escola, o secretário do Partido pediu que o professor Gu lhes dissesse como via o novo julgamento que aconteceria em breve. Ele respondeu que não tinha nada a dizer sobre isso e todos os membros do Partido abanaram a cabeça, desapontados.

— Pois vou lhe dizer o que penso a respeito, já que o senhor não tem nada a declarar — exclamou o secretário. — Da outra vez, a sua filha foi condenada por levantar calúnias contra a nossa causa comunista. Naquela época, ela era jovem e podia ser reeducada. Deram-lhe então a chance de corrigir as noções erradas que tinha. Mas o que aconteceu? Ela não soube aproveitar essa oportunidade. Não apenas se recusou a expressar o seu amor pelo nosso partido e a sua confiança na nossa causa comunista, mas também discutiu conosco, assumindo um ponto de vista absolutamente contrarrevolucionário. Isso — afirmou o secretário, com o indicador e o dedo médio apontados para o professor Gu — jamais será tolerado.

O professor não contou essa história à esposa. Decerto houve reunião semelhante no seu próprio local de trabalho, e a mesma mensagem devia ter sido transmitida. Às vezes, ele a ouvia chorar à noite. Quando tentava consolá-la, ela assumia um ar animado e lhe dizia que não devia se preocupar tanto assim. Shan ainda era jovem, acrescentava, e já tinha passado dez anos na prisão; o juiz seria complacente e esse novo julgamento não passaria de uma espécie de advertência.

O marido, porém, não dizia nada que pudesse encorajar a confiança cega da mulher. Poucos dias depois, foi visitar a filha na prisão. Os guardas foram grosseiros, mas, ao longo dos anos, o professor Gu tinha se acostumado à truculência das pessoas e não viu nada de especial naquele comportamento. O que o deixou chocado foi o estado de Shan, que não era mais a garota cheia de vida e desafiadora que fora dez anos atrás. O uniforme, cinzento e rasgado, estava fedendo; o cabelo curto, também imundo, era agora ralo, com uma falha considerável bem no meio da cabeça; a pele, de tão pálida, estava quase transparente e os olhos eram arregalados, com uma expressão vaga. Ela o reconheceu de imediato; no entanto o que aconteceu dez anos atrás parecia ter se apagado da sua memória. Assim que se sentou, a moça começou a falar. Disse que tinha escrito umas cartas ao presidente Mao e que ele tinha respondido, pedindo-lhe desculpas pela decisão equivocada e prometendo libertá-la. Já fazia dois anos que o presidente Mao tinha morrido, mas o professor Gu, sentado ali, suando frio, não chamou a atenção da filha para esse detalhe. Ela continuou falando, bem depressa, contando os planos que havia feito para quando saísse da prisão. Estava convencida de que tinha um noivo à sua espera, fora daqueles muros, e que a primeira coisa que os dois fariam era ir à prefeitura tirar a licença para o casamento. O professor não protestou quando, terminado o horário de visita, os guardas agarraram Shan com força pelos braços e praticamente a arrastaram para fora do aposento. A moça ainda falava, mas ele não a ouvia. Olhava fixo para a calça do uniforme, manchada pelo sangue da menstruação. Nem de longe a morte é a pior coisa que pode acontecer a um ser humano. Algo maior que o medo veio se instalando dentro dele; adoraria poder pôr fim à vida da filha...

O professor Gu não sabia há quanto tempo ela havia enlouquecido, nem se a sua esposa estava sabendo disso. Talvez soubesse, mas viesse escondendo dele há muito tempo. Por seu turno, mentiu mencionando uma notificação que chegou do presídio, informando que as visitas a Shan haviam sido suspensas por motivo de desobediência. A sra. Gu suspirou, mas não fez mais perguntas, o que o fez supor que ela só aceitou aquela ordem de bom grado por causa dele. Para o professor, a sentença de morte foi um alívio; talvez tenha sido a mesma coisa para sua esposa, mas não havia como saber. Quando o recurso foi negado, ela começou com essa história de ir ver Shan pela última vez, mas o seu pedido foi recusado, sem maiores explicações.

A sra. Gu vestiu o casaco. "As mulheres são como as crianças", pensou o professor, "ambas, quando cismam, teimam em fazer coisas que não têm o menor sentido". Implorou-lhe então que não fosse, mas ela começou a falar alto, perguntando por que ele não a deixava ver a filha.

— *Muitas vezes, estar cego é melhor que ver* — disse o professor Gu, citando um poema antigo.

— Passamos a vida toda cegos — retrucou a mulher. — Por que não quer abrir os olhos e enxergar os fatos?

O professor Gu reconheceu, nos olhos da esposa, o mesmo ar de desafio que vira certa vez nos de Shan.

— Os mortos já se foram — disse ele. — Vamos esquecer tudo isso.

— Como pode esquecer assim, tão facilmente?

— É uma necessidade — respondeu o professor. — As necessidades nunca são fáceis, mas temos de aceitá-las.

— Você sempre quis que aceitássemos tudo sem questionar — prosseguiu a sra. Gu. — Por que temos de viver sempre assustados?

O professor evitou encará-la. Não tinha resposta para aquela pergunta e tudo o que queria era que ela deixasse as coisas como estavam, sem ficar prolongando aquele sofrimento para ambos. Antes de poder dizer o que quer que fosse, sentiu um súbito torpor no lado esquerdo do corpo e caiu de joelhos. Ergueu os olhos para a mulher, mas já não conseguia vê-la. A sra. Gu correu para levantá-lo, mas ele era pesado demais. Bem devagar, ajudou-o a se deitar e ele sentiu o frio do chão de cimento atravessando suas roupas e penetrando em todo o seu corpo.

— Não vá embora — implorou ele então, desejando um fogo, desejando o corpo quente e macio da mulher. Por um instante, ficou confuso e pensou ter visto o rosto da primeira esposa, ainda jovem e linda como há trinta anos. — Não me deixe — acrescentou. — Não me faça perder você novamente.

o corpo da mulher estava deitado de bruços, com o rosto enfiado na neve endurecida. Tinha os braços retorcidos e presos às costas de um jeito intricado; a cabeça, ao contrário do que Bashi havia imaginado, estava intacta. O rapaz parou a uns poucos passos de distância e ficou olhando para as manchas de sangue no uniforme de presidiária.

— Ela está morta? — perguntou.

— Por quê? Resolveu ficar com medo agora? — replicou Kwen ajoelhando-se para vê-la de perto. — Não lhe paguei para ficar me seguindo.

— Com medo? Não, não. Só queria saber se ela não tem mesmo nenhuma chance...

— Nenhuma — disse o velho, chutando uma das pernas do cadáver e, depois, a outra. Agachou-se então e apontou para as costas da mulher. — Veja isso. Eles amarraram os braços dela desse jeito para que o dedo médio da mão esquerda ficasse apontando exatamente para o lugar do coração.

— E por que o coração?

— Para que o encarregado da execução soubesse para onde apontar a arma.

No trajeto até a ilha, pelo rio congelado, Bashi havia criado mentalmente toda uma história sobre uma cabeça estraçalhada, um cérebro ensanguentado espalhado pela neve como tinta respingada. Tinha pensado em contar essa história aos moradores da cidade, que o cercariam admirados. Aproximou-se, então, e se agachou ao lado de Kwen. A mancha de sangue que a moça tinha nas costas era mais ou menos do tamanho de uma tigela e o rapaz ficou espantado ao ver que um ferimento tão pequeno podia pôr fim a uma vida. Como o rosto dela estava parcialmente escondido pela neve, era impossível distinguir os seus traços. Bashi tocou naquela cabeça; ela estava fria, mas o cabelo, ralo e macio, parecia estranhamente vivo.

— Vamos tratar de trabalhar — disse Kwen.

Com uma faca, cortou as cordas, mas os braços da mulher continuaram na mesma posição, às suas costas. O vigia deu de ombros. Tirou uma toalha velha do bolso do casaco, enrolou-a duas vezes em torno da cabeça da morta e deu um nó na parte de trás.

— Para que isso? — indagou Bashi.

— Para não precisarmos ver os seus olhos.

— Por quê?

— É por ali que o fantasma olha ao seu redor, para ver alguém que tenha sido responsável pela sua morte. Se ele o vir, nunca mais o deixará — respondeu Kwen. — Principalmente quando é o fantasma de uma mulher jovem. Ele vem e suga você inteirinho.

— Pura superstição — retrucou o rapaz. — Prefiro ter alguém para me sugar inteirinho.

O sujeito deu um risinho abafado.

— Já comi mais grãos de sal que você de arroz. Se não quiser acreditar em mim, problema seu, mas, depois, não venha gritando me pedir socorro.

— De que tem medo? Nós só estamos ajudando — disse Bashi. E, apontando para o meio do corpo, acrescentou: — O que é isso? Ela levou outro tiro aqui?

Os dois se aproximaram para examinar o local onde o uniforme estava encharcado de sangue já seco. Sem conseguir tirar aquelas roupas, Kwen cortou o tecido e tentou separá-lo do corpo.

— Cuidado — observou o rapaz.

— Por quê? Ela agora já não pode sentir nada.

Bashi não respondeu. Quando o velho conseguiu despir o cadáver, os dois fitaram a parte intermediária do corpo que ficou exposta: o sangue e a carne que se abria como uma boca num sorriso macabro. O rapaz sentiu uma onda quente lhe subir à garganta e vomitou junto de um arbusto. Pegou um punhado de neve e limpou o rosto, sentindo-se refrescado e reconfortado por aquele contato frio.

— Nada bonito, hein? — murmurou Kwen. Ele já tinha posto o corpo em dois sacos de aniagem e estava prendendo tudo com umas cordas.

— O que fizeram com ela? — perguntou Bashi.

— Provavelmente tiraram alguma coisa do seu corpo antes de fuzilá-la.

— Alguma coisa?

— Um órgão qualquer. Os rins, talvez. Ou quem sabe outras partes. Isso é uma velha história.

— E para quê?

— Já ouviu falar de transplantes? — indagou Kwen.

— Não.

— Achei que tivesse alguma instrução — retrucou o vigia. — Sabe-se lá quem está agora com partes do corpo dela... Às vezes, nem é para transplantes, mas os médicos têm de praticar constantemente, para se manter afiados.

— Como sabe disso?

— Quando se chega à minha idade, não há nada que não se saiba — respondeu Kwen.

— Quantos anos você tem?

— Cinquenta e seis.

— Mas aposto que existe uma coisa que você não sabe — disse o rapaz. Agora, que o corpo estava enfiado naqueles sacos, tinha voltado a se sentir em segurança e recuperado o bom humor.

— O quê?

— Como são as mulheres — sussurrou Bashi, chegando mais perto de Kwen.

— Como pode saber se não conheço as mulheres? — indagou o outro, com um ligeiro sorriso no rosto.

— Você é solteirão, não é?

— Há tantas maneiras de se conhecer uma mulher... — retrucou ele. — O casamento é uma das piores...

— Por quê?

— Porque você fica conhecendo uma mulher só.

— E você conhece muitas?

— De certa forma, conheço.

— Que forma?

— Sempre ouvi os moradores da cidade dizendo que você era um idiota — replicou Kwen, sorrindo. — É curioso demais para ser idiota.

— O que quer dizer com isso?

— Que você tem um cérebro, e precisa usá-lo.

Bashi estava confuso. Além da avó, jamais tinha estado perto de uma mulher.

— Pode me ensinar como? — perguntou.

— Posso lhe dizer onde fica a porta, mas você tem de entrar e descobrir o resto sozinho — respondeu Kwen, acendendo um cigarro. — Vou lhe contar uma história que ouvi de umas pessoas mais velhas quando tinha a sua idade. Era uma vez uma mulher cujo marido gostava de dormir com outras mulheres. Ela, é claro, não ficava nada feliz com isso. "Por que você me deixa aqui e vai procurar o corpo de outras?", perguntou ela. "Olhe o seu rosto. Você não é bonita", respondeu o marido. Ela se olhou no espelho e bolou um plano. Toda noite, cozinhava legumes e verduras e lhes dava a aparência mais caprichada possível: rabanetes esculpidos em forma de peônias, ervilhas enfiadas como colares e pulseiras, parecendo até joias feitas de pérolas, talos de bambu recortados no formato de mulheres cheias de curvas.

Bashi engoliu em seco só de imaginar isso.

— No início — prosseguiu Kwen —, o marido ficou impressionado. "Você se tornou uma cozinheira fantástica", disse ele. Mas, terminado o jantar, continuava querendo dormir com outras mulheres. Depois de vários dias comendo legumes e verduras, perguntou: "Onde estão as costeletas de porco e os ensopados de carne que você faz tão bem? Por que não tem mais preparado esses pratos para mim?" A mulher sorriu e disse: "Mas, meu senhor, eles não são nada bonitos." O marido riu e retrucou: "Agora, estou entendendo." E, desse dia em diante, ele nunca mais dormiu com outra mulher.

Parou de falar e Bashi continuou olhando para ele fixamente.

— Acabou a história — disse Kwen.

— O que aconteceu?

— Só lhe contei uma história, e ela acabou.

— O que aconteceu com o tal homem? Por que ele parou de procurar outras mulheres?

— Porque a sua esposa lhe ensinou uma lição.

— Que lição?

— Use a cabeça. Pense!

— Sou péssimo em charadas. Precisa me contar a história toda — disse Bashi.

— Por quê? — indagou Kwen, sorrindo.

— Ah, por favor... — insistiu o rapaz. — Quer outro maço de cigarros? Uma garrafa de aguardente de arroz?

— Conto se você me prometer uma coisa.

— Prometo.

— Não quer saber o quê?

— Contanto que não me mande matar alguém...

— Por que eu ia querer que você matasse alguém? — perguntou Kwen. — Se quiser fazer isso, dou conta do recado muito melhor que você.

Bashi estremeceu. O outro olhou para ele, rindo.

— Não se preocupe — disse então. — Por que eu ia querer matar alguém? Bom, o negócio é o seguinte: os pais da moça me deram dinheiro para o caixão e o enterro. Mas acho que um caixão não vai fazer a menor diferença, nem para ela ou para os pais, nem para você ou para mim, portanto, não vou esquentar com isso.

— É compreensível.

— Mas tem de me prometer que não vai contar para ninguém. Não quero que as pessoas fiquem sabendo disso.

— Claro.

— Se ouvir um comentário qualquer — disse Kwen, fitando o rapaz —, torço o seu pescoço, entendeu bem?

— Ei, não me assuste. Não lido bem com piadas de mau gosto.

O outro pegou então um galho de árvore grosso como o braço de um homem e o partiu no meio usando as mãos.

— Piada coisa nenhuma! — exclamou ele, encarando-o com ar sério.

— Juro! Se eu contar o segredo de Kwen para quem quer que seja, não terei uma boa morte — disse Bashi. — Agora, que tal me contar sobre a tal lição?

— A lição é a seguinte — respondeu Kwen, depois de fitá-lo por um bom tempo —, um rosto bonito não é nada; para um homem de verdade o que conta é a parte principal e, nesse ponto, todas as mulheres são iguais.

— Que parte é essa?

— Achei que você fosse um rapaz esperto — retrucou Kwen, abanando a cabeça.

— Então me diga — insistiu Bashi, um tanto agitado.

— Já lhe disse o bastante. O resto tem de descobrir sozinho — replicou o outro, voltando a se ocupar dos sacos.

Quando conseguiu prendê-los, segurou o corpo por uma das extremidades e testou o peso.

— Se não me explicar direitinho, não vou mais ajudá-lo com esse corpo.

— Por mim, tudo bem.

— Se não me contar, vou morrer!

— Ninguém morre de curiosidade — disse Kwen, sorrindo.

— Então, vou deixar de ser seu amigo.

— Eu nem imaginava que fôssemos amigos. Agora, por que não segue o seu caminho e me deixa seguir o meu?

O rapaz suspirou, nada disposto a ir embora dali.

— Estava só brincando — disse ele e, quando Kwen segurou uma das extremidades do cadáver, pegou a outra. Juntos, puseram o corpo nos ombros. Ele era mais pesado do que o rapaz supunha; poucos passos adiante, Bashi já estava ofegante e precisou baixá-lo no chão. Kwen largou a ponta que segurava e o cadáver caiu com um baque surdo.

— Que molenga! — exclamou ele. — O que faria com uma mulher se tivesse uma?

Bashi respirou fundo e se curvou para pôr o corpo de volta aos ombros. Antes que Kwen o alcançasse, saiu andando bem depressa. De repente, tropeçou numa pedra e se estatelou no chão, com o cadáver por cima do seu corpo.

Kwen caiu na gargalhada. Bashi empurrou o cadáver com força para conseguir se soltar.

— Ela parecia tão magrinha... — disse, massageando o peito, a parte que mais tinha sofrido com aquele peso. — Mas ela devia pesar toneladas.

— Sabe que, depois de morto, um corpo passa a pesar cem vezes mais?

— Como pode? — indagou Bashi.

— São coisas da morte, acho eu — respondeu Kwen, dando de ombros.

O SALÃO DE BANQUETES que ficava no segundo andar do Felicidade Tripla era conhecido por alguns como o lugar onde se decidia o destino de muita gente em Rio Lamacento; para a maior parte da população, porém, era um aposento com portas de folhas duplas que ficavam fechadas o tempo todo. O que havia por trás dessas portas era algo que ultrapassava o seu salário e a sua imaginação, ambos igualmente magros. O primeiro andar, com dez mesas de madeira pintadas de um vermelho-escuro e bancos combinando, não passava de uma lanchonete de segunda categoria. Pedia-se e pagava-se a comida por uma janela onde uma mulher mal-humorada pegava o dinheiro e atirava o troco junto com uma varinha de bambu ensebada que continha um número praticamente ilegível gravado numa das faces. Mais tarde, o tal número era chamado noutra janela tão estreita quanto a primeira e os fregueses tinham de apanhar logo os seus pratos se não quisessem ser repreendidos pela demora. Os pratos eram gordurosos, excessivamente temperados e bem caros, como se espera que seja a comida de um restaurante. À exceção de agentes comerciais em viagens de negócios, cujas refeições seriam reembolsadas, só aqueles que pretendessem fazer uma demonstração de exibicionismo — um casamento para impressionar os habitantes da cidade ou um almoço ou jantar para deixar alguns parentes do interior admirados — vinham comer no Felicidade Tripla.

Kai chegou ao restaurante pouco depois do meio-dia. O térreo estava vazio, a não ser por dois homens com maletas no chão junto aos seus pés. Quando ela entrou, ambos ergueram os olhos para fitá-la, em meio à nuvem de fumaça dos próprios cigarros, e um deles a cumprimentou com um aceno de cabeça, como se a tivesse reconhecido. A moça também olhou para eles e, só quando os dois se entreolharam, percebeu que já estava há um bom tempo com os olhos pregados neles. Seguiu em direção à escada e subiu para o salão de banquete. Perguntava-se, ao chegar em casa, aqueles dois homens entreteriam a esposa com o relato de uma execução; ou se, perdido em meio às incontáveis lembranças acumuladas ao longo das suas viagens, esse incidente só viria à tona quando eles precisassem de uma história assustadora para contar a um filho desobediente. A morte de um estranho pode servir para tanta coisa... O tempo e o espaço vão acrescentando e retirando detalhes, até que a morte acabe se tornando outra coisa inteiramente diferente. O sangue de um mártir, como Kai cantou certa vez no palco, nutriria as azaleias que florescem na primavera, com as pétalas tão vermelhas quanto a cor da revolução. A letra e a música encheram o seu coração com tamanha paixão que o mundo terrestre em que ela se encontrava pareceu pequeno e temporário; mas o que uma garota de quatorze anos podia ver na morte a não ser uma aparência externa de beleza imponente? Tinha imaginado uma cena diferente para aquela cerimônia, a do seu último encontro com Shan: a sua fala serviria apenas de prelúdio para o que a moça teria a dizer; juntas, as palavras de ambas despertariam o público e alterariam os rumos daquele dia. Mas o que restou de Shan depois do assassinato do seu espírito e antes da execução do seu corpo — um uniforme de prisioneiro imundo e as cordas vocais seccionadas, uma boca entreaberta, uns olhos vagos e um corpo sem peso nas mãos de um policial — a tinha deixado enjoada. O discurso imaginado, com as suas palavras vazias, logo morreu sob a massa de slogans que invadiu o estádio.

Um rapaz, usando a braçadeira dos guardas de segurança, abriu as portas duplas para Kai quando ela se aproximou do salão de banquetes. Um bafo quente, repleto do cheiro de frituras, bebidas fortes e fumaça de cigarro, lhe bateu em cheio no rosto. A esposa do prefeito e a de uma outra autoridade a cumprimentaram e lhe deram os parabéns pela excelente performance na cerimônia acusatória, e a moça teve de contestar, com a modéstia que se espera nessas circunstâncias, alegando a sua incapacidade de levar a cabo a tarefa tão bem quanto desejaria. Logo a conversa se desviou para outros assuntos. A esposa do prefeito, cuja nora estava para dar à luz a qualquer momento, lhe pediu informações sobre a injeção que ela havia tomado depois do parto para secar o leite. Os pais de Han, como todos do seu nível social, acreditavam que a amamentação era uma forma ultrapassada de se criar um bebê; sem saber de nada, Kai tomou a tal injeção que, mais tarde, a fez chorar abraçada a Ming-Ming. Não, disse ela, o tratamento não tem nada de incômodo.

— As mulheres da sua geração são privilegiadas — disse uma senhora de meia-idade, vindo se juntar à conversa. — No nosso tempo, nunca tínhamos ouvido falar de leite em pó.

— Nem de leite de vaca fresco — observou sua sogra. — Aquele leitãozinho faminto do Han foi o bastante para me fazer desistir de ter outro filho.

As mulheres riram e uma delas deu parabéns a Kai pela sorte que teve de se casar com o filho único dos pais de Han antes que qualquer outra moça pudesse ter a oportunidade de conseguir isso. Kai ouviu aquilo com um sorriso ensaiado, assentindo e respondendo sempre que se esperava isso dela. Do outro lado da sala, Han lhe sorriu mas logo se virou e baixou a cabeça, com toda reverência, para cumprimentar o prefeito, que falava e gesticulava, dirigindo-se a um pequeno grupo de homens que o cercava. A esposa do prefeito continuava falando de partos e a mãe de Han sugeriu que a moça fosse visitar a nora deles.

— Não que Kai entenda mais de partos que você e eu, mas ela e Susu são da mesma idade, portanto devem ficar mais à vontade para conversar sobre essas coisas — disse sua sogra. Olhou para a nora por um instante e, voltando-se para a primeira-dama, acrescentou: — Além disso, essas jovens devem estar loucas para se ver livres da nossa sabedoria de velhas por um momento que seja.

"Gu Shan poderia perfeitamente ter sido a nora dessas mulheres", pensou Kai, e fez o possível para continuar participando da conversa. Talvez a decisão fácil de algum estranho tenha contribuido tanto para a sua sensação de deslocamento com relação à vida quanto a sua própria decisão de se casar com um membro daquela família. Se os jurados houvessem escolhido Gu Shan e não ela como vencedora do concurso de canto e dança no segundo ano, Shan é que teria sido mandada para a escola de teatro na capital da província. Tudo então teria sido diferente: Shan chegaria ao ponto de desempenhar os papéis principais das peças ao passo que Kai continuaria a ser uma garota comum em Rio Lamacento. Nesse caso, será que teria conhecido Jialin mais cedo, até mesmo antes de ele adoecer? Essa ideia a deixou atordoada e a moça tentou manter a voz calma ao se referir ao frango com gengibre, receita que a sogra tinha lhe ensinado. Era o prato favorito de Han, disse a mãe do rapaz, dirigindo-se à esposa do prefeito. E a moça acrescentou que, quando ela própria o preparou, o resultado deixou muito a desejar, comentário que foi acolhido com sorrisos de aprovação pelas senhoras ali presentes.

Até aquele dia, nunca mais tinha visto Gu Shan. Foram colegas no primeiro ano, mas Kai não conseguia lembrar como ela era naquela época; lembrava, isso sim, dos pais dela: o seu pai, que era o professor da turma naquele ano, e sua esposa, que a moça vira apenas uma única vez, numa festa da escola, no meio de várias outras mães. Lembrou também que, mesmo sendo ainda tão pequena, ficou com inveja de Shan, não só porque o pai dela era o professor, mas também porque a sua mãe era linda — no dia da tal festa, estava usando uma blusa de seda por baixo do paletó Mao cinzento, com o tecido vermelho-escuro aparecendo nos punhos e no colarinho. Uma presilha de plástico, combinando com a blusa, enfeitava o seu cabelo preto e macio, alguns centímetros mais comprido do que as mulheres casadas deviam usar. Foi exatamente a postura da sra. Gu que Kai tentou imitar quando, aos quatorze anos de idade, desempenhou o papel de uma jovem mãe que abriu mão do próprio bebê recém-nascido para salvar o filho de um alto funcionário do Partido Comunista; com as costas bem eretas, segurava firme o boneco de plástico contra o peito enquanto outro boneco, envolto num pano azul estampado, era atirado no rio cenográfico. A balada que se seguia ao afogamento foi a música de que Kai mais gostou durante toda a sua carreira de atriz, uma canção de ninar cantada por uma mãe para um filho que jamais voltaria a acordar para cada amanhecer do mundo.

A última vez que as duas se viram foi no outono de 1966. Shan era a líder de uma facção local da Guarda Vermelha e, quando Kai voltou para Rio Lamacento, vindo da capital da província, viajando com o seu grupo da mesma corporação, as duas facções se enfrentaram na praça da cidade, num duelo de canto e dança. Aquela competição para ver quem eram os mais fiéis seguidores do presidente Mao e a animosidade que surgiu dessa rivalidade pareciam, agora, absolutamente inúteis; mas Kai lembrava desse outono como o início de sua vida adulta, e, às vezes, imaginava que Shan devia ter as mesmas recordações: o sol de setembro brilhando nos seus olhos ali no palco improvisado; os operários que faziam um conserto na rua batendo no chão com as pás para acompanhar o ritmo daquele canto; os velhos e as crianças se juntando, no maior interesse, para vê-los; e um rapaz magricela, que parecia bem mais velho que elas, parado, um tanto afastado da multidão, esboçando um sorriso, como se fosse o único a não se impressionar com a performance de ambos os grupos.

O rapaz, com um avô e dois tios que tinham servido no Exército nacionalista, lutando contra o Comunismo na guerra civil, era um pária com relação a qualquer facção da Guarda Vermelha na cidade. Dois anos mais tarde, chegaram as notícias de que Shan havia sido presa, acusada do crime de ser contra a Revolução Cultural. O jovem magricela, que na época era seu namorado, tinha entregado as cartas da moça ao governo em troca da permissão para se alistar no Exército. Será que teria se encantado por aquele sorriso enganador se tivesse continuado em Rio Lamacento?, pensava Kai agora.

O prefeito convidou os presentes a tomarem os seus lugares nas duas mesas onde os esperavam tigelas de sopa e bandejas com comidas fumegantes. Começou então um verdadeiro show de humildade e reverência: com toda delicadeza, as pessoas se empurravam umas às outras ao redor das mesas, recusando os lugares privilegiados, ao lado do prefeito e de sua esposa. Só quando terminou essa encenação, ele declarou que tomaria a liberdade de determinar onde cada um devia se sentar, em respeito aos estômagos de todos, que já estavam roncando. Os convidados se sentaram e começaram a desfrutar do banquete.

NINI NÃO VOLTOU PARA CASA depois de passar pelo mercado aquela tarde. Saiu mancando pela cidade, levando ao ombro o cesto com algumas verduras já meio murchas, até chegar às margens do rio. O sol tinha deixado para trás as nuvens mais carregadas e seguia o seu caminho em direção ao oeste, parecendo um disco frio e descorado. A menina não avistara Bashi quando voltava do estádio, nem no mercado, onde lembrava de tê-lo visto algumas vezes. Será que o rapaz ainda estava à sua espera perto do salgueiro? Bashi parecia o tipo de gente que ficaria parado, só esperando... Decidiu então ir até lá procurar por ele. Na certa, as suas irmãs só acordariam da sesta quando ela já estivesse chegando em casa; mesmo assim, passou o cadeado na porta, trancando-a por fora. A única janela tinha vidraças duplas. As meninas podiam chorar à vontade, contanto que ela não as ouvisse...

Enquanto margeava o rio, ia pensando no próprio futuro. A sua mãe chamava todas as filhas de coletoras de impostos. Mal podia esperar para casar aquelas meninas, como vivia repetindo. E o melhor que tinham a fazer era aprender a se comportar, caso contrário, quando fossem morar com a família do marido, as suas sogras teriam de expulsar aquelas almas travessas do seu corpo a chicotadas. Se ofendessem os sogros, dizia ela, que aguentassem o castigo, sem achar que os pais iam correr em seu socorro. Esses conselhos, porém, nunca se dirigiam a Nini. Todos tinham certeza que ela, o pior de todos os coletores de impostos, continuaria sendo um fardo para o casal; ninguém jamais viria pedi-la em casamento. Se ao menos pudessem ter um filho e uma nora para cuidarem de sua partida para o outro mundo, dizia sua mãe, e a menina percebia que ela preferia mil vezes uma nora que seis filhas. Na falta desse filho homem, Nini, a filha que não tinha a menor chance de se casar, deveria cuidar dos pais enquanto eles vivessem.

Até aquela manhã, Nini queria ser filha dos Gu. Adorava o professor e sua esposa, a voz doce com que diziam o seu nome, aquela casa tranquila e farta, com refeições quentinhas. O desejo havia se tornado um sonho que, às vezes, se estendia por horas ou dias, e ela se imaginava vivendo com aquele casal. Havia desentendimentos entre a menina e os seus novos pais: uma tigela de porcelana que escorregava da sua mão aleijada e se espatifava, uma carteira fora do lugar que o professor não conseguia encontrar ou um jantar queimado porque ela tinha esquecido de vigiar a panela. Mas os dois jamais lhe diziam uma palavra áspera ou a fitavam com desconfiança; sabiam que ela era inocente, que tinha feito o melhor possível. Mas a simples ideia de poder desapontar o professor Gu e sua esposa a fazia chorar. Ela beliscava e mordia a parte mais inútil do seu corpo quando ninguém estava olhando; mais cedo ou mais tarde, porém, eles descobriam as marcas e os machucados deixados ali, e isso fazia o coração dos dois doer mais que o seu próprio corpo tinha doído. A sra. Gu lhe implorava que não fizesse mais aquilo; o professor suspirava e ficava esfregando as mãos, impotente. Nini os afastava e voltava a se beliscar e a se morder com mais força ainda, porque não era digna daquele amor. Será que os Gu não sabiam que ela era tão feia que preferia morrer?, gritaria; e, depois, ia se machucar ainda mais, porque merecia ser punida por ter gritado com as duas pessoas mais queridas que tinha na vida.

Um belo dia, com palavras brandas, porém firmes, a sra. Gu e o marido a proibiam de se ferir novamente. Ela não era feia coisa nenhuma, diziam ambos, abraçando-a quando ela deixou de resistir. Eles a amavam, diziam ainda, e a seus olhos ela era tão preciosa quanto uma joia. Nini não acreditava naquelas palavras, mas eles as repetiam diversas vezes, até ela se abrandar e começar a chorar. A menina aprendeu a ir esticando mais e mais as histórias que fabricava, sempre que não conseguia aguentar esperar pelo momento do desfecho, em que a solidão e a fome eram mitigadas pelas duas pessoas que a amavam mais que à própria vida. Quando chegava esse momento — e ele podia chegar a qualquer instante, nas suas idas ao mercado ou à estação ferroviária, na hora de ninar o bebê ou de preparar o jantar —, ela prendia a respiração até quase sufocar. Depois disso, o seu coração ficava batendo acelerado; os seus braços e as suas pernas ficavam fracos, com um torpor agradável.

A essa altura, um guarda de braçadeira vermelha gritando com ela, a mãe lhe dando um tapinha no ombro ou uma das suas irmãs xingando vinham, inevitavelmente, despertá-la. A menina começava então a sonhar outros sonhos, evocando outros mundos capazes de fazer dela a filha dos Gu. Às vezes, era a morte dos seus pais: quando estava prestes a ser mandada para um orfanato junto com as irmãs, o professor Gu e a esposa apareciam correndo para salvá-la. Outras vezes, os seus pais a expulsavam de casa e os Gu, ouvindo umas batidas à porta, vinham tirá-la da rua fria e escura, fazendo-a entrar na sua casa quentinha. Diziam que, tanto quanto ela, há tempos que esperavam por aquele momento, que ia dar tudo certo. Num desses sonhos, sua mãe a espancou, deixando-a desacordada; ao voltar a si, a menina se viu nos braços da sra. Gu que tinha os olhos cheios de lágrimas de gratidão por ela não ter morrido.

Que sentido tinha a vida, agora que sabia que os Gu jamais foram os pais bonzinhos com que sempre sonhava? Nos seus sonhos, eles nunca lhe dariam as costas...

— Ora, ora! Por que está tão triste assim? Será que já está com saudade de mim?

Nini ergueu os olhos e deu com Bashi, girando nas mãos um gorro de pele de carneiro, como se fosse um mágico. A sua testa estava reluzente de suor. A menina respirou fundo e olhou ao seu redor. Estava bem perto do bosque de bétulas; no rio congelado, a neve estava suja.

Ao passar a língua pela boca, sentiu gosto de sangue, tamanha a força com que tinha mordido as bochechas.

— Por que está aqui? — perguntou ela, fungando.

— Fiquei esperando por você, lembra? Desde hoje de manhã — respondeu ele, apontando duas vezes para o pulso com gestos exagerados, embora não usasse relógio. — Mas você não apareceu.

— A minha mãe me mandou ir à cerimônia acusatória.

— Viu a mulher?

— Não.

— É claro! Afinal, você não faz parte de nenhuma unidade de trabalho — disse o rapaz. Chegando mais perto, pôs o tal gorro na cabeça de Nini. Era grande demais para ela. Bashi tratou de ajeitá-lo, mas, mesmo assim, o gorro continuava enfiado até as sobrancelhas da menina. — Está parecendo um soldado de filme — observou ele.

— Que filme?

— Sei lá. Todo filme tem uma garota que é soldado. *Os guerrilheiros*, *A história de um coração vermelho*, *Os pioneiros*. Viu algum deles?

Nini abanou a cabeça.

Bashi estalou a língua, mostrando-se espantado.

— Qualquer dia desses, levo você ao cinema — disse.

Nini nunca tinha ido ao cinema. Uma vez ou outra, os seus pais iam ver um filme com os colegas de trabalho; as suas irmãs também iam com a escola. No verão, punham uma tela branca ao ar livre perto do rio Lamacento e, a cada duas semanas, projetavam um filme. Mas era sempre Nini que ficava em casa, tomando conta da neném. As duas ficavam no quintal o máximo possível, ouvindo, ao longe, a música que vinha lá do rio, até que chegavam os enxames de mosquitos e começavam a rondá-las.

— Por quê? Não quer ir ver um filme comigo? — indagou Bashi, fitando-a bem de perto.

— Mas, se eu for ao cinema com você, ainda vai querer me dar carvão? — perguntou a menina.

— Carvão? Claro. Quando você quiser — respondeu o rapaz, passando o braço no ombro de Nini. Tomada de surpresa, ela se esquivou ligeiramente e ele a soltou com uma risadinha. — Por que não procuramos um toco de árvore para nos sentar? — sugeriu Bashi, indicando o caminho rio acima. A menina saiu tentando acompanhar aquelas passadas longas; quando ele percebeu, tratou de andar um pouco mais devagar.

— Sabe quem eu vi hoje? — perguntou.

— Não.

— Quer saber?

Nini hesitou e respondeu que sim.

— A contrarrevolucionária.

— Onde ela está? — indagou a menina, parando.

— Agora, morta.

— Viu ela viva?

— Quem dera... Não, ela já estava morta — respondeu ele, torcendo ligeiramente o braço de Nini para trás. — Amarraram os braços dela assim, desse jeito, para que o dedo médio ficasse apontando direto para o coração. E bang — prosseguiu o rapaz, pressionando o indicador nas costas da menina.

Ela estremeceu. Recolheu o braço e escondeu a mão aleijada na manga do casaco.

— Onde ela está agora? — perguntou.

— Por quê?

— Quero vê-la.

— Isso é o que todo mundo quer. Mas, pode acreditar em mim, não há nada para ver. Ela está mortinha, como uma pedra. Na verdade, pesa mais que uma pedra. Sabe como descobri isso?

— Não.

— Porque acabei de ajudar um homem a retirar o corpo lá da ilha. Ah, ela é pesada mesmo, acredite.

— Ela está com esse homem?

— Ele está cavando uma sepultura para enterrá-la.

— Onde?

— Do outro lado do bosque. É duro cavar um buraco nessa época do ano. Não deviam executar pessoas no inverno. No verão, seria mais fácil para todos. Disse ao homem que não devia perder o seu tempo. O velho Hua e sua esposa nunca cavam buracos no inverno. Mas ele respondeu que se encarregaria de tudo e me mandou embora. Claro que eu não queria ficar ali, vendo o pobre homem trabalhar. Quem sabe não levo você amanhã de manhã ao local que ele escolheu, e vamos descobrir que, daqui até lá, o máximo que ele conseguiu foi abrir um buraco do tamanho de uma tigela?

— Que tal ir agora?

— Por quê?

— Quero ver essa mulher.

— Mas não há nada para ver. Ela está dentro de uns sacos.

Nini ficou olhando para o rio. Quando chegasse em casa, o fogo já deveria estar apagado. Levaria bem uns quinze minutos para voltar a acendê-lo e o jantar sairia atrasado. A mãe ia lhe dar uns cascudos. Bashi podia mudar de ideia e não lhe dar mais carvão. Mesmo assim, se soltou da mão dele e saiu andando em direção ao bosque.

— Ei, aonde está indo?

— Quero ver o corpo.

— Não me deixe aqui. Vou com você — disse o rapaz, pondo a mão de novo nos ombros da menina. — Sabe, o homem que está enterrando o corpo não é lá um sujeito muito fácil, mas é meu amigo. Pode lhe pedir o que quiser que ele faz.

— Por quê?

— Sua boba! Porque você é minha amiga, não é?

VOLTOU A VENTAR DEPOIS do pôr do sol e Bashi se deu conta que tinha deixado o gorro na cabeça de Nini. Riu, pensando naquela carinha séria. Era raro a menina sorrir, mas os seus olhos, mesmo o que era meio caído, se arregalavam, atentos, quando ele lhe falava. O rapaz não sabia até que ponto ela entendia as regras existentes entre meninos e meninas, ou o que teria ouvido sobre a sua reputação por ali; o fato é que Nini não disse nada quando ele pôs a mão no seu ombro.

Antes de se despedirem, Bashi a convidou para sair de novo no dia seguinte, e Nini nem aceitou nem recusou. "Aquele velho filho da mãe do Kwen deve tê-la assustado loucamente", pensou o rapaz. Pegou uma pedra no chão. A essa altura, já era hora do jantar; a rua estava deserta, a não ser pelos cartazes que tinham ficado pelo chão e que o vento levantava, fazendo-os rodopiar. Bashi olhou ao seu redor. Vendo que não havia ninguém por perto, atirou a tal pedra no poste mais próximo. Na terceira tentativa, conseguiu enfim quebrar a lâmpada.

Kwen não tinha sido nada amistoso quando os dois foram ao seu encontro. Levaram algum tempo e, só ao ver o rastro deixado pelo corpo nas folhas caídas, Bashi compreendeu que ele o tinha levado para mais longe, em outro trecho de bosque. Quando chegaram lá, o sujeito estava levando, ora arrastando-o, ora fazendo-o rolar, um pedregulho bem grande até o local onde estava o cadáver já em parte recoberto por pedras de vários tamanhos. Era loucura os pais dela acharem que seria possível enterrá-la com um tempo como aquele, disse Kwen, vendo-os se aproximar.

— Foi exatamente o que eu disse — observou Bashi.

— Será que dava para você ficar calado pelo menos uma vez na vida? — indagou o outro.

Isso não era jeito de falar com um amigo, principalmente na frente da menina que o acompanhava, mas Bashi achou melhor não reclamar.

— Se está preocupado com os cachorros do mato, podia cobrir o corpo com uns galhos de árvore bem pesados. É isso que o velho Hua faz — disse o rapaz. — E, assim, não precisa carregar todas essas pedras.

— Pensei que você fosse esperto e soubesse não se meter na vida dos outros.

— É só um conselho de amigo — replicou Bashi.

— Agradeceria muito se me deixasse em paz — exclamou Kwen, fitando-o com aspereza.

— Não se preocupe. Comigo, o seu segredo está bem-guardado — disse o rapaz, passando o dedo diante da boca e imitando o ruído de um zíper. — Acontece que a minha amiga aqui quer dar uma olhadinha no corpo — acrescentou, aproximando-se um pouco mais.

— Por quê?

— Quem é que não quer vê-lo?

Kwen abanou a cabeça, afirmando que era impossível.

— Ora, vamos! — insistiu Bashi, dando-lhe uns tapinhas no ombro, como já vira outros homens fazerem. — Ela só quer dar uma olhadinha. Que mal tem isso? Eu mesmo retiro as pedras e ponho todas elas de volta. Pode ficar aqui parado, nos vigiando. Não vai demorar nada.

Kwen afastou a mão do rapaz. Bashi fez uma careta para Nini, na esperança que ela entendesse que essa rispidez era coisa comum entre homens. Será que não podia ajudar um amigo a impressionar a sua garota? E, baixando a voz, disse que ela era apenas uma menina a quem ninguém dava atenção. Por que então não deixá-la feliz uma vez na vida? Mas Kwen continuou abanando a cabeça e, quando o rapaz voltou a insistir, afirmando que ele próprio abriria o saco para sua amiga ver, o outro lhe lançou um olhar gélido.

— É melhor você ir andando antes que eu perca a paciência.

— Qual é o problema? — indagou Bashi. — É só o corpo de uma contrarrevolucionária; não é a sua mãe!

Com um palavrão, o vigia da hidrelétrica mandou que ele se calasse. Bashi ficou chocado: achava que Kwen gostasse dele; afinal, uma hora antes estava lhe contando histórias. Nini fitava a ambos e o rapaz ficou chateado ao ver aqueles olhos fixos no seu rosto a essa altura quente e provavelmente vermelho como um pimentão.

— Vá se foder! — exclamou então. — Que se fodam as suas irmãs, a sua mãe, as suas tias, as suas avós e todas as suas ancestrais que já morreram e estão nas suas tumbas!

Antes que Bashi tivesse tempo de esboçar uma reação, Kwen já tinha uma faca bem comprida encostada na sua garganta, com a lâmina afiada rente à sua pele. Friamente, mandou o rapaz se ajoelhar no chão.

Durante os cinco minutos que se seguiram, Bashi fez tudo o que o outro mandou. Xingou-se de todos os palavrões possíveis, estapeou o próprio rosto, implorando perdão. Kwen só ficou ali olhando e sorrindo.

— Você é um inútil, Bashi! Sabia disso?

— Claro — respondeu ele. Foi então que reparou numa mancha estranhíssima nas calças de Kwen, bem perto da braguilha: um ponto cinza-claro naquela superfície de veludo escuro. Bashi se aproximou, como se quisesse tocar os pés do outro com a cabeça, e deu mais uma espiada. Kwen podia lhe dar milhares de explicações para aquela mancha, mas o rapaz jamais acreditaria nele.

Já estava escuro quando Bashi e Nini voltaram para a cidade. A menina parecia nervosa e nem respondeu quando ele sugeriu que se encontrassem de novo no dia seguinte. Estava atrasada, foi o que disse, e apressou o passo, fazendo um esforço enorme. Os seus pais não deviam estar nada felizes, pensou o rapaz, mas decidiu não fazer qualquer pergunta sobre o castigo que esperava por ela. Já tinha muito com que se preocupar e preferia não assumir o infortúnio dos outros.

Um quarteirão depois, quebrou mais uma lâmpada. Chutou o vidro quebrado para a sarjeta. "Seu estuprador de cadáveres! Sabe Deus o que mais um homem como esse pode fazer?", pensou o rapaz. Os habitantes da cidade precisavam de alguém que os protegesse. Decidiu voltar para descobrir por que Kwen insistiu tanto em evitar que ele visse aquele corpo. Antes, porém, tinha de saber por onde andava o vigia da hidrelétrica. "Pense como um bom detetive", disse com seus botões. Sem fazer barulho, dirigiu-se à cabana de Kwen e tratou de se aproximar contra o vento para que o cachorro não pudesse farejá-lo. Quando estava a uns vinte metros de distância, atirou uma pedra na direção do casebre. O cachorro preto começou a latir, pulando para alcançar o inimigo invisível. Mais que depressa, Bashi se enfiou num beco logo ali ao lado e ouviu Kwen gritando, lá do interior da cabana. Poucos minutos depois, ele saiu para o seu plantão noturno na usina. Agora, pensou Bashi, o caminho estava livre para suas explorações. Quem poderia imaginar que ele, que todos consideravam um idiota, seria o único a trabalhar pela segurança da cidade naquela noite escura? Esfregou as orelhas com toda força; adoraria ter se lembrado de pegar o gorro de volta.

Tropeçando na escuridão, conseguiu achar o local a duras penas. Tomou a decisão de comprar ferramentas adequadas já no dia seguinte: uma boa faca, uma lanterna comprida e fina, como a que vira com um segurança, um bloquinho e uma caneta combinando, um par de luvas, uma lupa e algumas outras coisas que, segundo supunha, um detetive precisava ter. Agora, era tarde demais para fazer compras, mas, pelo menos, o luar refletido na neve e umas poucas estrelas desbotadas tornavam aquela procura menos difícil. Meteu a mão no bolso e encontrou uma caixa de fósforos pela metade. Acendeu um dos palitos para se certificar de que estava no lugar certo, e, depois, começou a trabalhar na escuridão quase total. Os pedregulhos eram tão pesados que o rapaz precisava parar de quando em quando. Tinha de admitir que aquele filho da puta do Kwen era um sujeito forte, apesar da idade.

Depois de remover todas as pedras, tentou desatar os barbantes que prendiam os sacos, mas os seus dedos exaustos não deram conta do recado. Curvou-se, então, e partiu os tais barbantes com os dentes. Quando conseguiu retirar o saco de aniagem, sentiu algo frio e duro, e não o uniforme de presidiário esmolambado que vira antes no corpo congelado daquela mulher. Soltou um grito de susto e acabou rindo de si mesmo.

— De agora em diante, é melhor ir se acostumando com essas coisas — sussurrou com seus botões.

O corpo, agora inteiramente descoberto, tinha uma aparência macabra à pouca luminosidade que havia ali. A velha toalha de Kwen ainda cobria o rosto da mulher e Bashi achou melhor não retirá-la.

— Desculpe, senhorita — disse ele. — Não tenho a mínima intenção de incomodá-la duas vezes. Só estou fazendo o meu trabalho. Para o seu bem também.

Acendeu outro fósforo e se inclinou para observar o cadáver. Levou um bom tempo para entender o que via. A sua mão tremia tanto que o palito caiu na neve e ficou ali por um instante, chiando, até se apagar. O rapaz se sentou, ofegante, com as pernas tão bambas que não conseguiam suportar o peso do que havia descoberto. Momentos depois, acendeu mais um fósforo e voltou a observar o corpo. Não tinha se enganado. Os seios da mulher haviam sido arrancados e o torso, com aquele corte da cirurgia de transplantes e todos os demais que Kwen havia feito, era um amontoado de carne exposta, em tons de vermelho-escuro, cinza e branco. Exatamente como a região entre as suas pernas.

O fósforo lhe queimou o dedo e Bashi o atirou longe. Agachou-se um instante ao lado do corpo, com ânsias de vômito. Ao final de um dia longo como aquele, não tinha nada no estômago que pudesse pôr para fora. Mesmo assim, tossiu e tentou vomitar até o seu rosto ficar molhado de lágrimas e um fio de bile lhe escorrer pelo queixo. Momentos depois, conseguiu se acalmar e limpou o rosto com um pouco de neve. Voltou a envolver o cadáver com os sacos de aniagem e tentou recobri-lo com os pedregulhos, mas os seus braços e as suas pernas estavam tremendo demais. Usou então uns galhos caídos e umas folhas secas. Quando viu que o corpo estava bastante bem-escondido, sentou-se, ofegante, e começou a chorar.

O trajeto de volta para casa foi exaustivo. A alguns quarteirões de distância, viu o tal cachorro, Orelhudo, passar correndo. Gritou, tentando reunir forças para chutá-lo. O animal fugiu, ganindo, e deixou cair algo junto ao meio-fio.

Era um sapato de mulher, com a sola furada de tão gasta. Bashi fez pontaria, procurando atirá-lo na lata de lixo, mas errou.

— O mundo está virando um verdadeiro inferno — disse ele, sem se dirigir a ninguém em particular.

VENTOU A NOITE INTEIRA. O vento sacudia as janelas, arrancava telhas soltas dos telhados, atirando-as nos quintais e nas ruas desertos. Amarrado ao mourão, o cachorro preto de Kwen ficou tremendo e ganindo, mas ninguém estava preocupado com o seu sofrimento, muito menos o seu dono, que cochilava na minúscula guarita do vigia, tendo, aos pés, uma garrafa vazia.

Longe dali, a sra. Hua bebericava uma tigelinha rachada de aguardente de arroz — que o marido tinha lhe servido para amortecer a dor latejante que sentia na palma da mão — e ouvia o vento assobiando em meio às árvores. O casal tinha passado a tarde e a noite separando garrafas e papéis. Quando já estavam quase terminando, a velha, perdida nos próprios devaneios, cortou a mão numa garrafa quebrada. Não sangrou muito, pois, a essa altura, aquele corpo idoso tinha pouco a oferecer. O marido lavou o ferimento com água salgada e lhe serviu aquela tigelinha de aguardente. Não era comum tomarem bebidas alcoólicas, mas tinham sempre uma garrafa em casa, junto com iodo e com uns trapos lavados e fervidos. Era o melhor remédio de que dispunham e, certa ocasião, quando teve de tirar por conta própria um naco da perna que havia gangrenado, o velho Hua tomou metade da garrafa e, depois, despejou a outra metade no corte.

Vindo sentar-se ao seu lado, o marido lhe perguntou como estava a mão. A não ser em caso de necessidade, não acendiam a lamparina a querosene e, no escuro, ela lhe respondeu que não era nada de mais. O velho Hua assentiu. Por alguns instantes, ficaram em silêncio, e ela sentiu a aguardente forte aquecendo lentamente o seu corpo. Glória-da-Manhã, disse a sra. Hua. Era o nome da primeira filha que tiveram. Será que ele não queria falar de Glória-da-Manhã? Encontraram o bebê numa madrugada de verão quando aquelas flores, rosadas e azuis, brancas e roxas, tinham se espalhado pelo mato dos arredores da cidadezinha serrana que o casal acabava de atravessar pedindo esmola. O orvalho havia encharcado os trapos que embrulhavam a criaturinha e o seu rostinho azulado estava gélido. Por um instante, a sra. Hua achou que fosse mais um bebê morto antes de desfrutar do seu primeiro dia de vida; foi seu marido quem percebeu que os lábios miúdos da criança estavam se movendo.

O velho Hua acendeu o cachimbo e aspirou a fumaça do tabaco. Aquela pontinha amarelada reluziu, sendo a única luz no aposento.

— Falar o quê? — indagou ele, num tom que era mais de resignação que de recusa.

Mais para o início da tarde, quando estavam separando o lixo recolhido, a esposa tinha lhe dito que já era hora de começarem a contar um ao outro a história das suas sete filhas, antes que a idade apagasse todas as lembranças que tinham. Nenhum dos dois sabia ler ou escrever, e a sra. Hua andava frustrada porque o rosto de uma das meninas se sobrepunha ao de outra nos seus sonhos.

Glória-da-Manhã pode ser a primeira, propôs ela, mas, de repente, ficou um tanto atrapalhada. Por onde começar? Pelo momento em que pegaram aquela trouxinha ali no mato ou pelo instante em que a mãe desesperada a deixou ali fora da cidade, furtivamente, antes do raiar do dia? O casal procurou algo — um nome, uma data de nascimento ou um bilhete que poderiam pedir a alguém para ler —, mas os trapos que envolviam a criança, feitos de velhos lençóis rasgados e de roupas de baixo bem surradas, não deixavam dúvidas quanto ao motivo daquele abandono.

Ela era a mais bonita de todas, observou o velho Hua, "tão coruja quanto qualquer pai", pensou sua esposa, mas não fez qualquer comentário a respeito. Glória-da-Manhã estava com dezessete anos quando os Hua foram obrigados a abrir mão das meninas. Tinha portanto idade suficiente para se casar. Mesmo assim, quando encontraram uma família que se propôs a ficar com ela como futura esposa para um dos seus filhos já crescidos, fizeram os pais jurar que esperariam até a moça completar dezoito anos para só então permitir que o filho a tocasse. Em voz alta, a sra. Hua se perguntou se aquele casal teria cumprido a promessa feita; eles próprios tinham filhas mulheres, acrescentou ela, e, nesse caso, devem ter compreendido a situação.

O marido assentiu. Poderia ter dito que, a essa altura, aquilo não fazia mais a mínima diferença, e sua esposa ficou feliz ao ver que ele só continuou fumando e ouvindo em silêncio.

— Ela gostava de tomar vinagre — disse a sra. Hua.

O velho Hua abanou a cabeça, como se não acreditasse naquela lembrança, mas ela sabia que não estava enganada. Uma vez, quando uma das meninas mais moças derrubou o frasco de vinagre, Glória-da--Manhã chorou. Na época, tinha uns sete ou oito anos, ou seja, já era bem grandinha para não derramar lágrimas por algo assim. E a sra. Hua se lembrou que, mais tarde, a surpreendeu mastigando as hastes de cravo com aquele suco amargo e que, na hora, pensou que aquilo devia ser algo que só os seus pais biológicos poderiam entender. Ficou imaginando se a menina teria os desejos mais estranhos durante a gravidez. Ela própria jamais conseguiu gerar um filho e as histórias que ouvia sobre os desejos das grávidas sempre a deixaram curiosíssima.

— Que idade ela tem agora? — perguntou de repente.

O marido pensou por um instante e respondeu que devia estar com uns quarenta e um, quarenta e dois.

A sra. Hua começou a contar os anos, mas a aguardente dificultava o trabalho de pôr os números em sequência. "É uma mulher de meia-

-idade", pensou ela, "com toda uma ninhada de filhos. Que tipo de mãe seria?" Sempre fora carinhosa com os gatos de rua e os pássaros feridos, e a sra. Hua lembrou que, certa vez, o marido dissera que, das sete meninas, Glória-da-Manhã era a que mais tinha um coração de Buda. Uma cruz difícil para uma moça carregar: foi o comentário que fez na ocasião, mas talvez o fato de ter uma casa cheia de crianças para alimentar e vários parentes do marido para agradar tivesse há muito endurecido aquele coração, transformando-o numa pedra.

Anoiteceu. A sra. Hua serviu uma xícara de aguardente para o marido e outra para si mesma. Aquilo ali era o melhor dos remédios; pena que não tivessem condições de comprá-lo, observou o velho Hua. "Mas praticamente não ajudou a sarar a ferida que ficou quando as meninas foram levadas embora", pensou a sra. Hua, e, de repente, sentiu o rosto molhado de lágrimas. Estava tudo bem?, perguntou o marido quando a ouviu fungar, e ela respondeu que era apenas o efeito da bebida e do vento soprando lá fora.

Outras almas também estavam inquietas. Uma carcereira da prisão, que tirara dois dias de folga no trabalho, alegando um resfriado sem muita gravidade, acordou em meio a um sonho agitado, com falta de ar; o marido, meio adormecido, lhe perguntou se ela estava se sentindo mal. Foi só um pesadelo idiota, respondeu a mulher, sabendo que não devia lhe dizer que tinha desmaiado no trabalho naquela mesma manhã, quando o diretor mandou que cortassem as cordas vocais de Gu Shan para que a moça não pudesse gritar slogans contrarrevolucionários na hora da execução. A carcereira estava entre os quatro guardas designados para segurar a prisioneira durante a operação. As coisas, porém, não foram tão tranquilas como o diretor e o médico haviam prometido; a moça lutou com uma força que ninguém poderia supor vendo aquele corpo esquálido, e a mulher, geralmente corajosa no que se referia ao seu trabalho, caiu para trás, batendo com a cabeça no chão antes mesmo que o médico houvesse terminado.

Numa outra casa, sem conseguir dormir, estava um velho enfermeiro da delegacia. Pode acreditar, principiou ele, dirigindo-se à esposa que retrucou, dizendo que não queria que ele falasse novamente do balde de sangue que teve de limpar no jipe que transportou a prisioneira. Mas isso não é comum, disse o sujeito; pode acreditar, foi horrível ter de limpar tanto sangue assim... O que teriam feito com ela? Por que não puderam esperar chegar àquela ilha para dar cabo da moça? Ficou fazendo uma pergunta atrás da outra à mulher que já não o ouvia. Estava envelhecendo, pensou o enfermeiro com tristeza, depois de esperar pelas respostas que a esposa não lhe deu. Quando era apenas um garoto, tinha lutado na guerra contra os japoneses e viu inúmeros corpos; agora, porém, não conseguia dormir por causa de um balde cheio do sangue de uma mulher que já estava morta. Na próxima reunião, os seus velhos companheiros de regimento iam rir dessa história, pensou ele, e só então se deu conta que era o único remanescente do regimento que ainda não tinha se apresentado ao outro lado.

"Ela ia morrer de qualquer jeito." Um dos dois cirurgiões que haviam operado Gu Shan voltou a repetir essa frase para si mesmo — portanto, que importância tem o fato de eles terem alterado o protocolo porque o paciente não aceitava receber algo de um cadáver e insistiu para que a prisioneira estivesse viva na hora da remoção dos rins? Aquela operação não tinha sido o seu maior desafio, mas lhe daria a chefia do setor de cirurgia e sua esposa passaria a ser a enfermeira-chefe do departamento de clínica médica, embora ela ainda não soubesse dessa promoção e fosse ficar radiante quando descobrisse. Aquilo também ajudaria as suas filhas gêmeas, que tinham quatorze anos e meio e estavam se tornando duas moças lindas, a obter uma recomendação da prefeitura para poderem se matricular numa escola de elite na capital da província. O médico pensou na mulher e nas filhas — as três logo pegaram no sono, mergulhando em sonhos inocentes que a morte e o sangue não vinham atormentar; era ele, o chefe da família, quem tinha aquele fardo nos ombros e era difícil não pensar no dia em que não mais pudesse protegê-las, especialmente as meninas, da feiura de um mundo que, como toda mocinha, agora adoravam. Como vai ser?, era a pergunta que se fazia, dolorosamente alerta para as suas próprias limitações de homem acuado entre o espírito prático e a consciência. Finalmente, acabou se convencendo de que tinha escolhido o melhor para sua família. O sono tão necessário o envolveu como as ondas e o arrastou para o alto-mar.

Num hospital militar, a mais de cento e cinquenta quilômetros de distância, os medicamentos gotejavam, penetrando nas veias de um senhor idoso. Ao seu redor, as pessoas se felicitavam pelo sucesso do transplante. E, em Rio Lamacento, em outro hospital com muito mais pacientes e menos médicos e enfermeiras, a sra. Gu estava sentada e cochilava ao som do soro que ia sendo injetado no braço do marido. De vez em quando, acordava e fitava o rosto do professor, encovado e, de uma hora para outra, tão envelhecido que a mulher tinha dificuldade em reconhecê-lo.

Parte II

VII

A babá ficou parada ali, na porta do quarto, olhando para Kai e Ming-Ming com uma paciência indiferente. As despedidas matinais nunca eram fáceis, mas, diante do olhar daquela garota, Kai se sentia ainda mais incapaz. A babá era bem jovem, tinha quinze anos e meio, no entanto, havia, no seu rosto, um quê de resignação que a fazia parecer mais velha, como se uma idosa tivesse assumido o seu lugar e vivido, antes do tempo, tudo que a vida deveria lhe trazer.

— Vamos, vamos... — disse a menina enfim, vendo que Kai não conseguia soltar os dedinhos de Ming-Ming que agarravam a sua mão. O garotinho gritou, protestando, quando foi arrancado dos braços da mãe, e a babá segurou aquela mãozinha, balançando-a com um gesto delicado. — Ming-Ming vai ficar bonzinho. Vamos dar tchau para a mamãe e deixar ela ir trabalhar. Senão, ela não ganha dinheiro. Sem dinheiro, não tem comida. Se não tiver comida, a barriguinha de Ming-Ming vai ficar roncando. Se essa barriguinha ficar roncando, a mamãe vai ficar triste e não vai querer ir trabalhar.

A menina tinha esse jeito de falar assim, dando voltas, num tom de voz monótono e tranquilo, como se estivesse contando uma daquelas histórias tradicionais que não têm mais nenhum segredo, e Ming-Ming sempre acabava se acalmando. Nessas ocasiões, Kai tinha a impressão de que a babá era, a um só tempo, inocente e misteriosa, uma criança e uma velha dividindo o espaço daquele corpinho franzino, uma ignorando a existência da outra.

Han veio saindo do banheiro, abotoando o último botão do seu paletó Mao.

— É isso mesmo! Deixe a mamãe ir trabalhar — disse ele, fazendo cócegas no queixo do filho. — Mas a sua babá vai ganhar o suficiente, mesmo que a mamãe não trabalhe. Você não é um garoto de sorte?

Ming-Ming se virou e abraçou o pescoço da menina, eliminando os pais do seu mundo antes que eles o abandonassem naquele dia. O apego e a indiferença que o filho demonstrava, ambos absolutos, eram um mistério para Kai. Não se lembrava de ter sido assim tão ligada à mãe, uma mulher infeliz que se deixava abater por tudo na vida: a falta de status social do marido; os três filhos que adoravam o pai, mas eram bem comedidos na afeição que tinham por ela; as promoções dadas aos seus colegas; a vida sem graça, ano após ano, numa cidade de província. A mãe de Han, uma mulher astuciosa a quem se creditava tanto a carreira política do marido quanto a sua própria — tinha sido enfermeira durante a guerra civil e cuidou de vários oficiais graduados —, estava sempre a postos para suprir as necessidades do filho; talvez fosse uma mãe melhor que a de Kai, mas a moça jamais pensou em se mirar no exemplo da sogra. Até o nascimento de Ming-Ming, Kai sempre tivera alguém a quem pedir conselhos: professores na escola de teatro, uma atriz mais velha que foi sua mentora na companhia teatral e seu pai. Agora que era mãe, não se sentia muito diferente de uma criança pequena numa aldeia de pescadores. Uma vez, seu pai contou aos filhos uma prática comum na sua terra natal, às margens do mar do Leste: quando um menino estava para fazer três anos, era atirado ao mar de surpresa; esperava-se que a criança usasse os seus instintos para ficar boiando e quem não conseguia se salvar por conta própria era banido dos barcos pesqueiros e forçado a levar uma vida humilde na praia, consertando redes e recolhendo o peixe e as algas que haviam secado nos varais, junto com as mulheres. A vida é uma guerra; uma pessoa só descansa quando a morte vem buscá-la, como dizia seu pai. Olhou para as pernas e os braços miúdos de Ming-Ming; em outra vida, ele logo, logo teria de enfrentar a sua primeira batalha.

Repetiu para a babá alguns detalhes sobre a comida e as horas de sono do bebê. Diante do ar paciente da menina, Kai se perguntou se ela não estaria louca para vê-los sair para trabalhar, pois, assim, poderia cuidar de Ming-Ming como uma mãe muito mais competente que ela própria. Quando a contrataram, os seus pais disseram a Kai que, sendo a filha mais velha, ela tinha ajudado a criar seis irmãos, e o caçula era pouco mais velho que Ming-Ming. Antes de chegar à idade adulta, aquela menina já tinha sido mãe, pensou Kai, e diante da visão dos bracinhos gorduchos do filho envolvendo o pescoço da babá, num gesto de confiança e de familiaridade, percebeu como, na vida de uma criança pequena, era fácil substituir a mãe por qualquer outra pessoa carinhosa.

Han insistiu em acompanhá-la até o estúdio. A cerimônia acusatória da véspera, que havia transcorrido às mil maravilhas, e, ainda por cima, o sucesso do transplante — a essa altura, Han não via motivo para esconder da esposa que um oficial graduado havia recebido os rins de Gu Shan e que o mérito da articulação cabia a ele próprio — o deixaram mais falante.

— Foi por isso que fizeram o julgamento assim tão às pressas? — indagou Kai.

Han sorriu, dizendo-lhe que os dois não precisavam se preocupar com detalhes irrelevantes; agora, tinham coisas mais importantes em que pensar, acrescentou ele, e, quando a moça lhe perguntou que coisas eram essas, de um jeito mais brusco do que pretendia, o rapaz aventou a possibilidade de eles terem um segundo filho.

Kai retrucou, alegando que Ming-Ming ainda era praticamente um bebê. Han observou o rosto da mulher e lhe pediu que não ficasse nervosa. Quando a irmãzinha nascesse, Ming-Ming já teria idade suficiente para ser um irmão mais velho, disse ele. Antes mesmo do nascimento do filho, Han já manifestava a esperança de ter uma menininha, embora soubesse que os seus pais gostariam mais que o primeiro neto fosse homem.

Eles poderiam ter outro neto, lembrou-lhe Kai.

— Nesse caso, teremos mais um bebê. Não vou parar enquanto não tiver uma filha tão linda quanto a mãe dela.

Kai ficou calada por um instante, e, depois, disse que não era uma leitoa. O marido riu. Era fácil para ele encarar tudo o que a mulher dizia como sendo brincadeira, e a moça pensou que Han seria um fracasso como ator, pois era incapaz de identificar ou de transmitir a sutileza contida nas suas falas.

Já era hora de pensar num segundo filho e, em pouco tempo, num terceiro, repetiu ele, agora em tom mais sério. Ming-Ming era para os seus pais, prosseguiu Han, pois o primeiro neto havia nascido para satisfazer e divertir os avós. E para a mãe dela também, apressou-se em acrescentar, quando viu que a esposa o fitava. Na verdade, Kai não estava aborrecida; estava era pensando que, sem querer, o marido havia topado com a verdade: a sua mãe se relacionava com o neto de forma um tanto acanhada, como se tivesse menos direito de assumir o seu papel de avó que os pais de Han.

O segundo bebê seria para Ming-Ming, já que o menino precisava de companhia, muito mais do que os dois precisavam de mais um filho para lhes tirar o sono, disse-lhe ainda o marido. Só o terceiro poderia ser deles.

— Não sou egoísta, mas quero que tenhamos algo que seja só nosso — acrescentou ele.

Kai continuou andando, sem responder. Vivia se convencendo de que a decisão de se casar não era muito diferente de servir uma refeição a um grupo de convidados, em que cada pessoa é de um jeito: os seus pais serem levados mais a sério por aqueles que, antes, praticamente não os respeitavam; o futuro dos irmãos menores — o garoto que, graças a Han, tinha sido mandado para a faculdade de formação de professores na capital da província, e uma garota que ficou encantada com a ideia de ser cortejada como parente de uma figura importante do governo. As heroínas que representara no passado também haviam dado a vida por causas mais nobres, mas não foi para realizar um sonho que ela decidiu se casar com Han; foi para ter uma vida confortável e conveniente.

Quando chegaram ao estúdio, Han insistiu em afirmar que não estava querendo pressioná-la.

— Às vezes, um homem pode ficar falando feito um idiota quando está sonhando — observou ele, estendendo-lhe a caneca de chá que lhe trouxera.

Kai sorriu, dizendo que só estava cansada. Não tinha o direito de impedir um marido de sonhar com um futuro que compartilharia com a esposa. Ficou se perguntando se a base de todo casamento seriam as decepções e se, para impedir que a relação terminasse, aquele que se decepcionava precisaria manter uma confiança cega ou se munir de toda boa-vontade do mundo para não encarar a verdade nada bem-vinda. No seu último ano de vida, o pai de Kai havia admitido, numa das poucas conversas que tiveram em particular, que casar com aquela mulher havia sido uma das decisões mais infelizes que jamais tomara, e que só continuou casado com ela pelo bem dos três filhos. Ambos acertaram, sem precisar prometer o que quer que fosse, que aquela confidência não devia chegar aos ouvidos de sua mãe.

— Sei que posso não ser o marido ideal para você — disse Han. — Mas também sei que não deve encontrar alguém tão disposto a fazer tudo por você como eu, ou alguém que possa fazer tanto por você.

— Por que estamos falando como se fôssemos recém-casados e precisássemos provar o amor que temos um pelo outro? — indagou a moça, tentando dar à voz um tom descontraído. — Ming-Ming não é o bastante para mostrar o que representamos um para o outro?

Han a fitou com um sorriso estranho.

— Quantos filhos acha que serão necessários para você sossegar?

A moça retrucou que nunca tinha estado desassossegada.

Han prosseguiu, dizendo que ela não havia sido a única garota. Kai nunca tinha lhe feito perguntas a esse respeito e ele também pouco perguntou sobre o seu passado, embora a moça soubesse muito bem que, com as relações que tinha, seu marido poderia investigar o que quisesse. Não havia muito mistério sobre as outras possíveis noivas, acrescentou Han, e ninguém duvidava que ele era capaz de lhes dar o que elas queriam.

— Mas você era diferente. Soube disso desde a primeira vez que a vi. Você era mais ambiciosa que aquelas garotas e achei que talvez nem pudesse lhe dar o que desejava.

Kai nunca o tinha visto falar assim, com tanta franqueza, nem tinha imaginado aquela percepção por parte dele, o que a deixou assustada. Achava que Han era pouco mais que um menino mimado e lhe parecia sufocante ter de cuidar dele tanto como mãe quanto como companheira. Agora, desejava que ele fosse apenas isso. Olhou para o relógio. Tinha de se aprontar, disse, e o marido concordou com um aceno de cabeça. Em tom menos grave, ele pediu que ela esquecesse aquela conversa. É febre de primavera, acrescentou, prometendo que estaria curado quando se encontrassem na hora do almoço.

BASHI LEVOU ALGUNS SEGUNDOS para perceber que a noite já tinha terminado há um bom tempo. O trecho de céu que se via pela janela alta do quarto era de um azul sem nuvens, e, pela porta entreaberta, dava para ver a sala ensolarada. Tinha perdido a melhor ocasião de encontrar Nini. Será que a menina procurara por ele? Não teve sossego durante toda a noite. Ficou pensando em diversas maneiras de revelar à cidade o crime cometido por Kwen; nenhuma delas, porém, lhe parecia boa o bastante. Nesse meio tempo, tinha a sensação de que o fantasma daquela moça estava encarapitado no pé da sua cama, e, quando fechava os olhos, recusando-se a admitir a presença do tal espírito, ele vinha ocupar o espaço interno das suas pálpebras. Depois de passar uma hora se remexendo e se sacudindo, Bashi se masturbou. O fantasma da mulher foi embora, levando consigo o prazer que aquela atividade geralmente lhe dava. No fim, já exausto, mais dolorido do que satisfeito, o rapaz mergulhou numa série de sonhos. Num deles, acontecia um casamento duplo: ele e Nini eram o primeiro casal; a contrarrevolucionária e Kwen eram o outro. "Que sonho horrível", pensou o rapaz ao se lembrar dele. Mas talvez fosse um sinal de que a justiça mandaria Kwen se juntar à noiva morta.

A avó não respondeu quando ele lhe perguntou as horas. O rapaz abriu então a cortina que os separava e viu que ela estava na cama. Que sonhos a teriam mantido ali? Será que o seu avô teria vindo visitá-la? Pensou em fazer uma brincadeira a esse respeito, mas, antes que pudesse dizer uma palavra que fosse, reparou que havia algo estranho, pois sua avó tinha as faces da cor da cinza.

Em cinco minutos, já estava convencido de que ela tinha morrido, apesar de a sua pele ainda estar quente ao contato com a sua mão. Sentou-se na cama, junto dela, sem saber o que deveria fazer. Em vida, deu muito menos trabalho que qualquer outra mulher da sua idade, mas tinha escolhido o momento mais inconveniente para morrer. Uma vida nova estava começando para Bashi, com a amizade com Nini e tendo de enfrentar Kwen, e precisava que a avó vivesse um pouco mais para cuidar dele. O rapaz passou meia hora verificando o estado da avó, mas, a cada inspeção, ela estava mais fria.

Há algum tempo, ela vinha se preparando para o fim. Anos atrás, contratou dois carpinteiros e um pintor para construírem um caixão e acompanhou pessoalmente todo o processo, cuidando para que não houvesse desperdício e que tudo saísse como ela desejava. Também vinha guardando pilhas de trajes bordados para o enterro — vestidos de seda pretos com crisântemos dourados e cor-de-rosa, sapatos marfim e gorros de dormir, feitos de cetim de qualidade, todos rebordados com símbolos *shou*, vida longa, formando desenhos elaborados. Uma caixa com réplicas baratas das suas joias iria com ela para o outro mundo; as autênticas, de ouro, prata, jade e esmeraldas, haviam sido vendidas para conseguir algum dinheiro quando Bashi não foi capaz de arranjar emprego após terminar os estudos. "Já está tudo pronto", dizia ela, examinando aqueles preparativos, coisa que fazia uma ou duas vezes por mês. "Não vou ser um fardo para você."

Como podia chamar a si mesma de fardo, justo ela, que era a pessoa mais querida que ele tinha na vida? O rapaz lhe disse isso várias vezes, mas, em vez de deixá-la feliz, aquelas palavras a levavam às lágrimas. "Que vida cruel, a sua! Não conhecer os próprios pais! Graças a Deus estou tendo uma vida longa, pois pude vê-lo crescer", dizia ela e começava a repetir umas histórias de diversas épocas da sua vida.

Essas conversas sempre o faziam rir. Para que precisaria de uma velha, já que podia perfeitamente cuidar de si próprio? Agora, porém, adoraria que ela estivesse aqui para ajudá-lo. A avó havia dito que estava pronta para ir embora, mas o que exatamente ele tinha de fazer para que ela se fosse de verdade, saindo daquela casa e indo para debaixo da terra? Ficou sentado por algum tempo ao lado dela e, depois, decidiu ir buscar ajuda. Não com os vizinhos — embora eles se dessem muito bem com a sua avó, todos o desprezavam; entregá-la em suas mãos só serviria para fazer com que ficassem falando dele na hora das refeições. Nini só entendia mesmo de cestos de carvão e verduras murchas. Kwen parecia ser um homem do mundo, já que aquela outra família o procurou para enterrar a filha, mas com os segredos escusos do sujeito ainda tão frescos em sua mente, Bashi não queria saber dele perto da avó. Restavam apenas o velho Hua e sua esposa. Eles cuidavam de bebês jogados fora como trapos; decerto poderia ajudá-lo a enterrar uma senhora idosa e respeitável.

A rua era a mesma da véspera, mas as pessoas que passavam a caminho do trabalho não olhavam para Bashi nem entendiam a perda que acabava de sofrer. O rapaz foi se dirigindo para o sul, em direção ao rio, e, dali, seguiu pelas suas margens rumo ao oeste. Quando não havia mais ninguém para vê-lo, sentou-se numa pedra e chorou.

— Por que está aí chorando, já de manhã cedo? — perguntou alguém, dando um chute de leve no seu pé.

Bashi enxugou os olhos com o dorso da mão. Era Kwen, levando nos ombros um casacão de algodão e, na mão, uma sacola com o seu café da manhã. Devia estar voltando do plantão noturno.

— Me deixe em paz — disse Bashi.

— Isso não é jeito de responder a um cumprimento educado. Quer um pedaço de carne de cabeça de porco?

O rapaz abanou a cabeça.

— A minha avó morreu — disse ele, apesar da firme determinação de manter o outro como inimigo.

— Quando?

— Essa noite. Ou hoje de manhã, não sei direito. Só sei que morreu.

— Sinto muito — replicou Kwen. — Mas quantos anos ela tinha?

— Oitenta e um.

— Bom, é o bastante para se dizer que foi uma boa morte — observou Kwen. — Por que essas lágrimas? Fique feliz por ela.

Bashi ficou com os olhos vermelhos. Aquelas eram as primeiras palavras de condolências que ouvia e chegou quase a achar que devia perdoar o vigia.

— Estou tentando descobrir que tipo de funeral seria digno da vida que ela levou. Além de avó, ela foi pai e mãe para mim — prosseguiu o rapaz. A ideia de estar órfão o fez voltar a se sentir pequenininho, como no dia em que a mãe o deixou na casa da avó, anos atrás. Tentou tossir, cobrindo a boca com a mão, mas o que saiu era mais um soluço.

— Ei, sei que está triste, mas se quer lhe fazer um favor, não perca tempo com lágrimas agora.

— E o que posso fazer? Nunca tratei de um morto antes — disse Bashi.

Kwen ergueu os olhos para o céu. O vento da véspera tinha desaparecido e a meteorologia havia previsto a chegada de uma frente quente. O sol, surgindo atrás da montanha, prometia um belo dia de princípio de primavera.

— Daqui a umas duas semanas, o tempo vai começar a esquentar — principiou Kwen. — É preciso achar um lugar para guardarmos o corpo até lá. Vá alugar um espaço no hospital municipal.

— Por que aquela família de ontem não fez isso? — indagou Bashi. Nem bem tinha terminado a frase, já lamentava ter perguntado aquilo.

— O necrotério só recebe corpos que morreram de morte natural.

— Morte natural? O que é isso?

— É como a da sua avó.

A imagem do corpo daquela mulher voltou à lembrança de Bashi. Ele respirou fundo, tentando controlar a náusea.

— Obrigado por me refrescar a memória — disse o rapaz. — Agora, vou até o hospital.

— Mas não é por aí — exclamou Kwen.

Bashi olhou para a estrada que rumava para Oeste, pela montanha, onde o corpo mutilado estava escondido debaixo de uma moita. Ficou se perguntando se Kwen teria visto o que se passava dentro dele. Replicou então que estava querendo dar a notícia ao casal Hua, já que os dois eram velhos amigos da sua avó.

O vigia o encarou e o rapaz sentiu o couro cabeludo se contrair sob aquele olhar.

— Bom, eu vou indo — disse, erguendo a mão com alguma hesitação.

— Sabe que não gosto nada de gente fazendo bobagens à minha volta? — perguntou Kwen, acendendo um cigarro.

— E por que eu faria isso? Tenho de cuidar da minha avó.

— É só um lembrete — retrucou o outro, com um aceno de cabeça.

Bashi prometeu que ia se comportar e tratou de ir embora mais que depressa. Devia ter posto as pedras de novo em cima do corpo. Um bom detetive não deixa pistas da sua investigação. Será que era tarde demais para corrigir aquele erro?

A cabana dos Hua estava trancada com o cadeado. Bashi pegou um pedacinho de carvão e escreveu uns garranchos na porta: *A minha avó morreu. Bashi.* Olhou para os caracteres que havia traçado e apagou a palavra "morreu", substituindo-a por "se foi". "Para que tirar o sossego de dois velhos com a dura realidade?", pensou ele. Foi só então que lhe ocorreu que os Hua talvez não soubessem ler.

A ida ao necrotério foi uma decepção; mais uma prova de que o mundo não podia estar pior. A mulher da recepção praticamente jogou um maço de folhas em cima da mesa antes que Bashi pudesse lhe explicar o que estava acontecendo. Quando o rapaz fez menção de falar, a funcionária apontou para os papéis, dizendo:

— Preencha isso antes de abrir a boca.

Bashi levou algum tempo para descobrir como responder àquele questionário. Tinha esquecido de trazer o cartão de registro da casa; a mulher não ia gostar nada disso, mas decerto compreenderia semelhante negligência por parte de um neto enlutado. Talvez as pessoas o olhassem de um jeito diferente, agora que a sua avó tinha morrido; talvez o perdoassem e o amassem porque tinha ficado órfão. Mergulhou a caneta no tinteiro e, enquanto escrevia, disse:

— Sabe, ela é a única pessoa que tenho no mundo e eu sou a única pessoa que ela tem.

A funcionária ergueu uma sobrancelha e lhe deu uma olhadela sem responder. Talvez não soubesse quem ele era.

— A minha avó. Ela se foi hoje — acrescentou. — Não tenho pai nem mãe. Nunca tive, desde que me entendo por gente.

— Eu não disse para você não abrir a boca até acabar de preencher o formulário?

— Disse, mas só estou tentando ser gentil — retrucou o rapaz. — A senhora não deve ter muita gente com quem conversar por aqui, não é?

A mulher suspirou, pondo uma revista diante dos olhos. Bashi olhou a capa. O título era *Filmes populares* e havia um jovem casal, recostado a uma árvore, olhando para ele com um ar de feliz expectativa. Fez uma careta para os dois antes de recomeçar a preencher a papelada. A última folha era uma autorização para cremação. O rapaz leu aquilo duas vezes até conseguir entender do que se tratava.

— Camarada — disse ele, em voz baixa e rouca, tentando conquistar a solidariedade que sem dúvida alguma merecia.

— Terminou?

— Queria fazer uma pergunta. A minha avó, que estava com oitenta e um anos e me criou desde bem pequenininho, já tinha mandado fazer o caixão. A ideia de ser queimada não lhe agradava nada — prosseguiu ele. — Não sei o que a senhora acha, mas, pessoalmente, prefiro não ser queimado, nem vivo, nem morto.

A mulher o fitou por alguns instantes e, depois, pegou o formulário das suas mãos.

— Por que então está me fazendo perder tempo? — perguntou ela. Rasgou as folhas, amassou tudo, fazendo uma bolinha que atirou na lixeira perto da porta, mas errou. Bashi foi até lá para pegá-la.

— Não estou entendendo, camarada — disse ele, tentando assumir um ar humilde. — A senhora mandou eu preencher o formulário e só depois abrir a boca. Foi o que fiz. — Já tinha reparado que a maioria das mulheres era mal-humorada no trabalho. Como em casa ficavam servindo a um marido resmungão, tinham de demonstrar, no trabalho, que estavam no controle da situação. Bashi estava disposto a dar um desconto com relação à atitude daquela funcionária, apesar da sua aparência: já não era jovem e com as olheiras que tinha parecia até um panda.

A mulher apontou para um cartaz na parede.

— Leia aquilo — disse, retomando a tal revista.

— Claro, camarada. Como quiser — replicou Bashi.

Leu o cartaz: "Em conformidade com a nova política provincial para modificar o velho e ultrapassado costume de se enterrarem os mortos, o que ocupava um espaço que poderia ser usado para o cultivo de alimentos para a população cada vez mais numerosa, a prefeitura decidiu fazer da cremação a única forma legal de procedimento funerário." Faltavam dois meses e meio para a determinação entrar em vigor.

— Parece que ainda temos algum tempo antes da implantação dessa nova política — observou o rapaz. — O suficiente para enterrar uma velhinha, não é mesmo?

— Isso é problema seu — retrucou a funcionária. — Não nosso.

— Mas posso alugar uma vaga na sua câmara refrigerada até o solo ficar menos duro?

— Só aceitamos corpos para cremação.

— Mas o regulamento diz que...

— Esqueça o regulamento. Não temos espaço para todos e, atualmente, a nossa política é só aceitar corpos que vão ser cremados — declarou a mulher, deixando a sua mesa e entrando numa outra salinha.

Bashi saiu do necrotério com o coração um pouco mais leve. A sua avó, uma mulher sábia, havia escolhido a hora certa para morrer. Mais dois meses de vida a teriam atirado dentro de um forno. Como ela sempre dizia, os céus castigam todas as formas de cobiça. Em vez de ser uma tragédia, a morte da sua avó tinha se tornado algo digno de comemoração. A gente deve sempre ver as coisas pelo lado bom, disse o rapaz com seus botões. Sua energia costumeira estava restaurada. O sol lhe aquecia o rosto, naquela manhã de primavera.

— Bashi — disse uma vozinha, vindo de uma ruela transversal. Ao se virar, viu Nini, com a cabeça descoberta e segurando o seu gorro na mão boa, parada à sombra do muro. Não parecia tão feia quanto ele se lembrava.

— Nini! — exclamou o rapaz, feliz por ver um rosto amigo. — O que está fazendo aqui?

— Estava à sua procura. Não o vi hoje de manhã — respondeu a menina. — Você ontem disse que me daria carvão se a gente conversasse.

Bashi deu um soco na própria cabeça, com mais força do que pretendia, e se encolheu.

— É claro, me desculpe — disse ele, chegando mais perto. — Mas é que eu tinha uma coisa importante para fazer hoje de manhã. Já soube?

Nini arregalou os olhos e, pela primeira vez, Bashi reparou nos lindos cílios espessos que ela tinha e na sua íris de um castanho bem escuro. Soprou neles, fazendo-a estremecer. O rapaz riu e esfregou os próprios olhos para parecer triste.

— A minha avó morreu ontem à noite — disse.

A menina soltou uma exclamação abafada.

— É. A minha avó que me criou sozinha e que me amava acima de tudo — acrescentou ele.

— Como foi?

— Não sei. Ela morreu dormindo.

— Por que então você está triste? — perguntou ela. — Devia estar feliz. Sempre ouvi dizer que, quando uma mulher morre dormindo, é porque está sendo recompensada pelo bem que praticou.

— Mas estou feliz! — retrucou Bashi. — O problema é que ninguém nesta cidade está disposto a me ajudar a enterrá-la.

— Onde ela está? — indagou a menina. — Você já limpou e vestiu o corpo? Não quer que ela vá embora suja e com roupas velhas...

— Como sabe dessas coisas? — perguntou ele. — Ninguém morreu antes dela. Você sabe muito. Não quer vir me ajudar?

— Preciso ir ao mercado — respondeu ela, depois de alguma hesitação.

— Lá em casa tem muitos legumes. Dá para alimentar você e todas as suas fadas irmãs. E carvão também. Pode pegar o que quiser. Mas venha ajudar uma boa velhinha — disse o rapaz. — Venha! Não deixe um amigo esperando.

ANDANDO ALGUNS PASSOS MAIS ATRÁS, Nini ia contando os postes de iluminação. A ideia era não ficar ao lado dele para que ninguém desconfiasse de nada. Do mercado, viraram para pegar a estrada que subia a serra, a nordeste. Por ali, os quarteirões residenciais eram construídos do mesmo jeito que os do vale, mas a casa de Bashi era bem maior que as que se viam normalmente. O rapaz olhou de um lado a outro da rua, que estava vazia; só então abriu o portão e, com um gesto, mandou a menina entrar. Ela ficou fitando a mansão à sua frente, impressionada. O quintal era o dobro dos que conhecia, com um galpão de madeira praticamente do tamanho da sala da frente da sua própria casa e um muro alto de tijolos, fazendo a separação com os quintais dos vizinhos. O pai dele tinha sido herói de guerra, explicou Bashi; era por isso que tinham direito a mais espaço em casa. No entanto, acrescentou ele, os operários não se deram o trabalho de fazê-la apresentável, limitando-se a construir uma casa de dois cômodos, igualzinha às outras da rua, só que com o dobro do tamanho.

— Você deve precisar de muito carvão para esquentar essa casa — observou Nini quando entrou no aposento da frente. Uma estante bem alta o dividia em cozinha, com pia, torneira, fogão e vários armários com flores pintadas, e sala, com um fogareiro para mantê-la aquecida. A parede da sala era coberta de cartazes mostrando cenas de heróis e heroínas de filmes e óperas revolucionários. A menina pôs a mão na mesa que ficava no meio daquele cômodo, um móvel que parecia pesado, com uns entalhes antiquados nos quatro lados. Duas poltronas de um vermelho-escuro, com uns desenhos complicados entalhados no encosto, exibiam umas almofadas macias e convidativas. — Onde está a sua mãe? — perguntou ela.

— Só Deus sabe! Ela se casou de novo e me deixou aqui.

"Que idiota!", pensou Nini. Ninguém jamais a faria desistir de todo aquele luxo. Antes porém de abrir a boca para expressar a sua opinião, ouviu um barulhinho familiar. — Camundongos! — exclamou a menina, agachando-se para ver de onde vinha o tal som. A sua própria casa estava infestada desses bichos que não a deixavam dormir à noite com o barulho que faziam. Roíam roupas velhas e, às vezes, as folhas de papelão que a sua família usava para fazer caixas de fósforos. Todas as meninas da casa, à exceção do bebê, estavam treinadas para sair à caça dos camundongos e matá-los torcendo-lhes o pescoço com um golpe certeiro.

— Pode deixar — disse Bashi. — Tenho o remédio para isso. — Entrou na cozinha de onde voltou, um minuto depois, trazendo uma caixa embrulhada em cetim vermelho. Ali dentro, havia umas raízes ressecadas, retorcidas e de uma cor terrosa. — É ginseng — disse ele, estendendo a caixa para a menina.

Nini passou a mão pelo cetim vermelho. Não sabia quanto custavam essas raízes de ginseng; já a caixa parecia mais cara e elegante que qualquer objeto existente em sua casa.

— O meu avô colhia ginseng e a minha avó adorava essas raízes. É o melhor remédio do mundo — acrescentou Bashi. — Mas não fazem a gente viver para sempre, claro.

— Onde ela está?

Com um gesto, o rapaz mostrou o quarto.

— Vamos tratar disso logo, logo. Antes, porém, vamos cuidar dos camundongos. — Partiu um pedacinho de uma das raízes e o aproximou da boca de Nini. — Quer provar? É doce como mel.

A menina abriu a boca, mas Bashi não deixou que ela mordesse o ginseng.

— Estou implicando com você, sua boba. Só quem tem mais de setenta anos pode comer isso. Tem fogo demais aí dentro. Pode fazer o seu nariz sangrar e a sua pele e a sua carne arderem e apodrecerem.

Nini apertou bem os lábios, meio brava. Não sabia por que tinha aceitado ajudar Bashi. Pensou em deixá-lo ali com a avó e voltar para a própria vida. Apanharia umas folhas de repolho jogadas pelo chão e iria para casa ver as irmãs menores brincarem com a neném. Se elas fizessem a Pequena Sexta chorar, contaria umas histórias horrorosas e ameaçaria lhes dar raiz de ginseng para comer caso ousassem ir reclamar com os pais. Mas achou difícil mexer as pernas. Bashi tinha lhe prometido tantas coisas... carvão, para ela levar para casa, e até legumes... Amizade, e algo mais que ela não conseguia formular.

O rapaz apanhou um pote de mel e mergulhou a raiz ali dentro. Quando a retirou, ela parecia molhada e deliciosa. Nini só tinha comido mel uma vez, na casa do professor Gu. O seu estômago roncou.

— Tome — disse Bashi, entregando a Nini o pote e uma colher. — Pode comer tudo, se quiser. Eu não gosto muito disso — acrescentou ele, limpando o excesso de mel do ginseng. Nini enfiou uma colherada na boca. Afinal, ele era um sujeito legal, generoso e delicado, embora aquelas brincadeiras a deixassem por vezes toda atrapalhada.

— O que está fazendo? — murmurou ela, mal podendo abrir os lábios pegajosos com aquela doçura do mel.

— É um veneno para ratos que eu inventei — respondeu Bashi. — Os camundongos adoram mel, exatamente como você, não é mesmo? Aí, comem a raiz de ginseng sem pensar e ficam com uma queimação tão grande no estômago que se contorcem até morrer, lamentando terem ingerido aquela comidinha doce roubada dos outros.

Nini estremeceu.

— Você pôs veneno no mel? — perguntou ela, fitando o pote que tinha nas mãos.

— A troco de quê eu faria isso? — exclamou o rapaz. — Acha que ia querer envenenar você? Que ideia mais esquisita. Você não é um camundongo. É minha amiga.

Olhando para o rosto todo risonho de Bashi, Nini se sentiu meio aflita.

— Tem muitos amigos? — perguntou ela.

— Claro — respondeu o rapaz. — Sou amigo de metade dos moradores de Rio Lamacento.

— De meninas também?

— Também. Homens e mulheres. Jovens e velhos. Cachorros, gatos, galinhas e patos.

Não dava para saber se era mais uma das suas brincadeiras. Mas, se ele tinha outras amigas, será que elas já tinham vindo até ali? O jeito como ele se comportou no caminho até a casa, tomando todo cuidado para que ninguém os visse juntos, a tinha deixado desconfiada.

— É comum você trazer meninas à sua casa? — indagou ela.

Bashi fez um gesto com a mão, assumindo um ar sério.

— Está tudo bem? — perguntou Nini.

— Não faça barulho — disse ele, brandindo um dedo na sua direção. — Deixe-me pensar.

A menina ficou só olhando. Com os lábios contraídos e as sobrancelhas franzidas, Bashi parecia uma criança pequena fingindo ser adulta. Era um sujeito bem esquisito. Nini nunca conseguia imaginar o que ele ia fazer em seguida. Tinha ouvido uns vizinhos dizendo às filhas que não conversassem com estranhos; os seus pais também disseram o mesmo às suas irmãs, mas nunca lhe deram semelhante aviso, já que não passaria pela cabeça de ninguém que ela pudesse correr algum perigo. Voltou a observar o rapaz. Se por acaso ele fizesse alguma coisa bem ruim, ela poderia alertar os vizinhos. Mas talvez estivesse se preocupando à toa. Bashi não era um estranho. Era um novo amigo e a menina concluiu que gostava dele; não como tinha gostado do professor Gu e de sua esposa, mas gostava. Eles a fizeram querer ser melhor, mais bonita, mais digna de amor; só que isso, agora, não fazia mais a mínima diferença. Os Gu a odiavam e não deixariam que voltasse à sua casa. Bashi a fez esquecer que era um monstro. Talvez não fosse mesmo.

— É isso! — exclamou o rapaz, depois de alguns instantes. Bateu palmas e sorriu. — Já bolei o plano todo.

— Que plano?

Com um gesto, Bashi mandou que ela o seguisse até o quarto. A cortina que separava as duas camas estava fechada. Ele a fez sentar na sua cama desfeita.

— Pode guardar um segredo? — perguntou então.

Nini fez que sim com a cabeça.

— Não pode contar para ninguém — disse ele. — Tem certeza que seria capaz?

— Não tenho nenhum outro amigo além de você.

Bashi sorriu. Abriu a cortina e Nini viu a velha, de olhos fechados como se estivesse dormindo, com o cobertor puxado e bem preso debaixo do queixo. O cabelo grisalho e ralinho estava preso, num daqueles coques que as senhoras idosas usam, com alguns fios escapando da rede que lhe envolvia a cabeça. Nini achou que ela era o tipo de velhinha de quem teria gostado, mas talvez a morte fizesse as pessoas parecerem boazinhas, já que nenhuma das velhas que encontrava no mercado era legal com ela.

Bashi pôs o dedo diante do nariz da avó por um instante e declarou:

— É... Mais morta, impossível... Agora, você vai fazer um juramento diante dela.

— Por quê?

— Ninguém brinca com os mortos — respondeu Bashi. — Diga assim: Juro que nunca vou contar o segredo de Bashi para outra pessoa. Se contar, o fantasma da avó dele não vai me deixar ter uma boa morte.

Nini pensou um pouco. Não achava que aquilo fosse tão ruim assim, já que, como seus pais não se cansavam de repetir, com todo o sofrimento e todos os problemas que tinha trazido para a sua família, não haveria nada de bonito na sua morte. Pelo que sabia, também não havia nada de bom na sua vida, então por que ter medo de uma morte feia? Repetiu as palavras e Bashi pareceu satisfeito. Sentou-se ao lado dela e disse:

— Vou matar o cachorro de Kwen.

— Por que ele bateu em você ontem à noite? — perguntou Nini, um tanto decepcionada. Um cachorro morto não combinava nada com um juramento solene, feito diante do cadáver de uma avó.

— Mais que isso. Ele é um demônio e vou fazer a cidade inteira ficar sabendo disso. Tem muita coisa que só vou contar mais tarde. Por enquanto, tudo que você precisa saber é que vou matar o cachorro preto e só depois vou poder levar o meu plano adiante.

Nini assentiu. Não sabia se queria ouvir o resto do plano de Bashi. A velha, a pouco mais de um metro e meio de distância, não a deixava prestar atenção.

— Bom, vai ser assim. Os cachorros não são velhas e não gostam de ginseng, certo? O que seria, para um cachorro, aquilo que o ginseng é para uma avó velhinha?

Nini o fitava, perplexa.

— Pense um pouco, menina. Uma salsicha ou um presunto, não é mesmo? Cachorros gostam de carne, como nós dois; mas nós somos mais espertos que eles — disse Bashi. — Veja só o que vou fazer: vou dar ao cachorro uma salsicha por dia até ele começar a abanar o rabo sempre que me vir, e, então, pronto, dou uma salsicha cheia de pesticida. O pobre animal nunca vai imaginar que o único amigo que ele tem no mundo poderia matá-lo. O que acha?

Nini já estava perdendo a paciência. Ao que parecia, Bashi poderia ficar sentado ali a manhã toda, falando com ela ou consigo mesmo. Se não voltasse para casa a tempo de preparar a comida antes dos pais chegarem para o almoço, como havia acontecido com o jantar na véspera, a sua mãe faria o bambu cantar nas suas costas outra vez.

— Gostou do meu plano? — perguntou Bashi, olhando para ela.

— Não é bom pensar em outras coisas antes de cuidar da sua avó — retrucou a menina. — Não posso ficar o dia inteiro aqui, conversando com você.

— As questões dos vivos passam na frente das dos mortos — disse o rapaz. — Mas tem razão. Antes de você ir embora, preciso que me ajude a pôr a minha avó no caixão.

— Não prefere contratar profissionais?

— Só posso contratá-los se ela for cremada — respondeu ele. — Vai dar tudo certo. Nós dois podemos cuidar disso — acrescentou, puxando um baú de um canto do quarto. — Acho que ela deixou tudo preparado. Procure o que for preciso para vesti-la de um jeito bem bonito. Vou buscar o caixão.

Antes que a menina pudesse responder, ele já tinha saído para ir até o galpão do quintal. Nini abriu o baú. Ali dentro, havia tecidos de seda e de cetim, formando diversas camadas bem arrumadinhas: casacos, paletós, blusas e calças, sapatos e chapéus. Passou a mão boa no que estava por cima da pilha, mas a sua pele estava tão rachada que puxou um fio do tecido. "Que desperdício enterrar uns panos tão bonitos com uma mulher morta", pensou a menina. Antes de voltar a pegar aquelas roupas, esfregou bem as mãos nas calças. Foi tirando tudo do baú, peça por peça, fazendo uma pilha em cima da cama, junto da velha. Quando o baú ficou vazio, ela viu vários envelopes, cada um deles contendo um número. Abriu o primeiro e viu um maço de notas, quase todas de dez ou cinco yuans. Nini nunca tinha visto tanto dinheiro assim na vida. Mordeu os lábios e olhou ao seu redor, para ter certeza que Bashi não estava por ali. Guardou então o dinheiro novamente, dobrou o envelope no meio e o enfiou no bolso.

— O caixão é pesado demais para mim — disse Bashi quando apareceu de volta, um minuto depois. — Será que os carpinteiros puseram chumbo dentro dele? Mas não vamos nos preocupar com isso agora.

Com voz trêmula, Nini lhe mostrou os envelopes. O rapaz examinou o seu conteúdo e soltou um assobio.

— Achei que ela guardasse o dinheiro num banco — disse ele, pegando duas notas de dez yuans e estendendo-as à menina.

Ela abanou a cabeça, dizendo que não queria aquele dinheiro.

— Por que não? Amigos dividem problemas, por que não dividir também a boa sorte?

Nini aceitou o dinheiro. Ficou se perguntando se o fantasma da avó estaria ali por perto, de olho nos seus negócios depois da morte, como diziam os mais velhos. Se fosse verdade, será que tinha ficado furiosa ao ver aquele envelope no seu bolso? Mas por que se preocupar com fantasmas? Nada poderia fazer a sua vida ser pior do que já era, agora que os Gu tinham lhe dado as costas. Afastou então as cobertas e tirou o pijama da velhinha. Sentiu um cheiro estranho, nada muito forte, mas algo oleoso e adocicado que a deixou enjoada. Quando tocou a pele do cadáver, percebeu que ela estava fria e dura. Então era assim que os seus pais iam ficar quando morressem... Essa ideia a deixou menos assustada. Afinal, ela é que teria de cuidar deles quando envelhecessem e, entre outras coisas, limpar o seu corpo antes do enterro. Será que teria de cuidar também da despedida dos Gu? Era mais difícil imaginá-los mortos e nus, estirados na cama, do que os seus próprios pais. Adoraria que, com eles, tudo fosse diferente — quem sabe com o vento os levando embora, feito fumaça, antes que a mão de alguém tocasse a sua pele —, mas por que desejar que o professor e sua esposa se fossem assim, com tanta facilidade, quando os dois a tinham posto porta afora sem hesitar?

Do outro lado da cortina, Bashi ficou só rondando, sem vir ajudá-la. Nini estava achando aquilo estranho, mas, de repente, se deu conta que talvez não fosse bom um rapaz ver o corpo nu da própria avó. Pelo visto, ele era um sujeito bom e honrado, apesar de toda a sua esquisitice.

Na hora de lavar o corpo, Bashi sugeriu que usassem água fria da torneira, pois daria menos trabalho. A menina discordou. O envelope dobrado parecia querer pular do seu bolso, revelando-se ao rapaz e ao mundo inteiro — devia ter pensado num jeito melhor de esconder aquilo, no sapato, talvez, pois pisaria com força em cima dele — e, culpada, insistiu em acender o fogo para poder lavar a velhinha com água quente.

Bashi foi atrás dela até a cozinha. Ficou recostado num armário, olhando o que a menina fazia.

— Que neta maravilhosa você teria dado! — exclamou, admirado.

Nini corou e fingiu que não tinha ouvido aquilo. Bashi pôs uma cadeira junto ao fogão e se sentou a cavalo, passando os dois braços pelo espaldar.

— Os seus pais já arranjaram um marido para você? — perguntou.

"Que pergunta mais esquisita", pensou Nini, abanando a cabeça.

— Conhece aquele ditado que diz que o pássaro de asas mais fracas precisa alçar voo antes dos demais?

— Não.

— Devia pensar sobre isso. Não vai querer esperar tanto tempo assim para procurar marido...

Nini não disse nada, mas ficou se perguntando se ele teria razão. Os seus pais não tinham a intenção de casá-la; não deixariam ninguém mais lavar o seu corpo para o funeral. Se fosse filha dos Gu, será que, a essa altura, eles já estariam preocupados, pensando em casá-la para que, quando deixassem este mundo, ela não ficasse sozinha?

— Se quiser, fico de olho, à procura de possíveis candidatos — propôs Bashi.

Nini continuou fitando o fogo, sem responder. A água começou a borbulhar. Quando ele insistiu, a menina disse:

— Não vamos deixar a sua avó esperando.

— Agora, ela não vai nem saber — retrucou o rapaz, rindo. Ajudou Nini a levar a chaleira até o quarto e se sentou na própria cama, do outro lado da cortina. A menina começou a lavar a velha com todo cuidado, tentando não prestar muita atenção à pele seca e enrugada, aos seios estranhamente longos e caídos, às articulações nodosas. Se não fosse por aquele envelope roubado que havia enfiado no bolso, teria terminado a tarefa em um ou dois minutos. Quando finalmente acabou, tentou vesti-la com as roupas de seda, mas o corpo, imóvel e rígido, não ajudava em nada. Deu um puxão num dos braços da velha, para enfiar uma das mangas, e sentiu um estalinho bem leve. Achou que devia ter quebrado aquele braço, mas isso já não tinha importância. Só podendo usar a mão boa, levou um tempão para abotoar a fileira de botões do vestido. Enfim, depois de pôr a touca de dormir e os sapatos de seda, disse para Bashi:

— Venha vê-la agora.

Os dois ficaram ali parados. A avó parecia serena e contente, envergando as suas melhores roupas para chegar ao outro mundo. Pouco depois, Bashi passou o braço pelo ombro de Nini, puxando-a mais para perto de si.

— Você é uma garota muito bacana! — exclamou ele.

— Agora, preciso ir.

— Vamos pegar o que você quiser lá no galpão.

— É demais — observou ela, quando o rapaz botou vários repolhos no seu cesto. — Meus pais podem achar estranho.

— Vou levar você para casa.

Mas a menina argumentou que era melhor os dois não irem juntos.

— Claro — replicou Bashi. — Como você preferir. Mas quando vou vê-la de novo? Será que pode vir hoje à tarde?

Nini hesitou. Adoraria voltar àquela casa, onde tinha comida, carvão e um amigo, mas era impossível. Afinal, Bashi encontrou uma solução: toda manhã, Nini podia passar cerca de uma hora ali e pegar carvão do latão onde ele ficava guardado; mais tarde, viria vê-lo ao menos uma vez, com a desculpa de estar indo ao mercado.

A menina ficou triste na hora de se despedir. No meio do caminho, dobrou numa ruela transversal e tirou o envelope do bolso. Até o fim do dia, os seus pais acabariam descobrindo. Será que a mandariam para a delegacia como ladra, ou simplesmente confiscariam aquele dinheiro felizes da vida? Não gostava de nenhuma das hipóteses, portanto, resolveu tomar outro rumo, dirigindo-se à casa dos Gu. Quando chegou ao portão, não conseguiu evitar ter esperança de que eles abrissem a porta e a acolhessem de braços abertos.

Um homem que vinha passando se virou e lhe perguntou:

— Está procurando o professor Gu e sua esposa?

Nini aquiesceu, sentindo a esperança crescer dentro de si; talvez, sabendo que ela viria, eles tivessem pedido ao vizinho que a esperasse.

— O professor está doente — disse o sujeito — e a sra. Gu está cuidando dele lá no hospital. Tão cedo não voltam para casa.

A menina pensou em pedir mais detalhes, mas o homem foi embora antes que ela pudesse dizer o que quer que fosse. Esperou até ele desaparecer e passou o envelope por debaixo do portão. Os Gu jamais poderiam imaginar que aquele dinheiro tivesse sido deixado ali por ela, mas talvez mudassem de ideia ao perceber que estavam sendo bem-tratados pelo mundo ao passo que eles próprios a haviam maltratado. Talvez viessem procurá-la quando o professor Gu saísse do hospital.

TONG SAIU DE CASA LOGO depois do almoço. Os seus pais estavam fazendo a sesta e Orelhudo andava correndo por aí, em algum ponto da cidade. O pai do menino não gostava nada do cachorro e achava pura perda de tempo o filho ficar brincando com ele. Era ótimo Orelhudo arranjar uns lugares para circular durante o dia; depois que escurecia, a última coisa em que seu pai pensaria seria o cachorro, pois, a essa altura, já tinha começado a sua bebedeira noturna.

Como ainda estava cedo para as aulas da tarde, Tong deu uma volta bem grande para chegar à escola. Nos últimos seis meses, havia explorado inúmeras ruas e ruelas de Rio Lamacento, e jamais se cansava de ver toda aquela gente ocupada em levar a própria vida. O mercado, onde muitas bocas pareciam falar ao mesmo tempo, sem dar a quem quer que fosse a possibilidade de responder, era um lugar fantástico, ao passo que as ruelas mais escondidas, com homens e mulheres fofocando em vários grupinhos, eram cheios de histórias sobre a vida dos outros.

Só um velho pensando em nada e um gato de rua fascinado pela luz do sol numa esquina o deixavam desnorteado, como se pertencessem a um mundo secreto ao qual ele próprio não tinha acesso.

A vida parecia a mesma depois dos acontecimentos da véspera. Toda aquela gente deve ter ido assistir à cerimônia acusatória, mas nenhum rosto traía qualquer recordação. Os cartazes, alguns arrancados, outros rasgados, reduzidos a pedaços colados pelas paredes, já não chamavam a atenção dos passantes. No mercado, umas donas de casa barganhavam preços aos berros, em tom acusador, como se todos os vendedores fossem uns mentirosos sem-vergonha. Numa barraca de legumes mantida pelo governo, um dos ajudantes, que estava à toa e bastante entediado, mirou o traseiro de uma colega com a mão imitando um revólver. A mulher, dos seus vinte anos, com uma cara de lua cheia, abanou a mão, como se estivesse enxotando uma mosca impertinente. Mas, sempre que o rapaz fazia o barulho do tiro, ela ria. Tong sorriu. Quando, porém, ela reparou no menino parado ali, chamou-o de patifezinho.

— Por que está parado aí olhando? Tome cuidado ou vou arrancar os seus dois olhos!

O menino enrubesceu e foi embora. Às suas costas, ouviu o tal ajudante perguntar à mulher por que ele próprio não tinha merecido tanto luxo. Ela respondeu que atenderia ao seu pedido de bom grado, ali mesmo, se é que ele estava querendo ficar cego. O sujeito lhe implorou que fizesse isso, dizendo que não precisava mais dos olhos, agora que já tinha visto a beleza celestial da colega. Tong saiu andando. Mais uma vez, compreendia que, no mundo dos adultos, havia um código secreto e, como desconhecia as suas regras, vivia ofendendo as pessoas por razões que não conseguia entender.

Numa esquina, viu umas galinhas circulando por um beco. Ficou olhando fixo para uma garnisé, querendo que ela parasse de ciscar, mas a ave continuou procurando comida, sem dar pela sua presença. Um gato veio se chegando de mansinho, escondendo-se atrás de uma cadeira de três pés, mas, antes que pudesse atacar, uma velha, sentada num banquinho de madeira, bateu com a bengala no chão e gritou. As galinhas se dispersaram, cacarejando e batendo as asas freneticamente. Desprevenido, Tong tomou o maior susto. Precisou respirar fundo umas duas vezes até se acalmar e perguntar à mulher se estava tudo bem.

— Não estaria, se eu não estivesse aqui de olho — respondeu ela.

Tong se virou para ver o gato que os observava a alguma distância.

— Com certeza ele só estava querendo brincar — disse o menino.

— Não estou pensando no gato — retrucou a velha. Tong ergueu os olhos, espantado. — Estou falando de você, garoto. Achou que ia conseguir passar a mão naquela galinha quando não houvesse ninguém por perto, hein?

Gaguejando, o menino lhe disse que nunca tinha pretendido roubar galinhas de ninguém.

— Não pense que não ouvi o seu ábaco tilintando aí na sua barriga quando ficou olhando para as minhas galinhas — exclamou a velha. — Logo você, um garoto de aldeia!

Tong foi embora daquele beco. Não tinha muito a alegar em sua defesa...

DEPOIS DO ALMOÇO, KAI FOI ao pequeno gabinete médico que ficava no primeiro andar do prédio da administração e disse que não estava se sentindo bem. O médico, um sujeito de uns sessenta e cinco anos, só tinha autorização para prescrever remédios para resfriados e dar atestados para os funcionários faltarem ao trabalho quando estivessem indispostos; para qualquer problema mais sério que uma tosse ou um nariz escorrendo, era preciso ir ao hospital municipal, do outro lado da rua.

— Três dias? — perguntou ele, ao escrever o nome da moça com toda clareza no alto de um atestado.

Kai retrucou que uma tarde já estava bom. O médico escreveu então que se tratava de um resfriado que exigia metade de um dia de repouso. Satisfeito, observou a própria caligrafia antiquada por um instante, antes de assinar ao pé da folha. A moça lhe perguntou ainda se era possível fazer o documento chegar ao seu destino sem passar pelo departamento de propaganda, pois não queria que os colegas fizessem todo um estardalhaço por causa de um simples resfriado. O sujeito aquiesceu, com ar compreensivo, dizendo-lhe que ele próprio entregaria o atestado.

Kai foi até o estúdio, subindo pela escada dos fundos, e destrancou a última gaveta da sua mesa. Ali dentro, havia um velho casaco de algodão, de um marrom-acinzentado, com botões desemparelhados e uns remendos nos cotovelos. Num dos bolsos do tal casaco, havia um lenço e, no outro, uma máscara de algodão. O casaco e o lenço haviam sido da ex-babá do seu filho, e Kai tinha ficado com ambos dando-lhe, em troca, um casaco e um lenço do seu guarda-roupa. Disse que seria para possíveis compromissos de trabalho fora da cidade e, apesar do esforço que fez para dar a explicação mais vaga possível, a babá replicou que decerto ela não ia querer usar um casaco de lã e um lenço de seda num daqueles lugares imundos por onde circulavam as pessoas mais pobres.

Trocou de roupa. Dentro da gaveta, por baixo do tal casaco, ficava uma pilha de cartas, todas elas de Jialin, em envelopes sem nada escrito. Antes de trancar de novo a gaveta, pegou um daqueles envelopes ao acaso. Era uma longa carta sobre a natureza de um sistema totalitário. Passou os olhos pelo texto, que já sabia de cor depois de tê-lo lido inúmeras vezes; era mais uma reflexão que uma carta e ela voltou a se perguntar se aquele mesmo texto teria sido mandado para vários outros amigos de Jialin, e lido por eles. Numa folha à parte, dentro do mesmo envelope, havia um bilhete, um parágrafo curto sobre um novo programa britânico, transmitido em mandarim, que o rapaz conseguira captar recentemente no seu transistor de ondas curtas. Mais uma vez, a moça ficou pensando se era pura imaginação sua quando percebia o imenso desejo que Jialin tinha de compartilhar as novidades com ela. Era exatamente por causa desses bilhetes mais curtos que ele lhe enviava, falando de pequenos detalhes da própria vida que ela desconhecia em grande parte, que a moça não conseguia queimar aquelas cartas, como Jialin havia recomendado.

Os dois não se viam com frequência e, às vezes, ela passava uma ou duas semanas sem arranjar uma desculpa para ir até a biblioteca municipal. Também não se falavam muito; limitavam-se a trocar cartas, em silêncio, escondendo-as dentro de revistas. Acontecia de haver diversas cartas dentro de um envelope que ele lhe entregava, e a moça se esforçava para não ficar pensando se ele estaria à sua espera na sala de leitura diariamente ou se ficava decepcionado quando ela não aparecia. A bibliotecária era uma amiga sua, pelo que Jialin lhe dissera; e deixava que ele ficasse sentado ali naquela sala, contanto que estivesse usando luvas e máscara. Kai se convenceu que a amizade da tal bibliotecária, uma mulher calada, de uns quarenta e tantos anos, era o bastante para que as idas de Jialin à biblioteca não fossem em vão.

Jialin e Kai nunca marcaram encontro e nas cartas não se detinham muito naquele mundo onde precisavam arranjar desculpas para se ver por apenas cinco ou dez minutos; na verdade, escreviam sobre assuntos que não teriam condições de discutir pessoalmente. A moça guardava todas aquelas cartas. Adoraria conseguir queimá-las, como sabia que ele fazia religiosamente com as que ela lhe escrevia. Um dia, porém, não restaria nada dele, a não ser as palavras escritas nas folhas de um caderno escolar, com aquela caligrafia esguia e inclinada para a direita. Às vezes, a tinta da caneta acabava e as palavras azuis-escuras iam ficando clarinhas no meio de um trecho mais longo. Só quando as palavras ficavam tão claras quanto a folha, mais parecendo gravadas que escritas no papel, ele se lembrava de voltar a encher a caneta-tinteiro.

Kai botou as cartas de volta no envelope e o trancou na gaveta junto com os demais. Alguns minutos depois, saía do prédio, com a cabeça coberta pela echarpe e o rosto escondido pela máscara. Agora, pouca gente reconheceria a estrela das notícias, e ela se sentiu momentaneamente livre.

A biblioteca, única na cidade que era aberta ao público, ficava num prédio que já fora o quartel-general de uma facção local da Guarda Vermelha. Antes disso, a casa pertencia a um velho, mas, pouco depois do início da Revolução Cultural, o sujeito se matou com veneno de rato. Os habitantes da cidade ficaram atônitos. Ao que se dizia, ele era um órfão que havia sido adotado por um médico e sua esposa e foi criado em parte como filho, em parte como aprendiz daquele que era o único médico do lugar, na época em que Rio Lamacento não passava de um entreposto comercial. Quando os velhos morreram, o tal homem herdou o dinheiro e o casarão antigo, uma construção quadrada que cercava um pequeno jardim bem-cuidado, localizada perto do centro da cidade. Vez por outra, praticava a acupuntura, mas só atendia os pacientes mais idosos com dores nas costas e artrite. Era um indivíduo de aparência circunspecta, educado e afável, e, ao que tudo indicava, não teria motivos para temer as tormentas revolucionárias que estavam por vir. Mas, como toda morte precisa de explicação — particularmente o suicídio, já que ele pode representar uma tentativa de escapar à justiça comunista —, logo começaram a circular boatos de que aquele homem era um príncipe da Manchúria que andava aguardando a ocasião mais propícia para fazer ressurgir a última dinastia. Como disse um célebre general, uma mentira repetida milhares de vezes acaba se tornando verdade, e, depois de algum tempo, o velho passou a ser considerado um inimigo político que havia escapado às malhas da justiça recorrendo a uma morte fácil. A Guarda Vermelha local não tardou a ocupar a propriedade, usando-a para imprimir os seus panfletos e estocar munição. Durante vários meses, os quartos dos fundos também serviram de salas de interrogatório e celas improvisadas.

A biblioteca, que funcionava no local havia apenas um ano e meio, ocupava os dois aposentos da frente da casa. Algumas mesas e cadeiras ficavam enfileiradas de um dos lados da sala de leitura e, do outro lado, havia uma velha mesa de açougueiro, onde ficavam expostas umas dez revistas. A bibliotecária tinha a sua mesa perto da porta da sala de leitura e, se alguém viesse pedir um volume do acervo, ela ia abrir a porta da outra sala onde não havia mais que dez prateleiras com livros. Ali não havia cartões nem fichários; na verdade, quando apercia alguém interessado num tema específico, a bibliotecária exainava o acervo e voltava trazendo um ou dois livros que julgava relacionados ao assunto em questão.

Pouca gente na cidade frequentava a biblioteca e não era de surpreender que aquele fosse o local que Jialin havia escolhido para esperá-la. Quando Kai chegou ali, a bibliotecária a cumprimentou secamente, com um aceno de cabeça, e retomou a leitura que fazia. A moça ficou imaginando se aquela mulher a reconhecia como a locutora do noticiário; o mais provável, porém, é que ela só se lembrasse da pessoa que aparecia de vez em quando, para passar os olhos por umas revistas na sala de leitura. Kai não dizia nada, portanto, a bibliotecária não poderia reconhecer a sua voz. A mulher era viúva e o seu falecido marido, funcionário da administração municipal, tinha se jogado no rio Lamacento quando viu dois garotos pedindo socorro. Ele próprio nadava mal e acabou não salvando nem os dois meninos, nem a si mesmo. A prefeitura lhe concedeu o título de herói e, quando a viúva, que antes era professora primária, pediu um emprego menos puxado, deram-lhe aquele cargo recém-criado na biblioteca municipal, onde ela teria tempo de sobra para sofrer a sua perda com toda tranquilidade.

Jialin era a única pessoa ali na sala de leitura. Sentado a um canto, de frente para a porta, o rapaz olhou para ela por cima da máscara de algodão e, depois, recomeçou a escrever num caderno bem grosso. Kai sempre procurava alguma mudança de expressão no seu rosto, mas nunca via nada, e se perguntava se os seus próprios olhos, aparecendo por cima da máscara, tinham o mesmo ar apático que os dele. Foi até a estante das revistas e pegou uma que trazia, na capa, uma foto enorme do novo líder nacional.

Leu umas poucas palavras e virou a página. Lá da sua mesa, a bibliotecária não parecia estar prestando muita atenção às duas pessoas ali na sala. A moça pegou um pedaço de papel, rabiscou algumas palavras e se levantou para ir pegar outra revista, passando perto do rapaz. *Precisamos conversar*, era o que dizia o bilhete que ela deixou cair junto dele. Será que Jialin perceberia o tom de urgência que havia ali? Jamais tinha lhe pedido qualquer outra coisa antes; em geral, o que lhe dava eram cartas, feitas com rascunho e revisadas.

Jialin enfiou o caderno numa sacola e se preparou para sair. Que ela fosse encontrá-lo em sua casa, era o que dizia o bilhete deixado discretamente próximo à revista pela qual a moça fingia se interessar.

Depois de esperar um pouco, Kai também foi embora, deixando o centro da cidade para se embrenhar num mundo mais populoso onde gatos, cachorros e galinhas dividiam o espaço nas ruelas e o sol da tarde com velhos que cochilavam. Era um mundo que, no passado, lhe havia sido familiar — antes de se mudar para a capital da província, morava numa dessas ruelas, junto com os pais e os irmãos. A casa pobre era uma das razões da infelicidade de sua mãe, já que ela acreditava que o marido não havia subido na vida rápido o bastante para que a família pudesse se mudar para um daqueles prédios modernos. Só depois que Kai e Han se casaram, os seus pais conseguiram o apartamento com que sua mãe tinha sonhado a vida toda. Na época, a família inteira comemorou a despedida daquela ruela, mas, agora, a moça bem que gostaria de nunca ter deixado aquele mundo.

Chegou à casa de Jialin e entreabriu o portão. O quintal de tamanho padrão, com cerca de quatro metros por seis, estava cheio de todo o tipo de tralhas: potes de conservas meio jogados uns por cima dos outros; câmaras de ar retorcidas, penduradas no guidão de uma bicicleta enferrujada e sem as duas rodas; caixas de papelão desmontadas, formando uma pilha bem alta; três cadeados de correntes bem visíveis, dispostos na forma de um triângulo e, ali dentro, três baionetas. Na primeira vez que foi àquela casa, Jialin tinha lhe dito que aquilo pertencia aos seus irmãos mais moços; na ocasião, ele a estava acompanhando até o portão e o rápido comentário acerca dos irmãos, relacionado àquela bagunça, pareceu uma simples referência à vida de estranhos. Vendo-os agora, porém, seis meses mais tarde, Kai tinha certeza que um dia ia se lembrar de todos aqueles detalhes como parte do mundo em que Jialin vivia; um dia, aquilo tudo seria usado para construir o rapaz na sua memória.

A porta se abriu.

— Está procurando alguma coisa? — perguntou uma mulher já mais velha, embrulhada num casaco comprido de algodão.

Kai apontou para a cabana, dizendo, com voz abafada, que estava procurando por Jialin. A mulher, que, pela semelhança, era sem dúvida a mãe do rapaz, assentiu e fez um aceno com a mão antes de fechar a porta novamente.

A mãe dele tinha aprendido a não fazer qualquer pergunta sobre a sua vida, como lhe explicou Jialin ao vê-la fitando a porta fechada da casa. Mandou que a moça entrasse na cabana e lhe indicou a única cadeira que havia ali.

— A sua mãe não foi trabalhar hoje? — perguntou.

— Ela está resfriada.

— E os seus irmãos? Estão na escola?

O rapaz pareceu espantado com aquele tipo de conversa que jamais haviam tido antes. Disse que esperava que estivessem na escola, mas andavam dizendo que eles tinham se metido com uma gangue de rua e vinham matando aula para aprontar pela cidade.

— Os seus pais estão sabendo?

— Os pais são sempre os últimos a receber as más notícias.

— Não quer conversar com os seus irmãos, ou, pelo menos, contar essa história aos seus pais?

Jialin disse que a família inteira esperava que ele não desse palpites na sua vida; em troca, todos o deixavam quieto ali no seu mundinho. Além disso, como eram apenas seus meio-irmãos, não tinha muito cabimento ele ir se postar diante do pai biológico, reivindicando qualquer responsabilidade sobre os garotos. A moça ficou se perguntando se ele falaria assim da própria vida com os outros amigos, e pensando em todas as perguntas que não podia lhe fazer.

O rapaz esperou um pouco e, ao ver que Kai não dizia nada, perguntou se havia algum assunto sobre o qual ela estivesse precisando falar. Havia, sim, disse a moça, a mesma coisa que vinha lhe pedindo há algum tempo; um protesto com relação a Shan, agora, não mais pedindo por sua vida, mas pelo seus direitos de ser reconhecida como alguém que foi executada injustamente. Falou sobre o julgamento apressado, bastante suspeito, e sobre a história dos rins transplantados para o corpo de um homem; falou do ato de insubordinação da sra. Gu no cruzamento das ruas, lembrando-se das costas eretas da mulher quando a arrastaram para afastá-la da fogueira já meio apagada. Estava mais que na hora de alertar os habitantes de Rio Lamacento para a atrocidade e a injustiça cometidas contra uma filha e uma mãe.

Quando Kai terminou o seu discurso, nenhum dos dois disse nada por alguns instantes. Depois, Jialin a chamou até um canto da cabana e levantou uns plásticos. Debaixo deles, havia um mimeógrafo e uma pilha de panfletos recém-impressos. A moça pegou um deles; reconheceu a caligrafia de Jialin. Era uma carta dirigida à população de Rio Lamacento e datada do dia da execução. Ergueu os olhos, perplexa.

— Isso já estava pronto ontem?

— Já.

— Não sabia que você tinha tomado uma atitude por conta própria.

Jialin abanou a cabeça, dizendo que tinha feito aquilo com a ajuda de vários outros amigos.

— Mas por que esperar se os panfletos já estavam prontos? — indagou a moça.

— As coisas estão sempre mudando — respondeu ele. Depois, lhe perguntou se ela tinha ouvido falar do Muro da Democracia, em Beijing. Pareceu surpreso ao vê-la abanar a cabeça. Achou que estivesse sabendo, embora não pudesse transmitir essas notícias, foi o que disse. Ela retrucou que não passava de uma voz a serviço do governo e era especialmente com ele que contava para saber o que realmente acontecia no mundo.

Haviam erguido um muro na capital, disse Jialin, e, nesse local, o povo poderia expressar as suas opiniões livremente; nas últimas semanas, muita gente tinha deixado ali seus comentários, exigindo um governo mais aberto e mais democrático. Enquanto ele falava, Kai começou a sentir uma estranha sensação de perda. Não sabia há quanto tempo o rapaz vinha acompanhando aquelas notícias, mas jamais tocou nesse assunto nas cartas que lhe escrevia. Ficou imaginando jovens reunidos em grupos, lá na capital do país, todos falando dos seus sonhos. Até mesmo ali, na cabana de Jialin, os seus outros amigos podiam ficar às vezes até altas horas, na expectativa de ouvir alguma notícia boa pelo rádio de ondas curtas. E ela, onde estava naquelas noites? Em casa, desempenhando o seu papel de esposa atenciosa e boa mãe.

Perguntou, então, se podia conhecer os amigos dele.

Jialin tirou os óculos. Esfregou os olhos, limpou as lentes na manga da camisa e voltou a pôr os óculos.

— Você compreende que não é tão livre quanto a maioria de nós, não compreende? — perguntou o rapaz, com toda delicadeza. — Prefiro que não participe disso tudo. Pelo menos, não por enquanto.

— Por quê? Não confia em mim?

Jialin abanou a cabeça. Depois que os panfletos tivessem sido distribuídos, replicou apontando para a pilha, não haveria mais como voltar atrás, e ele teria de se responsabilizar não apenas pela própria vida, mas pela dos seus amigos também.

— E sou diferente deles? — indagou a moça.

— Estaria mentindo se dissesse que não — respondeu ele. Prosseguiu acrescentando que havia algumas discordâncias entre os seus amigos. A explicação que deu foi bastante vaga, mas Kai percebeu de imediato que não era Jialin, mas sim os tais amigos, fossem eles quem fossem, que não confiavam nela. Será que o rapaz havia tomado o seu partido dentro do grupo? Será que a tinha defendido quando lhe perguntaram como eles tinham se conhecido? As suas cartas, que ele lia e queimava, não ajudariam muito, e mesmo que estivessem ali guardadas, Kai não conseguia imaginá-lo deixando que os outros as lessem. — Eles não conhecem você tão bem quanto eu — prosseguiu Jialin, desculpando-se com os olhos.

— E você não quer fazer com que me conheçam melhor?

O rapaz lhe disse que teria de proteger a todos. Mais que as suas palavras, porém, foram os seus olhos evitando fitá-la que a fizeram compreender que não era uma simples animosidade por parte do grupo que ele estava escondendo.

— Então, se eu fosse denunciá-lo à polícia, os seus amigos seriam poupados porque não sei quem são? — perguntou a moça.

— Também estou protegendo você — replicou ele. — Cada um de nós poderia entregar os próprios amigos.

— A decisão de me escrever foi aceita por todos? — indagou ela ainda. — Ou, no começo, as pessoas discordaram?

Aquilo já não tinha tanta importância, agora que ele a havia desapontado. Mas queria saber assim mesmo, insistiu Kai. Tinham pensado em entrar em contato com alguém do governo, disse Jialin, mas desistiram do plano por considerá-lo precipitado.

— Então, você me escreveu por conta própria?

O rapaz desviou os olhos, sem responder.

— Por quê?

Finalmente, ele lhe disse que, anos atrás, a tinha visto representar o papel de Jade de Outono. Desde então, vivia tentando imaginar que tipo de pessoa seria ela; se era possível desempenhar assim aquele papel, sem ter no coração a pureza e a nobreza do martírio.

— Se você fosse outra pessoa, eu talvez estivesse agora cumprindo pena. Poderíamos dizer que fiz uma aposta comigo mesmo quando resolvi lhe escrever, pois eu queria saber. Mas não sei como foi que não perdi a aposta. Pura sorte, quem sabe? Não me espantaria se as coisas tivessem acontecido de outro modo — disse ele, tentando conter a tosse que ameaçava dominá-lo a todo instante.

Então, essa era a história que os dois vinham evitando há tanto tempo, pensou a moça, imaginando Jialin no meio do público, talvez antes de cair doente, antes de ela se casar. Não era novidade a ideia de que toda uma existência pudesse transcorrer sem o nosso conhecimento. Muitas vezes, na época do teatro, recebia cartas de fãs, algumas trazendo o nome do remetente, ou um pseudônimo, outras, anônimas. Mas o fato de os caminhos se cruzarem na hora errada — cedo demais ou tarde demais, e Kai já não saberia dizer qual era o caso com relação ao seu encontro com Jialin — era algo que não dava para entender. Era algo para ser suportado, como tudo o que está além do nosso controle. Se tivesse conhecido Jialin, não como uma jovem mãe, mas quando já fosse mais velha, pensou a moça, imaginando a época em que Ming-Ming seria um rapazinho, talvez ficasse agradecida por esse encontro; já estaria livre para fazer outra escolha. No caso de Jialin, porém, a doença logo cederia vez à morte, e isso aconteceria antes que o tempo a libertasse. Em breve, os seus caminhos se separariam.

— Precisa entender que é como amigo que estou deixando você fora disso — disse ele, com a maior delicadeza.

Agora, tinha muito trabalho a fazer e, respeitando a vontade dos seus amigos, ia deixá-los em paz, disse Kai. Ele não precisava se preocupar com os sentimentos dela. Sabia onde encontrá-lo, assim como ele sabia onde encontrá-la. Por um instante, a sua voz tremeu e a moça foi embora bruscamente, antes que os dois pudessem fraquejar e deixar escapar o que era melhor não dizer.

OS OUTROS PACIENTES ALI na enfermaria tinham por certo ouvido falar da filha dele. Todos olhavam para o professor Gu quando achavam que ele não estava prestando atenção. Se por acaso se virasse, os demais desviavam os olhos e baixavam a cabeça. O professor percebia o esforço que faziam para não tocar no assunto. "Pobre homem", era o que deviam estar pensando, "incapaz de se manter de pé, derrotado com tanta facilidade...". Não falava com ninguém ali dentro. Quando chegou o horário de visita, e mulheres e filhas começaram a circular pelo local, ele se escondeu debaixo do cobertor listrado, fingindo dormir. A sua mulher também não falou com os outros pacientes e suas famílias. Chegou, trazendo as garrafas térmicas com canja e se sentou na cadeira ao seu lado; meia hora depois, como o marido insistia em não dar pela sua presença, a sra. Gu o virou com cuidado, dizendo-lhe que era melhor tomar a canja enquanto ela ainda estava ali. O professor deixou a mulher ajeitá-lo no travesseiro. Depois, ela se levantou da cadeira e veio se postar ao lado da cama, com a colher na mão. Obediente, ele tomou a sopa sem reclamar e só três dias depois lhe perguntou por que ela havia matado as duas galinhas por causa de um homem imprestável. Aquelas aves eram os únicos filhos que tinham, pensou ele, mas não permitiu que aquele comentário cruel lhe escapasse da boca. A sra. Gu não tinha tocado nas galinhas, segundo disse, mas não deu maiores explicações sobre como teria conseguido comprar galinha para fazer canja. Comprou outras coisas também, numa loja bem careira que ficava ao lado do hospital — vários tipos de frutas em lata, leite em pó, tâmaras ao mel, suco de laranja concentrado que, o professor estava convencido, era feito simplesmente de sacarina e corante alaranjado. Mais um dia se passou, e ele não tinha como evitar a pergunta: de onde saiu o dinheiro para esses luxos inúteis? Depois de alguma hesitação, a mulher lhe disse que alguém, compassivo e de bom coração, tinha deixado dinheiro no quintal da casa deles. O professor ficou imaginando se ela não teria recorrido à parca poupança do casal e, no desespero de tentar encobrir aquela despesa, acabou inventando essa história de estranhos com gestos filantrópicos, coisa que ele não acreditava mais que existisse. No entanto, não procurou refutar aquelas mentiras. O mundo já andava frio demais; se ela queria acender uma chamazinha de esperança, que acendesse, mas ele se recusava a tomar parte nessas invencionices.

O derrame, embora não fatal, havia deixado o seu lado esquerdo paralisado. Claro que, em comparação com alguns outros velhos ali na enfermaria, o seu caso não era grave e acreditava-se que ele poderia recuperar em parte o movimento perdido. A dra. Fan, uma mulher dos seus quarenta anos, dava ordens ríspidas a todos os pacientes quando vinha supervisionar a sua fisioterapia. Tanto os doentes quanto as suas famílias, apesar do respeito que demonstravam na sua presença, deram-lhe o apelido de Tigresa.

No quinto dia que o professor Gu passou no hospital, a dra. Fan se atrasou para a ronda matinal e, quando chegou, não estava usando a touca branca de médica. O professor reparou que o seu cabelo curto estava cheio de cachichos miúdos e rebuscados. Decerto a doutora não quis estragar o permanente que acabara de fazer. Na verdade, era o primeiro que fazia na vida, já que a sua geração cresceu numa época em que esse tipo de coisa era considerada uma herança burguesa ilegal. Depois que ela lhe mandou levantar o braço e a perna, o que ele dificilmente conseguiria fazer, o professor elogiou o seu novo penteado.

Espantadíssima, a dra. Fan enrubesceu e não disse nada. Passou imediatamente ao leito seguinte. Logo recuperou o autocontrole, ralhando com o paciente que estava deitado ali. Os seus gestos nervosos deixaram o professor Gu entristecido. Teve pena da médica e de toda uma geração de mulheres como ela que haviam passado os melhores anos da vida vestindo roupas largas, de cores neutras, e usando o cabelo curto e liso. Tudo isso lhes roubara a beleza feminina e, agora, elas tentavam aproveitar o restinho de seus dias já não tão jovens para tentar parecer bonitas. Mas, afinal, quem lhe dava o direito de pensar assim a respeito dessas mulheres quando ele próprio, velho e inválido, era objeto de pena dos demais?

Na enfermaria de recuperação, havia dezoito leitos, quinze dos quais estavam ocupados, em sua maioria por velhos vitimados por derrames e hemorragia cerebral. Um caso, porém, era único e fascinava a todos. O professor Gu também prestava atenção às conversas dos pacientes, dos seus familiares e das enfermeiras, embora fingisse que não. Pelo que tinha ouvido, Dafu, um sujeito de uns quarenta e tantos anos, que tinha perdido a mulher um ano atrás, era um indivíduo saudável até se submeter a uma cirurgia para extrair a vesícula — ele tinha alguns cálculos que não lhe criavam maiores problemas e, ao que parece, a tal cirurgia não era tão necessária assim. No entanto, foi noticiado que o hospital militar da capital da província estava precisando de um paciente modelo para se fazer a demonstração de um novo sistema de anestesia sem a utilização de drogas. Como tinha algum conhecimento, Dafu conseguiu ser escolhido para essa missão política, mas com uma condição: as suas duas filhas teriam empregos garantidos em fábricas. As moças, duas jovens educadas que haviam passado anos no interior e acabavam de voltar para a cidade, não estavam conseguindo trabalho. O pai então se submeteu à tal cirurgia sem anestésicos, tendo apenas cinco agulhas de acupuntura espetadas na mão. Mandaram que ele ficasse quieto, pois tudo estava sendo filmado e Dafu sentiu tanta dor durante a operação que, depois disso, as suas pernas ficaram paralisadas sem nenhuma razão clínica aparente e a sua capacidade de urinar ficou definitivamente comprometida. Deixaram-no em observação por alguns dias e, afinal, os médicos do Exército, perplexos, decidiram que os problemas eram de ordem psicológica e o mandaram de volta a Rio Lamacento.

O professor Gu achava impressionante que um homem pudesse demonstrar tamanho estoicismo pelas filhas. Dafu, porém, não se considerava um herói, segundo seus vizinhos de enfermaria. Era um funcionário subalterno que ficava constrangido quando alguém se referia ao seu desprendimento. Pedia desculpas quando não conseguia urinar. "Relaxe", dizia-lhe a enfermeira Shi, a mais velha da equipe, com mãos mais delicadas que as das colegas. Os médicos declararam que, como Dafu havia exercido um tremendo autocontrole para aguentar a dor durante a cirurgia, os seus músculos se mantinham agora em estado de constante tensão, o que explicava os sintomas que ele apresentava.

— Relaxe — repetiu a enfermeira. — Use a imaginação. Lembre de quando era jovem e não conseguia segurar a vontade de fazer xixi. Aconteceu de fazer xixi na cama quando era pequeno?

— Aconteceu.

— Feche os olhos e pense em quando você molhou a cama. Tentou segurar o xixi, mas não conseguiu porque... ah, está saindo. Está saindo.

A voz da enfermeira Shi foi ficando ofegante e apressada, e, em momentos como esse, os outros pacientes, mesmo os quatro velhos que ficavam no fundo da enfermaria e adoravam chamar a atenção gemendo e se queixando de problemas inexistentes, não ousavam fazer barulho algum. Para estimular ainda mais a imaginação de Dafu, a mulher mandava uma colega mais jovem abrir a torneira da pia e deixar a água escorrer numa bacia. Todo desajeitado, Dafu ficava sentado na borda da cama, apoiando-se em duas enfermeiras, com as calças baixadas até os tornozelos e um compadre de ágata entre as pernas. A água escorria, a enfermeira Shi murmurava palavras para encorajá-lo, e todos naquele aposento prendiam a respiração até que um dos quatro velhos lá do fundo acabava rompendo o silêncio, gritando que não estava mais conseguindo prender a urina e pedindo que lhe arranjassem um compadre. Uma jovem estagiária tentava disfarçar a alegria que sentia ajudando aquele senhor; a enfermeira Shi consolava Dafu, dizendo que as coisas estavam melhorando e que, com toda certeza, da próxima vez ele ia conseguir. Com o rosto vermelho como um pimentão, Dafu pedia desculpas por todo aquele transtorno que causava às enfermeiras e aos demais pacientes. Vivia se desculpando, inclusive com as duas filhas que vieram ao hospital para lhe mostrar os jalecos que usavam no trabalho na fábrica de produtos farmacêuticos e que eram brancos, em vez do tradicional azul, detalhe que, aos olhos dos que não soubessem onde elas trabalhavam, as promoveria ao nível de enfermeiras ou talvez até de médicas. Não mencionaram a possibilidade de atrair bons partidos com aquele uniforme, mas o pai viu essa esperança nos seus olhos. As moças tinham vinte e seis e vinte e sete anos, ou seja, já não eram tão jovens assim para se casar. À noite, ele se exercitava em segredo, no escuro, tentando mover as pernas para não se tornar um fardo para as filhas. A perspectiva de se casar com uma mulher cujo pai fosse entrevado podia afugentar os possíveis pretendentes, e Dafu imaginava a falecida esposa o fitando lá dos céus, com ar de reprovação. Na manhã do dia em que ela foi atropelada por um caminhão, os dois tiveram uma discussão sobre umas tarefas domésticas bobas. Ela se queixou de ter se casado com o pior homem do mundo, que não ajudava em nada a esposa e as filhas. E foram as últimas palavras que ele ouviu de sua boca. Desde então, Dafu só fazia se perguntar se a mulher acreditava efetivamente no que havia dito; como todos bem sabiam, ela era incapaz de escolher as palavras certas quando ficava com raiva e talvez aquele comentário não pretendesse feri-lo. Mas, agora, não havia jeito de saber ao certo, pensava ele, e tudo que lhe restava era provar a si mesmo que nada daquilo era verdade.

Enquanto ele estava ali, chorando no travesseiro, inúmeras preocupações assolavam vários outros corações de pais fora do hospital. Uma mãe que acabava de ajudar a filha que entrou em pânico ao ter a sua primeira menstruação não conseguia pregar os olhos ao lado do marido que roncava. Ficava lembrando da própria mãe que vivia examinando as calcinhas das filhas, temendo que elas pudessem ser estupradas ou seduzidas por estranhos. A única que escapou ao triste destino imaginado pela mãe acabou se tornando mãe também e, agora, estava aterrorizada pelo fantasma do medo materno que decidira vir morar no seu coração.

Em outra cama, no mesmo quarteirão, um homem insistia que a mulher dissesse às filhas adolescentes para não usarem roupas de cores muito vivas. Mas já não é mais proibido ser bonita, retrucou ela, defendendo as meninas e pensando na própria juventude que se fora antes mesmo de ter desabrochado. Todos vão reparar e comentar, dizia o marido que não queria abordar assunto tão constrangedor com as filhas que, com os seios crescidos e os lábios mais carnudos, o faziam desviar os olhos, preferindo se regalar com o corpo jovem de outras mocinhas pelas ruas.

Os pais de Nini não estavam dormindo. A mão do seu pai repousava na barriga da sua mãe, que estava começando a aparecer, e, cheios de esperanças, os dois falavam de um filho homem, sem querer expressar o medo que lhes dava a perspectiva de mais uma menina. Na outra ponta da cama, Nini ficou só ouvindo, pedindo a deuses e deusas desconhecidos que dessem aos seus pais uma filha mulher.

A mãe de Jialin também estava preocupada, pensando no tempo que o filho ainda teria de vida. No entanto, o que mais a inquietava agora eram os três rapazes mais moços que tinham roubado dinheiro dela para comprar óculos escuros. Mais cedo, chegaram em casa com aquelas coisas pretas e reluzentes no rosto, e, quando ela os fitou, viu seis réplicas de si mesma, com um ar cansado e o cabelo grisalho, refletidas nas lentes. Ocorreu-lhe a ideia que eles poderiam estar formando a mais nova gangue da cidade, mas, quando tocou no assunto com o marido, este lhe respondeu que era natural os meninos estarem virando homens.

Em seu casebre, a sra. Hua sonhava com as sete filhas. Às vezes, elas vinham lhe contar que tinha nascido mais uma menininha, coisa que não agradou nada a família do marido, ou da chegada do tão esperado filho, graças ao qual outro marido finalmente parara de bater na mulher; as menores falavam dos orfanatos em que viviam, onde sentiam frio demais, fome demais ou tinham trabalho demais. Nessa noite, a caçula, que nasceu com lábio leporino e era chamada de Coelhinha pelas irmãs mais velhas, veio lhe contar que tinha decidido ir para casa. Passou para se despedir dos pais porque os anos que viveu com eles haviam sido os mais felizes da sua vida. Por um instante, a sra. Hua sentiu o hálito da menina no rosto, e, depois, ela desapareceu, deixando a velha banhada em suor frio. Mordeu o dedo. A dor que sentiu era real, portanto, não estava sonhando. Deitada ali no escuro, começou a chorar. O fantasma da Coelhinha tinha vindo lhe dizer adeus, disse ao marido quando ele acordou. Tinha acontecido alguma coisa e a pobre menina estava, agora, a caminho do outro mundo. O velho Hua segurou a mão da esposa. Pouco depois, ela já estava mais calma. Nunca viriam a saber o quê ou quem matou a sua filhinha, disse a sra. Hua, e ele retrucou que, talvez, os céus soubessem que seria mais difícil para ela continuar vivendo.

VIII

Um carpinteiro de meia-idade e seu aprendiz, ambos de camiseta e cobertos de serragem e suor, puxaram a bancada para Kai entrar no apartamento. O saguão, comum às quatro famílias que moravam naquele andar, tinha virado uma oficina temporária e, só por curiosidade, a moça perguntou para quem eles estavam trabalhando. Uma pergunta tão inofensiva pareceu, porém, deixar os dois homens embaraçadíssimos: um olhou para o outro e, quando o mais velho baixou a cabeça, o jovem aprendiz respondeu que haviam sido incumbidos de uma tarefa política pela prefeitura local.

Kai franziu as sobrancelhas. Antes que pudesse fazer qualquer outra pergunta, a porta do apartamento se abriu e Han lhe deu um sorriso misterioso. Tinha uma surpresa, foi o que disse, mandando que ela fechasse os olhos. O rapazinho os fitou com uma curiosidade encabulada, e Han lhe disse para continuar o seu trabalho. Depois, puxou a mulher para dentro de casa. O que era?, perguntou Kai, mas ele mandou que continuasse de olhos fechados. Com um suspiro, deixou que o marido a pegasse pela mão e a levasse até a sala de estar. Quando ele lhe disse para abrir os olhos, ela viu, bem no meio da sala, uma caixa enorme de papelão com a imagem de um aparelho de TV azul impressa.

— Quando foi que saiu da cidade? — perguntou Kai. O único lugar onde se podia comprar uma TV era a capital da província, e com uma autorização especial. Embora Han viesse falando em comprar um daqueles aparelhos há alguns dias, ela achava que ele levaria semanas para conseguir a tal autorização.

— Não pus o pé fora do escritório hoje — respondeu Han. — E não gastei um tostão sequer.

Kai aquiesceu, um tanto distraída. Han pareceu desapontado com aquela falta de entusiasmo.

— Ganhamos de presente — disse ele. — E, aqui em Rio Lamacento, só três famílias têm televisão em casa. Adivinhe quem?

— Os seus pais, o prefeito e nós.

— Nada lhe escapa — retrucou Han. — Quem mais mereceria um prêmio desses?

— Pelo transplante de rins?

Com um sorriso, o marido lhe disse que o prefeito e a esposa tinham indicado aqueles carpinteiros que haviam feito um móvel excelente para a sua TV dois dias atrás e acrescentou que ele tinha pedido aos operários que terminassem o trabalho no dia seguinte. Kai perguntou se não teria sido melhor consultar os vizinhos antes de deixar que os carpinteiros trabalhassem naquele local que pertencia a todos. No entanto, Han desconsiderou a pergunta da mulher, dizendo que acreditava que ninguém ia se importar com aquilo — os homens dos outros três apartamentos ocupavam posições muito inferiores à dele e, ainda por cima, já tinham chegado ao máximo que poderiam alcançar; ali no andar, ele era o único com um futuro pela frente.

Kai só fez assentir e perguntou se havia alguma outra novidade.

— Estou precisando conversar com você sobre um assunto — disse Han quando a porta do quarto do bebê se abriu. Ming-Ming veio andando, na ponta dos pés, junto com a babá que o segurava pelas duas mãozinhas. Olhou para os pais e foi levando a babá em direção ao sofá. Han havia trocado os móveis de lugar, tentando abrir espaço para a mesa da TV, e, quando o menino subiu no sofá, que agora estava bem perto do interruptor, estendeu a mão e apagou a luz; depois, voltou a acendê-la, a apagá-la e a acendê-la outra vez. Kai e Han, mergulhados nos próprios pensamentos, ficaram olhando o filho naquela luz que piscava.

Até que Han fez um gesto para a babá. Kai pegou Ming-Ming no colo e o beijou, mas ele tratou de se desvencilhar daquele abraço e voltar para o sofá. A moça perguntou como tinha sido o almoço do filho, mandou que a babá o agasalhasse bem e o levasse para dar uma volta na praça da cidade. Uma volta antes do soninho da tarde?, perguntou a menina, espantada, e Kai respondeu que, já que o dia estava mais quente, ele bem que podia ir pegar um pouco de ar fresco.

Han ficou parado junto à janela, olhando para a rua.

— Com certeza ouviu falar da situação por aí — disse ele, depois que a babá saiu, fechando a porta.

Mil e quinhentos exemplares do primeiro panfleto haviam sido distribuídos três noites atrás, mas, por volta da hora do almoço do dia seguinte, já tinham sido rasgados pela limpeza urbana e, desde então, ninguém voltou a falar disso. Umas duas noites depois, surgiu um segundo panfleto, desta vez tratando não apenas da execução de Gu Shan mas também do movimento do tal Muro da Democracia, em Beijing. A moça achou que seria estranho fingir que ignorava o assunto.

— Os tais panfletos? — indagou, sentindo as palavras impregnadas de uma amargura que só ela mesma era capaz de detectar. Adoraria ter tomado parte no que estava acontecendo em Rio Lamacento.

— Todas essas bobagens sobre o Muro da Democracia e essas histórias da mulher morta... Se os assuntos fossem tratados em separado, nem um nem outro dariam muita dor de cabeça...

— Por quê?

Com um gesto, Han indicou que não valia a pena falar a respeito. O almoço estava pronto, disse ele, e o melhor que tinham a fazer era desfrutar de uma comida caseira.

Era raro a moça fazer perguntas ao marido sobre as questões relativas ao seu trabalho, embora ele tivesse o hábito de lhe contar o que havia feito durante o dia quando já estavam deitados. Kai decidiu esperar algum tempo antes de perguntar o que quer que fosse. Sentaram-se para almoçar, de início em silêncio, até que Han se animou a falar, voltando à história da televisão. Era um aparelho em preto e branco, de quatorze polegadas, importado do Japão; na verdade, maior e melhor que o que ele andava namorando. Os três televisores chegaram pela manhã, de surpresa. Era sem dúvida um gesto de gratidão por parte do poderoso amigo que tinham na capital da província.

— Quem é esse misterioso amigo de quem você tanto fala? — indagou Kai, achando que a ocasião era perfeita para as perguntas que queria fazer.

— Digo assim que descobrirmos de onde estão vindo esses panfletos — respondeu o rapaz, abanando a cabeça e depois de refletir por um instante.

— Está acontecendo alguma coisa?

— Que eu saiba, não — disse Han, estendendo o braço sobre as travessas para dar uns tapinhas na mão da mulher. — Não devia ficar se preocupando com essas histórias. Política não é assunto para mulheres. A última coisa que quero no mundo é que você fique igual à minha mãe — acrescentou ele, com um sorriso. Antes que Kai pudesse dizer o que quer que fosse, ele fez uma cara séria e começou a imitar a fala da mãe no Primeiro de Maio do ano anterior. Pelas costas, os seus subalternos chamavam a sogra de Kai de "Mulher de Ferro".

A moça não podia supor que o marido tivesse conhecimento desse fato, já que, sabidamente, tanto ele quanto o seu pai eram os maiores admiradores daquela mulher que ambos amavam.

— Devia agradecer pela mãe que tem — retrucou Kai. — Não teria tanta sorte se não fosse por ela.

— Ora, eu a amo muitíssimo. Mesmo assim, você não ia querer que o seu filho tivesse uma mãe como ela, ia? — indagou ele, piscando o olho.

Bateram à porta. Kai foi abrir, achando que era a babá com o neném dormindo no colo. Deu porém com os sogros, parados ali, seríssimos, esperando que ela os convidasse a entrar. A moça os cumprimentou. O casal respondeu com um aceno de cabeça e entrou no apartamento sem dizer uma palavra. Em voz baixa e séria, mandaram que o filho, que já tinha ido até a cozinha para lhes servir duas xícaras de chá, fosse imediatamente à casa deles.

Parada à porta, Kai se despediu dos sogros. Ninguém lhe deu qualquer explicação e, antes de sair quase correndo atrás dos pais, Han se limitou a apertar ligeiramente o seu ombro, dizendo-lhe que ficasse tranquila. O aprendiz de carpinteiro parou de trabalhar e ficou olhando para a moça. Quando o mais velho tossiu, mandando que ele cuidasse da própria vida, o rapaz sorriu timidamente e recomeçou a serrar a madeira.

Sem esperar que os operários terminassem o trabalho que faziam, Han embarcou para a capital da Província naquela mesma tarde. Ia como enviado especial do prefeito, disse-lhe ele ao voltar da casa dos pais. Queriam que fosse à capital para obter informações de primeira mão sobre as reações de Beijing ao Muro da Democracia; só então decidiriam que atitude tomar com relação aos tais panfletos. Não sabia quanto tempo ficaria por lá, acrescentou Han, estranhamente desanimado. Kai supôs que tinham lhe recomendado que não revelasse nada à esposa, mas, quando insistiu, pedindo-lhe mais detalhes, ele admitiu que a situação estava complicada para todos na administração, já que o governo central não assumia uma atitude clara com relação ao Muro. Kai perguntou se isso significava que haveria mudanças na política nacional. Se fosse assim, respondeu ele, seria o fim da sua carreira. Han parecia realmente desanimado. Um menino posto na posição de um homem pelos próprios pais. Ela o fitou quase com pena. Pôs a mão no seu rosto, mas, antes que pudesse encontrar algumas palavras vagas para consolá-lo, ele agarrou a sua mão e lhe perguntou se ela continuaria a amá-lo mesmo que perdesse o jogo.

O que será que ele tinha tanto a perder, foi o que lhe passou pela cabeça, mas, quando lhe fez essa pergunta, o marido apenas suspirou, dizendo que ela tinha razão, que era cedo demais para entregar os pontos e que ia manter a esperança.

Kai pediu mais um atestado ao médico e não foi trabalhar aquela tarde. Não tinha o endereço do professor Gu, mas, quando começou a procurar pelo bairro, a primeira dona de casa que encontrou a levou até a ruela onde o casal morava. É o número onze, disse-lhe a mulher, e acrescentou, à guisa de um comentário casual, que a vida da sra. Gu era agora uma tristeza, já que não tinha um filho sequer com quem dividir o fardo de um marido inválido.

A moça bateu ao portão e a sra. Gu levou algum tempo para aparecer, com uma galinha cacarejando debaixo do braço. Antes que Kai pudesse abrir a boca, a mulher lhe disse que ela devia ter se enganado de endereço.

— Soube que o professor não está bem — disse Kai. — Vim vê-los, a ambos.

— Não a conhecemos — retrucou a sra. Gu. Observou a estranha por um instante e o seu rosto sério se abrandou. — Foi a senhora que deixou aquele dinheiro aqui?

Dinheiro?, indagou a moça e a sua perplexidade deixou a outra decepcionada. Quem poderia ter sido então, murmurou ela, com seus botões.

Kai olhou a ruela ao seu redor. Estava tudo vazio, a não ser pela presença de um velho que cochilava ao sol. Perguntou se poderia entrar no quintal para conversarem um pouco. A sra. Gu parecia incrédula, mas, mesmo assim, permitiu que ela entrasse. A galinha fez um barulhinho e a mulher a soltou, dizendo, como se estivessem conversando, que ela ficasse ao sol para não se resfriar. A ave se afastou então com toda calma, bicando a própria sombra.

Kai pegou os dois panfletos que havia guardado.

— Vim falar disso com a senhora e seu marido.

A sra. Gu ficou olhando aquelas folhas abertas, sem ler o que estava escrito ali.

— O meu marido está no hospital — disse ela. — Não vai poder conversar com a senhora.

A moça lhe explicou que eram uns panfletos apoiando Gu Shan e acrescentou que, em Rio Lamacento, nem todo mundo concordava com a decisão do tribunal. A sra. Gu a fitou por um momento e, de repente, perguntou se ela não era a locutora do noticiário.

— Sou, sim — respondeu Kai.

— Conheceu a minha filha?

A moça lhe disse que tinha vindo morar na cidade depois de se formar na escola de teatro da capital. Sempre tinha admirado Shan, mas que diferença fariam aquelas palavras?

— A minha filha teria dado uma locutora tão boa quanto a senhora — prosseguiu a mulher. — Era ótima cantora. Era sempre a melhor. Foi a senhora que escreveu isso? — perguntou, fitando os panfletos.

Kai replicou que adoraria ter escrito, mas que a sua participação naquilo tudo havia sido mínima.

— Mas sabe quem escreveu? Eles são seus amigos?

Com alguma hesitação, a moça respondeu que sim, que alguns deles eram seus amigos.

— Pois diga-lhes que foi muita bondade deles — replicou a sra. Gu. — Mas não precisamos desse tipo de atitude — e acrescentou que era ótimo que o marido estivesse no hospital, pois ficaria aborrecido vendo aqueles panfletos.

— Mas estávamos... Eles estavam só tentando ajudar — retrucou Kai. — O erro precisa ser corrigido. Shan foi uma pioneira entre nós. E seria um consolo para ela saber que tem amigos e companheiros lutando pela mesma causa que ela.

A sra. Gu a fitou longamente e suspirou. Disse que estava muito agradecida por saber que Kai e seus amigos não tinham se esquecido de Shan. Ela também não a esquecera, acrescentou. Mas precisava cuidar de um marido doente e não havia praticamente nada que pudesse fazer por eles ou eles por ela. A moça lhe assegurou que ninguém estava lhe pedindo nada. Disse que só tinha vindo procurá-los para que soubessem que não estavam sozinhos naquele mundo, e que a memória da filha deles continuava viva como uma inspiração.

— A senhora fala muito bem — observou a mulher. Kai enrubesceu ao ouvir tal comentário, mas a sra. Gu não parecia mal-intencionada. — Shan também era assim. Era a criança mais eloquente que já vi — prosseguiu ela, em tom brando. — Quantos anos tem?

— Vinte e oito.

— É casada? Tem filhos?

Kai respondeu que ela e o marido tinham um filhinho pequeno.

— E os seus pais vão bem?

A moça lhe disse que o pai já era falecido. A sra. Gu fez um aceno de cabeça, mas não acrescentou qualquer palavra solidária.

— Foi muita gentileza sua vir nos visitar e nos dizer o que pensa de Shan. Não conheço os seus amigos, nem suas histórias de vida. Mas a senhora é mãe e é filha. Pensou como a sua mãe se sentiria ao vê-la fazer isso? Pensou nela?

Kai não soube como responder àquela pergunta. Já fazia umas semanas que não via a mãe, apesar de morarem a cinco minutos a pé uma da outra.

— Isso não lhe passou pela cabeça, não é mesmo? — prosseguiu a sra. Gu. — Vocês, filhas, são todas iguais. Os pais não pesam nada nas decisões que tomam e não a culpo por isso. Pensou no seu filho?

A moça lhe disse que sim; que estava fazendo aquilo para que o filho vivesse num mundo melhor. A sra. Gu retrucou que os pais sempre pensam desse jeito; sempre querem tudo de melhor para os filhos; na verdade, porém, acabavam fazendo com que a vida dos filhos fosse ainda pior.

— Não entendi, sra. Gu.

— Veja Shan — disse a mulher, agora em tom mais veemente, com o rosto afogueado. — Achamos que devíamos lhe dar a melhor educação possível porque o meu marido era um dos homens mais instruídos da cidade. Mas o que conseguimos, senão fazer dela uma estranha? Os seus pais devem ter trabalhado muito para que a senhora tivesse um bom emprego, mas o que está fazendo? Correndo perigo sem pensar neles. Acha que está fazendo algo pelo seu filho, mas a última coisa de que ele precisa é que a senhora saia andando por aí conversando com as pessoas sobre panfletos clandestinos.

Kai replicou que não era a única responsável pela própria família. A sra. Gu a fitou então, dizendo que tinha pena da mãe da moça. Por um breve instante, estreitou os olhos cheios de uma tristeza branda que, depois, se transformou em frieza. Disse-lhe que era melhor ela ir embora, já que o marido estava à sua espera no hospital.

Para Tong, a primavera esse ano tinha começado em vinte e um de março, no dia do equinócio, quando viu a primeira andorinha voltando do Sul e anotou o detalhe no seu diário da natureza. As andorinhas são as mensageiras da primavera, disse o velho Hua; eram os passarinhos mais saudosos e leais que, ano após ano, voltavam aos seus velhos ninhos. Mas o menino ficou preocupado e disse em voz alta que, então, eles jamais teriam uma família de andorinhas morando debaixo do seu telhado, porque não havia nenhum ninho ali. Nesse caso, replicou o catador de lixo, teriam de esperar que surgisse um jovem casal para construir o seu próprio lar em vez de voltar ao ninho paterno.

No dia seguinte, o menino viu um bando de gansos voando no céu ensolarado da tarde, com o líder à frente, rumando para o Norte. Como as andorinhas, os gansos nunca erravam a direção do voo, comentou o velho Hua, mas, quando Tong lhe perguntou por que os pássaros nunca se perdiam, a única resposta que o velho lhe deu foi dizer que eles tinham nascido assim.

Toda tarde, ao sair da escola, Tong ia até a praça da cidade onde os jornais ficavam expostos em caixas de vidro. Havia mais de uma dúzia para se escolher, tanto impressos em Beijing quanto na capital da província. Para o menino, no entanto, o mais importante era o *Diário de Rio Lamacento*, onde encontrava as temperaturas locais para copiar no seu diário. Num número antigo da *Revista trimestral para crianças*, que o velho Hua encontrou algumas semanas atrás, tinha lido um artigo sobre um garoto que, durante dez anos, anotou as temperaturas num diário, três vezes ao dia. Quando completou treze anos, reparou uma alteração naquele padrão de temperaturas e previu um terremoto que efetivamente aconteceu. Isso lhe valeu o título de "Herói da Ciência", por ter salvado a vida das pessoas. O texto não dizia qual foi a mudança que o garoto percebeu, o que obrigou Tong a bolar a sua própria teoria a esse respeito, mas lhe mostrou uma nova forma de virar herói. É claro que os seus pais diriam que não tinham dinheiro sobrando para comprar um termômetro, portanto, o menino nem lhes pediu isso. Decidiu usar o jornal da cidade. Quando o velho Hua ficou sabendo do tal diário da natureza, perguntou com seus botões por que alguém precisaria confiar nos números quando a própria pele era a melhor maneira de detectar as menores alterações da temperatura. Tong não lhe contou qual era o seu plano, preferindo mantê-lo em segredo, cheio de esperanças de que, algum dia, Rio Lamacento viesse a lhe agradecer pelo cuidado que tivera.

Segundo o boletim meteorológico, a temperatura tinha se elevado acima do ponto de congelamento em vinte e dois de março, no dia seguinte à cerimônia acusatória, e o vento da tarde já não parecia uma lâmina afiada batendo no rosto das pessoas. As crianças saíam da escola de cabeça descoberta, alguns atirando os gorros para o alto e os aparando antes que caíssem no chão. De noitinha, Orelhudo chegou em casa trazendo uma luva rosa de menina, furada na ponta do polegar. Ela coube direitinho na mão de Tong e o menino enfiou o dedo por aquele furo, fingindo que ele era um fantoche. Disse ao cachorro que, pela manhã, iam deixar a luva na estátua do presidente Mao, pois talvez a sua dona gostasse da praça como ele próprio.

No dia seguinte, ao sair de casa, viu uns panfletos colados no muro. Subindo numa pilha de tijolos, conseguiu alcançar um deles; arrancou-o dali e leu o que estava escrito. O texto dizia umas coisas que ele não entendia e, dois dias depois, apareceu outro daqueles folhetos ali na ruela. O jeito furtivo como aquilo chegava à sua porta deixou o menino assustado, pensando nas histórias que ouvia na escola sobre membros clandestinos do Partido Comunista que arriscavam a vida para divulgar a verdade para o povo. Na nova China, porém, onde todos eram felizes como se vivessem num pote de mel, como dizia a letra de uma canção que havia aprendido recentemente na escola, de que serviriam panfletos como aqueles?

Tong tentava imaginar com quem poderia falar sobre o assunto. Os seus pais não iam querer ouvi-lo e a professora continuava dando as suas aulas como se nada tivesse acontecido. Fez um carinho em Orelhudo, dizendo que os dois deviam se unir para resolver aquele mistério juntos.

— Mostre qualquer coisa que ache suspeita — propôs o menino. — Até uma coisinha à toa pode ser importante.

O animal ficou rodando à sua volta, agitadíssimo. Tong não sabia que, nas noites anteriores, ele tinha ouvido passos abafados pela ruela que paravam e, depois, seguiam adiante. Orelhudo pulou o mais alto que pôde e ficou farejando tudo, com as patas dianteiras apoiadas na cerca, mas, recentemente, havia aprendido a não dar o alarme. Nas duas noites, foi a mesma pessoa que esteve por ali, pois era o mesmo cheiro, um misto de terra, de estrume de cavalo, de montes de feno e de trigo colhido que o fez lembrar da sua aldeia natal. Exatamente como Tong e ele próprio, o visitante noturno era gente do campo onde, certa vez, Orelhudo tinha corrido atrás de um leitãozinho que berrava loucamente e acabou esbarrando no corpo gigantesco de uma porca que nem se alterou diante do dilema do filhote; onde, em tantas ocasiões, ficou latindo para uma charrete que passava levando de carona um vendedor ambulante e o plac-plac, plac-plac do tambor de agitar que o sujeito fazia soar bem depressa, com mãos habilidosas, jamais conseguia abafar os latidos de Orelhudo e seus companheiros. Nos últimos seis meses, o cachorro se acostumou a ver os aldeãos que desciam da montanha, trazendo consigo o cheiro de neve velha e pinheiros antigos, de lebres recém-esfoladas e de cogumelos recém-colhidos, mas esses cheiros eram diferentes dos que sentia na sua terra, lá na planície. O estranho daquelas noites deixou Orelhudo inquieto.

Inquietos estavam também os membros da câmara municipal, o núcleo do Partido Comunista de Rio Lamacento e outras autoridades. O primeiro panfleto, uma carta questionando o segundo julgamento de Gu Shan, não causou muito alvoroço; foi encarado mais como um aborrecimento, coisa de gente que, por um motivo ou por outro, andava insatisfeita com a vida que levava e vinha tirar proveito do cadáver daquela mulher para criar confusão. O prefeito decidiu que era melhor esperar e mandou aumentar o policiamento na cidade à noite. Mas os tais guardas, com frio e com fome naquelas rondas tardias, não conseguiram apanhar as pessoas que distribuíram o segundo panfleto. O movimento do Muro da Democracia, lá em Beijing, virava uma nova página na história da nação, declarava o texto, dirigido aos cidadãos locais. Por que será que eles nunca tinham a oportunidade de tomar conhecimento das notícias, do que estava acontecendo na capital do país? Por que não podiam expressar a própria opinião sem serem condenados à morte como Gu Shan?

A notícia do protesto só havia chegado aos ouvidos de umas poucas autoridades de primeiro escalão, e a relação estabelecida entre a execução de Gu Shan e a situação da capital parecia uma conspiração sinistra. Ainda mais com todas as incertezas que pairavam sobre as formas de reagir ao tal Muro, não apenas na capital da província, mas também em Beijing. Diariamente, esses veteranos da política local liam e reliam as notícias sobre os acontecimentos de Beijing, que saíam fresquinhas do telex. Era nítida a existência de dois grupos, ambos com representação significativa no governo central e entre os líderes do Partido. Aqueles panfletos seriam a semente do Muro da Democracia, germinando a quase mil e duzentos quilômetros de distância? E o que eles próprios deveriam fazer, de que lado deveriam ficar? Eram perguntas que deixavam desnorteadas essas pessoas que nunca precisaram se preocupar com a falta de uma refeição, uma cama ou um emprego. Os escritórios tornaram-se campos minados onde cada um tinha de cuidar de si, definindo e redefinindo quem era amigo, quem era inimigo ou até quem era um camaleão que podia passar de amigo a inimigo e, depois, voltar à condição anterior. Tendo nas mãos o próprio destino e o futuro da própria família, esses indivíduos passavam o dia inteiro como sonâmbulos e as noites tremendo. O que fazer a respeito desses panfletos que só tinham vindo trazer problemas?

Nesse período de indecisão e incerteza, a velha neve do inverno começou a derreter. O chão foi ficando menos duro, a terra escura destilava umidade ao sol. Os salgueiros que margeavam a rua principal de ambos os lados se cobriram de um matiz amarelado que durou uns dois dias até os brotos verdes aparecerem. Era o verde mais bonito do ano: limpo, fresco, reluzente. Os meninos das escolas secundárias quebravam as pontinhas tenras daqueles ramos, retiravam o miolo macio que havia ali dentro e transformavam a varinha oca em flautas. Alguns deles, mais dotados para a música, usavam o instrumento para tocar melodias simples, fazendo sorrir as meninas da sua idade.

O gelo do rio se deslocava à noite com o maior estrondo, resistindo à primavera, mas, quando amanhecia, a sua determinação se dissolvia ao sol. Os meninos das escolas secundárias, apesar dos inúmeros alertas de pais e professores, deixavam-se levar corrente abaixo, fincando bem os pés naqueles blocos de gelo. Quando os blocos se aproximavam, eles tentavam se empurrar uns aos outros dentro da água. Às vezes, alguém perdia o equilíbrio e caía no rio; os outros, então, batiam os pés e gritavam, fazendo uma barulheira animalesca. Desviando-se dos blocos de gelo, o tal menino, encharcado, subia à toda pela margem e saía correndo para casa, rindo também, pois esse tipo de fracasso não o incomodava. Era algo que podia acontecer com qualquer um. No dia seguinte, seria um dos vencedores, rindo de algum outro garoto que caísse como ele. Era um jogo que não garantia nem vitória permanente nem derrota que durasse mais que uma noite.

Descendo da montanha e cruzando a ponte, chegavam aldeãos trazendo cestos de bambu com pintinhos e patinhos recém-saídos do ovo; a primeira safra de samambaias comestíveis colhidas por mãozinhas de crianças que carregavam crianças menores às costas; um veado que não conseguira escapar ao chumbo da espingarda de um caçador e, agora, estava reduzido a partes isoladas: chifres, couro, carne seca, pênis, considerado um poderoso energético que, ao que se dizia, melhorava o desempenho de um homem na cama.

Abril também chegou e, com ele, aproximava-se o Ching Ming, a tão esperada festa da estação, dia em que as pessoas levavam para seus antepassados e seus mortos recentes uns bolinhos cozidos e tingidos com relva da primavera, vinho de arroz fresquinho e outras oferendas. Tendo vindo de outras localidades para aquela cidade recém-construída, os habitantes de Rio Lamacento não tinham, por ali, nenhum túmulo ou jazigo familiar que pudessem ir visitar, portanto Ching Ming acabou se tornando um festival tanto para os mortos quanto para os vivos. Farmácias e ambulantes punham à venda maços de velas e de bastões de incenso; e anilina verde também, já que Rio Lamacento só voltaria a ver as primeiras gramas de verdade depois da festa. As mulheres saíam à cata da melhor carne para preparar os frios a serem saboreados no tradicional piquenique; os homens limpavam e azeitavam as bicicletas para o passeio anual de primavera. Embora a prefeitura houvesse divulgado a determinação de eliminar o Ching Ming do calendário dos feriados — qualquer forma de comunicação com os mortos era um ato supersticioso, descabido nessa nova era em que o país vinha se reconstruindo depois da Revolução Cultural —, a festa desse ano caía num domingo e, portanto, o impacto da nova política governamental sobre os habitantes da cidade foi mínimo.

OS PAIS DE NINI decidiram que, esse ano, o Ching Ming devia ser comemorado como uma ocasião especial. Mais que nunca, precisavam das bênçãos dos antepassados. Esses mortos, nos quais raramente haviam pensado nos últimos tempos, vinham decerto recebendo homenagens melhores por parte de parentes mais dedicados lá na sua província natal; mesmo assim, ninguém recusaria uma oferenda adicional. À noite, o casal ficou discutindo a lista do que podiam oferecer a esses antepassados que, diante de tais agrados, não deixariam de mandar as suas bênçãos para que eles tivessem um filho homem.

Nini não lembrava de preparativos semelhantes para o nascimento de nenhuma das suas irmãs. Desde a execução da filha dos Gu, os seus pais passaram a ver a vida com mais entusiasmo. A mãe circulava pela casa com o maior cuidado, protegendo a barriga com as mãos. O pai tocava naquela barriga com frequência, de um jeito que fazia a menina estremecer de nojo. Mesmo assim, não conseguia tirar os olhos daquela mão de juntas grossas no corpo da sua mãe. Ficava olhando até que um dos dois, em geral a mãe, percebia aquele olhar e lhe arranjava uma incumbência qualquer. O pai tinha proibido a mulher de fazer as tarefas domésticas, até o trabalho de dobrar as caixas de fósforos, o que não era nada, mesmo para uma criança pequena. Mandaram então que Nini se encarregasse de tudo o que a mãe fazia antes, e, agora, além de ir pegar carvão, apanhar sobras de verduras e legumes e fazer as compras de mercearia, ia preparar as três refeições diárias e lavar a roupa da família toda. A menina argumentou que, se tivessem de esperar ela voltar da estação ferroviária para preparar o café da manhã, talvez acabassem se atrasando para o trabalho e a escola. Os pais ficaram chocados ao vê-la contestar a sua decisão, mas o que ela disse era verdade, portanto, os dois tiveram de atribuir essa tarefa à segunda filha, que passou a odiar ainda mais a irmã mais velha.

À exceção do bebê, todas as meninas percebiam a importância daquela gravidez. Duas vezes por dia, pela manhã e de noitinha, a mãe delas enjoava e vomitava no penico. E Nini é que tinha de limpá-lo. As duas irmãs que vinham logo abaixo dela apressavam-se em providenciar água quente e uma toalha limpa para a mãe. Nini ficava só olhando, espantadíssima ao ver como aquele cheiro azedo, amargo da gravidez da mãe estava se alastrando pela vida de todos. Embora o tempo já houvesse esquentado o bastante para se abrir a janela, parecia que o tal cheiro impregnava tudo ali no quarto, as cobertas e os travesseiros na cama de alvenaria, a comida que ela preparava, a roupa limpa pendurada para secar de um lado a outro do aposento, até mesmo a sua própria pele. Mas as duas meninas mais moças não torciam o nariz quando iam ajudar a mãe, e o pai as elogiava por isso; afinal, dizia ele, a instrução havia feito delas seres humanos sensatos e prestativos. Nini podia ser a mais velha, dizia a mãe, mas continuava uma idiota imprestável. A menina ouvia aquilo tudo impassível; mordia a parte interna da boca e mantinha os olhos fixos numa fenda do chão. Essa atitude deixava a mãe impaciente, mas quando ela procurava alguma coisa para bater na filha, como um cabo de vassoura ou uma régua, o marido a detinha, afirmando que não valia a pena fazer todo esse esforço para incutir algum juízo em Nini à custa de pancada. Agora, tinha de pensar no bebê; tanta raiva assim podia lhe fazer mal.

A mulher concordava, mandando a filha esconder aquela cara feia para poupá-la da dor de ter de olhar para ela. Em vez de bancar a surda, como geralmente fazia, Nini fitava acintosamente cada canto daquele quartinho atulhado, em busca de um esconderijo qualquer, e acabava pegando a Pequena Sexta no colo para esconder o rosto na sua barriguinha macia.

Certa noite, ouviu os pais conversando na outra ponta da cama de alvenaria, aventando a hipótese de tirá-la de casa por alguns meses, já que se acreditava que, involuntariamente, as grávidas transmitiam ao bebê os traços físicos das pessoas que a cercavam. A mãe não queria que o filho que estava para nascer corresse o risco de herdar o que quer que fosse da irmã.

— Não haveria algum lugar para onde pudéssemos mandá-la por uns poucos meses? — perguntou ela.

O marido lhe respondeu que não. Alguns instantes depois, a mãe disse:

— Se ao menos tivéssemos dado cabo dela quando nasceu...

— Falar é fácil — retrucou o pai, suspirando. — O difícil é fazer. Uma vida é uma vida, e não somos assassinos.

Os olhos da menina ficaram quentes e úmidos. Por isso, quando chegasse a hora de enterrar os pais, ela lavaria o corpo dele com água quente, e não com água fria. O pai nunca lhe dizia mais que três frases por dia, mas ele era um sujeito caladão e ela o perdoou. Mas aquele momento de ternura só durou até a frase seguinte:

— Além disso — acrescentou ele —, Nini é como uma empregada pela qual não temos de pagar.

Bem de mansinho, a menina apagou o fogo e encheu a vasilha com água gelada.

A Pequena Quarta e a Pequena Quinta, que, recentemente, haviam estabelecido uma aliança mútua e praticamente não tomavam parte da vida fora do seu mundinho secreto, ficavam de mãos dadas, só olhando, quando a mãe fazia as suas encenações matinais e vespertinas de enjoo. As duas não deixavam a irmã mais velha tão chateada, pois nunca tentavam chamar a atenção dos pais — ou porque ainda eram pequenas demais para isso, ou porque conseguiam tudo o que queriam uma com a outra. Umas poucas vezes, Nini chegou a pensar em fazer amizade com elas. As meninas, porém, não pareciam lá muito interessadas nisso e aqueles olhos inquiridores pregados no seu rosto eram como um lembrete de que jamais seria tão bonita quanto elas duas — a essa altura, já era mais que evidente que a Pequena Quarta e a Pequena Quinta cresceriam sendo as mais bonitas da família.

Mas tudo isso — a falta de paciência dos pais, as duas irmãs mais velhas armando para vê-la ser castigada e a indiferença das menores — a aborrecia menos, agora que tinha Bashi. Passou a explorar esse poder com um prazer secreto. Botava um tantinho mais de sal no ensopado e mais meia xícara de água no arroz; mergulhava a roupa de baixo dos pais em água com bastante sabão e as torcia bem sem enxaguar; cuspia nos lenços vermelhos de Jovens Pioneiros das irmãs e esfregava as fraldas mijadas da neném nas blusas da mãe. Até agora, ninguém havia notado esses seus atos de sabotagem, mas, nos momentos de maior ousadia, a menina ficava louca para ser descoberta. Se os pais a pusessem para fora de casa, tudo o que tinha a fazer era ir morar na de Bashi que, embora a meia hora a pé, ficava a um mundo de distância dali. Estaria livre daquela vida de prisioneira.

As novas tarefas domésticas, porém, reduziam as suas chances de passar mais tempo com Bashi durante o dia. A não ser pelo carvão e pelos legumes, o rapaz não era mágico para fazer a comida se preparar sozinha, as roupas se lavarem por conta própria, ou o fogareiro e as suas irmãs cuidarem de si mesmos. Ele sugeriu que poderia ir à casa dela e lhe fazer companhia enquanto os seus pais estivessem trabalhando. A menina chegou a pensar nessa possibilidade tentadora e empolgante, mas acabou recusando. Mais cedo ou mais tarde, os pais iam ficar sabendo, se não pelos vizinhos, pelas filhas menores e com certeza a expulsariam de casa. Será que podia confiar no apoio de

Bashi, apesar de desejar tanto que assim fosse? Decidiu então lhe dar mais um tempo.

Aquela horinha matinal tornou-se o momento mais feliz do seu dia. Quando chegava, às seis da manhã, o rapaz sempre tinha preparado um verdadeiro banquete — salsichas, tofu frito, amendoins torrados, gelatina de sangue de porco, tudo comprado de véspera no mercado e em quantidade maior que os dois conseguiam consumir. Nini acendia o fogo — Bashi parecia incapaz de dar conta dessa tarefa sozinho, mas, afinal, ele era homem, o que tornava essa deficiência desculpável — e, enquanto cozinhava o mingau para acompanhar aquele banquete matinal, ele ficava ao seu lado, descascando peras congeladas. As frutas eram de um marrom-escuro bem desenxabido, mas, quando ele botava aquelas fatias fininhas em sua boca, a menina se surpreendia ao sentir a polpa doce e firme. O gelado na boca e o calor que vinha do fogareiro a faziam estremecer com um estranho prazer. Às vezes, o dedo dele permanecia encostado nos seus lábios mesmo depois que a fatia de pera já havia desaparecido. Ela abria então bem a boca, fingindo que ia mordê-lo. Ele encolhia a mão, rindo.

Na véspera do Ching Ming, entre uma fatia e outra de pera congelada, Bashi comentou:

— O velho Hua disse que já está na hora de enterrar a minha avó.

— Quando? — perguntou Nini.

— Amanhã. Eles acham que tem tudo a ver enterrá-la no dia dessa festa.

Parecia que todo mundo tinha planejado alguma coisa importante para o feriado, pensou a menina. O seu pai tinha contratado um riquixá para aquela data, luxo que mal podiam se permitir. A Pequena Quarta, a Pequena Quinta e uma imensa cesta de oferendas iam no veículo junto com a mãe, ao passo que as duas mais velhas e o pai iam a pé. Nini e a neném teriam de ficar em casa porque nem uma nem outra tinham condições de acompanhar o ritmo dos demais. Era duro não ficar decepcionada: que se lembrasse, aquele era o único piquenique que a família havia programado e adoraria ir até a montanha onde jamais tinha posto os pés, embora isso significasse ter de aguentar a própria família durante um dia inteiro.

— Onde vai enterrá-la? — perguntou.

— Ao lado do meu avô e do meu pai. O velho Hua me disse que vai passar lá hoje para deixar tudo pronto.

— Não sabia que você era de Rio Lamacento.

— Somos de bem perto daqui. O meu avô colhia ginseng. Dizia que os melhores eram os que cresciam tendo a forma de um corpo de mulher.

— Que bobagem.

— Psiu! Não diga isso de um morto — atalhou Bashi. — Os fantasmas podem ouvi-la.

Nini estremeceu.

— E é verdade. Algumas dessas raízes parecem mulheres — acrescentou ele, enfiando a última fatia de pera na boca de Nini e mandando que ela esperasse um pouco. Logo, logo voltou do quarto com uma caixa forrada de seda vermelha que abriu diante da menina. Ali dentro, havia um ginseng deitado em seda marfim. — Olhe só: a cabeça, os braços e as pernas. O cabelo comprido — disse ele, passando o dedo pela raiz que, para a surpresa de Nini, parecia mesmo uma mulher nua. — Lindo, não é? — prosseguiu o rapaz. — Esse foi o melhor ginseng que o meu avô colheu na vida. Se tivesse vendido isso, poderia ter comprado sete concubinas fácil, fácil. Mas não quis abrir mão desse aqui. Achava que era uma deusa-ginseng. Quando o Exército chegou, ele e minha avó rezaram para essa deusa, pedindo que não levassem o meu pai, mas ela, é claro, deixou os dois na mão.

— Você não disse que ele foi herói de guerra?

— Essa história de herói de guerra é a maior besteira. Sabe como ele foi recrutado? O Exército chegou à aldeia do meu avô dizendo que queriam convidar todos os rapazes da casa para jantar. Ora, se alguém a convida para jantar com um revólver apontado para a sua cabeça, você vai. Portanto, lá se foi o meu pai, junto com outros rapazes. Ofereceram a eles um ótimo jantar e mandaram que se sentassem numa cama de alvenaria bem grande. Um garoto soldado mantinha o fogo aceso debaixo da cama, sempre pondo mais lenha ali dentro, até que, em pouco tempo, a cama estava bem quente. Como uma grelha para carne, sabe? Aí, o oficial disse: "Rapazes, nós somos o Exército de Libertação do Povo e é pelo povo que lutamos. Pensem nisso. Se estiverem interessados na nossa causa, venham conosco e vão se tornar gloriosos membros das nossas fileiras." Ninguém se mexeu. É claro que os pais de todos aqueles moços tinham lhes avisado que não entrassem para o Exército; disseram-lhes que o Exército comunista não recrutaria alguém apontando um revólver como o nacionalista. E o tal soldado foi realmente muito educado. A toda hora, mandava o garoto soldado esquentar mais a cama para os convidados e entrou um ordenança trazendo chá quente e mais folhas de tabaco para os seus cachimbos. Ora, diga lá, o que você faria? Iria com eles ou ficaria ali sentado até queimar o traseiro? Depois de um bom tempo, o meu pai não conseguia aguentar mais o calor que vinha da cama e se levantou. Como foi o primeiro, deram-lhe uma patente mais alta que a dos seus companheiros, e, mais tarde, mandaram que fosse aprender a pilotar aviões de guerra. Todos os outros foram para a infantaria ou viraram ordenanças.

— Todos saíram da cama, então?

— Menos um. Era o melhor amigo do meu pai. Teve queimaduras tão sérias no traseiro que foi apelidado de "Bunda Quente" para o resto da vida.

Nini sorriu. Bashi vivia contando histórias, mas não dava para saber o que era verdade, o que era pura imaginação.

— O que foi? Não acredita em mim? Pergunte a qualquer pessoa lá na aldeia do meu pai! Disseram que o meu pai foi esperto porque foi o primeiro a se levantar daquela cama e conseguiu um posto mais alto, mas o que ele ganhou com isso? Por outro lado, Bunda Quente também não saiu ganhando. Foi executado por sabotagem em 1959. Ele e meu pai morreram com um mês de diferença. Dizem que foi o fantasma do amigo que veio chamá-lo. O que acha disso?

— Só existe um lugar e é para lá que todos nós vamos — retrucou a menina, abanando a cabeça.

Tentou imaginar a avó de Bashi, com aquele corpo descorado como uma raiz de ginseng e o seu fantasma pairando ali no ar, ouvindo a conversa dos dois. Pôs o mingau numa tigela.

— Tome — disse ela. — É melhor comer mais e falar menos. — O fantasma da velha decerto não sofreria ao ver que estavam cuidando bem do seu neto.

Sentaram-se ambos e começaram a comer. Depois de um momento de silêncio, Nini disse:

— A minha família vai para a montanha amanhã.

— Por quê? Vocês têm antepassados enterrados lá? — indagou Bashi. — Não existe um serviço de entregas que possa se encarregar das oferendas?

— É só um pretexto para gastar todo o dinheiro que têm indo se divertir na montanha.

— Como todas as outras famílias. Você vai?

— Eu? Só me levariam se o sol nascesse a oeste...

Bashi assentiu e, depois, com os pauzinhos parados no ar, ficou olhando para a menina com um sorriso significativo.

— Quer dizer que vai ficar em casa e... sozinha...

— Com a neném.

— Ela pode dormir em qualquer lugar, não pode? — perguntou ele.

O coração da menina deu um pulo.

— Mas você tem de enterrar a sua avó — replicou ela.

— Acha que ela ficaria chateada se eu não fosse?

— Claro — respondeu Nini. — Não vá abandoná-la agora.

— Mas posso ficar doente e não ter condições de ir até lá para o enterro.

A menina sorriu. Era bom ver que o fantasma da avó não podia competir com ela. Por modéstia e por cautela, sugeriu que o rapaz comprasse um montão de dinheiro de papel para o fantasma da velha, caso ela ficasse ofendida, e ele achou que era uma boa ideia. Quanto mais planejavam, mais a oportunidade parecia perfeita, aos olhos de Nini, para ela pôr uma corrente no coração de Bashi, impedindo-o, assim, de ir embora com outra garota.

— Como vai indo com o cachorro do velho Kwen? — indagou ela. Não acreditava numa palavra do que ele havia dito sobre o cachorro, mas sabia que o rapaz ficava feliz ao vê-la falar sobre isso como se fosse um assunto sério.

Segundo Bashi, tudo estava correndo bem. Vinha lhe dando presunto e bifes com uma aguardente bem forte, e, agora, o cachorro já era seu amigo. O que mais poderia querer um bicho que tinha um dono como Kwen? Sorrindo, acrescentou que logo, logo estaria em condições de testar o veneno. Nini ficou ouvindo, um tanto distraída, mais concentrada em comer.

— Claro que o trabalho duro traz suas recompensas — prosseguiu o rapaz. — Enquanto andei às voltas com o cachorro de Kwen, descobri outra coisa bem interessante. Sabe aquela mulher cujo corpo você acabou não vendo? Alguns moradores da cidade estão tentando organizar um protesto em defesa dela.

Uma fatia da gelatina de sangue de porco escorregou dos pauzinhos de Nini, caindo dentro do seu mingau.

— Por quê? — perguntou a menina. — Ela já não morreu?

— Se quer saber, as pessoas ficam malucas sem motivo algum — respondeu ele. — Não viu uns panfletos espalhados pela cidade inteira?

Nini disse que não tinha reparado, mas, depois, lembrou de ter ouvido os pais cochichando umas coisas já na cama. Uma vez, seu pai disse que usar um morto como arma era um recurso comum e que os tais arruaceiros não conseguiriam nada com aquilo; outra vez, disse que eles próprios haviam tido uma vitória e que a justiça havia sido feita. Em ambas as ocasiões, a sua mãe só fez xingar, com aquele jeito maldoso de sempre.

— Quem são essas pessoas? — indagou a menina.

— Fazem parte de um grupo secreto que circula por aí à noite, com uns colares de caveiras brancas.

Nini estremeceu, embora soubesse que Bashi estava certamente exagerando como de costume.

— Por que estão preocupados com aquela mulher?

— Talvez o fantasma da morta tenha voltado e lançado uma maldição — respondeu o rapaz, dando de ombros. — Agora, essas pessoas estão em seu poder e trabalham para ela.

— Bobagem — retrucou a menina com voz trêmula.

— E por que outro motivo essa gente ia querer ficar agindo assim feito um bando de idiotas?

Nini pensou na sra. Gu, antes tão delicada e, depois, na sua mudança brusca de atitude. Na semana anterior, tinha parado diante da porta da casa deles, mas nem o marido nem a mulher vieram recebê-la ali fora. Talvez a própria sra. Gu estivesse enfeitiçada pelo fantasma da filha e tivesse ficado louca.

— Aquela velha... — disse, então. — Ela me odeia.

— Quem?

— A mãe da mulher que foi executada.

— O que você tem a ver com ela?

— E eu lá sei — respondeu a menina. — Todo mundo me odeia.

— Todo mundo, não — retrucou Bashi. — Eu gosto de você.

— Isso é o que você diz agora — replicou Nini. — Quem sabe quando vai mudar de ideia?

O rapaz jurou que isso não ia acontecer nunca, mas a menina já não estava mais disposta a prestar atenção. Bruscamente, disse que estava na hora de ir embora e, antes que ele pudesse se opor, foi até a cozinha pegar carvão para levar consigo. Bashi coçou a cabeça, implorando que ela lhe dissesse como ele a tinha ofendido. Nini achou que aquela vontade louca de agradá-la era ridícula. Se era um sorriso que o rapaz estava querendo, podia lhe dar um, mas aquele seu jeito todo preocupado, parecendo uma formiga numa panela quente, a deixou bem feliz. Disse que voltaria no dia seguinte, depois que os pais e as irmãs tivessem saído.

— Então, você vai poder me provar que o que diz é verdade — acrescentou, e foi embora sem lhe dar chance de se defender.

O PROFESSOR GU FICOU INTERNADO no hospital municipal por duas semanas e teve alta na véspera do Ching Ming, junto com outros pacientes que pediram para ir para casa no feriado. A sua mão esquerda tinha se recuperado bastante bem e, com a perna esquerda que mal se movia e uma bengala, conseguia andar bem devagar. A sra. Gu contratou um riquixá motorizado e, ao longo do curto trajeto até a sua casa, o professor viu diversas pessoas pararem para vê-los passar, alguns cumprimentando com um aceno de cabeça. Uma delas chegou mesmo a erguer a mão para lhes dar um tchau, mas acabou coçando a cabeça, como se tivesse ficado constrangida com o próprio gesto. A sra. Gu respondia discretamente àqueles cumprimentos, coisa que não escapou aos olhos do seu marido. Puxou a manta que estava escorregando dos seus joelhos, e sua esposa, sobressaltada como se saísse de algum sonho secreto, se inclinou para ajeitá-la.

— Você deve estar com frio sem as botas — observou ela. Tirou então as luvas, enfiou as mãos por baixo da coberta e segurou os pés dele. Através das meias de algodão, o professor podia sentir o calor daquelas mãos. — O doutor recomendou que você evitasse as botas para não bloquear a circulação — acrescentou ela, como se tentasse tranquilizar uma criança. — Já estamos quase chegando.

O professor Gu olhou para os pés cobertos pela velha manta de lã branca com duas fênix em vermelho e dourado, cores que já estavam desbotadas. Era um presente que sua primeira mulher lhe dera no dia em que ele se mudou para Rio Lamacento, na época uma cidadezinha atrasada, o lugar perfeito para o seu exílio. A manta, com aqueles desenhos e aquelas cores chamativas, era um insulto ao seu senso estético e ele lembrou que a tinha atirado de volta para a mulher que havia decidido deixar de ser sua esposa. Ela, porém, a pegou e a pôs novamente na mala do ex-marido. Segundo disse, já era hora de os dois acreditarem em algo menos intelectual, era um erro continuarem a fechar os olhos para o intelectualismo que os caracterizava.

Vá cortejar o seu mestre, o proletariado analfabeto, foi a resposta que ele lhe deu, aos berros, tudo por raiva e autopiedade. Mais tarde, porém, depois que se aclamou, ficou remoendo as palavras da ex-mulher. Ela era sempre a mais sensata e havia escolhido o lado vencedor antes mesmo que a guerra civil estivesse definida. Já ele era um completo sonhador, vivendo na sua torre de marfim até virem lhe esfregar na cara a ordem de despejo.

Era hora de deixar para trás aquele intelectualismo. Quando se instalou em Rio Lamacento, o professor se lembrou daquelas palavras e decidiu dar aulas noturnas para mulheres analfabetas. Nos progressos das alunas, via o próprio mérito, não como intelectual, mas como uma formiga operária, retirando os menores grãos de areia da verdadeira montanha que se erguia entre a sua gente e uma sociedade culta e civilizada. Na primeira noite do seu segundo casamento, resolveu pegar a manta, dizendo à jovem esposa que havia sido um presente de um velho amigo. E um presente caro, pois mantas de lã ainda eram uma raridade nas cidadezinhas do interior. Sua esposa se apaixonou pelo cobertor e, por alguns anos, só o usava em ocasiões especiais, como feriados, aniversários e no primeiro mês de cada novo ano. Mas como tudo que se adora no início de um casamento, ao longo dos anos a manta foi perdendo aquela importância original e, agora, era usada por motivos práticos: era uma coberta de excelente qualidade, perfeita para os seis meses daquele inverno rigoroso de Rio Lamacento.

Quando chegaram à ruela onde moravam, o riquixá parou, já que era largo demais para passar pelo portão. O professor Gu se dirigiu para a casa bem devagarinho, mancando, enquanto a sua mulher contava o dinheiro para pagar o chofer. Algumas galinhas se afastaram, pulando, e ficaram olhando para o professor que reconheceu as suas duas aves naquele grupo. Empurrou o portão e viu lenha cortada, cuidadosamente empilhada. Ouvindo os seus passos, uma moça saiu da casa. Tinham chegado bem na hora do almoço, foi o que ela disse.

O professor a examinou. Tinha uns vinte e tantos anos; o cabelo liso semilongo lhe cobria a base do pescoço e estava repartido de lado, preso com uma presilha. Estava usando um paletó cinzento, estilo Mao, e calças de um cinza mais escuro. À primeira vista, tinha a aparência padrão de uma jovem senhora casada, com aquele ar neutro, já que, supostamente, uma esposa não devia mais revelar qualquer traço de feminilidade e beleza para os estranhos. No entanto, por cima da gola do paletó, via-se a ponta de uma echarpe de gaze cor de pêssego, e talvez aquilo fosse deliberado. O professor apertou os olhos para fitar aquela echarpe; na noite de núpcias do seu primeiro casamento, a sua esposa estava usando um penhoar de seda do mesmo matiz, já que pêssego era a sua cor favorita.

A moça sorriu, mostrando uns dentes claros e certinhos.

— Está se sentindo bem, professor?

Ele não respondeu. Percebeu que aquela mulher era mais bonita do que pretendia aparentar.

— Quem é a senhora? — perguntou, num tom nada amistoso.

— É Kai — respondeu a sra. Gu, entrando pelo portão. — É ela que transmite o noticiário.

— Ah, claro — disse o professor. Era impossível esquecer aquela voz, que bem podia ser comparada a um céu ensolarado de outono, a um regato de águas claras na primavera ou a qualquer uma dessas imagens vazias que se usavam para descrever outras locutoras, tanto das rádios centrais quanto das emissoras das províncias, todas escolhidas a dedo em função da ausência de marcas individuais que tinham na voz. "Como era triste ser alguém que podia facilmente ser substituído por outra voz perfeita, praticamente idêntica", pensou ele. Como devia ser aborrecido ficar ali, dia após dia, dizendo palavras que não eram nossas. Mas que direito tinha de desprezá-la? Apesar de tudo, aquela moça bem podia gostar da fama que o emprego lhe dava. — A senhora tem uma linda voz — disse o professor. — Que ótimo ser *língua e garganta* do Partido.

Houve uma breve pausa antes que Kai assentisse, com alguma hesitação. A sra. Gu ficou olhando para os dois, um tanto nervosa.

— Você deve estar cansado — disse, então, pondo a mão no braço do marido. — Por que não come alguma coisa e vai dormir um pouco? — prosseguiu ela, em parte apoiando-o, em parte empurrando-o para dentro de casa. Ele sacudiu o braço, com mais força do que pretendia, para se desvencilhar da mulher.

Kai trouxe a tigela de galinha ensopada para a mesa e perguntou ao professor como havia sido o trajeto até em casa. Ele não respondeu. No seu coração, não havia espaço para conversa fiada, nem com a esposa, nem com uma estranha. Deitado lá no hospital por duas semanas, teve várias conversas com a primeira mulher, às vezes discutindo, às vezes concordando com ela. Não queria que ninguém viesse interrompê-los.

Em voz baixa, a sra. Gu pediu desculpas à moça, alegando que aquele percurso devia tê-lo deixado exausto. Kai replicou que não havia problema algum e acrescentou que, de todo modo, tinha mesmo de ir embora para resolver umas coisas. O professor tentou retomar as suas preocupações, mas aquela moça o impedia de fazê-lo. Ergueu os olhos para observar o seu rosto.

— Você foi minha aluna, não foi? — indagou ele de repente, pegando as duas mulheres de surpresa.

— Kai não foi criada em Rio Lamacento — retrucou a sra. Gu, e explicou ao marido que a moça havia começado a trabalhar como locutora depois que deixou a trupe de teatro na capital da província.

O professor só fazia fitá-la. E sua esposa disse que ia arrumar a cama para o caso de ele querer descansar um pouco antes do almoço.

Ele deu aula para centenas de estudantes nos últimos trinta anos. Só recentemente havia começado a confundir nomes e rostos, mas, como acontece com todas as pessoas mais velhas, quanto mais se vai esquecendo da vida recente, mas nítidas ficam as lembranças de outros tempos.

— Foi minha aluna, sim — insistiu.

Kai parecia bem constrangida.

— Foi no primeiro ano. Fiquei só dois meses na sua turma, antes de me mudar — disse a moça.

— E quando foi isso?

— Em 1960.

O professor Gu estreitou os olhos e fez as contas.

— Não — emendou ele. — Foi em 1959. Você era da mesma turma que Shan.

A sra. Gu se virou para Kai, que parecia arrasada. Por um instante, ninguém disse nada. O professor se esforçava para lembrar mais alguma coisa a respeito da moça, mas tudo o que via era Shan, como sua aluna em 1959. Uma garota magricela, usando duas trancinhas mirradas com as pontas amareladas, parecendo grama queimada. Era uma menina desnutrida em meio às crianças famintas por causa da escassez de alimentos que se estendeu por três anos até ir perdendo força no país.

A sra. Gu foi a primeira a se recuperar do choque.

— Foi Kai que trouxe as galinhas e as castanhas — disse ela, pondo umas conchas do ensopado na tigela.

— Por que mudou de escola? — perguntou o professor.

— Fui escolhida para ser mandada para a Escola de Teatro Infantil — respondeu a moça.

— Imagino que, sendo uma estrela selecionada, você foi bem-alimentada nessa época — comentou ele, com ar de desprezo. Algo naquela moça o incomodava. A sua voz, o fato de ela ser da mesma idade de Shan, mas ter um emprego seguro e levar uma vida fácil, a sua intrusão na casa dele, e a mentira que contara para sua esposa, dizendo que não conhecia Shan. A sua filha, na época com sete anos, o fitava com olhos suplicantes ao vê-lo dividir a pouca comida que havia poupado da própria ração diária para dar às crianças de famílias mais numerosas e que estavam mais famintas que ela. Quando cresceram, essas crianças tornaram-se jovens perigosíssimos, com a mente tão vazia e tão voraz quanto a boca, e devoravam o que quer que lhes caísse nas mãos, fosse bom, ruim ou péssimo. — Alguma vez soube o que é passar fome? — perguntou o professor, sem procurar disfarçar a animosidade.

— *Quem vem à sua casa é seu convidado* — disse sua esposa e ele reconheceu o tom de desaprovação na voz dela. — Você não está se comportando como um bom anfitrião hoje.

— O professor Gu deve estar cansado — atalhou a moça. — Volto outra hora para falar com ele.

O professor não respondeu a nenhuma das duas mulheres. Trôpego, deixou a cadeira e se dirigiu para o quarto. O fogareiro ardia a todo vapor e, de repente, o calor o deixou exausto. Ouviu a mulher se desculpando com Kai; ouviu a moça dizer que entendia perfeitamente, que aquilo não tinha a menor importância. Pouco depois, já não dava mais para ouvir aquela conversa. Olhou para o relógio na parede. Quanto tempo sua esposa levaria para se lembrar do marido doente, encalorado e sentindo-se desconfortável com aquele fogareiro aceso no meio de um dia de primavera?

Pelo relógio, contou sete minutos até que ela entrou no quarto, trazendo a tigela de comida.

— Você precisa comer alguma coisa — disse ela.

— Onde está aquela mulher? — perguntou o professor.

— O nome dela é Kai — retrucou a sra. Gu.

O velho lutou para conseguir se sentar na cama. Ficou espantado ao ver que a esposa não tinha corrido para ajudá-lo.

— Você foi muito grosseiro com ela, como se a moça lhe devesse algo — acrescentou.

— Ela mentiu para nós. O que veio fazer aqui? — indagou ele. — É um instrumento político do governo. O que quer de nós?

A mulher o fitou com um ar intrigado que o fez lembrar da filha rebelde dez anos atrás.

— Você não ensina os seus alunos a usar o cérebro em vez de sair tirando conclusões apressadas? — perguntou ela.

Foi para isso então que tinha voltado para casa, pensou o professor; para conviver com uma esposa desagradável, que contestava cada palavra que dissesse...

— Por quanto tempo pretende continuar a ser essa pessoa que, acho eu, não tive o privilégio de conhecer até ir para o hospital? Será que mereço uma explicação? — indagou ele, erguendo a voz.

— Os médicos recomendaram que você tivesse calma — retrucou a sra. Gu.

— Os mortos estão sempre tranquilos.

A mulher pôs a tigela num banquinho ao lado da cama. O professor achou que ela fosse se sentar e lhe dar a comida na boca. Ao ver que isso não ia acontecer, esforçou-se para pegar a colher, embora não estivesse com a menor fome.

— Tem uma coisa que você precisa saber. Não lhe dissemos antes porque achamos que, naquele momento, o mais importante era a sua recuperação — disse ela.

— Nós, quem?

— Kai, eu e os amigos dela. Estamos mobilizando os moradores da cidade para uma petição em benefício de Shan.

A transformação que via na mulher — não mantinha mais os olhos baixos quando falava; articulava bem umas palavras que não faziam parte do seu vocabulário — o deixou assustado. Em quase trinta anos vivendo como cidadãos de segunda classe, e, principalmente, durante os dez anos que a filha passou na prisão, o casal tinha se isolado num casulo que os dois haviam tecido juntos, uma concha frágil e claustrofóbica, que lhes fornecia o único calor com que podiam contar. Às vezes, ficava difícil dizer onde terminava um daqueles indivíduos e onde começava o outro. Eram dois peixes que haviam optado por passar o resto da vida na mesma poça que ia secando cada vez mais. Será que tudo aquilo tinha sido uma ilusão? Quem era aquela mulher ali à sua frente, confiando em jovens estranhos com umas ideias loucas e descabidas sobre um protesto que jamais poderia alterar o destino da sua filha? A sensação de estar caindo, sem conseguir se agarrar ao que quer que fosse — a mesma coisa que tinha sentido quando teve o derrame —, o deixou com falta de ar.

— Achei que, agora, não devia mais esconder isso de você — prosseguiu a sra. Gu. — Não se fala de outra coisa na cidade.

— Você se tornou a nova estrela...

— Não imagina quanta gente solidária existe por aí — disse ela, ignorando o comentário do marido. — As pessoas têm medo, o que não quer dizer que sejam insensíveis. Só precisamos encontrá-las.

O professor Gu ficou olhando para a mulher. Ela tinha o rosto afogueado e os seus olhos, dois poços profundos que vinham secando ao longo dos anos, pareciam fitar um ponto qualquer além da cabeça dele, com um brilho nada comum. Sentiu uma onda de frio crescer no próprio corpo, apesar do fogareiro aceso. Aquilo era uma doença: essa paixão pela política, por *mobilizar* as massas como se as pessoas fossem grãos de areia que, por um feitiço qualquer, pudessem se juntar facilmente e se transformar numa torre. Era uma doença fatal. Havia tirado a vida da sua filha e, agora, lançava as garras sobre a mais improvável das criaturas, a sua mulher, uma velha humilde e obediente.

— O que estão querendo? — perguntou ele, afinal. — Shan já se foi.

— Queremos que o governo reconheça que errou. Shan era inocente. Ninguém deveria ser punido pelo que pensa. Isso é errado, e está na hora de corrigir esse erro.

Aquele discurso tinha sido imposto à sua mulher, provavelmente por Kai, uma moça cujo trabalho era ler, alto e bom som, as palavras imponentes e vazias, criadas para produzir uma miragem nas almas sofredoras.

— Shan está morta — disse o professor Gu. — O que quer que vocês façam não vai trazê-la de volta à vida.

— Não é pela vida dela que estamos lutando. Queremos lhe fazer a justiça que ela merece — retrucou a sra. Gu.

Idiota. Mulher idiota, falando feito um papagaio e entregando o corpo da filha ao sacrifício público em troca de uma promessa vã. Essas mulheres, com a sua lógica precária e a mente faminta; essas mulheres que se deixam impressionar pelas palavras pomposas acabam com o cérebro lavado e preenchido por outras pessoas. Seria o seu destino se defrontar com semelhante inimigo pelo resto da vida? Primeiro, uma esposa tão devotada ao Comunismo que o casamento de ambos terminou; depois, uma filha, e, agora, a única mulher que lhe restava no mundo; alguém que havia sido imune a essa doença praticamente pela vida inteira.

— De quanto tempo eles precisaram para fazer de você uma heroína? — perguntou o professor, fitando-a friamente. — Cinco segundos, suponho.

Como ele, também tinha as suas dúvidas, disse-lhe a sra. Gu com toda calma, mas precisavam continuar tendo esperanças de mudança. Não podiam deixar que a vida da filha fosse sacrificada em vão.

O professor quis lembrar à mulher que a filha deles havia morrido de burrice, porque passou a vida inteira confiando nas pessoas erradas, mas acabou simplesmente mandando que ela parasse com toda aquela história.

— Não vou permitir isso — afirmou ele. — Eu proíbo você e qualquer outra pessoa de usar o nome de Shan como pretexto para ganhar alguma coisa.

A sra. Gu ergueu os olhos, chocada. Depois de um bom tempo, sorriu para o marido.

— Não foi o senhor que me ensinou, muitos anos atrás, que as mulheres tinham deixado de ser escravas e criadas dos homens, professor Gu? E que aquilo que os homens não pudessem nos dar, deveríamos lutar para conseguir com as nossas próprias mãos?

O professor olhou para a mulher, trêmulo. As mentiras que fora obrigado a ensinar no passado estavam voltando para investir contra ele, transformando-o num palhaço. Teve vontade de atirar a galinha ensopada na parede ou no chão duro de cimento; fazer aquele caldo se espalhar por toda parte, quente e gorduroso, e ver a tigela de porcelana se espatifar em mil pedaços. Mas o que ganharia com isso, a não ser se rebaixar ao nível de um homem grosseiro e insensato? A sua raiva, ainda agora mesmo arrebatadora, foi substituída pela decepção e pelo extremo cansaço. Olhou para a esposa, esboçando um sorriso.

— É claro que, agora, estamos vivendo na era Comunista — disse ele. — Perdoe a cabeça confusa de um velho, camarada.

QUEM PODERIA IMAGINAR QUE NINI fosse capaz de fazer uma ceninha, exigindo dele uma demonstração de lealdade? Uma rosa cheia de espinhos compensava o risco e a dor, mas o que dizer de uma flor do campo, daquelas que se encontram na beira da estrada, e que, acreditando ser uma rosa, acaba criando espinhos bem desagradáveis? Bashi riu sozinho. Talvez precisasse tomar cuidado com o gênio da garota e fazer tudo para ela não se tornar uma daquelas galinhas velhas e rabugentas lá do mercado. Ficou olhando uma jovem enfermeira, que acabava de sair do seu plantão noturno, parada diante da vitrine de uma loja. Insatisfeita com o repartido do cabelo, a moça tentava ajeitá-lo usando as mãos. O rapaz se aproximou, pegando um saquinho de balas que sempre levava consigo para o caso de alguma menina vir conversar com ele.

— O seu cabelo está lindo — disse ele. — Quer uma?

A moça o olhou de alto a baixo, friamente.

— Vá para casa e olhe-se no espelho — retrucou ela.

— Por quê? Não preciso de espelho para saber que cara tenho — replicou Bashi. — Você é que estava aí, alisando as penas no meio da rua.

— Que azar o meu dar de cara com um sapo de manhã cedo — disse a moça, dirigindo-se a um gato que passava por ali. E tratou de se afastar bem depressa, ainda tentando ajeitar o cabelo com a mão.

Quem ela pensa que é, um cisne disfarçado? Bashi olhou para o próprio reflexo na vidraça: um sujeito bem apresentável, de paletó novo. Três adolescentes, de cabeça raspada e usando óculos escuros, pararam ao seu lado.

— Ei, Bashi, para que você precisa de um paletó como esse?

O rapaz olhou para aqueles olhos, mas só viu seis imagens de si mesmo refletidas nas lentes escuras. Não conhecia aqueles garotos e, a partir de uns poucos encontros infelizes com as gangues que se espalhavam por Rio Lamacento, tinha aprendido a não chamar a atenção de gente como eles.

— Lindos óculos — disse Bashi, procurando e encontrando o maço de cigarros que trazia no bolso para ocasiões como aquela. Os adolescentes apanharam o maço que ele lhes ofereceu.

— Podemos pegar esse casaco emprestado por um dia? — perguntou o mais moço, com um sorriso.

— Claro — respondeu Bashi. — Não existe nada que eu não possa dividir com meus irmãos. Tirou o casaco e estremeceu com o ventinho da manhã. Os garotos assentiram e foram embora. O mais moço experimentou o paletó, pedindo a opinião dos mais velhos.

"Que tipos perigosos essa cidade anda produzindo", pensou Bashi. Deu um tapinha no dinheiro que havia guardado no bolso da calça. Foi esperto, não deixando nada no casaco. Entrou numa loja da vizinhança e pediu um saquinho de sementes de girassol, e, ao sair, pôs um punhado delas na boca, mastigando até que tudo aquilo tivesse virado uma maçaroca impossível de engolir. O tempo todo, ficou imaginando que aquela gente intratável estava sendo esmigalhada entre os seus dentes. Só com Nini ele tinha o respeito que merecia. Mas o que tinha dado à menina, além de uns cestos de carvão e alguns legumes? Ela tinha toda razão: precisava efetivamente lhe dar uma prova da sua lealdade. "Diga o nome das pessoas que fazem você infeliz." Esta seria a primeira coisa que lhe diria no dia seguinte. "Diga todos os nomes e elas serão também inimigas de Lu Bashi. Não vou deixar que levem uma vida tranquila." Ia começar pela mãe da tal moça executada, que odiava Nini.

Na entrada de um beco, viu o cachorro chamado Orelhudo.

— Oi, meu amigo — disse ele, enfiando a mão num dos bolsos. O bichinho começou a abanar o rabo. — Venha cá — prosseguiu o rapaz, com brandura. — Como vai? Estava me procurando? Eu vinha mesmo pensando em você.

O cachorro se aproximou e esfregou o pescoço na perna de Bashi. "Que idiota", pensou o rapaz; tirou a mão do bolso e bateu palmas.

— Sinto muito, mas não tenho carne para você hoje. Estou cuidando de umas outras coisinhas, sabe?

O bicho circulou um pouquinho ao seu redor e foi embora correndo. Bashi ficou contente. Essa nova amizade com Orelhudo era um subproduto do seu plano com relação ao cachorro de Kwen — não precisou de muito tempo nem de tanto presunto assim para conquistar o coração de Orelhudo, e que cachorro recusaria um pedaço de carne? Afinal, cachorros são cachorros, incapazes de competir com o intelecto de um homem...

Entrou numa loja com um letreiro de madeira preto onde se viam os caracteres dourados significando *Vida Longa*. Junto do balcão, uma velha dava várias notas amarfanhadas à comerciante.

— O que está comprando, vovó? — indagou Bashi.

A velha lhe perguntou se ele não tinha ouvido falar da curandeira da Aldeia do Leste que descobriu um jeito novo de entrar em contato com os mortos. Ela própria acabara de se consultar com a tal curandeira que lhe transmitiu um recado do seu falecido marido, dizendo-lhe que o dinheiro que tinha não dava para comprar bebida lá no outro mundo.

— Ha! E a senhora acreditou? — perguntou Bashi. Olhou para o dinheiro ali em cima do balcão; com certeza, o marido da velha não ia ficar bêbado com aquela miséria. — Talvez ele use o seu dinheiro para pagar uma mulher por lá.

Resmungando, a velha lhe respondeu que o falecido nunca tinha sido de procurar mulheres; viveu para a bebida e morreu por causa dela. "Que idiota!", pensou Bashi, "morrendo sem conhecer o verdadeiro prazer da vida", e abanou a cabeça, incrédulo.

— Que pena! — exclamou. — O que a bebida tem de tão bom assim?

— Você diz isso porque nunca experimentou de verdade — respondeu a dona da loja, uma mulher de meia-idade que tinha acabado de fazer permanente. — As pessoas sempre juntam a bebida e a beleza de uma mulher. Sabe por quê, irmãozinho? Bebida e mulheres são as duas melhores coisas para os homens.

Bashi bufou, fazendo pouco caso daquela resposta. O que uma comerciante sabia sobre os homens? Pegou umas pilhas de dinheiro de papel, uma mansão em miniatura, charretes puxadas por quatro cavalos, um baú e algumas outras quinquilharias, todas feitas de papel de arroz, prontinhas para serem queimadas e reduzidas a cinzas para acompanhar a sua avó até o outro mundo. Pediu também veneno de rato e a lojista ficou chocada.

— A minha loja serve àqueles que pisaram no jardim imortal — disse ela.

Como todos em Rio Lamacento, a mulher recorria a todos os eufemismos possíveis para evitar mencionar a morte, e Bashi sorriu. Pagou os produtos de papel e disse que só tinha pedido o veneno porque não queria que ratos pudessem incomodar o corpo da sua avó. Assustada, a mulher empalideceu e se inclinou diante de um Buda que ficava num canto da loja com incenso queimando à sua frente.

— Por favor, perdoe a ignorância desse rapaz — disse ela.

Rindo, Bashi resolveu não criar mais pesadelos para a comerciante. Na mesma rua, uns poucos prédios adiante, conseguiu comprar veneno de rato numa farmácia.

Chegando em casa, deixou as oferendas de papel junto do caixão da avó.

— Amanhã o velho Hua e sua mulher vão mandar você para junto do vovô e do meu *baba*, Nana — disse ele, dirigindo-se à morta enquanto trabalhava; tinha adquirido o costume de falar com ela quando estava sozinho. Cortou um naco de presunto, fez uns furos na carne e a encharcou de aguardente. — Quando chegar, dê um recado meu aos dois. Diga-lhes que estou bem e que não vou trazer desgraça para o nome deles. Sabe, não vou poder ir com você amanhã porque tenho uma coisa muito mais importante para fazer. — Abriu o pacote de veneno e despejou algumas pelotinhas no moinho que a avó usava para moer pimenta seca. Aquelas bolinhas eram nojentas, de um marrom-escuro meio acinzentado. Que rato ia querer tocar em algo tão asqueroso?, perguntou ele, em voz alta, moendo aquilo tudo. Não sabia se o veneno era forte ou não, mas, como a camada de pó que pôs na carne não lhe pareceu muito convincente, resolveu moer mais algumas daquelas pelotas. — Ouça o que lhe digo, Nana. A maioria das pessoas hoje em dia não usa o cérebro. É difícil encontrar alguém esperto como o meu *baba*, não é? — prosseguiu o rapaz, achando que, assim como os vivos, os fantasmas deviam adorar elogios. Era mais fácil agradar as velhas elogiando os seus filhos e os seus netos; talvez assim a sua avó o perdoasse por não ir ao enterro no dia seguinte. Continuou falando, elogiando ainda mais o pai. Quando terminou de moer, aproximou o moinho do rosto para cheirá-lo: a não ser pelo cheiro meio rançoso de guardado, não sentiu nada que parecesse perigoso. Pegou o naco de presunto e o passou naquele pó, até que a carne ficasse recoberta pelos dois lados; com uma colherinha minúscula, tentou enfiar mais veneno nos furos que havia feito antes. — Você deve estar intrigada com tudo isso — disse o rapaz. — Mas torça por mim e reze para que funcione; quando eu tiver terminado essa tarefa importantíssima, vou até lá queimar um monte de dinheiro de papel para vocês todos.

Da última vez que a sua avó o levou para visitar o túmulo do pai e do avô, Bashi tinha doze anos. Agora, quando voltasse lá, pensou o rapaz, ia levar Nini para que eles ficassem sabendo que não precisavam se preocupar com a descendência da família. Examinou o presunto por uns instantes e, com todo cuidado, passou um pouco de mel de ambos os lados para garantir que aquele pozinho ficasse bem preso ali.

— Pronto! — exclamou. — Está bonito, não está?

Já tinha cruzado metade da cidade quando encontrou Orelhudo. Com um nadinha de carne, conseguiu fazer o cachorro vir atrás dele. Atravessaram a ponte e foram subindo a montanha do sul. Estava um dia lindo, o sol lhe aquecia o rosto, aquele inconfundível zumbido da primavera enchia o ar. Bashi parou perto de um arbusto de ameixa-da-terra que já começava a florescer.

— Hoje, tenho uma coisa muito gostosa para você — disse ele, pondo o presunto no chão, perto da planta.

Orelhudo farejou a carne, curiosíssimo, mas não demonstrou muito interesse em comê-la. O rapaz tentou estimulá-lo, mas o bicho se limitou a tocar no presunto com as patas e cheirá-lo. Bashi foi ficando impaciente. Tirou o naco de carne do cachorro, fingindo que ele próprio ia comê-lo. A tática pareceu funcionar; quando o devolveu, Orelhudo abocanhou o presunto ainda no ar e saiu correndo.

Bashi ficou fazendo hora, achando que devia dar um tempo antes de ir atrás do cachorro para constatar o efeito do veneno. Se o tal veneno de rato não funcionasse com aquele bicho pequeno, certamente não funcionaria com o cachorro preto de Kwen. Imaginou que talvez tivesse de voltar à farmácia para reclamar. Pediria alguma coisa mais forte, alegando que os ratos da sua casa eram parrudos como leitões. Ficou assim perdido nos seus pensamentos até que ouviu um gemido sofrido. — Aqui! — exclamou ele. Ouviu então um ganido longo e doloroso.

Foi encontrar o cachorro no chão, ofegante, com as patas tremendo sem parar. Tinha uma machadinha enfiada na cabeça, bem entre os olhos, e do ferimento escorria um sangue vermelho e viscoso. Era evidente que o bicho estava morrendo. Perto dele, havia um adolescente usando um casaco de algodão cinzento, tão surrado que mais parecia um monte de trapos. A mão esquerda do garoto sangrava, por causa da mordida que levara, e, com a direita, ele segurava firme a fatia de presunto. Bashi olhou para um e para outro.

— Matou o cachorro por isso?

O garoto ficou olhando para o rapaz parado ali à sua frente. Pensou em explicar que não pretendia matar o cachorro, mas quem acreditaria nisso, agora que o sangue do animal já tinha manchado a sua machadinha? Era um adolescente franzino, que não parecia ter mais de dez anos, e que tinha vindo até a cidade sem ter outra coisa para vender a não ser os seus parcos músculos. Às vezes, uma ou outra dona de casa o contratava para cortar lenha, matar uma galinha ou descarregar carvão, pequenas tarefas de que elas mesmas bem podiam dar conta ou pedir ao marido e aos filhos para fazer; mas contratar aquele menino as fazia se sentir bem com o próprio coração. Todas as mulheres são iguais, concluiu o adolescente depois de algumas semanas de trabalho; ficavam falando do coração, mas vigiavam a carteira com todo cuidado. Pagavam-lhe com comida, não com dinheiro, e o garoto, meio mendigo meio dádiva para a consciência daquelas donas de casa, sabia que não podia pedir mais do que elas lhe davam.

— Você matou o cachorro? — repetiu Bashi.

— Ele me mordeu primeiro — respondeu o menino, dando um passo atrás.

— Claro que mordeu. Você roubou a carne dele. Eu também morderia...

Agarrou o outro pela manga do casaco e o arrastou para junto do animal cuja respiração estava fraca e acelerada e cujas patas tentavam cavar o chão que mal começava a amolecer.

— Veja só o que fez! Que tipo de homem é você para ficar brigando com um cachorrinho por comida?

O garoto avaliou a situação. Se saísse correndo, o sujeito o alcançaria facilmente. Poderia enfrentá-lo, mas também não via muita vantagem nisso. Podia ainda se preparar para apanhar, mas, além da surra, não havia muita coisa que o outro pudesse lhe fazer. Então, relaxou.

— Veja só os seus olhos... — prosseguiu Bashi. — O que está pretendendo aprontar comigo?

O garoto se ajoelhou e começou a chorar.

— Tio — disse ele —, a culpa foi toda minha. Achei que era um desperdício um cachorro comer assim tanta carne. Achei que podia levar esse presunto para a minha mãe. Faz três meses que ela e a minha irmã não comem carne.

— Quer dizer que você tem uma irmã? — indagou o rapaz. — Quantos anos ela tem?

— Nove — respondeu o outro. — O meu pai morreu há seis anos e a minha mãe está doente.

Para provar a sua história, abriu uma sacolinha de pano e mostrou o seu conteúdo: uns bolinhos, inteiros ou pela metade, que tinha ganhado; todos já duros feito pedras. A sua irmã tinha inventado um jeito de cozinhar sobras de bolinhos, transformando-os numa massa, explicou.

Bashi assentiu. O garoto já devia ter contado aquela história mil vezes, tentando conquistar a compaixão daquelas galinhas velhas da cidade. Tirou algumas notas de dinheiro do bolso.

— Tenho certeza que você é um menino que sabe cuidar da própria família. Se não fosse por isso — disse ele, mostrando os dentes —, se não fosse por sua mãe e sua irmã, eu o entregaria à polícia. Agora, pegue esse dinheiro e compre umas roupas boas para a sua irmã.

O garoto olhou aquele dinheiro e engoliu em seco.

— Matei o seu cachorro sem querer, tio — retrucou ele. — Como poderia ter coragem de aceitar o seu dinheiro?

Bashi riu. É claro que aquele menino sabia que a diferença de idade entre os dois não era tão grande assim, mas também sabia falar educadamente e o rapaz gostava disso.

— Ele não era meu. Se tivesse matado o meu cachorro, eu torceria esse seu pescoço magricela assim...

— Tem certeza que não vai me entregar à polícia?

— Não seja bobo — respondeu Bashi, dando-lhe um cascudo. — A polícia não ligaria, nem que você tivesse cortado dez cachorros em pedacinhos.

O menino aceitou o dinheiro e se desmanchou em agradecimentos, mas Bashi o deteve, erguendo a mão. Ambos se aproximaram então do animal que tinha parado de ofegar e de se mexer e, agora, estava estirado ali no chão, com as patas meio cobertas de lama. Era difícil acreditar que alguém franzino desse jeito pudesse matar um cachorro com um golpe tão certeiro.

O garoto se ajoelhou, pegou a machadinha e a limpou no casaco. Quando Bashi lhe mandou jogar fora o naco de presunto, ele perguntou, depois de alguma hesitação:

— Mas não vai ser um desperdício?

— Por que você faz tantas perguntas idiotas? — retrucou Bashi e atirou aquela carne bem longe, com toda força. O outro ficou só olhando. A carne fez um lindo arco no céu da tarde, indo cair em algum lugar longe dali. — Agora, trate de ir para casa, antes que eu perca a paciência.

O garoto disse que sim, mas não se afastou, olhando fixo para o animal. Quando Bashi o mandou embora novamente, o menino perguntou:

— O que acha que vai acontecer se o cachorro ficar aqui, tio?

— Sei lá — respondeu o rapaz. — Já disse que ele não é meu.

— Será que o senhor não quer um gorro ou uma estola de pele de cachorro? — sugeriu o garoto.

— Ah, seu espertinho — disse Bashi, sorrindo. — Se eu estiver precisando de algo assim, compro com meu dinheiro. Leve o bicho e faça alguma coisa para a sua irmã, se é o que está pretendendo.

— Tio — replicou o outro, sorrindo também —, se a nossa casa não fosse tão miserável, eu o convidaria para uma boa sopa de carne de cachorro no feriado.

— Não me venha com essa sua conversa mole — exclamou Bashi. — Agora, tenho de tratar da vida. Mande meus cumprimentos à sua irmã.

O garoto esperou vê-lo desaparecer e só então se sentou para trabalhar. Jogou fora os bolinhos velhos e rasgou a sacola de pano em várias tiras. Tirou o casaco, enrolou o cachorro com ele, usando as tiras para prendê-lo às costas. O bicho era mais pesado do que imaginara, e ainda estava quente, o que o fez lembrar do dia em que levou a irmã encarapitada nos ombros quando acompanhavam o caixão do pai até o cemitério. Pouco antes de morrer, o pai segurou a sua mão, dizendo-lhe que ele teria de ser o homem da casa e cuidar da mãe e da irmã.

Pensou no túmulo do pai, abandonado durante esses seis anos. Ergueu os olhos para o céu que ainda estava de um azul brilhante; se andasse bem depressa, conseguiria chegar em casa antes do anoitecer e poderia limpar aquela sepultura para o Ching Ming. A sua mãe, acamada já havia cinco anos, não teria condições de ir até lá, mas ele ia levar a irmã. Agora era um homem, responsável tanto pelos vivos quanto pelos mortos. Saiu andando apressado; pouco depois, porém, voltou atrás. Teve de vasculhar o mato por um bom tempo até encontrar o tal presunto. A carne estava suja de terra, mas, esfregando bem, daria para uma bela refeição no feriado.

KAI DISSE AOS COLEGAS do departamento de propaganda que ia fazer uma bela faxina de primavera no estúdio. Um dos editores ergueu as sobrancelhas, mas não disse nada e a moça percebeu que uma limpeza assim, na véspera do Ching Ming, poderia ser interpretada como uma forma de comemorar aquela festa supersticiosa, mas decidiu não aprofundar o assunto. Desde que tinham surgido os tais panfletos, os seus colegas vinham sendo amáveis uns com os outros, embora ninguém ousasse mencionar o que estava acontecendo. Todos eram barômetros experientes, peritos em detectar qualquer alteração na atmosfera política, por menor que ela fosse.

Uma secretária se ofereceu para ajudar. Gentilmente, Kai recusou, alegando que o estúdio era tão pequeno que duas pessoas não poderiam circular ali dentro. Eram duas da tarde, a hora mais morta do dia, e, quando ela deixou o escritório para ir ao estúdio, viu que várias salas do prédio da administração estavam fechadas. As pessoas haviam tirado a tarde de folga já pensando no feriado do dia seguinte, embora, como funcionários do governo, não lhes fosse permitido festejar o Ching Ming publicamente. Mais cedo, naquela manhã, quando Kai passou no apartamento da mãe, esta lhe disse que tinha contratado alguém de confiança para levar dinheiro de papel e outras oferendas para o falecido marido. A moça não sabia se os sogros tinham projetos similares, já que Han ainda não tinha voltado da capital da província. Fazia cerca de duas semanas que ele tinha viajado, e, a não ser por uns poucos telefonemas para o escritório — apesar da sua condição social, não tinham telefone em casa, embora o marido tivesse lhe prometido que teriam um em breve —, praticamente não se falavam desde então. O escritório não era o lugar ideal para se transmitirem informações, e, pelo que imaginava, Han não devia ter muita liberdade lá na capital. Só falavam de Ming-Ming, que, nos dois primeiros dias, sentiu falta do pai, mas, depois, ficou tranquilo, como se não notasse diferença alguma em sua vida.

Kai se trancou no estúdio. Contava com alguma hostilidade por parte do professor Gu, exatamente como havia encontrado certa resistência em sua esposa da primeira vez que se viram: era de se esperar que desconfiassem de uma desconhecida, tanto mais alguém como ela, cuja voz representava o governo. Só depois de algumas visitas, a sra. Gu parou de recusar as frutas e o leite em pó que ela trazia para o professor. Mais tarde ainda, começaram a conversar, sem falar de Shan nem do protesto, limitando-se à mais inofensiva das conversas: as mudanças do tempo. Aos poucos, a sra. Gu foi deixando a frieza de lado. Um dia, perguntou sobre os seus pais e Kai lhe disse que o pai tinha morrido anos atrás. A mulher refletiu por um instante e disse que era uma sorte para uma filha ver os pais partirem. Mencionou um velho dito sobre os três maiores infortúnios da vida: perder os pais na infância, perder o marido ou a mulher na meia-idade, e perder um filho na velhice. Dos três, tinha vivido dois, acrescentou ela, e Kai teve de evitar encará-la, já que não conseguiu pensar em nenhuma palavra de consolo. Estava mais que na hora de uma velha como ela se tornar útil, de uma forma ou de outra, prosseguiu a sra. Gu, olhando bem nos olhos da moça. E não havia ali nem tristeza, nem autopiedade.

Kai jamais imaginou que o professor Gu pudesse reconhecê-la como ex-aluna. A hostilidade com que a recebeu a fez perceber como ela estava ligada, contra a própria vontade, ao passado, à família, à sua condição social. Se quisesse, podia voltar à vida que levava antes; a não ser pelo fato de ter apresentado a sra. Gu a Jialin, não estava muito envolvida no protesto que aconteceria em breve, nem tinha muito contato com aquelas pessoas que, junto com Jialin, haviam distribuído os panfletos e planejado o evento para o dia do Ching Ming. Era desconcertante saber que tudo podia ser desfeito. Não precisava ouvir qualquer outra opinião e queria que o professor, mais que ninguém, a compreendesse e a acolhesse.

Bateram à porta. O coração da moça deu um pulo. Quando foi abrir, Han se esgueirou para dentro do estúdio e fechou a porta atrás de si.

— Que susto! — exclamou Kai. Tinha o rosto afogueado por ter sido apanhada de surpresa quando fazia algo às escondidas, mas Han pareceu não notar o constrangimento da mulher. Ele próprio também parecia agitado. — O que houve? — perguntou a moça. — Está tudo bem com Ming-Ming?

— Não passei em casa — respondeu ele. — Estou indo embora daqui a uns dez minutos.

— Por quê?

Han a fitou sem responder. Seria possível que ele tivesse ficado sabendo do protesto marcado para o dia seguinte? Tentou imaginar quem teria vazado a informação, mas não conhecia os amigos de Jialin. Este lhe dissera que tudo estava sob controle, entregue a gente de absoluta confiança e que o palco já estava montado para ela e a sra. Gu no dia do Ching Ming. Mas quem sabe a confiança do rapaz não era infundada? Se ao menos conhecesse os tais amigos...

— Se eu me tornar um joão-ninguém — disse Han, sentando-se na única cadeira que havia ali —, ou algo pior que um joão-ninguém, se eu me tornar um criminoso e nunca mais puder lhe dar o que quer que seja, vai continuar me amando?

Fitava a mulher com os olhos cheios de uma angústia que ela adoraria poder compartilhar com ele. As heroínas que havia representado no palco nunca encararam um marido que lhes declarasse o seu amor: eram donzelas que abriam mão da própria vida em nome de um chamado maior, mães que deixavam lenços bordados nos cueiros dos filhos antes de empreenderem viagens que jamais as trariam de volta para eles e viúvas de revolucionários; no caso de Jade de Outono, o seu marido era o vilão, que nunca a tinha amado ou tido o direito de amar alguém.

Han se aproximou de Kai e a abraçou. Ela tratou de se manter imóvel. Pouco depois, quando o marido caiu em prantos com o rosto mergulhado nos seus cabelos, a moça tocou o topo da cabeça dele. Lá na capital da província, especulava-se que a facção que estava por trás do Muro da Democracia dominaria Beijing, disse ele, quando conseguiu se acalmar. Se isso fosse verdade, o homem que haviam apoiado, fornecendo-lhe os rins, perderia o seu poder de fogo.

— Os seus pais estão sabendo?

— Vim para me encontrar com eles e com o prefeito há uma hora — respondeu Han. — Os meus pais estão preocupados, temendo que o prefeito me entregue para se proteger.

Kai o fitou. Aquele seu rosto suave, quase infantil, tinha agora uma barba de um dia, e os seus olhos estavam injetados.

— De que você poderia ser acusado? — indagou ela.

— Da história dos rins — disse ele, e lhe explicou que o inimigo deles na capital da província, cuja vitória, àquela altura, parecia certa, vinha investigando o transplante e a execução de Gu Shan, alegando que alguns procedimentos legais haviam sido violados.

— E foram mesmo?

— Se não fosse isso, ele arranjaria outra desculpa para nos atacar — retrucou o rapaz. — É a velha história: *aquele que rouba e é bem-sucedido passa a ser rei; aquele que rouba e fracassa será tratado como criminoso.*

Kai se agarrou à borda da mesa em que estava recostada, tentando se firmar. Quando Han finalmente ergueu os olhos, as lágrimas haviam sido substituídas por um raro brilho de resolução.

— Pode me prometer uma coisa? — perguntou ele. — Pode redigir um pedido de divórcio e assiná-lo, com data de hoje, só por garantia? Não quero que nada de terrível aconteça com você.

Com um fio de voz, a moça retrucou que não era do tipo que abandona a família por causa de uns boatos.

— Não é hora para emoções — replicou Han. — Sei que você me ama, mas não posso destruir o seu futuro. Escreva o pedido. Diga que já não me ama e que quer criar o nosso filho sozinha. Finja que não sabe de nada e vamos torcer para que não a rebaixem de posto. Ponha um ponto final em tudo isso agora mesmo. Não deixe que eu estrague o seu futuro e o de Ming-Ming.

Kai abanou a cabeça bem devagar.

— Se quiser, eu escrevo um rascunho. Basta você assinar.

Há muito tempo, já não amava aquele homem que estava ali à sua frente; talvez nunca o tenha amado. Mas sentia uma vontade enorme de abraçá-lo, como faria uma mãe para consolar um filho que se esforçou muito para ter atitudes de homem corajoso. Han desabou novamente nos braços da mulher; Kai deixou que ele escondesse o rosto no seu cabelo e sentiu a gola do casaco ficando úmida. Lembrou da frase que o marido tinha dito na noite de núpcias: ninguém jamais a amaria como ele. Na ocasião, ela ergueu os olhos para fitar um pôster do presidente Mao, pendurado na parede do quarto do hotel, enquanto ele sussurrou esse segredo junto ao seu cabelo negro e comprido, de moça solteira.

4 DE ABRIL DE 1979, escreveu Tong no seu diário da natureza, e, depois, leu o boletim meteorológico no canto direito do *Diário de Rio Lamacento: Sol. Vento leve. Máxima: 12°; Mínima: 1°*. Anotou os números e saiu procurando Orelhudo. Aos sábados, só havia aula pela manhã. O menino se surpreendeu ao ver que o cachorro havia esquecido disso; ao sair de casa, tinha lhe dito que aparecesse por volta do meio-dia e Orelhudo nunca deixava de estar à sua espera. O que andaria

fazendo? Já não era mais um filhote e tinha lá os seus segredos. Certas noites, olhava com indiferença para a comida que Tong botava na caixa de papelão. O garoto se perguntava se ele não teria feito alguma travessura, como roubar comida de outros cachorros ou do mercado.

Saiu andando de ruela em ruela, chamando-o pelo nome. Avistou diversos cachorros, todos cuidando da própria vida naquela tarde de primavera, mas nenhum deles era Orelhudo. Talvez não devesse culpar o animal, pensou Tong; depois de um longo inverno, quem não gostaria de correr solto por algum tempo? Rodou a cidade inteira e, depois, foi até o rio.

Os blocos de gelo que, pouco tempo atrás eram a diversão dos adolescentes, já tinham derretido e os garotos haviam arranjado uma nova brincadeira, mais empolgante: pelas ruas da cidade, formavam gangues que recebiam nomes de animais selvagens e que brigavam entre si para que o nome do seu grupo prevalecesse. De início, essas brigas eram inofensivas, a socos e pontapés; logo, porém, uns grupos menores se juntaram a outros maiores que criaram todo tipo de armas roubando, afiando, amolando e imaginando. Mas as autoridades ignoravam essas gangues — pais, professores e funcionários municipais estavam ocupadíssimos, preocupados em dar de comer à própria família e em assegurar promoções. Nessa primavera, também estavam preocupados com os problemas que invadiram a sua vida sob a forma de panfletos mimeografados e inesperados. Uma divisória havia sido traçada. Qual dos lados escolher? No trabalho, era só nisso que todos pensavam e, em casa, era a pergunta que faziam à esposa.

Os transtornos e as indecisões do mundo dos adultos não penetravam em vários mundos ocupados por outras vidas menos ansiosas. Como todo ano, as crianças da escola primária arranjaram uma nova mania. Nessa primavera, entre as meninas, as coleções de papel de bala em celofane vieram substituir as contas de plástico do ano anterior; entre os meninos, brincar com heróis dos seriados de artes marciais veio ocupar o lugar de brincadeira semelhante, feita com triângulos dobrados em papel. As garotas da escola secundária se mantinham alheias às brigas de rua, embora parte daqueles tumultos visasse a chamar a sua atenção. Inconscientes das ambições juvenis dos garotos, davam vazão às suas paixões com as amigas mais íntimas. Sentavam-se à margem do rio ou no quintal de casa, de mãos dadas, com os dedos entrelaçados; falavam do futuro, cochichando bem baixinho, com medo de assustar a si mesmas com aqueles sonhos a respeito de um mundo que logo se abriria como uma flor misteriosa.

Tong passou por duas dessas meninas que, sentadas junto ao rio, cantavam uma canção de amor, e nenhuma delas percebeu a sua tristeza. Em pouco tempo, o menino chegou ao bosque de bétulas e um rapaz que estava agachado diante de um buraco rasinho se levantou ao ouvir os passos que se aproximavam. Tong chegou mais perto e viu, no chão, uma bola cinzenta cheia de espetos.

— O que é isso? — perguntou.

— Não acorde o meu porco-espinho — respondeu o rapaz entre dentes.

Tong o reconheceu, embora não soubesse como se chamava.

— Não se preocupe — retrucou o menino. — Ele está hibernando. Não vai acordar com a gente falando.

— Mas a primavera já chegou — disse o outro.

— É que, para o porco-espinho, ainda não está quente o bastante — replicou Tong. Tinha lido, num almanaque infantil que o velho Hua havia apanhado numa lata de lixo, que aqueles animais só saem do período de hibernação quando a temperatura atinge os 15º durante o dia. Disse isso ao rapaz e lhe mostrou as anotações que tinha feito no seu diário da natureza. As cobras acordariam mais ou menos na mesma época, acrescentou ele, mas as tartarugas ainda iam esperar um pouco porque o rio demorava mais a esquentar. O rapaz deu de ombros, dizendo que não estava interessado naquele tipo de informação.

— Decididamente, a minha casa é bem mais quente — declarou ele, pondo as luvas e pegando aquela bolinha de espetos.

— Por que quer levar ele para casa?

O porco-espinho parecia morto ali nas mãos do sujeito, mas Tong sabia que podia ficar tranquilo quanto a isso.

— Porque preciso de um bichinho de estimação. Você tem um cachorro chamado Orelhudo, não tem?

— Você o viu hoje? Estou procurando por ele.

Bashi o fitou com um sorriso estranho. Será que o garoto que tinha matado Orelhudo andava depressa? A essa altura, já devia estar nos arredores da cidade.

— Vai ver que está correndo por aí com a namorada — disse então.

— Orelhudo não tem namorada — retrucou Tong.

— Como sabe? — indagou Bashi, com um risinho que deixou o menino aflito. Resolveu então que não ia continuar conversando com aquele rapaz. Saiu andando, mas Bashi o alcançou, sempre levando o porco-espinho nas mãos. — Estou lhe ensinando algo. Às vezes, você acha que o cachorro é o seu melhor amigo, mas pode estar enganado. Por exemplo, ele pode, sem mais nem menos, decidir ir para casa com outra pessoa.

— Orelhudo não faria isso — respondeu Tong, meio zangado.

— Como sabe?

— Claro que sei. O cachorro é meu.

Bashi não disse nada; só assobiou.

Pouco depois, Tong perguntou:

— Por que está me seguindo?

— Você está voltando para a cidade e eu também. Quem garante que não é você que está me seguindo?

O menino parou; o outro parou também. Tong se virou e voltou na direção do rio; o outro também, e foi andando ao seu lado.

— Agora está me seguindo! — exclamou o menino.

— Acontece simplesmente que mudei de ideia e resolvi ir nessa mesma direção — retrucou Bashi, com uma piscadela.

Tong ficou vermelho de raiva. Que sujeito sem-vergonha. Até uma criança de cinco anos conhece melhor as regras do mundo.

— Não quero ficar andando com você — disse ele. — Pare de me seguir.

— Mas eu quero ficar andando com você — replicou Bashi, fazendo uma vozinha de criança. — Não existe nenhuma lei dizendo que não posso andar ao seu lado.

— Só que a gente não segue uma pessoa que já disse que não quer brincar com a gente! — disse Tong, irritado.

— Quem inventou essa regra? Você não é o dono da rua, é? Então, posso pôr os meus pés onde quiser, não é mesmo? Se me der na telha, posso seguir você por todo canto, contanto que não entre na sua casa.

Tong começou a chorar; não conseguia nem falar. Nunca tinha encontrado ninguém assim pela frente, e não conseguia discutir com ele. Bashi olhou aquelas lágrimas interessadíssimo, e sorriu.

— Tudo bem! Não quero mais brincar com você — disse, então, fazendo voz de criança.

E foi embora, jogando o porco-espinho para o alto, como se fosse uma bola, e voltando a pegá-lo com as mãos enluvadas. Uma vez ou outra, errou o golpe de vista e o bichinho saiu rolando pelo chão, o que o fez rir.

Orelhudo não voltou para o jantar. Quando Tong mencionou a ausência do cachorro, o seu pai, que estava todo escarrapachado numa poltrona, olhando para a parede onde não havia nada para ver, simplesmente comentou:

— Ele volta quando tiver vontade.

Era inútil tentar falar sobre qualquer assunto com o pai antes do jantar: para ele, aquela era a refeição mais importante do dia e nada, nem mesmo o céu desabando, poderia perturbá-lo enquanto esperava por ela. A mãe de Tong olhou para o filho com um ar compreensivo, mas não disse nada. Serviu o jantar e apanhou uma garrafa de aguardente de arroz. O menino pegou a garrafa da sua mão e despejou uma dose da bebida numa tigelinha de porcelana. Depois que o pai ficasse bêbado e pegasse no sono, ia pedir à mãe que o ajudasse.

— O jantar está na mesa, *baba* — disse ele, segurando a tigelinha com ambas as mãos.

O pai pegou a bebida e deu um cascudo no filho. Doeu, mas Tong tentou não demonstrar nada.

— É bem melhor criar um menino que um cachorro — disse ele, fazendo-lhe um elogio à sua maneira. Aproximou-se da mesa e baixou a tigelinha. — Agora, ponha outra dose para mim, filho.

Tong fez o que ele pedia e o pai lhe perguntou se queria provar. A mãe interveio, meio desanimada, mas ele não lhe deu ouvidos.

— Ande, prove! — insistiu o pai. — Já está bem grandinho para isso. Quando eu era da sua idade, fumava e bebia com o meu pai toda noite — acrescentou ele, dando um soco na mesa. — O meu pai, o seu avô, não era um homem de verdade? Ouça o que lhe digo, filho, mire-se no exemplo dele para tudo o que fizer na vida.

Pelas histórias que o pai contava quando estava bêbado, o avô paterno de Tong era uma lenda local, com um gênio estourado, sempre disposto a enfrentar quem quer que fosse quando se cometia a mínima injustiça. Morreu em 1951, com quase cinquenta anos. Pelo que constava, para defender os seus conterrâneos, brigara feio com uma autoridade do Partido que tinha vindo supervisionar o processo de transformação das propriedades privadas numa comuna coletiva. Bateu tanto no tal sujeito que o deixou meio morto. No dia seguinte, foi preso e executado na hora, como inimigo da nova Nação Comunista.

A mãe de Tong despejou uns amendoins torrados no prato do marido.

— Não beba de estômago vazio — disse ela.

Ele, porém, simplesmente a ignorou. Serviu-se de mais uma dose da bebida e apontou os pauzinhos na direção do filho.

— Ouça o que lhe digo: o seu avô era um homem de verdade. E o seu pai não fica atrás. É melhor não nos decepcionar. Agora, venha aqui perto de mim.

Tong hesitou. Não gostava do cheiro de bebida do pai e daqueles seus gestos de intimidade quando estava bêbado, mas, antes que pudesse dizer o que quer que fosse, a mãe empurrou a cadeira em que ele estava sentado. O pai pôs a mão no seu ombro, e prosseguiu:

— Deixe eu lhe contar uma história. Você vai aprender como se faz um homem. Já ouviu falar de Liu Bang, o primeiro imperador da dinastia Han? Antes de se tornar imperador, ele teve de passar anos e anos lutando contra Xiang Yu, seu inimigo mais feroz. Certa vez, Xiang Yu capturou os avós de Liu Bang, a sua mãe e a sua esposa. Levou-os até o campo de batalha e enviou um mensageiro até onde ele estava. *Se não se render imediatamente, vou cozinhar todos eles até fazer um bolo de carne e os meus soldados vão ter um verdadeiro banquete hoje à noite*. Adivinhe qual foi a resposta de Liu Bang? Ora, não fosse ele o herói de todos os heróis! Escreveu para Xiang Yu, dizendo: *Obrigado por me comunicar a realização do banquete. Será que poderia ter a bondade e a generosidade de mandar uma tigela do bolo de carne para este seu inimigo faminto?* Pense nisso, filho. Se tiver o coração duro o bastante para comer a sua mãe e a sua esposa, nada poderá derrubá-lo nesta vida.

Tong olhou para a mãe, do outro lado da mesa. Ela lhe sorriu e o menino tentou sorrir também. Pelo visto, estava começando mais uma daquelas noites em que os dois ficariam sentados ali, ouvindo o pai contar as mesmas histórias de sempre; os pratos e o arroz teriam de voltar ao fogo algumas vezes, até que, de tão bêbado, ele já não conseguisse continuar contando e, só então, Tong e a mãe acabariam podendo comer.

O menino estava pensando em Orelhudo. O seu pai dizia que o amor por um cachorro era um sentimento baixo e a sua única preocupação, no que se referia ao filho, parecia ser fazer dele um homem com H maiúsculo. Tong se perguntava se ia decepcionar o pai. Se um inimigo ameaçasse matar os seus avós e a sua mãe, choraria e imploraria, prometendo qualquer coisa em troca da vida deles.

Depois de várias doses da aguardente, o pai de Tong empurrou a cadeira para trás e mandou a mulher apanhar um tijolo. Ela tinha uma pilha deles na cozinha para as demonstrações de kung-fu do marido e tratava de repor o estoque assim que via a pilha diminuindo. Quando ela voltou, trazendo um tijolo vermelho, o marido abanou a cabeça e disse que, com aquele ali, seria fácil demais; nessa noite, precisava de um maior, mais duro. Está ouvindo isso?, perguntou, esticando os dedos e estalando as juntas. A mulher replicou que só tinham tijolos vermelhos, e lhe perguntou se não poderiam usar dois deles, em vez de um só. O sujeito perdeu a paciência. Chamou-a de desmiolada e mandou que ela saísse para conseguir um com os vizinhos que estavam fazendo umas obras para construir um quartinho extra no quintal, já que um tio-avô tinha vindo visitá-los e decidiu não ir mais embora.

Quando ela voltou, trazendo um tijolo pesado, seis vezes maior que o outro, o pai de Tong passou a mão nele e pôs a outra no pescoço da mulher.

— Eu poderia torcer o seu pescoço com dois dedos. Acredita nisso? — perguntou ele.

Ela deu uma risadinha, dizendo que não tinha a menor dúvida quanto a isso. O sujeito grunhiu, satisfeito, e pôs o tal tijolo no meio do quintal.

Tong ficou olhando para o pai que cantarolou e dançou um pouco antes de se agachar e, soltando um berro, acertou o tijolo com a base da mão. Orelhudo teria adorado aquela noite, se tivesse chegado em casa a tempo: era sempre o mais empolgado, entre os membros da família, quando o pai do menino dava o seu show de bêbado. O tijolo continuou intacto, mas o pulso do pai de Tong ficou vermelho e inchado. O menino enfiou as mãos nos bolsos. Uma vez ou outra, ele conseguia partir um daqueles blocos ao meio, pura sorte talvez, mas nunca se cansava daquelas demonstrações.

Tentou de novo, com as duas mãos, mas o tijolo não cedeu ao golpe. Quando percebeu, tinha os lados das mãos sangrando. Impassível, mandou a mulher parar com aquelas bobagens quando ela apareceu trazendo um paninho limpo. Fez mais duas tentativas, e, ao ver que o tijolo insistia em não se render, deu-lhe um pontapé. Aparentemente, o dedo do pé doeu mais que as mãos. Aos palavrões, foi pulando num pé só até o galpão e, antes que a mulher pudesse protestar, golpeou o tijolo com um martelo. O bloco se quebrou, mas não em duas metades; ele se agachou para observá-lo e caiu na gargalhada. Mãe e filho se aproximaram e viram que havia, ali dentro, três vergalhões de ferro enferrujado para reforçar a peça.

— De onde será que roubaram isso para fazer o tal quartinho? — perguntou ele.

Limpou o sangue das mãos na calça, sem o menor cuidado, e tomou mais uma dose de aguardente, feliz da vida porque não tinha feito papel de bobo. Quando a mulher voltou a insistir que fosse se deitar, ele foi para o quarto, levando a última tigelinha da bebida e, em pouco tempo, dava para ouvir os seus roncos estrondosos do outro lado da porta fechada.

Tong e a mãe foram se sentar à mesa, e ela lhe sorriu.

— Como ele é engraçado... — disse bem baixinho, abanando a cabeça, admirada. O jantar já tinha esfriado e ela atiçou o fogo para esquentar a comida para o filho, pois não tinha disposição para comer.

— Mamãe — perguntou o menino —, acha que aconteceu alguma coisa com Orelhudo?

Ela lhe disse que não precisava se preocupar, mas, antes que o menino pudesse retrucar, os dois ouviram um barulho. Tong correu para o quintal e ficou decepcionado ao constatar que não era o seu cachorro arranhando o portão, mas sim alguém batendo. Foi abrir. À luz amarelada da rua, viu o rosto desconhecido de uma mulher de meia-idade, com a cabeça coberta por um xale. Em voz baixa, ela perguntou pelos seus pais. No chão, ao seu lado, havia uma sacola de nylon bem grande.

— Está aqui por causa do meu cachorro? Aconteceu alguma coisa com Orelhudo? — perguntou o menino.

— Por quê? O seu cachorro está desaparecido?

— Nunca ficou na rua até tão tarde — respondeu Tong.

— Lamento ouvir isso, mas não se preocupe — disse a mulher.

Todos os adultos diziam as mesmas coisas, sem se oferecerem para ajudar. O menino se afastou para deixá-la entrar, mas, naquele momento, a sua mãe vinha chegando e perguntou o que a outra desejava.

— A senhora já deve ter ouvido falar do caso Gu Shan, camarada — disse a mulher. — Estou aqui para lhe comunicar que vai haver uma manifestação em defesa dela.

A mãe de Tong olhou para um lado e para o outro e, depois, em voz baixa, replicou que ela e o marido não eram o tipo de gente que se interessava por uma informação como essa.

— Pense nas coisas terríveis que aconteceram à filha de uma outra mãe — insistiu a desconhecida. — Tenho três filhos. E a senhora também é mãe. Quantos irmãos você tem, garoto?

— Três — respondeu ele.

A mãe de Tong o puxou para junto de si.

— Desculpe. Aqui, nesta casa, não estamos interessados em política.

— Não dá para fugir da política. Ela nos alcança onde estivermos.

— Não é que eu não tenha pena — acrescentou a mãe de Tong. — Mas que diferença isso pode fazer? Os mortos estão mortos.

— Acontece que, se nos calarmos agora, haverá uma outra vez, talvez com outro filho. *Mil grãos de areia podem construir uma torre*. Cada um de nós tem de fazer a sua parte, não é mesmo?

Tong fitou a mãe, que evitava encarar a tal mulher e se desculpava novamente. De vez em quando, uns mendigos dos arredores da cidade apareciam na ruela onde eles moravam para pedir dinheiro e comida. O pai do garoto nunca deixava que essa gente se aproximasse do seu quintal, mas a sua mãe ficava sempre muito sem jeito quando o marido gritava com aqueles estranhos famintos, dizendo-lhes que era um trabalhador honesto e não tinha nenhuma obrigação de dividir com os outros o dinheiro que ganhava com o seu sangue e o seu suor. Depois que ele pegava no sono, de tão bêbado, a mulher embrulhava umas sobras de bolinhos e deixava tudo do lado de fora do portão. Quando Tong acordava, no dia seguinte, os tais bolinhos já tinham desaparecido. Se o pai não estava por perto, perguntava à mãe se os mendigos teriam voltado para apanhá-los, mas ela se limitava a sorrir, abanando a cabeça, como se não tivesse entendido a pergunta do filho.

— Por favor, camarada, tente me escutar só desta vez — insistiu a mulher. — Vamos fazer uma homenagem à memória de Gu Shan amanhã, na praça da cidade. Venha conhecer a mãe dela. Talvez a senhora mude de ideia e assine o abaixo-assinado de apoio à manifestação.

A mãe do menino parecia atordoada.

— Não posso... O... meu marido não vai gostar nada disso — retrucou, olhando ao seu redor como se quisesse ter certeza de que ele não estava vindo.

— Estou apelando para o seu coração e a sua consciência — replicou a outra. — Não pode deixar que o seu marido tome todas as decisões pela senhora.

A mãe de Tong abanou a cabeça bem devagar, parecendo que aquela acusação a tinha decepcionado. A mulher abriu o zíper da sacola de nylon e pegou uma flor branca.

— Mesmo que não queira assinar o documento, apareça amanhã com essa flor branca e preste a sua homenagem àquela moça heroica e à sua mãe — disse ela.

Tong olhou aquela flor, feita de papel de seda e presa a um cabo bem comprido, também de papel. A sua mãe suspirou, mas não se mexeu. O menino aceitou a flor e a mulher sorriu.

— A sua mamãe arranjou um bom ajudante — observou ela, e, virando-se para a mãe do menino, acrescentou: — Todas as famílias vão receber uma flor branca hoje à noite. Não haverá perigo algum em deixá-la no cesto para nós amanhã. Estaremos lá na praça antes do nascer do sol.

A mãe de Tong fechou o portão com todo cuidado quando a mulher se foi. Ficaram ambos parados ali, no escuro, e ouviram ela bater no portão do vizinho. Um minuto depois, o menino cutucou a mãe e lhe entregou a flor de papel. Ela a pegou, arrancou-a do cabo e amassou tudo, fazendo uma bolinha. Quando Tong ergueu a voz e lhe perguntou por quê, a mãe tapou a sua boca com a mão quente e macia.

— Não podemos ficar com ela. Papai vai descobrir e não vai gostar nada disso.

O menino já ia protestar, mas ela mandou que se calasse, dizendo que era melhor deixar as coisas como estavam. Com brandura, pegou o filho pelo braço e entrou em casa com ele. No quarto, o pai continuava a roncar. A comida que a mãe esquentou já tinha esfriado de novo, mas ela parecia cansada demais para se preocupar com isso. Levou Tong até a mesa e se sentou diante dele.

— Você deve estar faminto — disse.

— Não estou, não.

— Não quer comer alguma coisa? Tem o seu ensopado de batata favorito.

— Não.

— Não fique bravo comigo — disse ela. — Quando for mais velho, vai entender.

— Por que não quer devolver a flor amanhã? A tia disse que não tem problema nenhum...

— Não podemos confiar nela.

— Mas por quê?

— Não queremos nada com essa gente — respondeu a mãe. — Papai diz que eles são todos malucos.

— Mas papai está enganado; eles não são malucos — retrucou o menino.

— O que sabe para dizer isso? — perguntou a mãe, olhando-o com ar sério.

Tong ficou calado. Pensou nos panfletos que tinha guardado para fazer um caderno de exercícios. Tinha lido o que estava escrito ali; a parte que conseguiu compreender lhe pareceu bem sensata: as pessoas devem ter o direito de dizer o que pensam; falavam de respeitar os direitos de todos, por mais baixa que fosse a sua condição social. Ele sabia muito bem o que era ser olhado de cima o tempo todo, como um garoto de aldeia.

— Não discuta com os seus pais — disse-lhe a mãe. — Tomamos as decisões que são melhores para nós.

— A tia é má, mamãe?

— Quem? Aquela das flores? Sei lá. Pode até não ser má pessoa, mas o que ela está fazendo é errado.

— Por quê?

— Para começar, porque o governo não ia matar a pessoa errada.

— O meu avô era mau?

A mãe ficou calada por um bom tempo e, depois, se levantou para fechar a porta do quarto.

— Talvez eu não devesse lhe dizer isso — principiou ela —, mas precisa saber que a história que *baba* contou não é exatamente verdade. O seu avô bateu mesmo num funcionário do governo, mas foi por causa de uma viúva com quem ele queria se casar depois que a sua avó morreu. O outro sujeito também queria se casar com a tal mulher, portanto, os dois brigaram depois de uma discussão na hora do jantar. O funcionário que apanhou resolveu declarar que o seu avô era contrarrevolucionário e executá-lo. Não houve nada de importante nessa história, e *baba* sabe disso muito bem.

— Então o meu avô foi injustiçado?

— A lição que deve tirar disso tudo é a seguinte: Nunca tome nenhuma atitude contra autoridades do governo. — respondeu a mãe, abanando a cabeça. — Não pense que *baba* é apenas um beberrão. Ele sabe de cor todas as regras e jamais comete erros. Se não fosse assim, não teria conseguido sobreviver até hoje, tendo um pai contrarrevolucionário.

— Mas e se o governo cometeu um erro? A nossa professora diz que ninguém está certo o tempo todo.

— Deixe que os outros errem. Não temos nada a ver com isso. Lembra da história do imperador? Você tem que endurecer o seu coração para virar um homem, entende?

Tong assentiu, embora não soubesse o que pensar daquelas palavras. A sua mãe jamais tinha lhe falado sobre essas coisas, e parecia diferente, quase intimidadora. Ela o fitou por mais um instante, e, depois, sorriu.

— Olhe só que cara mais séria — disse ela. — Você é um menininho e não devia se preocupar com esses assuntos de gente grande.

O garoto não respondeu. A mãe voltou a insistir para ele comer alguma coisa. Tong enfiou a comida na boca sem sentir gosto de nada. Ouviu então um barulho e correu para o portão, mas era só o vento passando pela ruela. Voltou e perguntou à mãe se não podiam sair para procurar Orelhudo.

Ela enfiou o casaco. — Mais um menino querendo atenção o tempo todo — disse, com voz cansada. — Por que não se lava e vai para a cama? Eu saio para procurá-lo.

— Posso ir com você? — indagou Tong.

— Não — respondeu a mãe, e a sua voz, mais ríspida que de costume, o impediu de pedir novamente.

A mulher foi até a casa de uma amiga, dois quarteirões adiante, e bateu à porta. Tinha vindo conversar um pouco, disse ela, não querendo ficar andando à toa no frio, naquele vento da noite, à procura de um cachorro desaparecido. A amiga, uma colega de trabalho, a convidou para entrar e as duas ficaram falando dos planos para o dia seguinte, tomando várias xícaras de chá bem quente. A família da sua amiga ia fazer um piquenique, já que costumavam ir para a montanha no dia do Ching Ming. A mãe de Tong retrucou que não tinham planejado nada, mas, agora, vendo os filhos da outra mulher empolgadíssimos arrumando a comida para o piquenique, adoraria que tivessem pensado em algo só por causa de Tong.

Por toda a cidade, flores brancas em sacolas de nylon estavam sendo levadas de casa em casa. Ao abrir o portão, as pessoas deparavam com o médico de uma clínica para trabalhadores, um funcionário da fábrica de material óptico, um professor secundário aposentado, um contador de uma loja de departamentos, um farmacêutico e uns jovens instruídos que haviam voltado do campo recentemente. Algumas daquelas flores brancas iam parar nas latas de lixo, em caixas de brinquedo e em outros cantos onde, logo, logo ficariam esquecidas; outras, porém, foram tratadas com mais cuidado, e iam permanecer de vigília à espera do amanhecer.

Tong não dormiu bem aquela noite. Acordou diversas vezes e, apesar de saber que Orelhudo não poderia passar pelo portão fechado, foi até o quintal para espiar a caixa de papelão que servia de casinha para o cachorro. Ele devia ter se metido em alguma confusão. O menino ficou chorando, quietinho. Uma dessas vezes, a sua mãe acordou e lhe disse, num sussurro, que talvez Orelhudo aparecesse de manhã. Tong fungou; sabia que ela não acreditava no que estava dizendo. Pouco depois, vendo que o filho continuava a chorar, ela o abraçou, o embalou e acabou lhe dizendo que talvez Orelhudo não voltasse nunca mais. O menino perguntou se tinha acontecido alguma coisa com ele. A mãe respondeu que não sabia, mas que era melhor se preparar para o pior.

DERAM-LHE O NOME DE PEÔNIA por causa do lenço que estava entre os panos que a embrulhavam: um quadrado de seda com uma única peônia bordada. Tanto o rosa do botão quanto o verde das folhas tinham desbotado; o branco do tecido estava amarelado e a sra. Hua, segurando nos braços a recém-nascida, achou que ela bem podia ser de uma família tradicional, com boa condição social. De todo modo, um corpo de princesa encerrado num destino de criada, observou o velho Hua, abaixando-se para dizer a Glória-da-Manhã, que já estava com três anos e meio, que o céu tinha atendido aos seus pedidos, mandando-lhe uma irmãzinha.

Tinham deixado aquele lenço com Peônia?, perguntou a velha ao marido. Provavelmente, respondeu ele; por que não haveriam de deixar? A menina sempre soube que aquilo tinha um significado especial.

A sra. Hua ficou olhando o marido consertar a picareta que estava com a cabeça solta. Bashi se ofereceu para lhes comprar ferramentas novas, mas a mulher, temendo que o rapaz fosse dilapidar as suas economias sem nem se dar conta, alegou que preferiam usar as suas próprias picaretas e enxadas com as quais suas velhas mãos já estavam habituadas.

Disse ao marido que muitas vezes se perguntava se a mãe de Peônia a teria encontrado algum dia. O velho Hua deu umas marteladas na picareta e respondeu que nem sabiam se essa mulher estava viva ou se algum dia teve a intenção de procurar a filha. Seria uma pena se as duas nunca tivessem se encontrado, comentou a sra. Hua, e o velho continuou martelando sem dizer nada.

A menina era mais sonhadora que os pais adotivos, que a irmã mais velha e que as garotas menores que vieram se somando à família uma por uma. Era a que mais demorava para separar o lixo, mas a primeira a sugerir que uma carteira jogada fora e encontrada numa lixeira poderia conter dinheiro bastante para todos eles viverem felizes e com conforto pelo resto da vida. E ficou decepcionada ao ver as fotografias na tal carteira, que haviam sido cortadas de forma tão metódica que era impossível reconhecê-las. Chorava por cada bebê encontrado na beira da estrada e fazia questão de gravar o nome das cidades onde as suas irmãs menores haviam sido recolhidas, sem disfarçar a esperança que tinha de encontrar os seus pais verdadeiros, inclusive os seus próprios e os de Glória-da-Manhã.

A sra. Hua e o marido não se surpreenderam com isso, já que eles também sonhavam com a ideia de Peônia voltar para a sua família de verdade. O tal lenço, deixado com o bebê intencionalmente por uma mãe em situação desesperadora, talvez viesse a ser procurado algum dia. Qual seria a história daquela mulher?, perguntava-se a sra. Hua. Pensava muito mais nela que nas mães das outras garotas. O céu havia posto Peônia sob os seus cuidados e caberia ao céu levá-la de volta, acreditava o casal, mas, no fim, tiveram que endurecer o coração e deixar que a levassem, aos treze anos e meio, como futura esposa de um homem dez anos mais velho que ela. O sujeito era filho único, nascido quando os pais já tinham uns quarenta e tantos anos e haviam praticamente perdido a esperança de ter um bebê. Prometeram tratar Peônia como se fosse a sua própria filha, e a afeição que pareciam demonstrar pela menina foi um alívio para os Hua.

A sra. Hua ficava imaginando se a mãe verdadeira de Peônia teria sabido do acordo de casamento da filha e o teria honrado, caso houvesse encontrado a menina. Era comum as cenas mais diferentes se desenrolarem na imaginação da velha. Às vezes, o rapaz e seus pais ficavam absolutamente consternados quando Peônia decidia deixá-los e levar a vida para a qual sempre sonhou voltar; em outras ocasiões, a mãe ficava magoadíssima quando a menina lhe dava as costas, castigando-a por tê-la abandonado. Era sobre essas preocupações que a sra. Hua falava agora com o marido, e, por um instante, ele parou de martelar. Uma vez mãe, sempre mãe, disse o velho, com um tom de censura na voz, mas sua esposa, sabendo que podia perfeitamente dizer a mesma coisa dele como pai, limitou-se a suspirar, concordando. Um filho que perde os pais se torna órfão; uma mulher que perde o marido, viúva; mas não existe um termo para designar os míseros pais que perderam os seus filhos. Uma vez pais, continuarão a ser pais para o resto da vida.

Nenhum dos dois disse nada por um momento. O velho Hua largou a picareta e começou a consertar a lâmina meio cega de uma enxada.

Quando a sra. Hua rompeu o silêncio foi para dizer que deviam ir à praça da cidade na manhã seguinte.

O marido ergueu os olhos e não respondeu.

Ela se sentia responsável pelo professor Gu, segundo disse. Não conseguia tirá-lo da cabeça desde que ficou sabendo da sua doença. Deviam ir até lá e pedir desculpas à sra. Gu.

O velho Hua retrucou que eles haviam sido contratados para fazer um enterro.

Podiam ir mais cedo, antes do tal enterro, replicou a mulher. Bashi tinha passado ali horas antes, naquela mesma noite, dizendo-lhes que estava resfriadíssimo e pedindo-lhes que se encarregassem de enterrar a sua avó. Nem o velho Hua nem a sua esposa deixaram o rapaz perceber que sabiam que aquilo tudo era mentira; ele foi generoso ao lhes pagar.

O catador aquiesceu. Então iriam, disse, exatamente como ela sabia que ele ia dizer.

IX

O professor Gu fingiu que estava dormindo enquanto sua mulher entrava e saía do quarto bem de mansinho na manhã do dia do Ching Ming. Tratou de ignorar os pequenos ruídos e se concentrar na lembrança de uma outra manhã, o dia já distante da sua primeira lua de mel, quando a sua esposa saiu sorrateiramente da cama e lhe preparou um chá. Determinou que não daria atenção ao leve tilintar de pires e xícaras, mas, quando abriu os olhos, fingindo surpresa diante daquele chá, ela sorriu e, com um jeito todo amoroso, ralhou com ele por fazer toda uma encenação. Será que não sabia que as suas pálpebras estremecendo o tinham traído, perguntou ela, ao que o professor retrucou que não, já que nunca tinha tentado fingir que dormia para outra pessoa antes.

— Vou sair por algumas horas — disse a sra. Gu, aproximando-se da cama. — O seu café da manhã está aqui, na garrafa térmica. Não demoro.

O professor não respondeu. Queria que ela desaparecesse para ele poder voltar para aquela outra manhã.

— Se precisar usar o penico, eu o deixei aqui, atrás da cadeira.

Ficou só pensando nas coisas que não sabia naquela manhã como recém-casado, nas intimidades que alguém jamais desejaria compartilhar a não ser consigo mesmo, a vulnerabilidade a que se podia ser forçado na velhice. Pensou também em segredos, como dormir na mesma cama com uma mulher sonhando com outra, ou a sua esposa escondendo uma vida social do marido doente, meio moribundo num hospital. Decepções como essas devem acontecer debaixo de todo teto, algumas sendo mais doloridas que outras. A sua primeira mulher deve ter pensado em outros homens diversas vezes durante a sua lua de mel, pensamentos sem nenhum desejo romântico, mas, mesmo assim, estranhos sem nome estariam ocupando a sua mente. Tinha dado um jeito para que passassem a lua de mel naquele hotel à beira-mar, pois, assim, usando como disfarce um marido que trabalhava para o Congresso Nacional, podia funcionar como mensageira secreta para o Partido Comunista clandestino. Essas histórias, escondidas dele enquanto durou o casamento, foram reveladas depois que os dois assinaram os papéis da separação. Na época, não duvidou do amor da mulher, nem mesmo quando ela lhe mostrou o pedido de divórcio, mas agora, trinta anos e a morte de uma filha depois, passou a se perguntar se teria sido ingênuo demais para enxergar a verdade. Talvez o seu primeiro casamento tivesse se baseado, desde o início, no fato de ele ser funcionário de um governo que ela e seus camaradas lutavam para derrubar. Ele lhe dava cobertura e trazia para casa papéis oficiais aos quais ela não deveria ter acesso. Será que a ex-mulher chegou a considerá-lo uma saída, para o caso de o seu lado não ser o vencedor?

O professor lutou para deixar a cama. A sra. Gu entrou no quarto, já vestida, pronta para se aventurar naquela manhã de princípios de abril, com uma faixa preta no braço.

— Está precisando de alguma coisa? — perguntou ela, aproximando-se e ajudando-o a calçar os sapatos. — Não ouvi o que disse.

— Não disse nada — retrucou ele. — Você teve uma alucinação.

— Você está bem? Quer que eu arranje alguém para ficar aqui enquanto estiver fora?

— Qual a vantagem de ficar sentado com um homem meio morto?

— Não vamos discutir.

— Ouça, mulher, não estou discutindo com você, nem com ninguém. Pode ir cuidar das suas coisas que eu cuido das minhas — replicou ele.

Afastou a mão da esposa e saiu mancando em direção à sala da frente. Perto da porta, viu uma foto de Shan, ampliada para ficar do tamanho de um cartaz e emoldurada com papel preto e fitas de seda branca. — Pelo que vejo, você e os seus camaradas a estão transformando num fantoche — exclamou o professor. Antes que a sra. Gu pudesse responder, ele se arrastou até a velha escrivaninha, na cozinha, e se sentou. Empurrou dois copos e um prato com sobras de comida.

— Ela é uma mártir — disse a mulher.

— Um mártir serve a uma causa exatamente como um fantoche serve a uma encenação. Se olhar para a história, coisa que ninguém mais faz neste país, vai ver que os mártires sempre estiveram a serviço do engodo em grande escala, fosse por uma religião ou por uma ideologia — declarou o professor, surpreendendo-se com a própria eloquência e com o tom paciente da sua voz. Vinha travando esse tipo de diálogo em várias conversas imaginárias com a ex-mulher nos últimos dias. A sra. Gu fez algum comentário, mas ele não entendeu o que ela disse. A sua mente já estava se deslocando para a outra mulher que o tinha — ou não, se ele ainda tivesse algum restinho de sorte naquela vida desafortunada — enganado intencionalmente durante três anos. Queria lhe escrever uma carta, exigindo a verdade.

A sra. Gu saiu sem se despedir, levando o retrato. O professor refletiu por um instante e se lembrou que estava procurando a caneta-tinteiro. Abriu as duas gavetas da mesa e ficou horrorizado ao ver todo tipo de tralhas, como se tivesse esquecido que fazia anos que elas estavam ali dentro. Depois de revirar aquilo tudo, lhe ocorreu que a sua mulher devia ter posto a Parker de várias décadas em algum outro lugar por uma questão de segurança, quando ele ficou doente. Será que contava que ele morresse e, nesse caso, pretendia queimar a caneta com o seu caixão? Ou será que a vendera a alguma loja de objetos usados para comprar umas galinhas? O medo dessa possibilidade o deixou suando frio. Aquela Parker havia sido presente do seu professor na universidade, quando ele abriu a primeira escola para meninos numa das províncias com mais baixo nível de instrução do país; a ponta dourada tinha se estragado e fora substituída duas vezes, mas a caneta em si — suave, de um azul-escuro e polida por anos e anos de cuidados — conservava o seu ar aristocrático. Até Shan que, nos seus anos mais inflamados de jovem revolucionária, acusava tudo o que viesse do Ocidente como sendo capitalista, tinha poupado a caneta do pai, fingindo não saber o seu esconderijo: a sra. Gu a havia costurado no meio de uma manta.

O professor se firmou na mesa e ficou de pé. Naquela casa, não havia muitos lugares para se guardar algo e ele acabou encontrando a caneta no quarto, dentro de uma caixa de madeira onde a sua esposa guardava umas poucas joias que haviam sobrevivido à Revolução Cultural, junto com uma foto dos três quando Shan ainda era quase um bebê. Estreitando os olhos, o velho fitou o retrato tirado por um amigo que tinha vindo visitá-los na primavera de 1954; Shan olhava fixo para a câmera ao passo que os pais olhavam para ela. Naquela época, uma máquina fotográfica era novidade em Rio Lamacento e um grupo de crianças, além de alguns adultos, veio ver a caixa preta pendurada no pescoço do tal amigo. Ele saiu tirando várias fotos, tanto da família do professor quanto das crianças que tinham vindo espiar, mas este retrato foi o único que mandou pelo correio. "O que teria acontecido com as outras fotos?", pensou o professor. Ocorreu-lhe que precisava escrever mais uma carta, mas depois se lembrou que, sendo um intelectual anticomunista, esse amigo havia tirado a própria vida em 1957.

Foi se arrastando de volta até a sala da frente. Tirou a caneta do estojo de veludo, abriu a tampa com todo cuidado e limpou a tinta seca que havia ficado na ponta dourada com um pedacinho de seda que guardava ali no estojo justamente para isso.

Mui respeitada camarada Cheng, principiou ele e, depois, achou esse começo ridículo, com a sua feiura revolucionária, embora sempre se dirigisse à ex-mulher de um jeito bem formal nas cartas que lhe mandava uma ou duas vezes por ano, nos últimos trinta anos. Arrancou a página do caderno e começou outra vez. *Àquela que foi um dia melhor amiga, colega e esposa amada*, escreveu ele, fazendo o maior esforço. "Àquela que foi um dia minha melhor amiga, colega e esposa amada." Releu a frase em voz alta e decidiu que se encaixava perfeitamente no seu estado de espírito.

Lembra do guarda-chuva que meu pai emprestou a minha mãe numa esquina de Paris e que foi o começo da história de amor que durou uma vida inteira? Foi no outono de 1916, se você ainda se lembra. O seu comentário, quando lhe contei essa história pela primeira vez, foi: que romance! Estou lhe escrevendo para dizer que o símbolo desse grande amor já não existe. O guarda-chuva não sobreviveu à morte da minha filha porque a mãe dela, minha atual esposa, achou que ela ia precisar de um no céu. Se existe um céu acima de nós, fico imaginando se os meus pais estarão brigando com a minha filha pela posse do guarda-chuva. Eles não conheceram a neta em vida; na morte, espero que não tenham de passar muito tempo em sua companhia. Os meus pais, como você deve se lembrar, possuíam a elegância e a sabedoria dos intelectuais da sua geração; já a minha filha era mais um produto desse período revolucionário que do nobre sangue manchu dos seus avós. Morreu por um veneno que ela mesma ajudou a fabricar. Apesar da arte, da filosofia, da sua amada matemática e da minha fé no iluminismo, o que marca a nossa era afinal — aliás, talvez possamos tomar a liberdade de acreditar que ela pode se estender pelos próximos cem anos — são os gemidos dos nossos ossos esmagados sob o peso das palavras vazias. Não há beleza alguma nesse esmagamento, e, infelizmente, não há escapatória para nós, nem agora, nem nunca.

O professor Gu parou de escrever e leu a carta. Tinha a letra trêmula de um velho, mas não havia por que se envergonhar de ter perdido a sua capacidade como calígrafo. Dobrou a carta do jeito que os jovens apaixonados faziam com os seus bilhetinhos amorosos quarenta anos atrás e a pôs num envelope. Só então se deu conta que tinha esquecido de fazer a tal pergunta. Desperdiçou tempo e espaço com uma carta melancólica e inútil. Abriu o caderno.

Mui respeitada camarada Cheng,

diga-me, por favor, com toda honestidade, se você foi incumbida de se casar comigo, pelos líderes do seu partido, em prol da causa comunista. Estou me aproximando da morte e prefiro não deixar este mundo como um homem que foi enganado.

Assinou o seu nome com todo cuidado e fechou a carta, juntamente com a primeira, sem reler nenhuma das duas. Pôs o envelope no bolso, mal e mal conseguiu atravessar o aposento e desabou numa velha poltrona. Escrever o tinha deixado exausto. Fechou os olhos e retomou a discussão que tivera a noite inteira com a primeira mulher: o marxismo seria uma forma de ópio espiritual, exatamente como Marx descrevera as outras religiões?

"Respeitáveis cidadãos de Rio Lamacento", disse a voz pelo alto-falante, interrompendo a argumentação eloquente do professor Gu. Ele reconheceu aquela voz, como sendo a da estrela dos noticiários e achou que ela soava falsamente grave para um feriado de fantasmas. "Bom dia a todos, camaradas. Esta é uma transmissão especial sobre os acontecimentos recentes da cidade", prosseguiu a voz. "Talvez vocês não saibam, mas está ocorrendo uma grande mudança histórica na capital da nossa nação, onde uma parte de um muro, chamado Muro da Democracia, foi posta à disposição das pessoas que quiserem expressar as suas ideias sobre os rumos que o país está tomando. Trata-se de um momento crítico para a nação; mesmo assim, as notícias relativas ao Muro da Democracia não têm chegado até nós. Há anos, vêm nos ensinando que, no nosso estado Comunista, estamos no comando do nosso próprio país e do nosso próprio destino. Mas será verdade? Não faz muito tempo, Gu Shan, uma filha de Rio Lamacento, foi injustamente condenada à morte. Ela não era uma criminosa; era uma mulher que se sentia imensamente responsável pelo futuro da nossa nação, que criticava um sistema corrupto com coragem e perspicácia. Mas o que aconteceu a essa heroína que assumiu atitudes que estavam à frente do seu tempo?"

As mãos do professor tremeram com o esforço que ele fez para se levantar da poltrona. A mulher continuava falando, mas ele já não a ouvia. Lutava para abrir o caderno, com as mãos tão trêmulas que acabou rasgando várias páginas até encontrar uma intacta.

"Agora, só lhe peço uma única coisa", escreveu ele, dirigindo-se à ex-mulher.

Será que posso confiar em você quando não posso mais confiar naquela que é minha esposa há trinta anos? Só na nossa cultura um corpo pode ser arrancado do seu túmulo e exibido para servir às ambições políticas de outras pessoas. Você aceitaria tratar da minha cremação? Não permita que quaisquer vestígios de mim permaneçam com a minha esposa atual ou com quem quer que seja, na verdade.

"Camaradas que têm consciência!", prosseguia a voz, saindo do alto-falante. "Venham, por favor, até a praça da cidade falar contra o nosso sistema corrupto. Venham, por favor, encontrar e apoiar uma mãe heroica que está perpetuando a lenda da própria filha."

— Mulheres idiotas — disse o professor Gu em voz alta. Vestiu um casaco por cima do pijama e se aprontou para ir botar as cartas no correio.

REINAVA, NO QUINTAL, UM SILÊNCIO assustador quando Tong acordou antes do raiar do dia. Abriu o portão, na esperança de encontrar Orelhudo ansioso à sua espera, mas, a não ser por uns madrugadores que carregavam as bicicletas com caixas de bambu cheias de oferendas para os passeios do feriado, a ruela estava deserta. O menino lhes perguntou pelo cachorro, mas nenhum deles tinha visto o animal.

Tong saiu da ruela e, no cruzamento das duas ruas principais, avistou as primeiras pessoas que se dirigiam à praça. Estavam todos em silêncio, os homens com o chapéu enfiado até as sobrancelhas, as mulheres com metade do rosto coberta pelos xales. O menino ficou parado na calçada, vendo aquela gente passar, às vezes aos pares, mas, em sua maioria, sozinha, cada qual se mantendo a certa distância de quem ia à sua frente. Reconheceu um tio lá da unidade de trabalho do seu pai e o cumprimentou, mas o sujeito se limitou a fazer um rápido aceno de cabeça e apressou o passo, como se estivesse louco para se livrar dele. As lojas da rua estavam fechadas por causa do feriado, e só havia mesmo o evento público para atrair as pessoas até o centro da cidade. Talvez Orelhudo, aquele bichinho gregário que tanto gostava desses acontecimentos movimentados, pudesse ser encontrado ali. Tong esperou por uma brecha e se juntou à procissão.

A leste, o céu se iluminou; mais um dia de primavera sem nuvens. A rua principal estava tranquila apesar do número cada vez maior de pessoas que saía das ruelas e das transversais. Ninguém falava e, à luz pálida do amanhecer, corvos e pegas grasnavam mais alto que nunca. Toda aquela gente cumprimentava com um aceno de cabeça os conhecidos que encontrava; a maior parte do tempo, porém, mantinha-se concentrada no chão à sua frente. Havia uns poucos sujeitos junto às portas das lojas que davam para a rua, também com o rosto escondido por chapéus ou golas levantadas.

— Ainda está procurando aquele seu cachorro? — perguntou uma voz e a pergunta foi acompanhada de um tapinha no seu ombro. O menino ergueu os olhos e deu com o rapaz da véspera, rindo e mostrando os dentes amarelados.

— Como sabe? — indagou Tong.

— Porque, se ele tivesse aparecido, estaria aqui com você agora — respondeu Bashi. — Sou detetive, sabe? Nada escapa aos meus olhos.

— Viu o meu cachorro?

— Pareço esse tipo de gente que não lhe diria nada se tivesse visto o bichinho? Mas tenho uma pista para você. Está no lugar errado. Ninguém aqui nem ali — disse Bashi, apontando na direção da praça — está preocupado com o seu cachorro desaparecido.

Tong sabia que o sujeito tinha razão. Como podia perguntar por um cachorro a essas pessoas quando elas tinham coisas mais importantes com que se preocupar? Mesmo assim, agradeceu a Bashi e rumou para a praça, louco para que ele não o seguisse.

— Sei que não está me ouvindo — disse o rapaz, em tom zangado. — Não pode ir até lá sozinho — acrescentou, tirando o menino daquela procissão.

— Por quê?

— Como pode entrar sozinho na praça? Tem um ingresso? Não vão deixá-lo entrar se não tiver.

Tong concluiu que o outro estava mentindo e se virou para ir embora, mas Bashi o agarrou pelos ombros.

— Não acredita em mim? — perguntou ele, tirando uma coisa da manga. — Olhe, isso aqui é o ingresso de que lhe falei. Você tem uma dessas?

O menino viu uma flor de papel branco meio escondida na manga do rapaz.

— Veja essa gente. Todos eles têm uma flor branca na manga ou por baixo do casaco. Se não tiver uma, não vão deixá-lo entrar, porque precisam ter certeza de que você não é um espião dos inimigos deles. Viu aqueles homens parados diante das lojas? Olhe lá. Por que acha que não estão indo para a praça? — O rapaz fez uma pausa para saborear o olhar incrédulo do garoto. — Ouça o que lhe digo: para mim, eles parecem ser da polícia secreta. Como pode provar que não está trabalhando para a polícia? Claro que você poderia alegar que é jovem demais para isso, mas também é jovem demais para participar de uma manifestação. A menos que esteja com alguém mais velho.

Tong refletiu sobre as palavras de Bashi. Na verdade, elas não faziam lá muito sentido, mas o menino achou que seria difícil discutir com ele.

— Está indo para lá? — perguntou.

— Pronto! Isso sim é pergunta de um garoto esperto. Estou, e não estou. Vou até lá por outro motivo, mas se estiver procurando alguém para lhe fazer companhia, encontrou a pessoa certa. Só que precisa me prometer uma coisa: que vai me obedecer. Não quero que se perca ou que seja pisoteado pela multidão.

Nesse exato momento, a voz da locutora voltou a sair dos alto-falantes. Os dois pararam para escutar. Quando ela terminou, Bashi disse:

— Não sabia que Ervilha-de-cheiro estava por trás disso. O que provavelmente significa que o governo deve estar envolvido na manifestação. Isso não é nada bom, não é mesmo?

— O que não é bom?

— Nada. Então, quer vir comigo?

O menino pensou um pouco e respondeu que sim.

— Na verdade, já tenho idade suficiente para ser um tio — disse Bashi. — Mas, desta vez, vou dar um desconto. Pode me chamar de irmão mais velho.

Tong não respondeu, mas foi andando junto com o rapaz. Quando chegaram à praça, o menino percebeu que toda aquela história era mentira: não havia ninguém pedindo a flor branca para que as pessoas pudessem entrar, nem havia sinal de tumulto. A fila vinha lá da extremidade da praça que ficava a sudoeste e dobrava em direção ao leste até atingir a extremidade sudeste, de onde estavam vindo mais pessoas. Tong parou atrás do último homem, mas Bashi o cutucou, dizendo que do outro lado tinha muito mais coisas para ver. Ele hesitou, mas acabou indo atrás do rapaz, por pura curiosidade. Enquanto andavam para o lado onde havia menos gente, perto da estátua do presidente Mao, Bashi o elogiou, dizendo que ele era um garoto esperto e sensato. Umas poucas guirlandas daquelas flores brancas estavam dispostas junto ao pedestal da estátua; diante delas, havia uma foto ampliada, num cavalete improvisado, feito com varetas de bambu; a menina do retrato, uma adolescente, tinha a cabeça levemente jogada para trás e um sorriso largo, como se o fotógrafo acabasse de fazer uma brincadeira qualquer.

— É essa aí, a tal mulher? — perguntou Bashi, estalando a língua.

— Quem?

— A contrarrevolucionária.

Tong ficou olhando para o retrato. Por mais que tentasse, não conseguia ligar a imagem daquela menina, jovem, confiante e bonita, à mulher que tinha visto no dia da execução, com o rosto cinzento e o pescoço envolto em esparadrapo cirúrgico todo ensanguentado.

— Ei, ei! Perdeu a alma diante de um rosto bonito? — exclamou Bashi. — Olhe lá.

Tong respirou fundo e ficou na ponta dos pés. Guirlandas da altura de um homem formavam um círculo e a fila de pessoas que entravam lá e voltavam a sair, por uma brecha do outro lado do tal círculo, não o deixava ver nada.

Bashi ficou olhando por algum tempo.

— Interessante! Ah! É ela ali! E ele também está lá!

O menino não queria admitir que era pequeno demais para ver o que quer que fosse. Bashi olhou para ele e suspirou.

— Bom, já que eu o trouxe até aqui sou responsável pela sua diversão, não é mesmo?

Agachou-se, mandando que ele trepasse nos seus ombros. Tong hesitou, mas, quando o outro lhe disse que deixasse de ser maricas, acabou subindo.

— Segure-se na minha cabeça — disse Bashi, pondo-se de pé. — Eta! Você parece um repolho, mas pesa como um Buda de pedra — exclamou ele, reclamando, mas o menino não disse nada, pois a sua atenção estava voltada para o círculo. Lá no meio, com todo cuidado, uma mulher depositava uma flor branca num cesto enorme com um diâmetro maior que dois braços. Junto do tal cesto, havia uma mesa coberta com um pedaço de pano branco. Por trás dessa mesa, um homem apontou para o pano e disse alguma coisa à mulher. Ela abanou a cabeça, se desculpando, e saiu sem erguer os olhos para fitá-lo. Tong reconheceu aquele homem; era um professor da sua escola.

— Está vendo o que estou vendo? — perguntou Bashi, aproximando-se mais um pouco da cerca de guirlandas. Tong balançou e se firmou no pescoço do rapaz. — Ei, assim vai me sufocar!

O menino soltou as mãos.

— Aquela tia lá é a locutora — exclamou ele, um pouco alto demais.

Kai ergueu os olhos ao ouvir a voz do menino, mas logo se voltou para a mulher que estava saindo do círculo.

— Obrigada, camarada — disse ela. — Esta é a mãe de Gu Shan.

— Obrigada pelo seu apoio — disse a sra. Gu.

A mulher fez que não viu quando Kai e a sra. Gu estenderam a mão para cumprimentá-la. Saiu apressada, pensando no marido e nos dois filhos que, a essa altura, deviam estar se perguntando por que o tal pulinho ao seu local de trabalho estaria demorando tanto. Mentiu, dizendo que precisava ajustar a abertura da máquina que operava na fábrica de alimentos processados.

A fila andava depressa. Uma a uma, as pessoas punham a sua flor branca no cesto; algumas assinavam o nome no pano branco; outras, porém, quando convidadas a fazê-lo, recusavam, desculpando-se. Kai cumprimentava todos ali na fila e lhes falava da importância daquele abaixo-assinado para o bem-estar da Nação. A sua voz, branda e clara, soava tranquilizadora; afinal, ela não era a porta-voz das notícias oficiais? Alguns dos presentes, depois de falarem com a moça, mudavam de ideia e assinavam o documento.

— Ei! Está surdo? — exclamou Bashi. — Estou lhe fazendo uma pergunta.

— O que foi?

— A fila ainda está muito grande? Não posso nem erguer a cabeça por sua causa...

— Ainda.

— Quantas pessoas você está vendo?

O menino tentou contar.

— Sessenta. Talvez oitenta. Fica difícil contar assim. Estão todos indo e voltando.

— Viu alguém conhecido?

— A tia perto do cesto — respondeu Tong. — É a locutora, sabe? Acabou de sorrir para mim.

— Essa aí todo mundo conhece. Viu mais alguém?

— Um professor lá da escola.

— Quem mais?

Tong olhou para as pessoas que estavam esperando na fila e reconheceu alguns rostos: outro professor da sua escola, que dava aulas para turmas mais adiantadas; um velho vendedor da farmácia, que gostava de dar ameixas em conserva para o lanche das crianças; o carteiro que, duas vezes por dia, entregava a correspondência perto da casa dele e ia sempre assobiando na sua bicicleta verde dos correios; o velho Hua e a esposa, que estavam a certa distância da fila e nem olhavam para as pessoas à sua volta. Disse a Bashi o que via e o rapaz o mandou continuar, dizendo-lhe que estava trabalhando muito bem.

— Você pode acabar sendo um bom assistente para mim — comentou Bashi, que cumprimentava todos que passavam como se os conhecesse, embora muito poucos respondessem ao seu cumprimento. Algumas pessoas olhavam para Tong; a maioria, porém, ignorava o menino e seu companheiro. Para essa gente, pensou o garoto, ele era provavelmente uma criança pequena aproveitando uma ocasião inoportuna para se divertir; ficou triste por não poder mostrar que não era nada daquilo. Talvez o sujeito que estava com ele só tivesse vindo até ali para isso, mas, agora, parecia tarde demais para discutir com ele.

Trinta minutos se passaram; talvez mais. O cesto, cheio até a boca, foi posto de lado e substituído por outro. O sol já tinha nascido, lançando a sombra do presidente Mao para o lado da praça onde os dois estavam. Bashi saiu da sombra, sempre com o menino nos ombros. Pouco depois, Tong lhe disse que a fila tinha diminuído e o rapaz mandou que ele descesse.

— Já estava vendo a hora de você quebrar o meu pescoço — disse ele, massageando o local com ambas as mãos.

— Vai pôr a sua flor branca lá no cesto? — perguntou o menino. Estava com as pernas dormentes e precisou ficar batendo com os pés no chão para despertá-las.

— Não — respondeu Bashi. — A troco de quê?

— Achei que tivesse vindo para isso.

— Já disse que vim até aqui por outro motivo — retrucou o rapaz.

Decepcionado, Tong saiu mancando.

— Não quer saber onde está o Orelhudo?

O menino deu meia-volta.

— Você o viu?

— Não recentemente — respondeu Bashi. — Mas não se esqueça que sou detetive e posso descobrir qualquer coisa para você.

— Eu mesmo vou encontrá-lo — disse o menino, abanando a cabeça.

— Quer a minha flor emprestada?

Tong pensou na proposta e assentiu. Adoraria que a sua mãe não tivesse destruído a flor que lhes deram, pois, assim, não precisaria pedir a desse homem de quem não gostava nada. Bashi tirou a flor da manga do casaco, entregando-a ao garoto.

— É toda sua — disse ele. — Com uma condição: que você não vá embora ainda.

— Por quê?

— Porque estamos juntos, lembra? — respondeu o rapaz, com uma piscadela, e, com alguma relutância, Tong concordou. Bashi o acompanhou até o final da fila. Quando chegou a sua vez, o menino cumprimentou a locutora e lhe disse que sua mãe o tinha mandado vir. Bashi se limitou a sorrir, sem dizer nada.

— Por favor, agradeça à sua mãe em nome de todos nós — disse a mulher. A velha que estava ao seu lado se inclinou e agradeceu ao menino como se ele fosse mais um daqueles adultos. Agora, assim de perto, ele a reconhecia: era aquela que tinha queimado umas roupas no cruzamento das ruas, no dia da execução.

— Sra. Gu — disse Bashi, apertando a mão da velha. — Sou Lu Bashi. Espero que o primeiro Ching Ming da sua filha seja maravilhoso. É o primeiro para a minha avó também. Ela está sendo enterrada hoje. A senhora sabe como é essa história de esperar a primavera. Na minha opinião, não é realmente a melhor hora para morrer. A senhora já enterrou a sua filha?

— Por favor, não temos tempo para ficar conversando — disse Kai, dando-lhe uns tapinhas no braço.

— Mas não estou aqui para conversar — retrucou Bashi, pegando a mão da moça. — Sou Lu Bashi. Irmã, gosto muito do seu programa. Sabe qual é o apelido que lhe deram? Ervilha-de-cheiro. Fresquinha e deliciosa. É. Já estou indo. Tudo bem. Sei que vocês estão ocupados. Mas não estou aqui por maldade. Os pais dele me pediram que o acompanhasse — prosseguiu ele, apontando para Tong. — É pequeno demais para vir sozinho, não acha?

Tong mordeu o lábio. Não queria ser visto com aquele sujeito, mas Bashi tinha lhe dado a flor branca e ficou calado quando ele mentiu, minutos antes, dizendo que a sua mãe o tinha mandado ali. Foi um sofrimento ficar esperando, vendo que o rapaz não parava de falar, perguntando a Kai quantas pessoas ela achava que tinham comparecido à manifestação, o que pretendiam fazer depois. A moça tentava ser educada, mas Tong percebeu que ela não estava nem um pouco interessada naquela conversa.

— Sei que vocês estão ocupados, mas posso ter uma palavrinha com a senhora em particular?

Kai retrucou que naquele momento não tinha tempo. Bashi estalou a língua. Isso não é nada bom, disse ele, e acrescentou que, sendo assim, talvez tivesse de falar com a sra. Gu sobre os rins da sua filha.

O rapaz falou baixinho, mas a moça pareceu assustadíssima. Olhou para a sra. Gu e pediu a Bashi que se afastasse um pouco. Tong os seguiu; nem Kai nem o rapaz pareciam dar pela sua presença.

— O que ouviu a respeito dos rins? — perguntou ela.

— Isso não é nenhum segredo — replicou Bashi. — Ou é?

O menino viu a locutora franzir a testa.

— Será que o senhor podia não mencionar isso diante da sra. Gu?

— Faço qualquer coisa que me pedir — disse o rapaz, e, em voz ainda mais baixa, acrescentou que não eram só os rins que haviam tirado do corpo. Só queria que ela soubesse que ele estava trabalhando no caso. Garantiu-lhe que o problema estava em boas mãos e que trataria de informá-la assim que resolvesse tudo. Tong notou que a locutora não estava entendendo nada do que Bashi lhe dizia; estava apenas tentando manter a paciência. Um homem, usando um casaco pesado, se aproximou do grupo. Tinha o rosto quase todo coberto por uma máscara de algodão.

— Algum problema? — perguntou ele, e, por trás dos óculos, os seus olhos pareciam assustados.

Bashi respondeu que estava tudo bem. O homem olhou para Kai, que abanou a cabeça lentamente e não disse nada. Sem tirar a luva, o tal sujeito apertou a mão de Bashi e lhe agradeceu por ter vindo apoiar a manifestação. O rapaz respondeu que era obrigação de todos lutar contra o mal, e, quando viu que o outro não ia deixá-lo sozinho com Kai, fez sinal para que Tong o acompanhasse até a mesa.

— Posso dar uma olhada? — perguntou ele, inclinando-se na direção do pano branco.

O homem que estava atrás da mesa, um professor que, sendo novo na escola de Tong não reconheceu o menino, respondeu que não era para ficar bisbilhotando.

— Mas também estamos aqui para assinar, não é mesmo, irmãozinho? Os seus pais não nos pediram que viéssemos representá-los? Aliás — acrescentou ele, dirigindo-se ao tal professor —, ele é aluno de vocês.

— Você estuda na Estrela Vermelha? — indagou o homem, voltando-se para o garoto.

Tong fez que sim com a cabeça.

— E você não me implorou para vir até aqui assinar esse documento? — perguntou Bashi. — Ele é um menino muito tímido — prosseguiu o rapaz, virando-se para o homem. — Principalmente porque tem um professor sentado aqui.

O sujeito olhou para Tong e disse que ele devia ser jovem demais para assinar.

— Jovem demais? Bobagem! Gan Luo se tornou primeiro-ministro da nação aos onze anos — retrucou Bashi. — Essa coisa de ser jovem demais não existe. Já não ouviu dizer que os heróis nascem nas jovens almas? Pois aqui está um jovem herói. E além disso, vocês não precisam do maior número de assinaturas que puderem conseguir?

Com alguma hesitação, o professor mergulhou o pincel no tinteiro.

— Tem certeza que compreende o sentido desse abaixo-assinado? — perguntou ele, dirigindo-se ao menino.

— Claro que entende. Acabei de lhe dizer que ele era um jovem herói — interveio Bashi, e, voltando-se para Tong, acrescentou, num sussurro: — Como você está vendo, tanto o seu professor quanto a tia locutora estão por trás desse abaixo-assinado. Os dois vão ficar felicíssimos se você assinar o seu nome ali. Sabe assinar o seu nome?

Tong estava todo sem-jeito e cansado daquele rapaz. Pegou o pincel e procurou um lugar onde pudesse pôr o seu nome. O professor ia dizer algo, mas Bashi mandou que ele parasse de criar caso; o menino sabia o que estava fazendo, exatamente como uma andorinha sabe encontrar o próprio ninho, declarou ele. Tong respirou com todo cuidado e escreveu no pano branco, tentando fazer com que cada traço saísse bem firme. Pensou em escrever o seu nome, mas, na última hora, mudou de ideia e escreveu o do pai; afinal, era jovem demais e, talvez, o seu próprio nome não contasse.

NINI TRANCOU A CASA assim que o riquixá contratado pela família dobrou a esquina. Tinha roupas para lavar, vasilhas e panelas para arear e precisava varrer e passar um pano na casa; mas tudo isso, aliado à lembrança do risinho abafado das irmãs quando os pais lhe mandaram dar conta das tarefas domésticas até eles voltarem, conseguiu abater o seu humor naquele dia. Ouviu o pai dizer à mãe que, no caminho para a montanha, o condutor do riquixá não teria condições de pedalar e que ele teria de ajudar, empurrando. Deveriam ficar o maior tempo possível lá em cima, comentou a mãe, para fazer valer o dinheiro pago pela condução. Seria um longo dia até a família voltar para casa e, mesmo que não tivesse terminado tudo, que mal haveria? Era feriado para ela também, um dia especial para ficar junto com Bashi. Pegou a Pequena Sexta com o braço bom, dizendo-lhe que as duas iam sair para se divertir muito. A menininha a fitou com os olhos límpidos e confiantes. Quando Nini lhe fez cócegas sob o queixo macio, perguntando se ela estava pronta para a viagem, a neném finalmente abriu um largo sorriso, mostrando os dentinhos novos.

O sol já estava alto num céu azul, sem sinal de nuvens: um dia perfeito para o Ching Ming. As pessoas vinham saindo das ruelas e seguiam para a ponte: mulheres e crianças a pé, homens empurrando bicicletas abarrotadas de oferendas e cestas de piquenique. Nini foi em direção ao norte, por entre aquele mundo de gente, e, de quando em quando, tinha de parar para deixar as pessoas passarem; algumas vinham direto para cima dela sem reduzir a marcha, como se a garota simplesmente não existisse. A Pequena Sexta ia chupando a mão e, de repente, apontava com o dedo babado alguém que passava por elas. "Gatinho, gatinho", balbuciava a neném, sem que aquilo fizesse muito sentido.

A meio caminho da casa de Bashi, Nini dobrou na ruela onde moravam os Gu. Não que achasse que eles teriam alguma guloseima à sua espera por causa do feriado. Mesmo que lhe implorassem para entrar e passar alguns minutos com eles, a menina responderia friamente que estava muito ocupada e não tinha tempo a perder. Ou, talvez, fosse mais generosa e trocasse umas poucas palavras com o casal, dizendo que soube que o professor havia estado doente, perguntando se tinha melhorado e se oferecendo para lhes trazer alguma coisa do mercado, caso estivessem precisando. Ficou imaginando os dois parados ali, à sua frente, sem saber o que dizer, impressionados com a sua graça e a sua desenvoltura de moça já crescida. Nini sorriria, dizendo que, como eles não tinham nada de importante a lhe pedir, ela passaria para vê-los quando tivesse um tempinho. Os dois assentiriam e procurariam palavras para lhe responder, sofrendo com aquele desejo secreto de mantê-la ali por mais alguns instantes. Ela, porém, iria embora como uma filha que se casa com um homem rico e deve se despedir dos pais simplórios, sabendo que a sua boa sorte é a única luz da vida deles.

Além de uns poucos pardais saltitando em meio às galinhas, a ruela dos Gu estava sossegada. Nini bateu no portão, de início, bem de leve, e, em seguida, com mais força. Depois de um bom tempo, ouviu uns barulhinhos no quintal. Por um instante, o seu coração bateu acelerado e as suas pernas já estavam preparadas para fugir antes que a vissem. Mas, com isso, só faria o papel de uma criança inútil... Persistiu, então, e voltou a bater, desta vez com mais força ainda.

O portão se abriu. O professor Gu, apoiado numa bengala, a fitava.

— O que está fazendo aqui? — perguntou. — Não sabe que as pessoas têm coisas mais importantes a fazer do que ficar esperando para ser incomodadas?

A Pequena Sexta apontou para a bengala e começou a rir por algum motivo que só ela mesma conhecia. Nini olhou para o professor desanimada. Tinha imaginado vê-lo enfraquecido e abatido por causa da doença, precisando de consolo, e não pôde evitar o sentimento de que aquele velho ali, à sua frente — como todos os outros que via circulando pelo mercado ou sentados nas calçadas, e que só gostavam de atacar um mundo que, a seu ver, os tinha maltratado —, era um estranho que havia se instalado no corpo do professor Gu. Respirou com dificuldade.

— Ouvi dizer que o senhor estava doente, professor Gu — disse Nini, experimentando a confiança recém-adquirida. — Vim saber se o senhor está melhor e se precisa de alguma coisa.

— E por que essa preocupação? — indagou ele. — Não espere que eu vá acolher todo contente qualquer pessoa que apareça por aqui cheia de boa vontade.

Antes que Nini pudesse responder, o professor bateu o portão na sua cara.

Com o susto, a Pequena Sexta começou a chorar e, depois, ficou com soluços. Nini não tirava os olhos do portão. Passou-lhe pela cabeça cuspir e xingar, do jeito que fazia com qualquer humilhação que sofresse na vida; sabia, porém, que essas atitudes não iam lhe dar a satisfação que lhe davam antes. O professor Gu, que ela tinha amado e admirado, a ponto de desejar que fosse seu pai, tinha se tornado uma pessoa inferior a ela mesma.

Bashi parecia ansioso quando elas chegaram. Uma refeição completa, encomendada no Felicidade Tripla, o restaurante mais caro da cidade, aguardava em cima da mesa. O rapaz se ofereceu para pegar a Pequena Sexta e, quando a neném protestou, abanando as mãozinhas, ele fez umas caretas engraçadas e, com voz de falsete, começou a cantar uma canção sobre uma lesma. Acabou assustando a menininha e fazendo-a chorar. Nini mandou que ambos se calassem e entrou no quarto. A cama de Bashi estava toda arrumada, com os lençóis, a coberta e os travesseiros combinando, de uma estampa onde se viam duas andorinhas aninhadas num salgueiro em plena primavera.

— O feriado é para os mortos — disse a menina, que ainda não tinha se recuperado do encontro com o professor. — Achou que era para você?

Bashi sorriu com um ar misterioso.

— Não me venha com esse seu sorriso idiota — exclamou ela. Trouxe a neném para a outra cama que estava sem lençóis desde a morte da avó. Tirou uma corda do bolso. Aquela cama era muito menor que a de alvenaria que elas tinham em casa, portanto a menina precisou dobrar a corda diversas vezes antes de passá-la pela cintura da irmã e prendê-la numa trave da parte interna do móvel. Bashi pareceu preocupado, mas Nini o tranquilizou: a Pequena Sexta estava acostumada com aquela corda; só por milagre conseguiria se estrangular ou desfazer o nó e cair de cabeça no chão.

O rapaz ficou olhando para a neném que explorava aquele novo território.

— Que bebezinho lindo! — disse ele, ajoelhando-se ao lado da cama para ficar na mesma altura que ela. Fez uns barulhos esganiçados e umas caretas esquisitas que não agradaram nada à menininha. Quando ela recomeçou a chorar, o rapaz se levantou, resignado. — E se ela se chatear?

— Por que se chatearia? — replicou Nini. — Ela vive desse jeito o tempo todo.

Não muito convencido, Bashi foi para a cozinha buscar um saco cheinho de biscoitos. Pôs uma pilha deles em cada canto da cama. Remexeu no armário e encontrou um par de sapatos de seda que tinham sido da sua avó. Como ela teve os pés amarrados, os seus sapatos não eram maiores que um palmo de criança. Mais intrigada pelos tais sapatos que pelo lanchinho, a Pequena Sexta os agarrou e começou a morder as flores bordadas na seda.

Enquanto Bashi se desdobrava para deixar a neném à vontade, Nini ficou só olhando. Que sujeito estranhamente bom ele era, às vezes, pensou a menina, perdendo tempo assim com um bebê... Foi para a sala e se afundou numa imensa cadeira estofada. Aquele jeito tão solícito do rapaz a fazia sentir-se importante; poderia perfeitamente se tornar a dona daquela casa e fazer dele o seu criado.

Poucos minutos depois, Bashi entrou na sala e lhe disse:

— Tenho um presente para você.

Nini se virou para observá-lo. Quando não estava agindo daquele jeito estranho, ele chegava quase a ser bonito.

— Quer adivinhar?

— Como poderia? Sabe-se lá que parafuso se soltou aí dentro da sua cabeça... — replicou ela.

— Tem razão — disse ele, rindo. — Você levaria um milhão de anos para adivinhar.

Foi até o galpão do quintal e voltou, um minuto depois, trazendo uma caixa de papelão. Não era uma caixa grande, mas o jeito como ele a carregava, equilibrando-a com todo cuidado nas duas mãos, fez a menina acreditar que era algo caro ou pesado, ou ambas as coisas. Ficou imaginando se daria para esconder aquele presente dos pais e das irmãs.

Bashi pôs a caixa em cima da mesa e a abriu; depois, afastou-se um pouco e, fazendo uma profunda reverência, convidou a menina a se aproximar, como se fosse um mágico dos melhores. Ela se agachou e espiou lá para dentro. Não havia ali nenhum tipo de comida cara, nem joias; na verdade, a caixa estava cheia de jornais rasgados e, bem no meio, uma bolinha cinzenta com uns espetos. Mexeu na tal bolinha com um dedo e ela rolou para um lado, deixando ver apenas mais jornais por baixo daquele corpinho.

— E então? — indagou Bashi. — O que acha?

— O que é isso?

— Um porco-espinho.

Ficou olhando o rosto da menina bem de perto, o que a deixou irritada.

— Que tipo de presente é esse? Acha que sou uma gambá que vou querer um porco-espinho para o almoço? — perguntou ela.

Bashi teve um acesso de riso, como se tivesse acabado de ouvir a piada mais engraçada do mundo, e, embora quisesse continuar séria e zangada, Nini riu também. Tirou o bichinho da caixa pelos espinhos e o botou em cima da mesa. Ele continuou imóvel, escondendo de todos a carinha miúda e a barriga macia.

— Ele está morto — disse a menina.

— Sua boba — exclamou Bashi. — Parece morto porque eu o soltei no galpão ontem à noite. — Pegou então uma pá de lixo e apanhou o porco-espinho com ela. — Vou lhe mostrar qual é o truque — disse, levando o bichinho para a cozinha. O fogo, no fogareiro, chegava a roncar e aquele cômodo estava mais quente que todo o resto da casa. Bashi tirou o suéter e arregaçou as mangas da camisa. — Veja só — prosseguiu ele, botando a pá no chão, perto do fogareiro. Pouco depois, o porco-espinho começou a se mexer, de início bem devagarinho, até ficar mais comprido e espalhado, com a cara aparecendo por baixo do corpo já desenroscado. Nini olhou para aquele focinho de um rosa-claro e aqueles olhinhos redondos. O porco-espinho parecia desnorteado, torcendo o focinho sem parar.

— Ele está com fome? — perguntou ela.

— Espere só para ver — respondeu Bashi. Pôs um prato raso cheio de água ali no chão e o bicho não tardou a se aproximar. Para surpresa da menina, assim que encontrou a água, ele bebeu tudinho, sem ao menos respirar.

— Como sabia que ele estava com sede? — indagou ela.

— Porque já tinha feito isso antes de você chegar — disse o rapaz. — Se você deixa um porco-espinho no frio e, depois, o aquece, ele acha que está saindo do período de hibernação e fica com sede.

— Que bicho idiota! — exclamou Nini.

Bashi sorriu e disse que tinha outro truque para lhe mostrar. Pegou um pote com sal no armário e pediu que ela lhe desse a mão. A menina estendeu a mão boa, com o punho cerrado. O rapaz segurou os seus dedos para abri-los e ela sentiu uma sensação de formigamento que vinha, não da mão, mas de alguma parte do seu corpo que ela nem sabia que existia. Ele despejou então um punhado de sal na sua mão.

— Fique quieta — disse ele, inclinando-se para lamber o sal.

Ela retirou a mão antes que a língua do rapaz a tocasse e, com isso, espalhou sal por toda a bancada.

— O que está fazendo? — perguntou Nini.

— Estou lhe ensinando como fazer o outro truque — respondeu ele, suspirando. — Você tem de ficar quieta, se não o porco-espinho vai se assustar.

A menina o fitou, desconfiada, mas ele parecia preocupado com a demonstração que queria fazer. Despejou sal na própria mão e mandou que ela não fizesse barulho algum. Ajoelhou-se junto ao porco-espinho, estendendo, para o animal hesitante, a mão bem aberta e espalmada. Pouco depois, o bichinho se aproximou e veio lamber o sal. A sua língua era tão pequena que nem dava para vê-la, mas Bashi estremeceu e deu um risinho, como se estivesse sentindo cócegas. Logo o montinho de sal tinha desaparecido. O porco-espinho se afastou bem devagar, todo satisfeito. Nini olhou para o rapaz com uma cara intrigadíssima. Ele sorriu, fazendo-lhe sinal que esperasse, e, um minuto depois, o bicho teve um acesso de tosse. A menina se assustou e olhou ao seu redor, embora soubesse que não tinha entrado ninguém naquela casa — o porco-espinho fazia um barulho baixo e estranhamente humano, como se fosse um velho morrendo de tuberculose. Voltou a olhar para o bichinho: não havia dúvida alguma, era ele que estava tossindo. Bashi a fitou e começou a rir. O porco-espinho continuou tossindo ainda por um instante e se enrolou novamente, formando uma bolinha aflita. Nini o cutucou umas duas vezes, e, quando teve certeza que o animal não recomeçaria a tossir, levantou-se.

— Onde aprendeu essa maldade?

— Isso é o de menos — respondeu o rapaz, sorrindo. — O engraçado é que o porco-espinho nunca aprende a ficar longe do sal.

— E por quê?

Bashi pensou um pouco.

— Talvez ele goste de ser enganado.

— Que bicho idiota! — repetiu Nini, pegando a bolinha de espinhos para botá-la de volta na caixa. — O que mais ele faz além de tossir?

— Não muita coisa.

— O que vai fazer com ele?

— Isso é problema seu — disse Bashi. — É um presente para você.

Nini abanou a cabeça. Não conseguia imaginar nada que pudesse fazer com um porco-espinho e, de repente, depois das boas risadas com Bashi, experimentou uma sensação de vazio.

— Para que preciso de um porco-espinho? — perguntou.

— Ele pode ser o seu bichinho de estimação.

— Por que não fica com ele? — indagou ela, dirigindo-se ao quarto para ver como estava a Pequena Sexta. A menininha tinha descoberto os biscoitos. Nini a viu mordiscar um deles. Tinha esperado ansiosa pelo dia de hoje, mas, agora, estava aflita, e não entendia por quê.

Bashi veio atrás dela e ofereceu mais biscoitos à neném. Mais que depressa, Nini os tirou dali, antes que a Pequena Sexta pudesse apanhá-los, e a menininha começou a chorar.

— Quer que ela morra entupida com tanta comida? — esbravejou.

Bashi coçou a cabeça. Parecia perplexo diante da súbita mudança de humor da garota. Logo depois, com alguma hesitação, propôs:

— Tive outra ideia.

— Você só tem ideias chatas — retrucou Nini.

— Talvez essa não seja — insistiu o rapaz. — Podemos comer o porco-espinho. Ouvi dizer que eles são um dos melhores tônicos que existem.

— Não temos oitenta anos e não precisamos de ginseng ou de porcos-espinho para nos manterem vivos — replicou a menina. — Quem é que vai querer comer aquela coisa feia, cheia de espinhos?

Sorrindo, Bashi a chamou para ver mais um truque de que tinha ouvido falar. Ela não estava lá muito interessada, mas qualquer coisa era melhor que ficar naquele quarto com a Pequena Sexta que, depois de chorar meio desanimada por um instante, começou a chupar a própria mão. Nini sabia que logo ela estaria dormindo. Foi procurar Bashi e o encontrou no quintal. Estava cavando com uma pá a terra recém-amolecida e, depois de fazer um montinho, derramou água ali em cima e começou a remexer a lama, com toda paciência, como se fosse um padeiro experiente.

— Vai preparar uma torta de lama junto com o porco-espinho? — perguntou ela.

— Quase — disse ele. Foi até a sala buscar a caixa. Assustado, o porco-espinho continuava enrolado como uma bolinha. O rapaz o tirou da caixa e o pôs naquela pasta de lama. — Sabe como os mendigos cozinham as galinhas que roubam? — perguntou. — Cobrem a galinha toda com lama e jogam no braseiro. Quando ela já está assada, basta quebrar a casca de lama e comer a carne macia. Ouvi dizer que dá para fazer o mesmo com o porco-espinho — prosseguiu ele, envolvendo o bichinho até deixá-lo inteiramente recoberto. Pôs ainda algumas camadas de lama e continuou a enrolar a massa, deixando-a perfeitamente redonda.

O fogo estava alto. Bashi tentou apagá-lo, soprando, mas não conseguiu. Nini começou a rir e fechou a tampa da ventilação. O fogo não tardou a se apagar, soltando uma ligeira fumaça. O rapaz pôs a bolinha de lama nas cinzas ainda ardentes. Juntos, os dois ficaram parados ali, só olhando, vendo a camada externa ir secando até formar uma crosta. Pouco depois, a menina suspirou.

— E agora, o que vamos fazer? — perguntou ela.

Bashi se virou com as mãos enlameadas bem estendidas, como se fossem garras.

— Podemos brincar de águia-pegando-pintinho — disse ele, mostrando os dentes amarelados. — Lá vou eu!

Nini soltou um gritinho de felicidade e saiu mancando, com o rapaz em seu encalço, sempre uns dois passos atrás, rangendo os dentes e fazendo um barulho esquisito. Deram a volta na sala e, então, a menina entrou no quarto. Ofegante, atirou-se na cama de Bashi.

— Não gosto dessa brincadeira — exclamou ela, escondendo o rosto no travesseiro.

Não houve resposta alguma. Ela se virou e ficou espantada ao ver o rapaz parado junto da cama, fitando-a com um ligeiro sorriso bem estranho.

— Não fique parado aí feito um dois de paus! — disse Nini. — Pense em alguma coisa melhor para a gente fazer.

— Quer casar comigo? — perguntou Bashi.

Por um instante, a menina achou que ele estivesse brincando.

— Não — respondeu ela. — Não quero, não.

— Por quê? — indagou ele, parecendo magoado e desapontado. — Acho que devia pensar antes de tomar uma decisão. Tenho dinheiro.

Tenho essa casa inteirinha só para mim. Sou seu amigo. Faço você rir. Vou ser bom para você. Sou sempre bom para as mulheres, sabia?

Nini o fitou. Os olhos dele, fixos no seu rosto, com um ar sério como ela nunca tinha visto antes, a estavam deixando nervosa. Ficou imaginando que o próprio rosto talvez estivesse mais torto que nunca. Virou-se, escondendo dele o lado deformado.

— Pense nisso — prosseguiu o rapaz. — Não vai haver muitos homens querendo casar com você.

Ninguém precisava lembrá-la disso. Bastava ter olhos para saber que ela jamais receberia uma proposta de casamento. Cegamente, teve esperanças que Bashi não reparasse no seu rosto deformado, mas, claro, como todos os demais, ele não conseguia tirar isso da cabeça.

— Então por que quer se casar comigo? — perguntou a menina. — Você não é um deles?

O rapaz veio se sentar ao seu lado e passou um dos dedos pelo seu cabelo. Nini não se esquivou, nem mesmo quando viu que as mãos dele estavam cheias de lama.

— É óbvio que sou diferente — disse ele. — Por que acha que sou seu amigo?

A menina se virou para fitá-lo e o rapaz assentiu, com ar sincero. Ela se perguntou se deveria acreditar nele. Talvez Bashi fosse realmente o que dizia ser, um homem diferente de todos os outros que existiam no mundo; talvez não. Mas que mal havia nisso, mesmo que ele estivesse mentindo? Ele era o seu único amigo, e ainda que a visse como um monstro, não parecia se importar nada com isso. Ela não tinha outra opção e, de todo modo, Bashi não era uma escolha ruim.

— Você se casaria comigo se eu aceitasse? — perguntou Nini.

— Claro. Para que precisaria de outras mulheres se você concordar em se casar comigo?

Não era qualquer mulher que aceitaria se casar com Bashi, pensou a menina. Quem sabe ela não era a sua única opção? No entanto, por mais esquisito que ele fosse, no que dizia respeito a casamento, ela não poderia estar mais por baixo e a posição dele era um pouco melhor.

— O que vamos fazer se combinarmos de nos casar? Quando devo sair da casa dos meus pais? — indagou ela.

Bashi traçou o contorno dos olhos de Nini com o dedo sujo de lama e, depois, recuou um pouco para observar o resultado.

— Olhe no espelho para ver como você é boba — disse ele. — Se alguém ouvir você dizendo isso, vai rir na sua cara.

Nini sentiu a pele ao redor dos olhos se contrair.

— Por que as pessoas iam rir de mim?

— Uma menina não deve demonstrar tamanha ansiedade para se casar com um homem, mesmo que não consiga esperar nem mais um minuto.

— Não consigo esperar nem mais um minuto para sair da casa dos meus pais. Odeio toda aquela gente — replicou ela. Parecendo querer desmenti-la, a neném começou a balbuciar do outro lado da cortina. Nini se levantou da cama para ir vê-la. A Pequena Sexta estava se esticando para pegar a metade de um biscoito que tinha deixado cair um pouco antes. Ficou lambendo os lábios, toda satisfeita, depois de comer o tal biscoito e, então, passou a brincar com a corda. Era uma criança ótima: podia ficar se divertindo por um bom tempo, contanto que não estivesse com fome. A menina soltou a cortina e voltou a se sentar ao lado de Bashi.

— Acha que posso trazê-la comigo se me casar com você? — perguntou.

— Duas de uma só vez? Devo ser um homem que a boa sorte atingiu bem na testa! — retrucou o rapaz.

Se não estivesse lá para cuidar da Pequena Sexta, quem sabe o que poderia lhe acontecer, principalmente se o próximo filho da sua mãe fosse menino. Caso os seus pais não gostassem da ideia, pensou Nini, daria um jeito de tirar a neném de lá furtivamente. Mas por que eles não ficariam felizes ao se livrar de duas filhas com a maior facilidade?

Quanto mais pensava nisso, mais se convencia que a Pequena Sexta era muito mais sua que dos pais. Quando chegasse a hora, arranjaria um bom marido para a irmã. Virou-se para Bashi e lhe deu uns tapinhas no rosto, tentando fazê-lo parar com aquele risinho.

— Estou falando sério — disse ela. — Quando posso deixar os meus pais?

— Espere um pouco — respondeu ele. — Quantos anos você tem?

— Doze. Doze e meio.

— Sinceramente, gostaria de me casar agora mesmo — replicou o rapaz. — Mas tem um problema. Você ainda deve ser um pouco jovem demais para se casar comigo.

— Por quê?

— Porque existe gente que não vai gostar nada dessa ideia.

— Quem? O que eles têm a ver com isso?

Dedo em riste, Bashi mandou que ela se calasse. Bateu na própria testa com o punho cerrado. Nini o fitou intrigada. Estava um cheiro estranho ali no quarto e a menina farejou o ar, tentando identificá-lo.

— O porco-espinho — disse, afinal. — Já está pronto.

— Não me atrapalhe — exclamou o rapaz, encostando a palma da mão na sua boca para fazê-la calar.

A lama já tinha secado. Nini pensou no bichinho assado nas brasas do fogareiro. Com Bashi, tinha sempre alguma coisa inesperada que a deixava feliz. Começou a achar que talvez fosse uma ótima ideia se casar com ele.

— Já sei — disse Bashi, depois de uns instantes de silêncio. — Já ouviu falar daquelas noivas meninas?

— Não.

— Pergunte à sra. Hua. Ela pode lhe explicar. Às vezes, as pessoas mandam as filhas ainda pequenas para morar com o futuro marido e sua família. Quando as meninas chegam à idade certa, casam-se. Talvez você possa ser a minha futura noiva.

— Aquelas pessoas de quem você falou também não vão gostar disso?

— Por quê, se o casamento já vai estar tratado? Podemos até pedir que os Hua nos ajudem caso os seus pais não concordem com a ideia. Você pode ir morar com eles, pois somos muito amigos. Não vão se importar absolutamente em ficar com você. Posso pagar as suas despesas. Você fica mais feliz assim?

Nini pensou naquela solução. Será que os seus pais iam deixá-la sair de casa assim, tão facilmente? Afinal, era a criada que eles não precisavam pagar. Mas o que poderiam fazer se ela insistisse em ir viver com o marido? As pessoas lá no mercado sempre diziam que uma filha que esteja pronta para se casar tem o coração como a água que respinga fora da bacia: por mais que os pais tentem, jamais conseguem recuperar aquela água. É claro que os seus pais iam entender isso. Talvez até comemorassem o fato de ela ter conseguido arranjar um marido; talvez fossem generosos o bastante para lhe dar um dote bem pequenininho.

— Então, vamos falar com os Hua — disse ela.

— Mas que menina impaciente! — exclamou Bashi. — Eles devem estar enterrando a minha avó. Vamos procurá-los mais tarde. Agora, temos uma coisa mais importante para fazer.

— O porco-espinho?

— Mais importante que isso — respondeu ele, sorrindo. — Já ouviu falar do exame pré-nupcial?

— Não.

— Em geral, quem examina o corpo da noiva, para ver se ela está preparada para se tornar uma esposa, é a casamenteira — disse Bashi. — No caso dos *casamentos por amor*, como o nosso, é o próprio noivo quem faz esse exame.

Nini pensou no seu rosto deformado, na mão que parecia uma pata de galinha e no pé aleijado. Será que ele ainda poderia rejeitá-la, mesmo depois de prometer assumi-la como futura noiva?

— Não precisa ficar tão nervosa — disse o rapaz, aproximando-se um pouco mais. Ele a puxou pelos pés, fazendo-a se levantar e ficar parada à sua frente. Depois, pôs as mãos nos seus ombros e enfiou os polegares por baixo da velha suéter que a menina usava. — É só assim — prosseguiu ele, esfregando as suas omoplatas com os dedos. — Dói?

Nini olhou para o rosto de Bashi que estava muito sério, com um ar de quem está analisando algo. Prendeu a respiração e abanou a cabeça. Ele foi descendo até segurar as suas costelas com as palmas das mãos grandes. Sentindo cócegas, a menina chegou a se sacudir de tanto rir. Bashi mandou que ela parasse com aquilo.

— A suéter é um problema — disse ele. — Não quer tirá-la?

O rapaz sorriu quando ela o fitou, desconfiada.

— Não precisa tirar — replicou ele, enfiando as mãos entre a suéter e a camiseta, voltando a envolver o seu corpo magricela. A menina sentiu o toque daquelas mãos quentes na sua pele fria. Estremeceu. Bashi subia e descia os dedos, como se estivesse contando as suas costelas. — É, um pouco magra demais — observou —, mas esse problema é mais fácil de resolver que tentar engordar uma galinha.

Nini ergueu os olhos para aquele rosto que, agora, estava bem pertinho do seu. Sabia que não era direito um estranho tocar numa garota daquele jeito, mas Bashi não era mais um estranho depois de terem falado em casamento. O toque das mãos dele na sua pele lhe dava uma sensação gostosa. Já não estava nervosa, embora o seu corpo continuasse estremecendo como se tivesse vontade própria. Quando as mãos do rapaz começaram a descer mais, a menina não protestou. Ele se deteve por uns instantes na sua cintura e disse, com voz rouca:

— Também preciso verificar lá embaixo.

— Acha que o porco-espinho vai estar esturricado quando terminarmos? — perguntou Nini. O cheiro de carne ligeiramente queimada que vinha lá da cozinha estava ficando mais forte e ela se espantou ao ver que Bashi não tinha percebido isso.

O rapaz não respondeu. Ergueu Nini do chão e a deitou na cama. A menina sentiu que ele lutava com o seu cinto, uma tira de pano bem comprida e esmolambada que ela tinha rasgado de um lençol velho. Disse que cuidaria disso e o empurrou um pouquinho para o lado, sentindo-se envergonhada pela primeira vez ali na frente dele. Desfez o nó e ele a ajudou a baixar a calça e a calcinha até a altura dos joelhos. Nini ergueu os olhos para fitá-lo; Bashi parecia estar tremendo mais que ela própria. Curiosa, perguntou se ele estava com frio. O rapaz não respondeu e cobriu o seu corpo nu com uma manta. Precisava de uma lanterna para continuar a observação; desse jeito, ela não pegaria um resfriado, disse ele num sussurro, e saiu do quarto.

Nini ficou esperando. O porco-espinho estaria inteiramente queimado quando terminassem, pensou ela. Será que Bashi ia fazer com ela aquelas tais *coisas de casal* de que tanto se falava lá no mercado? O que quer que isso significasse, devia ser alguma coisa boa, pois aquelas mulheres sem-vergonha sempre fingiam não estar interessadas, mas o seu rosto corado e as risadinhas que davam diziam que não era bem assim.

Por que Bashi estaria demorando tanto para achar uma lanterna? Do outro lado da cortina, a Pequena Sexta começou a chorar.

— Estou aqui — disse Nini, com a voz mais carinhosa possível, e, ao ver que a neném não parava, tratou de cantar a cantiga de ninar favorita da irmãzinha, uma cantiga que ela própria havia inventado e cantava para ela quando estava de bom humor. A Pequena Sexta parou de chorar e começou a balbuciar sozinha. Nini continuou cantando, perdida naquela melodia sem letra que havia criado.

Quando voltou, Bashi parecia menos agitado.

— Aonde é que você foi? — perguntou a menina. — Demorou tanto...

— Ah, é que, de repente, me deu vontade de ir ao banheiro — respondeu o rapaz, acendendo a lanterna bem na sua cara. — A melhor que um detetive poderia ter — acrescentou, enfiando-se debaixo das cobertas e deixando as pernas para fora da cama. Nini sentiu que ele separava as suas coxas com todo cuidado. Ia lhe perguntar o que ele estava fazendo ali quando um dedo a tocou entre as pernas, com alguma hesitação. Aquilo lhe deu uma vontade louca de fazer xixi, mas ela se segurou e ficou esperando. O dedo circulou um pouco pela região, com tanta delicadeza que ela mal o sentia. Depois de alguns instantes, Bashi saiu debaixo das cobertas.

— Você é perfeita! — exclamou ele.

— Terminou?

— Por enquanto, sim.

Nini ficou desapontada. Uma noite, ouviu o pai e a mãe ofegantes por um tempão, e, só mais tarde, compreendeu que eles deviam estar às voltas com as suas *coisas de casal.*

— Por que não levou mais tempo? — perguntou.

— Não levei mais tempo para quê?

A menina se levantou da cama e se vestiu.

— Achei que marido e mulher fizessem mais coisas além de só olhar.

Bashi a fitou longamente antes de se aproximar e abraçá-la.

— Não queria assustá-la.

— E por que me assustaria? — indagou ela. — Agora, nós somos marido e mulher, não somos?

— Claro. Você é perfeita para ser uma esposa — respondeu o rapaz, sorrindo. — E com certeza logo, logo estaremos casados.

— Por que não agora?

Bashi pareceu desnorteado e incapaz de responder àquela pergunta.

— As pessoas precisam de uma cerimônia de casamento para se tornarem marido e mulher — disse ele, enfim.

Nini deu de ombros. Não precisava de cerimônia nenhuma. Ele tinha examinado o seu corpo e dito que estava tudo certo. Na sua opinião, era só isso que importava, agora que tinha arranjado um lugar para ficar. Estava louca para que isso acontecesse. Pouco depois, perguntou:

— Como estará o porco-espinho a essa altura?

Bashi pareceu espantadíssimo, como se, só agora, tivesse se lembrado do bicho assado. Correu para a cozinha. Nini foi atrás dele. Não se surpreendeu quando o viu bater na bolinha de lama esturricada que se abriu revelando um monte de carvão: já não dava mais para comer o porco-espinho.

Parte III

X

Kai foi andando sozinha até a praça, sentindo uma tristeza cansada. À claridade do crepúsculo, a rua estava cinzenta e vazia. A maioria das pessoas já havia voltado para casa, depois das excursões à montanha e, como acontece com todo feriado, o Ching Ming chegara ao fim um pouco depressa demais.

Uma autoridade do tribunal havia sido designada para o caso e estava à sua espera quando, ao meio-dia, eles foram entregar uma cópia do documento, contendo a transcrição de várias assinaturas, que pedia a investigação do julgamento de Gu Shan e a restauração póstuma da reputação da moça. O tal funcionário, conhecido de Kai, fingiu que não a reconhecia e, sem fazer qualquer comentário, assinou o formulário de recebimento da petição.

A fotografia ampliada de Gu Shan permaneceu intocada no pedestal do monumento ao presidente Mao, com as fitas pretas de luto esvoaçando ao vento do anoitecer. Com as flores de papel reunidas pela manhã, haviam sido feitas três guirlandas que, agora, à pouca luz que restava, destacavam-se como imensos crisântemos descorados. Abaixo delas, preso nos quatro cantos por pedras, estava o pano branco com mais de trezentas assinaturas. Flores do campo e ramos novos de pinheiro, trazidos das montanhas, tanto por gente que ela vira na manifestação quanto por pessoas que não vira por lá, haviam sido deixados ali em cima sob a forma de buquês. Kai observou o memorial improvisado em honra de Gu Shan; o fato de o governo não ter dado ordem para que se limpasse o local parecia mais uma confirmação de que o movimento fora bem-sucedido.

Mais cedo, naquela mesma tarde, a moça tinha ido até a cabana de Jialin. Todos os amigos do rapaz estavam lá, comemorando o sucesso do dia. Uma mulher, que ele lhe apresentou como sendo a dra. Fan agradeceu a Kai pelo seu belo discurso; um homem de meia-idade assentiu, concordando. A bibliotecária se revelou uma pessoa agradável, apesar de caladona, e serviu à moça o chá que havia trazido numa garrafa térmica. Eram ao todo quatro homens e quatro mulheres, além de Kai e Jialin; a sra. Gu, que havia voltado para casa a fim de cuidar do marido, era a única ausente naquela comemoração. O grupo ficou falando sobre os acontecimentos da manhã, perguntando-se quanto tempo levaria para a prefeitura se manifestar. Tinham de ser pacientes, insistia Jialin, mas os seus olhos traíam uma empolgação que o rapaz não conseguia conter. Tanto as rádios britânicas quanto as americanas previam uma mudança drástica no governo central, disse ele, e o programa transmitido de Hong Kong fazia as mesmas previsões. Kai confirmou as notícias e revelou que a execução de Gu Shan estava sendo investigada na capital da província. Uma das mulheres, entusiasmada, veio abraçá-la, agradecendo-lhe por fazer parte do grupo. Talvez fosse uma das que desconfiavam dela antes, pensou Kai, mas todos ali a receberam agora como amiga e companheira, e isso é que era importante.

Jialin ligou o rádio de ondas curtas e conseguiu sintonizar numa estação que estava tocando uma valsa, com uma orquestra de acordeões. A música encheu a cabana, dando-lhe um ar festivo, e um engenheiro, de uns cinquenta e tantos anos, se levantou e convidou alguém para dançar. Três das quatro mulheres, uma contadora, uma professora e a dra. Fan recusaram, às gargalhadas. Que mal havia em dançar?, indagou o engenheiro, fazendo-se de ofendido. Kai pensou em se candidatar, mas, antes que pudesse se levantar, Jialin abanou a cabeça discretamente. Quando se virou, viu a bibliotecária vir para o meio da cabana e dar as mãos ao engenheiro que enrubesceu, piscou para Jialin e saiu dançando no espaço reduzido daquele aposento. Kai percebeu que o rosto da mulher estava vermelho como um pimentão, parecendo até o de uma garotinha que se apaixonava pela primeira vez.

A tarde inteira, não conseguiu falar a sós com o rapaz uma única vez. Será que ele estava tão grato quanto ela por toda essa distração propiciada pela manifestação? Teriam tomado decisões diferentes se tivessem um futuro pela frente? O rapaz tentava esconder o seu extremo cansaço à medida que o tempo ia passando. Kai não poderia dizer se a sua doença deixava os amigos tão tristes quanto ela própria.

Uma mulher, com a barriga ligeiramente saliente por baixo de um velho casaco, vinha agora se aproximando da praça. Kai a cumprimentou com um aceno de cabeça, mas a outra, que lia as assinaturas no pano branco, nem percebeu. Ainda dava tempo de assinar, disse então, pensando que, como tantas outras mulheres, aquela ali não tinha conseguido escapar à vigilância do marido para participar da manifestação. Quando ela se virou, havia ódio nos seus olhos.

— Desejo a cada um de vocês uma morte terrível — exclamou ela, sem disfarçar a maldade que havia naquelas palavras.

Kai a viu cuspir no memorial e, depois, ir embora. É preciso haver de tudo um pouco para se fazer um mundo, dragões e fênix lado a lado com cobras e ratos, como dizia seu pai... Mas, depois daquela tarde com Jialin e seus amigos, como era fácil esquecer que o mundo continuava sendo aquele mesmo lugar de frieza e animosidade, e que tudo que o pequeno fogo da amizade podia fazer era manter uma pessoa aquecida e esperançosa. Pensou nos sogros, que deviam estar enfurecidos. Sua própria mãe, em quem a moça tinha evitado pensar nas últimas horas, devia ter se trancado em casa, preparando-se para enfrentar a raiva da família do genro. Mas a moça sequer ousava pensar em Han.

Quando chegou em casa, estava tudo apagado. Por força do hábito, chamou por Ming-Ming, e a babá saiu de mansinho do quarto da criança, que também estava apagado. Kai acendeu a luz e a menina piscou. Tinha os olhos inchados e cheios de lágrimas. Onde está Ming-Ming?, perguntou a moça. A babá não respondeu, mas olhou na direção do banheiro, assustada. Pouco depois, uma porta se abriu e apareceu a sua mãe, com o rosto molhado e inchado. Com um gesto, Kai mandou que a menina as deixasse sozinhas e, depois que ela fechou a porta do quarto, a sua mãe perguntou:

— Onde esteve?

— Onde está Ming-Ming?

— Os seus sogros o levaram para casa. Deixaram recado, mandando que a babá fosse embora amanhã de manhã.

— Deixaram recado com quem?

A sua mãe a fitou por um instante, com os lábios tremendo.

— Com quem? Com a sua própria mãe. Tive de ficar aqui, implorando o perdão dos seus sogros porque você perdeu a cabeça. Diga-me, Kai, por que fez isso comigo? Sou uma velha viúva. Será que não mereço um minuto de paz?

Kai ficou fitando a mãe, que chorava. Percebeu que, desde a morte do pai, jamais a tinha olhado nos olhos. Com as lágrimas escorrendo pelo rosto, ela parecia mais que nunca uma estranha.

— Só fico feliz por seu pai ter partido há bastante tempo, pois, assim, não precisou passar pela humilhação que sofri, sendo chamada de todos os nomes possíveis na casa da minha própria filha, na frente do meu neto e da sua babá — prosseguiu a mulher, soluçando.

— O que mais eles disseram?

— Não faz sentido ficar repetindo as palavras deles. É melhor que tudo o que foi dito seja enterrado comigo.

Embora, em casa, a sua mãe sempre tivesse sido mandona, ninguém ignorava que ela se deixava intimidar por seus superiores com facilidade. Não se pode esperar que alguém se reprima o tempo todo, disse-lhe uma vez o seu pai, tentando explicar à filha o comportamento da mãe; ela precisava dar vazão à sua raiva, disse ele, e, agora, Kai ficou impressionada ao perceber que o pai tinha servido de receptáculo para a amargura da mulher; que isso talvez o tivesse matado.

— Reaja! — exclamou a moça. — Ignore os meus sogros.

— Falar é fácil! Eles mandaram dizer que você e eu estamos proibidas de voltar a ver Ming-Ming. Diga-me, como posso ignorar algo assim?

Kai desviou os olhos. Debaixo do móvel da TV, novinho em folha, viu uma coisa azul. Abaixou-se para apanhá-la. Era o chocalho favorito do seu filho, no formato de uma baleia. Será que a babá sabia que ele o tinha perdido ou que o tinha deixado ali numa das suas brincadeiras de esconde-esconde? Uma vez, encontrou uma bolinha de borracha vermelha dentro da sua bota, e, durante três dias, depois disso, sempre achava um brinquedo diferente ali dentro. Entendeu que devia ser um ato proposital do filho. E se perguntou se ele logo estaria usando um sapato dos avós para brincar.

— Por que fez isso? O que pode querer que ainda não tenha conseguido?

Jamais haviam lhe perguntado isso antes. Kai abanou a cabeça. O importante não era o que ela queria, respondeu.

— O que vamos fazer agora? — perguntou a mãe. — Será que temos noção do tamanho do problema em que nos metemos?

Kai ficou impressionada ao ver a mãe se incluir no seu destino. Pensou em consolá-la, mas ela não a ouviria.

— Você sempre foi uma boa filha — choramingou ela. — Sempre seguiu as instruções dos pais e dos professores, e nunca cometeu um erro.

Mais uma vez, Kai lhe disse para não se preocupar, sabendo que as suas palavras eram vagas demais para produzir algum efeito. Uma criança tão confiável, repetia a mãe, sem conseguir acreditar; todo mundo sempre lhe dizia que era muita sorte ter uma filha que não saía da linha e que havia ajudado os irmãos a prosperar.

Kai deixou a mãe e foi até o quarto do filho. Quando abriu a porta, a babá, que estava escutando a conversa das duas, recuou apressada, com um ar assustado e envergonhado. A moça fingiu que não tinha percebido. Perguntou se ela não queria uma gratificação para ir embora para casa na manhã seguinte.

A menina ficou olhando, como se não tivesse entendido a pergunta. Kai suspirou e lhe explicou que era melhor ela voltar para a casa dos pais, pelo menos por enquanto.

— Está com medo que eles fiquem zangados? Posso escrever uma carta, dizendo-lhes que você não fez nada de errado nesta casa — disse ela.

— Os meus pais... não sabem ler.

— Então, você pode explicar a eles? Diga-lhes que mandamos alguém buscá-la assim que tivermos acertado tudo por aqui — replicou Kai. Não sabia até que ponto a menina compreendia o que estava acontecendo, nem se aquela mentira bastaria para dar alguma tranquilidade e esperança a ela e aos seus pais.

— Quem vai cuidar de Ming-Ming?

— Por enquanto, ele está na casa dos avós.

— Mas alguém tem de cuidar dele — insistiu a menina. — Eles sabem o que Ming-Ming está querendo quando chora?

— Ele vai ficar bem.

— Mas eles nunca tomaram conta dele. Nem o conhecem — disse a babá. — Estavam querendo lhe dar leite quando ele tinha simplesmente molhado a fralda.

Do outro lado da porta entreaberta, vinha o barulho da torneira do banheiro; mesmo assim, Kai continuava ouvindo a mãe chorar.

— Vai ficar tudo bem com Ming-Ming — repetiu ela. — Não precisa se preocupar com ele.

A menina baixou os olhos, fitando as próprias mãos, e não respondeu. Devia tê-la magoado, de um jeito ou de outro, pensou Kai, mas estava cansada demais para tentar imaginar o que podia ter dito de errado. Contou o dinheiro correspondente a um mês de salário e lhe estendeu as notas.

A babá, porém, não pegou aquele dinheiro. Abriu o colarinho da blusa e apanhou um pequeno pingente de jade.

— Pode dar isso a Ming-Ming? — perguntou. — Não tenho mais nada para deixar para ele.

— Isso é algo especial? — indagou Kai. — Não dê uma coisa assim a uma criança pequena.

A menina insistiu, dizendo que o bebê não conseguiria dormir sem ficar segurando aquele pingente.

— Consegue, sim — retrucou Kai. Pôs o dinheiro no bolso da blusa da babá, agradecendo-lhe por tudo e se desculpando por aquele contratempo. A menina, porém, lhe implorou que ficasse com o pingente para que Ming-Ming guardasse uma lembrança dela.

A moça então o aceitou. A babá se inclinou diante dela, enxugando as lágrimas. Ming-Ming era o primeiro bebê de quem ela havia cuidado, além dos próprios irmãos. Kai ficou imaginando se haveria outros nos próximos anos e se as despedidas acabariam se tornando mais fáceis depois que passassem a fazer parte da vida da menina.

— E, por favor, diga aos avós de Ming-Ming que ele gosta que a gente passe a mão atrás das suas orelhas na hora de dormir — acrescentou a babá.

Kai ficou olhando o tal pingente: uma pedra de jade esculpida no formato de um peixe. Era uma joia barata, um trabalho grosseiro, de amador, o tipo de coisa que uma família de camponeses podia comprar para uma filha. Os pais de Han não admitiriam algo assim junto do neto, mas ela agradeceu à garota e disse que ia comprar um cordão de prata para o menino poder usá-lo como pulseira. Acrescentou que ela seria bem-vinda sempre que quisesse visitá-los e lhe prometeu que, assim que tudo estivesse resolvido, voltariam a contratá-la. Aquela mentira foi dita e recebida sem muita convicção. Depois, não lhe restava muito mais a dizer a não ser desejar que a menina tivesse sorte na vida.

HAN VOLTOU A RIO LAMACENTO na noite do Ching Ming, depois de telefonar ao prefeito anunciando a vitória que tanto esperavam. Na capital, a situação do governo central havia dado uma guinada radical, depois de uma reunião realizada tarde da noite. Agora, o Muro da Democracia era definido como um movimento anticomunista; o homem para quem eles tinham conseguido os novos rins estava a caminho, para erradicar do governo da província todos os que apoiavam o Muro, ou que fossem simpatizantes do movimento; e corriam boatos de que ele deveria se tornar líder da província ou ser promovido e transferido para o governo central, em Beijing. Embora o prefeito não parecesse muito animado ao elogiar o trabalho realizado, foi só quando seus pais pegaram o telefone que Han entendeu os motivos daquela falta de entusiasmo. Sabia em que a sua mulher tinha se metido?, perguntou-lhe a mãe, aos berros, e, sem esperar resposta, mandou que ele voltasse imediatamente.

Durante a viagem de volta, Han ensaiou a própria defesa, dizendo que estivera fora e não fazia ideia do que Kai andara fazendo nas últimas semanas. Na conversa imaginária, implorava aos pais e ao prefeito que ajudassem a sua mulher, e, quando chegou à porta do apartamento, acreditava nessa fantasia. Embora os pais tivessem lhe pedido que os procurasse antes, o rapaz foi direto para casa. No meio da noite, ao descobrir que a esposa não estava na cama, acordou a babá. A sra. Wu, mãe de Kai, tinha estado lá e levado a moça para o seu apartamento, disse a menina, assustada porque o patrão segurava o seu braço com força. Os pais dele haviam levado o bebê consigo. Han a fitou seríssimo, como se ela estivesse mentindo, e, quando percebeu que a menina, trêmula e de camisola, estava a ponto de chorar, disse-lhe que o melhor que tinha a fazer era ter uma boa noite de sono, pois, a primeira coisa que ele faria logo cedo era ir buscar o filho. A babá murmurou que ia para casa no dia seguinte, já que os pais dele a tinham demitido. Que bobagem, retrucou Han; de manhã, Kai e ele voltariam para casa com Ming-Ming.

Pensou em ir bater à porta da sogra, mas acabou indo até o apartamento dos pais. Encontrou-os sentados na sala de visitas, ambos fumando e não dando sinal de terem dormido.

— Essa sua mulher... — disse o seu pai, assim que o viu entrar. — Ela estragou a nossa vitória.

O rapaz olhou aqueles dois rostos inexpressivos. Apesar da defesa que havia preparado, começou dizendo que a culpa era toda dele, já que não havia percebido, cedo o bastante, o que Kai andava fazendo. Agora, que tudo isso tinha acontecido, será que podiam pensar num jeito de protegê-la antes que fosse tarde demais?

— Protegê-la? — exclamou a sua mãe. — Precisamos pensar é em nos proteger. A única coisa que podemos fazer agora é cortar qualquer contato com ela e rezar.

— Mas é a minha mulher.

— A partir de amanhã não será mais — replicou a sua mãe. Com um gesto, pediu que o marido continuasse a conversa. Ele então lhe explicou qual era o plano, nitidamente concebido pela mulher. Antes do amanhecer, Han deveria redigir um pedido de divórcio e dar entrada nos papéis logo pela manhã.

— Comece pelo pedido — prosseguiu o pai. — Diga que vocês dois discordam quanto às questões mais importantes de ideologia. E trate de usar o cérebro para redigir isso. Diga também que descobrir o papel que a sua esposa desempenha no esquema antigoverno foi um choque para você. Use a palavra "choque" para deixar claro que não tinha ideia do que estava acontecendo até alguém vir lhe contar, não nós, claro, mas alguém sem nenhuma importância, que ela era uma das organizadoras da tal manifestação. Diga ainda que, quando ficou sabendo disso, já era tarde demais para corrigir a sua conduta nociva. Faça também uma autocrítica sincera, ou seja, absolutamente sincera, sincera até a medula... Mergulhe no mais profundo da realidade e abra-se para mostrar como lamenta a sua falta de perspicácia política. Peça para ser punido, mas esse é o ponto crucial: peça para ser punido de uma forma que deixe muito claro que o seu único deslize foi se casar com a pessoa errada, e, então, peça que lhe deem a chance de se redimir. Sabe o que isso significa? Dizer que você quer pôr a sua vida nas mãos do Partido para demonstrar que vale a pena apostarem nela.

— E o que vai acontecer a Kai?

— O que vai lhe acontecer já não nos diz respeito — respondeu a sua mãe. — Não ouviu o que seu pai acabou de dizer? Agora, é hora de você agir. Se perder essa oportunidade, todos nós vamos ser arrastados para o buraco por causa da estupidez dela.

Será que não podiam ao menos rever aquela estratégia?, implorou Han; iam querer que o próprio neto ficasse órfão de mãe? No meio do discurso, o rapaz começou a chorar.

Sem dizer uma palavra, a mãe lhe trouxe uma toalha. Han enfiou o rosto naquele aconchego úmido e caiu em prantos. Os seus pais ficaram só olhando, esperando pacientemente que ele conseguisse se recompor, e quando, afinal, isso aconteceu, a mãe voltou a lhe dizer que ele precisava pensar na carreira dos pais e no próprio futuro político. A voz dela soava estranhamente delicada e condoída, e o rapaz não pôde se impedir de pensar, por um breve instante, que teria de desistir da esposa para conquistar a ternura da mãe. Havia ainda o futuro de Ming-Ming a se levar em conta, prosseguiu ela, e perguntou se Han ia querer que o filho perdesse todos os privilégios por causa da insensatez materna. Kai não era a única mulher no mundo, acrescentou ela, e, quando essa crise chegasse ao fim, procurariam uma esposa melhor para ele, uma moça mais bonita, mais obediente e carinhosa como madrasta. Essa conversa continuou por mais alguns instantes e, quando Han recomeçou a chorar, repetindo que não podia deixar isso acontecer a Kai, o seu pai suspirou e disse à mulher que não desperdiçasse mais as suas palavras. Da gaveta de uma escrivaninha, tirou o rascunho do pedido de divórcio que os dois já tinham preparado.

— Basta assinar aqui — disse-lhe a mãe, ainda com aquela voz delicada, nada familiar.

Han assinou o seu nome, sentindo-se arrasado e com o coração cheio de uma dor e de uma tristeza que nunca tinha imaginado que pudessem existir na vida. A mãe lhe serviu uma xícara de chá e a deixou ao seu lado, e, depois, se retirou para o seu quarto com o marido, para dormirem um pouco antes do amanhecer. Han afundou no sofá; uma televisão nova, instalada no móvel muito bem-feito, o fitava como um olho escuro e estático. Tinha imaginado anos de felicidade, com três filhos, sendo que a caçula seria uma menina tão bonita quanto Kai e mimadíssima pelos irmãos mais velhos. Fechando os olhos, podia vê-los daqui a dez anos: uma família amorosa sentada ao redor da mesa na noite de Ano-Novo, com o cheiro do peixe, do frango e do porco deixando a todos com a boca cheia de água; quando os fogos começassem a explodir lá fora, anunciando a chegada da meia-noite, levaria a mulher e os filhos, todos agasalhados nos seus casacos novos, até a praça da cidade onde os mais velhos soltariam fogos com aquela ousadia bem típica dos garotos e a menina gritaria de alegria, escondendo o rosto nas mãos da mãe.

QUE DIABOS ELA ESTAVA QUERENDO?, perguntou a Kai, um pouco mais tarde, no apartamento da mãe dela. Os pais o tinham proibido de ver a esposa, mas ele ameaçou rasgar o pedido de divórcio e os dois acabaram consentindo que o rapaz fosse conversar com ela uma única vez. Quando a sua sogra veio abrir a porta, ao raiar do dia, Han percebeu que ela também havia passado a noite em claro, pois tinha os olhos vermelhos e inchados.

— Por favor, salve Kai — disse ela, antes de levá-lo até o quarto da filha. — Ela é cabeça-dura. Se lhe acontecer algo, você será a única pessoa com quem ela vai poder contar.

Han não ousou fitar a sogra nos olhos.

— Você precisa ajudá-la — prosseguiu a mulher. — Diga aos seus pais que vou rastejar na porta da casa deles, implorando a sua misericórdia se for o que quiserem que eu faça.

O rapaz tentou consolar a sogra, mas, nem bem tinha concluído a primeira frase, engasgou com as próprias lágrimas. A velha lhe deu um lenço e virou-se para enxugar os olhos. Os dois ficaram muito próximos desde que, seis anos atrás, Han veio pedir que ela o ensinasse a preparar os pratos favoritos da esposa; juntos, esconderam esse segredo dos pais dele.

Kai estava no quarto da irmã, onde sempre houve uma cama extra para ela, embora já estivesse casada na época em que o rapaz conseguiu que a família se mudasse para o apartamento novo. Quando as duas voltaram para casa, na véspera, encontraram um bilhete de Lin, a filha caçula. Segundo dizia, tinha ido passar uns dias na casa da melhor amiga e se referia à irmã como a última pessoa que queria ver atualmente. Aos vinte e um anos, Lin começava apenas a desfrutar do prazer de ser cortejada pelos rapazes mais disputados da cidade. Ainda pequena havia herdado da mãe a vergonha de morar numa ruela estreita, coisa que a deixava muito infeliz. Tinha dezesseis anos quando Kai se casou, e, naquela ocasião, a mais velha percebeu que a mudança de casa tinha feito a garota desabrochar, com alegria e confiança.

Não foi surpresa para ela ver Han entrar ali. Perguntou se ele tinha visto Ming-Ming na casa dos pais.

— Ele está bem — disse o marido, puxando a única cadeira do quarto para perto do lugar onde ela estava sentada e ficando a apenas alguns centímetros de distância. — Cresceu muito desde a última vez que o vi.

— É isso que as crianças fazem — retrucou Kai. — Crescer. Não é mesmo?

— Ele é um amor de menino — acrescentou Han e, antes mesmo que pudesse se dar conta, umas lágrimas caíram no seu colo, deixando marcas escuras na calça cinza.

Quando o marido lhe falou sobre as medidas enérgicas que haviam sido tomadas em Beijing, a moça ficou mais decepcionada que chocada; perguntava-se se Jialin teria ouvido informações semelhantes pelo rádio. Adoraria estar com ele essa noite. Sorriu quando Han lhe perguntou o que estava querendo que já não tivesse. Tinha feito o que a sua consciência mandou, foi o que respondeu.

— E Ming-Ming? — indagou o rapaz. — Em algum momento ele esteve presente na sua consciência?

Kai replicou que nem todas as mulheres nascem para ser boas mães, e, pela primeira vez naquele dia, pediu desculpas.

Quando Han começou a soluçar, era como se tivesse voltado a ser uma criança pequena. Antes de mais nada, ele era filho da sua mãe, uma mulher que, apesar de não ter aquela delicadeza feminina, sempre o considerou o centro da própria vida e jamais escondeu que tudo o que havia conseguido em termos de carreira fora feito por ele. Han não sabia que uma mãe podia se desfazer de um filho com tanta facilidade; tamanha crueldade, que ultrapassava a sua possibilidade de compreensão, fazia o seu universo desmoronar. Pensou em implorar à mulher, pelo bem do filho e pelo seu próprio. No entanto, sequer chegou a abrir a boca porque viu, por entre as lágrimas, antes mesmo que ela se levantasse e saísse do quarto, que Kai o fitava enojada e com pena. Chorou, por si e pelo filho, até a cabeça lhe pender de tanto cansaço. Numa espécie de sonho, lembrou de um dia de primavera, não muito tempo atrás, quando se tornou a primeira pessoa em Rio Lamacento a possuir uma câmera importada da Alemanha. Na época, fazia uns dois meses que estava namorando

Kai e lembrou que tinha ficado olhando para ela pelo visor antes de apertar o botão.

Pouco depois, a mãe de Kai entrou no quarto com um ar apavorado e desesperado. Mais que depressa, Han enxugou o canto da boca. Tinha uma leve dor de cabeça. A polícia acabara de levar Kai, disse-lhe a sogra. Por favor, será que não poderia ajudá-la, pois, agora, era a única pessoa capaz de salvá-la.

BOATOS E ESPECULAÇÕES, nascidos da falta de informações suficientes e das imaginações férteis, invadiram Rio Lamacento na manhã seguinte ao Ching Ming. As pessoas acordaram ao som do noticiário das sete horas, lido não por Kai mas por um colega seu. Dois engenheiros aposentados, que faziam sua caminhada matinal juntos, ficaram refletindo sobre o que poderia ter acontecido. Era possível que houvesse ocorrido um terremoto político, disseram eles. Quem ganhou o jogo virou rei, acrescentaram, citando o velho dito popular, mas nenhum dos dois se arriscou a apontar quem teria saído vencedor. Ambos tinham escapado ilesos de várias revoluções ao longo da vida. Fazia três anos que se conheciam, tendo se encontrado no necrotério do hospital, pois os dois acabavam de enviuvar. No crepúsculo da vida, passaram a ver um ao outro como insubstituíveis. Nas últimas duas semanas, vinham discutindo a situação naquelas caminhadas diárias, um considerando que o outro era a única pessoa a quem assuntos tão delicados poderiam ser confiados. Nenhum deles tinha qualquer expectativa, nem tomava partido por um lado ou por outro — na sua idade, achavam que o único papel que lhes restava era o de espectadores, e, portanto, sentavam-se nos seus lugares e assistiam a tudo com uma atitude friamente distante. Para cada pobre alma derrubada pelos acontecimentos, diziam eles, haveria outra recebendo uma promoção. Um equilíbrio da energia social, comentou um deles; o outro aquiesceu, acrescentando que, na verdade, para subir naquele país era preciso usar alguém como degrau. Não se davam o trabalho de remexer no próprio passado, pois sabiam muito bem que, para atingir aquela idade sãos e salvos, já tinham tido a sua cota de corpos debaixo dos pés para mantê-los na superfície, e aquelas histórias não tinham mais nenhuma importância, pois a vergonha e a culpa haviam sido absolvidas pela velhice.

Em outro local, uma mulher comentou com o marido, à mesa do café, que a locutora estava em apuros. Não seria apenas uma troca de horários das suas transmissões, argumentou o sujeito, mas a esposa insistiu, afirmando que nunca tinha caído naquele engodo e que, se não fosse por ela, ele teria se deixado seduzir pelo discurso daquela mulher e ido à praça da cidade feito um idiota. O marido continuou a comer em silêncio; a sua atitude, porém, não foi o bastante para apaziguar a esposa que, junto com várias amigas íntimas, desprezavam a tal locutora que lia as notícias para os seus maridos com uma voz linda, tornando-os surdos para as queixas domésticas das próprias mulheres.

— Ouça o que lhe digo — prosseguiu ela, abafando com a voz as notícias sobre a arrecadação recorde de Rio Lamacento nos primeiros três meses do ano. — Ouça o que lhe digo, aquela mulher é um pesadelo para qualquer homem.

Na emergência do hospital municipal, onde não havia ninguém morrendo nem com pressa alguma de morrer, há um menino deitado na sala de recuperação e a sua mãe está cochilando ao lado da cama. O garoto esteve envolvido numa briga de gangues na véspera e teve a cabeça quebrada por uma tijolada. O médico que lhe deu vinte e cinco pontos tinha terminado o seu plantão; as suas colegas, duas mulheres que haviam participado da manifestação, estavam de pé, caladas, perto da janela da sala. Se fossem tomadas medidas mais drásticas, pensava a que tinha assinado a petição, trataria de se divorciar do marido para que a sua promoção a chefe do serviço de hematologia não fosse prejudicada;

a outra, menos pessimista, não só em razão da sua natureza otimista, mas também porque decidira não pôr o seu nome naquele documento, acreditava que não aconteceria nada de mais sério, pois a lei nunca pune as massas que se desviam do rumo certo. Aquelas duas colegas não conversaram; mesmo assim, quando se separaram para cumprir as suas tarefas matinais, uma consolou a outra com um tapinha no ombro, e não precisaram dizer mais nada.

Jialin se recostou no travesseiro. Quando a mãe entrou na cabana trazendo um café da manhã já mais tardio, ele nem se mexeu. Ela tinha esquecido a chaleira com água fervendo para o aquecedor, mas o rapaz não disse nada. Na véspera, os seus três irmãos haviam chegado em casa com sangue nas mãos e na camisa. Numa briga de gangues, tinham quebrado a cabeça de um garoto e, pela primeira vez na vida, souberam o que era ter medo. Passaram a noite inteira em claro, revezando-se para ir até o portão vigiar a chegada de possíveis inimigos armados de paus e tijolos, ou, o que era ainda pior, de guardas trazendo algemas. O caçula, que nunca tinha conversado muito com Jialin, veio até a cabana antes do amanhecer e lhe pediu que cuidasse dos pais se os três se vissem numa situação que os obrigasse a fugir por alguns anos.

Jialin achou engraçado aquele comportamento dramático, mas não disse isso ao irmão. Antes de ele entrar ali, o rapaz estava sintonizado na estação de rádio de Hong Kong e ouviu a notícia de que a polícia secreta havia começado a realizar prisões lá em Beijing.

— Ouvi gente falando sobre o que aconteceu ontem lá na praça — disse a mãe, pondo a refeição na mesinha improvisada, feita de um velho toco de árvore.

— O que diziam?

— Que o governo não vai deixar ninguém se safar assim tão facilmente.

Jialin continuou imóvel.

— E o que mais? — indagou.

— Disseram que ninguém precisa se preocupar com a locutora porque ela é casada com um figurão — respondeu ela, e, olhando para o filho, acrescentou: — Você estava lá com eles, não estava?

O rapaz sempre dissera à família que os seus amigos vinham ler com ele, mas sabia que a mãe não teria dificuldades em relacionar uma coisa à outra.

— O que mais? Que outras coisas as pessoas estavam dizendo?

— Que essa mulher deve ter usado a manifestação para ficar famosa — prosseguiu a sua mãe. — Mas, não compreendo. Ela já é famosa. Por que ia querer ficar mais famosa?

— Não dê ouvidos a boatos — retrucou o rapaz. — Todo mundo acha que sabe mais do que realmente sabe.

— E então, você era um deles?

— Era.

A mãe não disse nada. Pouco depois, Jialin viu que ela estava enxugando as lágrimas bem de mansinho.

— Não precisa se preocupar, mamãe — disse ele. — Não aconteceu nada e as pessoas só estão deixando a imaginação correr solta.

— Tem de haver um céu lá em cima — disse a mulher, enxugando os olhos com a barra da blusa. — Caso contrário, por que lhe dariam um cérebro só para você ficar doente enquanto os seus irmãos são fortes e saudáveis mas têm a cabeça oca?

— Eles aprenderam a lição.

— E você? Não vou aguentar perdê-lo — acrescentou ela, com as lágrimas deixando manchas escuras na blusa.

Jialin sorriu. Não era segredo para ninguém que logo estaria morto. Que importância tinha a forma como deixaria esse mundo? A mãe queria que ele morresse nos seus braços; queria que ele fosse seu, e só seu.

— Acha que vai haver confusão? Cada um diz uma coisa. Não sei em quem acreditar.

— Não ouça nada e não acredite em ninguém — replicou o rapaz.

— O que vai acontecer com você?

Jialin abanou a cabeça. Talvez fosse apenas uma questão de dias, ou de horas, até aparecer alguém ali na cabana e partir o coração da sua mãe. Mas não queria que ela soubesse disso.

— Pense um pouco, mamãe. Eu não ia mesmo viver para sempre...

A mulher desviou o rosto.

— Não precisa ficar triste — prosseguiu ele. — Daqui a trinta anos... Não, vamos ter esperanças de que não demore tanto assim... Daqui a dez anos, ou cinco, vão bater à sua porta, dizendo que o seu filho, Jialin, foi um herói, um pioneiro, um homem de visão e de coragem.

— Preferia que você não tivesse ambições, como os seus irmãos.

— Eles vão viver a vida inteira na ignorância, mas eu não. Por que acha que leio livros se não para viver de acordo com princípios pelos quais vale a pena lutar?

— Preferia que jamais tivesse tocado num livro na vida. Gostaria de nunca ter roubado um livro sequer para você.

— É bobagem pensar assim, mamãe — disse o rapaz, chocado com a própria veemência. Depois de um acesso de tosse, acrescentou, em tom delicado: — O que mais eu poderia deixar para você, mamãe? Não posso lhe dar netos.

A mulher saiu da cabana sem responder e esbarrou no portal. Jialin ouviu os seus soluços desaparecerem dentro da casa e teve de fazer um esforço para manter o coração duro, insensível às lágrimas da mãe.

O CORAÇÃO DA PROFESSORA estava inquieto naquela segunda-feira depois do Ching Ming. Passou um exercício de cópia do livro de textos e se sentou à sua mesa por um instante. Depois, foi até o corredor falar com outra professora. As crianças, ainda excitadas, não conseguiam parar quietas. Os meninos contavam histórias de fantasmas e de animais selvagens que tinham visto na montanha; as meninas exibiam *souvenirs* colhidos na natureza: marcadores de livros feitos com folhas novas e flores do campo prensadas entre as páginas, plumas de cores brilhantes, pulseiras feitas com uma fileira de frutinhos secos. Só quando os alunos começaram a fazer muita zoada é que a professora voltou e bateu com a régua no quadro-negro de madeira. Agora, teriam de copiar a lição três vezes, e não apenas uma, declarou ela, e só poderiam ir para casa almoçar depois que o dever estivesse terminado.

Apavoradas com a ideia de ficarem de castigo na hora do almoço, as crianças pararam de se remexer nas carteiras e começaram a escrever. O barulho dos lápis riscando o papel parecia até milhares de bichos-da-seda mastigando. Tong contou as páginas em branco do seu caderno; não daria para fazer o exercício, mas, mesmo que tivesse espaço suficiente para copiar todas as palavras do mundo, seu coração estava longe naquele dia. Mais uma noite se passou sem que Orelhudo voltasse para casa e o menino estava perdendo as esperanças.

O tempo todo tem gente roubando cachorros para comer, disse o seu pai na véspera, e não havia motivo para chorar por isso; o mundo acabaria virando um lugar cheio demais se cachorros, e, aliás, crianças pequenas também, não desaparecessem. A mãe pegou a sua mão enquanto o pai ficou discorrendo sobre a sua filosofia de bêbado a respeito de crianças roubadas e cachorros indo parar nos açougues. No entanto, depois que o marido caiu naquela sonolência habitual, ela própria repetiu a mesma mensagem. Quando chegasse a época dos acasalamentos, arranjariam um filhotinho para ele. Sugeriu até que lhe dessem o nome de Orelhudo, se isso fosse deixá-lo mais contente.

A ideia daquela substituição deixou Tong desnorteado e desapontado, mas parecia natural para os adultos pensar assim. O velho Hua tinha dito a mesma coisa, como se existissem inúmeras duplicatas ou substitutos para tudo, fosse um paletó, um cachorro ou um menino.

Os seus olhos estavam ardendo. Seria uma vergonha chorar ali na sala de aula, e, portanto, Tong fungou, tentando conter as lágrimas. Pouco depois, era o seu peito que estava doendo. Tinha passado um bom tempo chorando baixinho durante a noite, e acabou ficando encabulado com as próprias lágrimas. O que será que as pessoas lá na aldeia dos seus avós iam pensar dele se soubessem que tinha o coração mole? Talvez perder Orelhudo, como domesticar o cachorro preto de Kwen e descobrir os segredos da natureza a partir do boletim meteorológico, fosse mais um teste para pô-lo à prova, mas nem mesmo essa ideia aliviou o peso que sentia no peito.

Na hora do intervalo, correu para o corredor e se agachou num canto. Mas, quando as lágrimas contidas por tanto tempo começaram a cair no chão de cimento, ele não se sentiu melhor. Pouco depois, uma professora de uma turma mais adiantada o viu ali e lhe perguntou o que estava acontecendo; o menino ficou calado, com o corpo tremendo tamanho era o esforço que fazia para não chorar alto. Deve ser uma dor de barriga qualquer, disse a professora consigo mesma. Perguntou se Tong conseguia andar sozinho até em casa ou se precisava de uma carona até o hospital. O menino assentiu e, depois, abanou a cabeça, confundindo a professora que resolveu, então, pedir ao enfermeiro da escola que o levasse a uma clínica. Custou um pouco a encontrar o sujeito que estava cochilando atrás de uma pilha de lenha no porão do prédio. O enfermeiro pareceu zangado quando a outra o sacudiu para acordá-lo e quando seguiu a professora até o tal corredor, o garoto doente tinha desaparecido deixando apenas uma pocinha de lágrimas no chão. Resmungando, o enfermeiro limpou aquelas lágrimas com a sola do sapato, eliminando a única prova de que a professora não havia mentido só para atrapalhar a sua soneca matinal.

Tong ficou vagando pela cidade. Para que continuar esquadrinhando ruas e ruelas, depois de compreender que tanto os seus pais quanto o velho Hua haviam concluído que, se Orelhudo não tinha voltado até agora, era porque já devia ter ido parar na mesa de alguém. Mesmo assim, andando sob aquele céu claro da manhã, longe da sala de aula com o seu teto baixo e as suas janelas pequenas, recobertas de fuligem, sentia novamente uma pontinha de esperança. Foi andando de quarteirão em quarteirão, tentando não encarar os adultos que, como a sua professora, não pareciam muito dispostos a apanhá-lo matando aula. Donas de casa e trabalhadores que largavam o turno da noite paravam para conversar pelas ruas, em grupinhos de dois ou três; alguns comerciantes deixavam o balcão e vinham até a porta da loja onde também ficavam conversando e olhando cada passante como um cliente em potencial.

— Por que não está na escola a essa hora? — gritou um velho quando o menino entrou numa ruela. Estava usando um casacão de pele de carneiro e um gorro forrado de algodão, embora já fosse plena primavera. Andava com dificuldade segurando uma bengala com uma das mãos e, com a outra, que levava um envelope, se apoiava numa cerca de madeira para ter mais firmeza.

— Estou falando com você! São dez horas de uma segunda-feira! O que está fazendo pela rua?

Tong recuou. Se saísse correndo, poderia deixar o velho rabugento para trás com a maior facilidade, mas, tendo sido criado no interior, onde as pessoas idosas são respeitadas como verdadeiros reis, não era natural no menino ignorar perguntas que elas lhe fizessem.

— Qual é a sua escola?

— A Estrela Vermelha — respondeu Tong, dizendo a verdade antes mesmo que pudesse pensar em mentir.

— Então, por que motivo está aqui na minha rua em vez de estar na escola?

— Não sei — retrucou o menino.

— É assim que responde ao seu professor? Ouça aqui, também sou professor. Duas semanas atrás, eu tinha meninos como você na minha turma e conheço as suas manhas. Agora, mais uma vez, por que achou que poderia matar aula hoje?

— A nossa professora mandou copiar todo o livro de textos até a hora do almoço — disse Tong, com voz sumida. — Não tem espaço para fazer isso no meu caderno.

— Que tipo de ensino é esse? — grunhiu o velho. — Na verdade, não vejo mal algum em ficar longe de um lugar assim tão inútil!

O menino se perguntou se deveria ir embora e deixar aquele homem que se dizia professor, mas falava como um velho analfabeto rabugento.

— Está pretendendo fugir de mim? — perguntou o sujeito. — Acha que estou dizendo bobagens? Pois ouça bem: você poderia aprender todos os caracteres que existem no dicionário e escrever os artigos mais espetaculares do mundo. Poderia ser mais sábio que Confúcio. Sabe quem foi Confúcio? Ora, como esperar que aprenda alguma coisa nessas escolas de hoje? Seja como for, você poderia saber tanto quanto um erudito e, mesmo assim, ser mais ignorante que um camponês analfabeto ou um mendigo. Está me entendendo?

Tong abanou a cabeça.

— O que estou lhe dizendo — prosseguiu o velho, batendo com a bengala no chão — é que ninguém adquire inteligência e sabedoria de verdade nos livros escolares. Por mim, você pode perfeitamente fugir da sua professora idiota que fica enchendo a sua cabeça só com baboseiras.

O menino sorriu, involuntariamente.

— Agora, se quer ser um ser humano bondoso e prestativo, ajude-me a pôr esta carta na caixa de correio.

Tong pegou a carta e ficou espantado com o peso que tinha. Deu uma olhada no envelope com vários selos.

— Nada de ficar bisbilhotando! — gritou o velho, e, depois, mudando de ideia, pediu ao menino que lhe devolvesse a carta.

— Posso ajudá-lo, avô. Tem uma caixa de correio logo ali.

— Sei disso muito bem. E me chame de professor Gu. Não sou avô de ninguém.

Tong lhe devolveu a carta. O velho deu uns tapinhas no envelope e o enfiou no bolso do casaco. O menino então segurou o braço livre do professor com ambas as mãos, dizendo:

— Vou ajudá-lo a andar.

— Obrigado, mas não precisa. Posso perfeitamente andar sozinho — retrucou o outro, afastando o menino e usando a bengala para seguir adiante.

Tong foi atrás dele, com medo que a bengala pudesse ficar presa num bueiro. Mas o professor continuou andando, trôpego, sem lhe dar atenção, como se, de repente, o menino tivesse deixado de existir. Quando chegaram perto da caixa de correio, o velho tentou ler os horários de coleta inscritos num pequeno cartaz colado na lateral da caixa.

— Que horas diz aqui? — perguntou ele, depois de ficar olhando o papel por um bom tempo, com a testa franzida.

O menino leu os horários e o professor olhou o relógio.

— Dez e vinte — murmurou ele, consigo mesmo. — Então, vamos esperar.

Tong achou estranho alguém querer esperar a passagem do carteiro. Não era exatamente por isso que havia as caixas de correio, para que as pessoas pusessem as cartas ali dentro e não precisassem ficar esperando?

— Por que está parado aqui? — indagou o professor, um instante depois. — Alguém mandou você me espionar?

O menino respondeu que, pelo que tinha entendido, o professor havia mandado que esperasse, mas o velho agiu como se não se lembrasse mais das próprias palavras. Olhou a rua ao seu redor e bateu com um dedo no relógio.

— Quem quer que seja o encarregado desta caixa está atrasado — disse ele. — Jamais acredite nessas coisas escritas.

O INTERVALO DA HORA do almoço nunca tinha custado tanto a passar. O professor Gu ficou tamborilando na mesa, esperando a mulher terminar de comer e voltar para o seu guichê no banco. No fim da semana anterior, a sua escola solicitara a sua aposentadoria antecipada, por motivo de saúde, e, ao verificar que tinha condições de receber três quartos dos seus vencimentos, o professor assinou o documento sem hesitar e sem consultar a esposa. Havia vários jovens instruídos que estavam voltando do campo. Podia perfeitamente ceder o seu cargo, que, de todo modo, já não lhe dava nenhuma satisfação, para um desses jovens cujo sonho de ter uma família tornaria suportáveis aquelas longas horas em meio a crianças barulhentas e irritantes.

— Não precisa ficar sentado aí esperando eu terminar — disse a sra. Gu. — Ou está querendo mais arroz?

— Estou satisfeito.

A mulher acabou de almoçar. Depois de tirar os pratos e lavar a louça, serviu uma xícara de chá e a deixou perto daquela mão que tamborilava.

— Quer ir dormir um pouco? — perguntou ela.

— Não tem de voltar ao trabalho agora?

— Tenho.

— Então, pode ir. Sei cuidar de mim muito bem.

Para sua decepção, a sra. Gu puxou uma cadeira e se sentou.

— Acha que precisamos contratar uma menina lá da montanha para ajudar no serviço da casa?

— Somos ricos?

— Quem sabe Nini? Andei pensando... Você precisa de companhia. E também pode precisar de ajuda — prosseguiu ela. — Nini seria a pessoa ideal, em vários sentidos.

— Achei que você a odiasse.

— Sei que fui injusta com ela — retrucou a sra. Gu, evitando encará-lo.

— Então, é melhor ela aprender a conviver com isso — disse o professor. — Você não vai ser a última pessoa a tratá-la injustamente.

— Mas poderíamos fazer as pazes com a menina — insistiu a sra. Gu. — E com a sua família também. Vi a mãe dela na rua outro dia. Está grávida de novo. Vão precisar de algum dinheiro extra.

O professor ficou pensando como a esposa havia sofrido uma lavagem cerebral por parte dos seus jovens companheiros. Aquela vontade de fazer coisas boas e certas o enojava.

— Será que já não temos espiões suficientes? — replicou ele. — Não, prefiro ficar sozinho.

— E se me acontecer alguma coisa? — perguntou ela. Fitou o marido e, depois, abanou a cabeça. — Tenho de ir trabalhar.

— Exatamente. Não é bom fazer perguntas para as quais não temos resposta por enquanto — disse o professor pelas costas da esposa, e, quando ela fechou a porta atrás de si, apanhou a caneta-tinteiro na gaveta e abriu o caderno numa página que já continha o começo de outra carta para a ex-mulher. Ele a releu; por mais que tentasse, porém, não conseguia retomar o fio do pensamento que havia sido interrompido com a chegada da sra. Gu na hora do almoço. Arrancou a folha e a enfiou num envelope onde havia três cartas inacabadas como aquela. Que ela escolhesse em que ordem ler aquilo tudo. Numa página em branco, começou a escrever:

Recentemente, andei revendo as escrituras budistas. Não, não as tenho aqui diante dos olhos — como pode imaginar, as escrituras que o meu avô me deixou não sobreviveram ao fogo revolucionário aceso por ninguém menos que a minha própria filha. Entretanto andei lendo os textos que ficaram gravados na minha mente. Tenho certeza que isso não interessa muito a alguém como você, com o seu ateísmo comunista, mas, por um instante, tente imaginar junto comigo o Buda sentado sob a árvore sagrada e voltando a falar com os seus discípulos. Aquele que era considerado o mais sábio entre todos os sábios; aquele que, acreditava-se, tinha o maior e mais infinito amor pelo mundo; quem era ele, senão um velho, cheio de uma esperança cega, que não se cansava de falar para um mundo que jamais o compreenderia? Nós nos tornamos prisioneiros das nossas próprias crenças, e ninguém é livre para escapar a tal destino. Essa, minha querida amiga, é a única democracia que o mundo nos oferece.

O professor Gu parou de escrever quando ouviu alguém passando pelo portão, que não estava trancado, e entrando no quintal. Olhou pela janela e viu os vizinhos, aquela jovem lunática revolucionária e o marido, dirigindo-se à sua porta. A mulher gritou, perguntando se havia alguém em casa. A porta também não estava trancada e, por um instante, o professor se perguntou se deveria atravessar a sala de mansinho e fechar o trinco. Mas a ida até lá lhe pareceu uma viagem longa e exaustiva. Prendeu a respiração e fechou os olhos, desejando que os dois desaparecessem se ele conseguisse ficar ali quietinho por tempo suficiente.

O casal esperou uma resposta e, depois, a mulher experimentou a porta que se abriu com um rangido.

— Ah, o senhor está em casa — disse ela, fingindo surpresa. — Ouvimos um barulho estranho e achamos que deveríamos vir ver o que poderia ser.

Em tom seco, o professor replicou que estava tudo bem. Discretamente, puxou um jornal para esconder a carta que escrevia.

— Tem certeza? Ouvi dizer que o senhor teve um derrame. Importa-se que eu vá ver? — prosseguiu a mulher, mandando, com um gesto, que o marido fosse até o quarto. O sujeito ficou parado à porta do aposento, esfregando as mãos uma na outra, como se estivesse constrangido. — A sua esposa está em casa? — indagou a vizinha.

— Por que eu deveria responder à senhora?

— Só estava pensando... Não é bom uma esposa deixar a casa do marido...

— Ela está trabalhando.

— Sei disso, mas estou falando em sentido mais geral. Quando o senhor estava no hospital, por duas vezes eu a vi sair depois que já havia escurecido — disse a mulher, e, voltando-se para o marido, acrescentou: — Por que não vai ver que barulho era aquele? Talvez seja um ninho de ratos.

Meio a contragosto, o sujeito começou a rodar pela casa, evitando encarar o professor. Já a mulher não escondia o seu interesse ao circular pela sala, examinando cada canto do aposento. Quando ela abriu uma panela para ver o que havia ali dentro, o velho perdeu a paciência.

— Acha que estamos velhos demais para cuidar de um rato que estivesse na nossa panela e que precisamos das suas cobras para fazer isso? — perguntou ele, batendo com a bengala no chão.

— Ora, isso não são modos de tratar os seus vizinhos — retrucou ela, deixando a tampa cair novamente na panela com toda força. — Estamos aqui para ajudar, antes que as coisas fiquem fora de controle.

— Não preciso da sua ajuda — disse o professor. Apoiando-se na mesa, levantou-se. — Agora, saiam da minha casa imediatamente! — ordenou ele, apontando para a porta com a bengala. — Não acredito que tenham um mandado de busca, ou têm?

Ignorando-o, a vizinha se aproximou da mesa. Ergueu o jornal e sorriu ao ver a carta escondida. Antes que ela pudesse ler uma palavra que fosse, o velho bateu na mesa com a bengala, fazendo um barulho estrondoso. A xícara de chá ainda intacta pulou, respingando o seu conteúdo na calça da mulher; o pires, caindo no chão de cimento, não se quebrou.

O marido tratou de puxar a esposa, antes que ela pudesse reagir; tinha o rosto pálido quando garantiu ao professor que não pretendiam lhe fazer mal algum. Aquela voz, educada e num belo timbre de barítono, surpreendeu o velho. O sujeito era um operário qualquer, já que usava um macacão sebento e uma camisa bem esmolambada. O velho se deu conta de que nunca tinha ouvido o vizinho falar. Se fechasse os olhos, poderia imaginar uma mente mais instruída combinando com aquela voz.

A mulher, recobrando a coloração do rosto, saiu de trás do marido, dizendo:

— O que pensa que está fazendo? Esta é uma sociedade civilizada!

Tinha a voz esganiçada. O professor não conseguiu se impedir de sentir pena daquele marido cuja linda voz, se tivesse vida própria, ficaria provavelmente decepcionadíssima pelo descompasso com aquela outra, feia e esganiçada.

— Não pense que me assusta com esse estilo Guarda Vermelha da sua filha — prosseguiu ela. — Vou lhe dizer uma coisa: em nosso país, a verdade não deve ser imposta pela violência!

O professor Gu apontou a bengala para o rosto da mulher. Todo o seu corpo tremia.

— Não venha fazer merda na minha casa! — disse ele, bem devagar, tentando articular cada palavra.

— Quanta vulgaridade! E vinda de um professor! — exclamou a vizinha. — Quanto mais cedo o senhor for demitido, melhor será para a próxima geração.

O marido a empurrou, postando-se entre ela e a bengala que se agitava à sua frente e pedindo desculpas pelo mal-entendido. A mulher, porém, o afastou, retrucando que não havia necessidade alguma de ceder à grosseria daquele velho.

— Quero só ver o senhor me bater! Vamos, bata, sua raposa contrarrevolucionária! Bata para podermos pôr a sua cabeça sob a espada da justiça.

O professor Gu ficou olhando para a mulher, que espumava com uma hostilidade a seu ver incompreensível. Ela era da idade da sua filha, talvez com menos instrução e certamente desprovida de cérebro. Deixou a bengala cair no chão e, dirigindo-se ao marido, disse:

— Meu jovem, eu lhe imploro, e é um pedido de homem para homem. Eu lhe imploro, com toda sinceridade: por que não diz à sua esposa que uma atitude como essa só faz dela uma mulher feia, indesejada?

— Que ideia mais abominável — retrucou a vizinha, com desdém. — Por que deveria aprender o que quer que fosse com o meu marido? As mulheres são os principais pilares da nossa casa comunista!

O professor se sentou e, num pedaço de papel, escreveu com traços gigantescos: CALEM A BOCA. VÃO EMBORA. Os caracteres saíram tortos, sem qualquer vestígio de uma bela caligrafia. Mostrou o papel ao casal. Tinha decidido não desperdiçar mais nenhuma palavra com aquela mulher.

— Quem pensa que é para mandar em nós? Ouça o que lhe digo, você e essa sua mulher são como os grilos depois da primeira geada. Não lhes resta muito tempo para sair pulando por aí.

O vizinho tentou tirar a esposa dali à força; como ela continuou resistindo, ele lhe disse, em voz baixa que, agora, era melhor se calar, o que a mulher refutou, aos berros. O sujeito, então, a levou embora meio arrastada, meio carregada. Pela porta aberta, dava para ouvi-la gritar, xingando o marido, chamando-o de covarde mesmo diante de um velho inútil. O professor Gu precisou reunir toda energia possível para atravessar a sala e fechar a porta. Quando voltou para a mesa, as suas mãos tremiam tanto que ele não conseguia escrever. Aqueles visitantes, embora fosse ridiculamente óbvio que pretendiam descobrir alguns segredos em primeira mão, significavam perigo; mas, enquanto espera que a corda se aperte em seu pescoço, o que pode fazer um homem a não ser fechar os olhos e acreditar que a possibilidade de escapar ao seu destino não está nas mãos dos outros, mas sim na sua própria vontade?

SOB A PROTEÇÃO DA ESCURIDÃO do anoitecer, no dia seguinte ao feriado do Ching Ming, dez casas foram invadidas e revistadas. Pessoas foram presas e nenhum dos suspeitos resistiu. Ao cair da noite, as notícias da primeira vitória contra a insurreição anticomunista foi comunicada por telegrama à capital da província.

Uma autoridade de alto-escalão dentro do Partido, que veio de avião para assumir o caso, foi recebida pelo prefeito e sua equipe. Han e seus pais, antes considerados os mais confiáveis assessores do governo municipal, foram excluídos da tal reunião. Equipes especiais de segurança, formadas para garantir uma investigação imparcial e os expurgos necessários no local, e compostas por policiais e trabalhadores de uma cidade situada a mais de cento e cinquenta quilômetros de distância, vieram até Rio Lamacento em dez caminhões do Exército. Durante a viagem, um rapaz que acabava de herdar o posto do pai no departamento de polícia, soltou uma das cordas que prendiam a lona do veículo e espiou para fora. As estrelas prateadas no céu e a montanha escura, embora ao longe, o fizeram estremecer como um cachorrinho. Tinha acabado de fazer vinte anos e nunca tinha saído da sua cidade natal. Ficou imaginando as histórias que, quando voltasse, contaria à jovem escriturária que se sentava à sua frente; ela o chamaria de fanfarrão, insistindo em dizer que não acreditava em uma única palavra do que ele lhe dizia; mas o seu sorriso e o rubor do seu rosto mostrariam que a história era bem diferente, uma história que só eles dois compreendiam.

Os moradores de Rio Lamacento, apesar de toda a incerteza e das inúmeras especulações, confiavam no velho ditado: a lei não pune as massas que se desviam do rumo certo. Graças a essa convicção, podiam cuidar das suas ocupações noturnas, bebendo, discutindo, fazendo amor. Todos os seus grandes sonhos e os seus desejos mesquinhos readquiriam vida numa noite como essa, quando pessegueiros e ameixeiras florescem nas margens do rio e o seu perfume, transportado pelo vento da primavera, passa pelas janelas abertas e penetra nas casas das pessoas.

Um carpinteiro e o seu aprendiz atravessavam a ponte, rumo à montanha, o rapaz empurrando um carrinho de mão com as ferramentas e fitando a ponta vermelha do cigarro que pendia da boca do patrão. Este havia usado o dinheiro que lhe restava para comprar cigarros, pois, antes de descer à cidade, prometera a si mesmo provar que gosto eles tinham. Houve ainda outras promessas, feitas à sua esposa e aos pais do seu aprendiz, antes da partida para a cidade, mas a esperança que tinham de ganhar uma pequena fortuna foi frustrada pelos figurões que os contrataram para fabricar, entre outras coisas, três móveis para TV pagando-lhes apenas o salário mínimo. Essa gente da cidade, disse ele, entre uma e outra baforada, são um bando que teve o coração devorado por cachorros do mato; alertou o aprendiz a não cometer o mesmo erro outra vez, mas o jovem, que tinha ficado intrigadíssimo com as televisões que vira na casa dos tais figurões, só conseguia se imaginar sentado numa das poltronas que tinha ajudado a fabricar, de olho naquelas mulheres lindas que apareciam na TV, bastando, para isso, que se apertasse um botão.

Sentado diante da cabana dos Hua, um mendigo cego esfregava um pedaço de breu no arco do seu violino de duas cordas. Estava indo de uma cidade a outra quando encontrou o velho catador de lixo e sua esposa que o convidaram para pernoitar em sua casa e fazer uma boa refeição. O mendigo não os conhecia, nem por isso se espantou quando, depois de uma rodada de bebida, os dois começaram a lhe contar histórias da vida que levaram pelas estradas. Os iguais se reconhecem, a despeito dos eventuais disfarces, e, no fim, os três já embriagados riram e choraram juntos. Os Hua pediram ao mendigo que parasse de vagar e se instalasse ali com eles, e o sujeito achou bem normal aceitar a proposta. Agora, porém, que a magia da aguardente de arroz havia se desfeito, o cego sabia que, assim que amanhecesse, a primeira coisa a fazer seria ir embora. Nunca havia ficado com ninguém na vida e agora era tarde demais para mudar tal destino. Experimentou o arco nas cordas e o violino suspirou e gemeu.

A porta se abriu; o cego deteve o arco e ficou à escuta. Lá dentro da cabana, o marido roncava e a mulher fechou a porta com o mesmo cuidado com que a tinha aberto, vindo se sentar junto do mendigo.

— Eu a acordei — disse ele.

— Toque, ande — retrucou a sra. Hua.

O cego pretendia sair furtivamente, sem acordar o casal, mas, agora, com a mulher sentada ali ao seu lado, sentiu que lhe devia uma explicação.

— Foi muita gentileza sua me convidar para ficar — disse ele. — Não quero passar por alguém que muda de ideia a toda hora, mas acho que devo recusar a sua delicadeza.

— Precisa voltar para a estrada. Não o culpo por isso.

— Quem está destinado a não ter teto acha difícil se fixar em algum lugar.

— Sei disso. Adoraria voltar para a estrada também — disse a sra. Hua. — Mas, vamos lá, toque.

O mendigo assentiu, sabendo que o casal não ficaria ofendido ao vê-lo ir embora. Bem devagar, começou a passar o arco pelas cordas, tocando uma velha canção chamada "Despedida", em homenagem àquela amizade de um dia.

XI

Bashi estava apaixonado, o que o deixava perplexo. O desejo de estar com Nini a todo instante parecia não vir de entre as suas pernas, mas de algum outro ponto do seu corpo que nunca tinha se manifestado antes e que o rapaz não conseguia explicar. Pensou muito e a única experiência semelhante que lhe ocorreu foi numa ocasião, quando tinha três anos, não muito depois de a sua mãe tê-lo deixado com a avó. Naquele ano, o inverno havia sido particularmente rigoroso em Rio Lamacento e todo dia, ao acordar de manhã, encontrava as toalhas congeladas no varal, embora a sua avó não poupasse um centavo sequer na compra de carvão. Diariamente, os dois se enfiavam na cama juntos, logo depois do jantar, e, lá pelo meio da noite, era comum Bashi acordar com os pés enregelados. Começava a choramingar e a sua avó, ainda sonhando, segurava os pezinhos do neto e os punha entre os seios, sem uma camada que fosse de roupa entre ambos. Aquele calorzinho suave fazia o menino estremecer com um medo e uma excitação inexplicáveis, e ele ficava ali, acordado, mexendo um dos dedos, depois outro, imaginando todos eles vivendo a sua aventura, até que voltava a pegar no sono.

Desejava estar com Nini do mesmo jeito que, no passado, adorava o contato com os seios da avó. Às vezes, se preocupava, achando que podia haver algo errado com o centro da sua masculinidade, mas ele nunca deixava de cumprir o seu papel e ficava duro quando Bashi pensava na menina. O problema acontecia quando ela estava por perto, um corpo tangível, quente e macio. O rapaz não conseguia desejá-la como queria. O exame pré-nupcial que lhe ocorrera fazer era agora uma ideia fixa; aquela visão breve de uma trilha secreta que a menina abrira para ele facilmente, com confiança e até mesmo de um jeito divertido, o deixava envergonhado. O seu cabelo ralo e curtinho, cortado pela mãe sem qualquer cuidado, parecia um ninho de passarinhos. O seu queixo pontudo, os braços ossudos e os lábios eternamente rachados lhe davam vontade de tomá-la nos braços, embalá-la, niná-la. Mas mesmo esse desejo o deixava sem jeito na sua presença. O que ela ia pensar dele, um homem com mais de um parafuso solto na cabeça?

Nini, porém, parecia não se dar conta dessa luta do rapaz. Na manhã seguinte ao Ching Ming, apareceu na casa dele com tanta naturalidade quanto a luz do dia. Circulava por todo canto como se tivesse crescido ali dentro. Bashi ficou esperando que ela retomasse o assunto casamento; acreditava em tudo que tinha lhe dito enquanto fazia o tal exame pré-nupcial, mas sabia que casar com uma menina de doze anos não era lá tão simples assim. Mas Nini não o pressionou, como ele temia que pudesse acontecer. Estava mais falante, até um pouco tagarela; em tom brincalhão, criticou a bagunça do seu quarto, e, antes que ele pudesse esboçar qualquer defesa, ela se encarregou de arrumar tudo. Nem pestanejou quando encontrou meias e cuecas fedidas debaixo da cama. Bashi protestou ao vê-la pegar a roupa para lavar, mas a menina não lhe deu ouvidos. Se os homens soubessem cuidar de si sozinhos, disse ela, para que precisariam de uma mulher?

Nini parecia não ter noção do próprio valor, pensou Bashi. Não tinha aquelas atitudes que as outras mulheres têm quando estão sendo cortejadas, ou, talvez, fosse simplesmente uma menina com um coração de ouro. Encantado com a sua boa sorte, o rapaz estava louco para encontrar um amigo a quem pudesse contar a sua história de amor, mas não existia alguém assim na sua vida. Mentalmente, passou em revista todas as pessoas que conhecia — os primeiros, é claro, foram os Hua, e, quanto mais pensava neles, mais Bashi se convencia que os dois seriam os únicos dispostos a oferecer a ajuda de que Nini e ele precisavam. Mas, e se o casal fosse antiquado e não aprovasse um casamento arranjado pelos próprios jovens?

De manhã, o rapaz encontrou a sra. Hua na rua; as prisões da véspera praticamente não haviam alterado o cotidiano de Rio Lamacento.

— O seu casamento com o velho Hua foi arranjado pelos seus pais ou pelos dele? — indagou Bashi.

A velha continuou varrendo. Sabia muito bem que a pergunta tinha sido dirigida a ela, mas, desde aquele sonho sobre a morte da filha caçula, a Coelhinha, estava achando difícil se concentrar numa conversa. O violinista cego, que veio e se foi com aquelas suas canções de partir o coração, tinha lhe dado uma saudade enorme da vida que levava pelas estradas. Mencionou a possibilidade de deixarem aquele casebre e retomarem a vida errante. Antes de partirem definitivamente deste mundo, poderiam ir visitar as filhas, as casadas e as que tinham sido levadas embora. De início, o velho não disse nada, e, quando a mulher insistiu no assunto, retrucou que achava que tais visitas não fariam bem algum nem às filhas nem a eles mesmos.

— Sra. Hua? — exclamou Bashi, pondo a mão no cabo da vassoura. Ela então o fitou. Mais que em qualquer outro dia, o rapaz lhe parecia alguém que conhecera muito tempo atrás. A velha fechou os olhos, mas não conseguia situar a tal pessoa na memória.

— Houve uma casamenteira que foi falar com os seus pais ou com os do velho Hua?

Aquele rapaz, tão sério e persistente quando fazia perguntas sem a menor importância, a deixava atordoada. Quem era a pessoa que lhe aparecia de novo no corpo dele?

— Sra. Hua?

— Quando eu o conheci, era mendigo — disse ela.

— Então ninguém funcionou como casamenteiro, falando com os seus pais e os dele?

— Nenhuma casamenteira iria visitar pais já mortos nos seus túmulos. O meu marido é órfão desde que se entende por gente.

Bashi ficou radiante com aquela resposta. Ele próprio era órfão e Nini praticamente também. Era evidente que não precisavam da bênção dos pais, estivessem eles vivos ou mortos.

— O que a senhora acha de Nini?

A sra. Hua o fitou com tamanha intensidade que Bashi chegou a ficar assustado. Pensou até que poderia ter cometido um erro ao trazer tal assunto à baila. Será que a velha ia ficar desconfiada e entregá-lo à polícia?

Era o menino flautista, lembrou a sra. Hua. O menino que apareceu certa vez, implorando para se tornar seu filho. Ergueu os olhos para o céu e começou a calcular. Em que ano foi isso? No primeiro ano em que ela e o marido começaram a pensar na própria morte e na vida das meninas sem eles por perto — 1959, quando a fome estava apenas no início: um golpe duro para todos, e mais duro ainda para os mendigos. Na época, tinham quatro filhas, Glória-da-manhã estava com treze anos, Peônia, com dez, Lótus, com oito e Hibisco, com sete. O próprio flautista não tinha mais que uns doze anos: era órfão e ficava indo de aldeia em aldeia, como eles mesmos faziam, tocando a sua flauta e pedindo esmolas.

— Sabe flauta? — perguntou a sra. Hua.

— A Flauta? Não sei quem é, não. Ela me conhece?

O garoto de vinte anos atrás também falava assim, com essa mesma desenvoltura, mas a música que tocava poderia fazer uma pedra chorar, tamanha era a tristeza que a sua flauta transmitia; mas poderia ainda fazer um morto rir no seu caixão, quando estava disposto a isso. O tal menino tinha feito inúmeras moças mais velhas se apaixonarem por ele; até mesmo algumas mulheres casadas, quando os maridos estavam no mercado ou no campo, ficavam paradas diante de casa, provocando-o com piadinhas geralmente reservadas aos casais, por trás das portas fechadas. Apesar de toda a atenção que conseguia despertar, o garoto veio implorar que a sra. Hua e o marido o adotassem; passaria a chamá-los de *baba* e *mama*, e poderia ajudá-los com a flauta. O velho Hua, porém, recusou. Aquela flauta e aquela fala mansa seriam um verdadeiro inferno para as filhas do casal, disse ele à mulher depois do episódio terminado. Ela concordou, mas não sem uma ponta de tristeza, e, agora, o garoto voltava à sua vida, numa outra encarnação, sem a flauta; mesmo assim, ela o reconhecia.

— O que acha de Nini, sra. Hua?

— Por que pergunta, filho?

— O que acha da ideia de eu me casar com ela? — indagou Bashi. — Não me olhe como se eu tivesse duas cabeças, sra. Hua! Está me deixando com medo.

— Por que quer se casar com Nini?

— Vai ser muito melhor para ela ficar comigo que com os próprios pais — disse o rapaz. — E eu seria o homem mais feliz do mundo se pudesse passar os meus dias com ela!

A sra. Hua o fitou, muito séria. Durante um ano inteiro, depois que o pequeno flautista os deixou, Lótus ficou tristonha, coisa nada comum para uma menina de oito anos. De todas as quatro, foi ela quem ficou mais próxima do garoto; aprendeu a cantar, acompanhada pela flauta, e ele brincava, dizendo que os dois fariam o melhor casal de mendigos do mundo, com aquela flauta e aquela voz. Na ocasião, a sra. Hua se perguntou se não havia sido um erro recusar aquela adoção, mas, quando comentou as suas dúvidas com o marido, ele abanou a cabeça. Lótus era a mais simplória das quatro e o menino, com aquela carinha esperta demais para o seu próprio bem, acabaria um dia partindo o seu coração. Além disso, acrescentou o velho Hua, iam querer que a filha repetisse o seu próprio destino, casando-se com um mendigo e vivendo sem um teto sobre a cabeça?

— Estou falando sério — prosseguiu Bashi. O silêncio da sra. Hua o estava deixando nervoso e ansioso para provar a sinceridade dos seus sentimentos. — Vou tratar bem dela.

— Eu o vi crescer ao longo desses anos, Bashi — disse a velha. — Conheço você bem o bastante para não achar que seja um mau sujeito, mas qualquer outra pessoa que ouça isso vai achar que você enlouqueceu.

— Por quê?

— Ela ainda é uma criança.

— Mas vai crescer — retrucou o rapaz. — Posso esperar.

Na verdade, por que ele não teria o direito de pensar em se casar com Nini? E se tivessem deixado o menino flautista entrar para a família? Agora, poderiam ter mais gente com o seu nome, uma filha e um genro para cuidar da sua partida para o outro mundo, música que traria alguma cor às suas vidas tão sem graça, netos para amar...

— Quem mais vai casar com ela e tratá-la bem? Eu a amo — disse Bashi, empertigando-se o máximo que pôde ao fazer declaração assim tão ousada. — Nini nunca vai ser feliz na casa dos pais. Será que a senhora poderia ser a nossa casamenteira? Poderia ir falar com a família dela em nosso nome? Eles não podem receber proposta melhor.

— Ela é jovem demais — replicou a sra. Hua.

— A senhora entregou as suas filhas pequenas para se casarem em outras famílias, não foi? — insistiu Bashi. — Posso esperar até ela crescer. Posso pagar para Nini ir morar com vocês. Só preciso que eles me deem a sua palavra de que ela será minha.

A sra. Hua o fitou. A roda da vida, com o seu movimento impiedoso, podia, às vezes, ser compassiva. O menino tinha voltado para ela, dando-lhe uma segunda chance, mas qual seria a decisão certa para qualquer mãe, para qualquer mulher?

— Deixe eu conversar com o meu marido — disse ela. — Pode passar lá em casa hoje à tarde? Até lá, já teremos uma resposta para você.

TONG PRECISOU ANDAR um bom tempo pelas ruas até tomar coragem e voltar à escola. Estava achando que a professora ia lhe pedir explicações com relação à véspera. Jamais conseguiria o lenço vermelho, agora que tinha virado um menino desonesto, fingindo estar doente e matando aula. Um dia, ela disse que uma rachadura bem pequena no casco de um navio o faria afundar em alto-mar, e o menino já se via como uma alma degenerada rumando para uma vida de pecado, ideia que deixou os seus olhos cheios de água. A primeira coisa que faria, ainda pela manhã, seria admitir o seu erro, antes que aquela fenda aumentasse, transformando-o num jovem criminoso.

A professora, porém, não parecia disposta a lhe fazer perguntas. Da primeira à sexta série, as aulas haviam sido suspensas. O diretor convocou uma reunião de emergência para todos os professores e funcionários, e os alunos foram conduzidos ao auditório sem ninguém para tomar conta deles. Não tardou muito para que o local, sem qualquer vigilância, explodisse na maior barulheira. Meninos das turmas mais adiantadas corriam loucamente pelos corredores e os menores, embora não ousassem sair dos seus lugares, começaram a atirar aviõezinhos de papel uns nos outros. As meninas gritavam quando os garotos esbarravam ou tropeçavam nelas e algumas tiraram da bolsa tiras de plástico coloridas para fazer chaveiros em forma de peixinhos dourados ou de papagaios. Ninguém perguntou por que tinham sido levados para o auditório nem por quanto tempo ficariam ali; a única coisa que lhes ocorria era que aquele dia de felicidade duraria para sempre.

Tong ficou perto de uns poucos colegas mais quietinhos, meninos e meninas que podiam passar horas a fio sentados nos seus lugares se o professor os mandasse fazer isso. Ia haver uma guerra, sussurrou a garota que estava ao seu lado. Que guerra?, perguntou o menino, mas ela não respondeu, limitando-se a dizer que tinha ouvido o pai falar com a mãe a esse respeito. Essa sua colega era o tipo de garota que enrubesce a cada palavra que diz; Tong ficou olhando para o seu rosto vermelho, achando difícil acreditar naquela história.

Meia hora depois, o diretor levou os professores ao auditório. Fez soar o seu apito com toda força, ferindo os ouvidos de todos ali dentro. Mais que depressa, os alunos voltaram aos seus lugares e a sala logo ficou em silêncio. O diretor subiu no estrado e, como sempre, antes de começar a falar, pigarreou várias vezes já diante do microfone que estalou e ampliou aquele barulho.

— Um acesso de epidemia contrarrevolucionária veio pegar Rio Lamacento de surpresa — disse ele. — Quero que todos compreendam que se trata de uma emergência e que se não nos cuidarmos, talvez sejamos os próximos infectados por essa doença virulenta.

Houve crianças que se remexeram na cadeira, algumas tossindo, outras esfregando o nariz.

— É hora de limparmos a nossa alma e o nosso coração com o mais poderoso dos desinfetantes — prosseguiu o diretor, dando socos na mesa à sua frente para enfatizar cada palavra, e os corações das crianças davam pulos ao ritmo do seu punho fechado.

— Todos vocês nasceram sob a bandeira vermelha da revolução e cresceram no pote de mel que ela nos propiciou — disse ele. — Às vezes, exatamente esse privilégio pode fazer com que as pessoas se esqueçam de agradecer pela felicidade que temos neste país. Agora, respondam, crianças, quem lhes deu essa vida tão feliz?

Houve um momento de hesitação até que alguns alunos das turmas mais adiantadas responderam:

— O Partido Comunista.

— Não ouvi direito — replicou o diretor. — Falem mais alto se confiam na resposta que estão me dando.

Alguns professores se levantaram, incitando os alunos com gestos, e outras vozes vieram se juntar ao coro. Foram várias tentativas até o diretor se dar por satisfeito com a resposta tonitruante.

— *Vida longa ao maior, mais glorioso e infalível Partido Comunista Chinês!* — acrescentou ele, acompanhando a exclamação com outros socos. — Todos vocês entendem essas palavras? O que significa essa frase? Significa que o nosso partido jamais se enganou e jamais se enganará; significa que qualquer coisa que fizermos não escapará ao escrutínio do Partido. Sei que lhes ensinaram a respeitar os seus pais, mas o que são eles em comparação com o Partido, o nosso pai mais importante? Antes de serem filhos dos seus pais, vocês são filhos do Partido. Ele ama a todos igualmente, mas, se alguém comete um erro, exatamente como quando um filho comete um erro, o Partido não deixa escapar o menor deslize. Ninguém será poupado; nenhum crime será tolerado.

Tong tinha os olhos quentes e inchados. Como ele, um filho amado pelo Partido, podia ter matado aula só por causa de um bicho de estimação desaparecido? Como podia ter esquecido que o seu destino era se tornar um herói? A ternura só faria dele um inútil, como dizia o seu pai; supostamente, ele era um menino especial e nunca mais se permitiria esquecer disso. Gritou os slogans junto com os outros alunos. Não conseguia ouvir a própria voz, mas tinha certeza que ela chegaria até o Partido, pedindo-lhe perdão.

Depois da reunião, todos voltaram para as salas de aula, em fila. Mandaram que os mais adiantados descrevessem em detalhes o que tinham feito em família no dia do Ching Ming. Aos menores, deram tempo para pensar e tentar lembrar de tudo, com os professores circulando entre as carteiras para que as crianças que se distraíam com facilidade fossem constantemente instadas a prestar atenção.

O seu cachorro tinha desaparecido na véspera, portanto, passou o dia do Ching Ming procurando por ele. Foi isso que Tong disse aos professores na sala à parte, quando chegou a sua vez de confessar. Os dois interrogadores, sentados à mesa com cadernos abertos à sua frente, eram desconhecidos: tinham sido chamados de uma outra escola, pois o distrito educacional havia dado instruções para que as equipes fossem trocadas, evitando-se, assim, que as respostas das crianças pudessem ser influenciadas, de uma forma ou de outra, pelos seus próprios professores. O mais jovem, uma mulher de uns trinta anos, anotou alguma coisa e, depois, perguntou:

— Qual é o nome do seu cachorro?

— Orelhudo.

Os dois se entreolharam e o outro, um homem dos seus cinquenta anos, exclamou:

— Mas que nome é esse?

Tong se remexeu na cadeira. Os seus pés não encostavam no chão. Aquela cadeira, feita para adultos, tinha sido instalada no meio da sala, de frente para a mesa e as duas outras cadeiras que ficavam junto dela. O menino tentou manter os olhos fixos nos sapatos, mas, já que tinham vontade própria, eles acabaram indo fitar as quatro pernas que se viam por baixo da tal mesa. A calça do homem, de um cinza-esverdeado, tinha dois remendos de cor semelhante na altura dos joelhos; os sapatos de couro preto da mulher tinham umas fivelinhas de um metal brilhante, no formato de borboletas. Tong não sabia por quanto tempo ficariam lhe fazendo perguntas. Embora o diretor e os professores não tivessem dito nada sobre aquele abaixo-assinado, ele sabia que isso era algo que deveria esconder.

— Quem pode provar que você estava procurando o seu cachorro? — perguntou o professor.

— A minha mãe e o meu pai — respondeu o menino.

— Eles foram junto com você?

Tong abanou a cabeça.

— Então, como podem saber o que você andou fazendo? — perguntou o mesmo interrogador. — O que eles estavam fazendo enquanto você procurava pelo cachorro?

— Não sei — disse Tong. — Saí bem cedinho. Eles sempre acordam tarde aos domingos.

— Sabe o que os seus pais fazem aos domingos de manhã? — indagou o professor, num tom estranho, e a professora baixou os olhos para o caderno, tentando disfarçar um sorriso cúmplice.

Mais uma vez, o menino abanou a cabeça. As suas costas estavam frias de suor.

— O que eles fizeram quando acordaram? — indagou o homem.

— Nada — respondeu Tong.

— Nada? Como dois adultos podem não fazer nada?

— Mamãe lavou roupa — disse o menino, com alguma hesitação.

— Bom, isso já é alguma coisa. E depois?

— Papai consertou o fogareiro — respondeu ele. Não era exatamente mentira: a tampa do fogareiro tinha quebrado e a sua mãe pediu diversas vezes ao marido que a consertasse, o que ele só fez na semana anterior. Isso é o tipo de coisa que pais fazem aos domingos.

— O que mais?

— Mamãe preparou o café da manhã e o jantar.

— Mas não o almoço? Um deles saiu para comprar comida?

— Só fazemos duas refeições aos domingos — disse Tong. — Eles não saíram. Dormiram um tempão à tarde.

— De novo? — exclamou o professor, exagerando na expressão de descrença.

Tong mordeu o lábio e ficou calado. A sua mãe sempre dizia que dormir era a melhor maneira de poupar energia e, assim, não precisar gastar mais dinheiro almoçando aos domingos. Mas como poderia explicar isso aos professores?

— Os seus pais saíram de casa em algum momento, pela manhã? — perguntou o homem. — Digamos, entre sete horas e meio-dia?

Tong abanou a cabeça. Tinha a vaga sensação de que não estavam acreditando nele, e que, mais cedo ou mais tarde, acabariam revelando a sua mentira para a escola e para os seus pais. O que fariam com ele então? Não ia conseguir aquele lenço vermelho no pescoço quando chegasse o mês de junho.

— Tem certeza?

— Voltei para casa, para tomar café, e eles me disseram que era perda de tempo continuar procurando Orelhudo. Então, fiquei em casa com eles.

— Encontrou o seu cachorro? — perguntou a professora, tapando a caneta-tinteiro e dando uma olhada na lista, já pronta para receber o próximo aluno.

Tong tentou loucamente conter as lágrimas, mas o seu esforço cedeu lugar ao medo, não só por mentir, mas também por ter assinado o nome do seu pai naquele pano branco. Os dois professores o fitaram por um instante.

— Não chore por causa de um cachorro desaparecido — disse a mulher. — Peça que seus pais arranjem outro para você.

O menino começou a chorar mais alto e não respondeu. Com um gesto, o professor o dispensou e a sua colega o levou para fora da sala pela mão. Por um instante, Tong quis confessar tudo àquela mulher, cuja mão quente e macia conseguiu acalmá-lo um pouco, mas, antes que pudesse abrir a boca, ela mandou que a professora da sua turma viesse pegá-lo e chamou o próximo aluno.

Ele ficou esperando, no seu lugar, sem falar com as outras crianças. Não lhe perguntaram por que estava chorando; antes dele, duas meninas e um menino tinham saído daquela sala fungando ou soluçando, e ninguém se mostrou surpreso ou preocupado.

Já passava da hora do almoço quando o diretor, pelo sistema de alto-falantes, anunciou que haveria uma pausa de uma hora. Nenhuma das crianças deveria conversar com os colegas ou com os pais. Quem desobedecesse àquela regra ia se ver em maus lençóis.

Tong saiu andando devagar. De manhã, tinha reparado no súbito aparecimento de várias lagartas pretas, chamadas "ferrão do choupo". Agora, menos de meio dia depois, outras centenas delas tinham aparecido pelas calçadas e pelos muros das ruelas. Muitas haviam sido esmagadas por pés descuidados e rodas de bicicletas, e aqueles corpinhos minúsculos e suas entranhas estavam ali secando ao sol.

Quando o menino entrou na sala, os pais olharam para ele e, depois, retomaram a conversa que estavam tendo.

— Quem sabe? — disse o seu pai. — Talvez o governo só pretenda fazer algum alarde para assustar um pouco as pessoas e, no final, não vai acontecer nada de mais sério.

Tong se sentou à mesa, tendo um prato de sopa de macarrão à sua frente. A mãe mandou que ele andasse depressa, pois os dois tinham de voltar ao trabalho em meia hora.

— O jeito como as coisas estão sendo feitas me deixa com o coração aos pulos.

— O coração das mulheres pula por qualquer coisa — retrucou o pai, em tom de deboche. — Um pardal atropelado pode fazer o seu coração quase sair pela boca. Ouça o que lhe digo: a lei não pune as massas. Nem precisamos ir muito longe. Basta lembrar da quantidade de gente que foi espancada pela Guarda Vermelha em 1966. Agora que aquela atitude é considerada errada e ilegal, já viu algum ex-membro da Guarda Vermelha ser punido? Não.

O menino foi comendo bem devagar, pois a sua garganta doía a cada colherada que engolia. Quando a mãe mandou que comesse mais depressa, perguntou:

— Por que a lei não pune as massas, papai?

— Até que enfim você pergunta alguma coisa que não tem a ver com aquele seu cachorro — exclamou o pai. Lá de fora, veio o barulho incessante de sirenes. A mãe do menino parou para ouvir, ficando com os pauzinhos a meio caminho da boca.

— Parece carro de bombeiros — disse ela, dirigindo-se ao marido.

Este foi até o quintal para ver o que estava acontecendo. Logo depois, voltou e disse:

— Dá para ver a fumaça daqui.

— Onde é o incêndio?

— Do lado leste.

Em qualquer outro dia, Tong perguntaria se podia ir lá ver, mas continuou sentado ali, mordiscando aquele macarrão que parecia não acabar nunca.

— Está doente? — perguntou a mãe, pondo a mão na sua testa.

— Doente de amor por um cachorro — retrucou o pai.

O menino não respondeu. Obrigou-se a terminar o almoço para evitar que o pai pudesse fazer comentários sobre os seus hábitos alimentares. Afinal de contas, talvez não acontecesse nada de ruim, como ele tinha dito. Essa esperança o deixou mais animado, indo a caminho da escola. Mas, e se o seu pai estivesse enganado? Os adultos erram, pois não disseram que nada aconteceria a Orelhudo? Quando lembrou disso, o desespero voltou a se apossar dele. Tong ficou com frio, sentindo a brisa da primavera; saiu andando meio aos tropeções, como se estivesse pisando em nuvens de algodão.

Duas professoras diferentes, de uma outra escola, haviam assumido a sua turma e, um a um, todos os alunos tiveram de responder às mesmas perguntas pela segunda vez. Elas eram menos intimidadoras e Tong conseguiu encará-las. Aparentemente, não viram nada de estranho nas horas de sono dos pais do menino. Tem certeza?, perguntava uma delas sempre que ele lhes dava uma resposta qualquer; e, como falava de um jeito bem delicado, Tong não teve dificuldade em mentir. Ao fim do interrogatório, estava aliviado. As professoras foram boazinhas — não seriam, se já tivessem descoberto tudo. Na verdade, ele não tinha feito nada de grave, a não ser procurar por Orelhudo, e, quanto mais pensava nisso, menos aquela assinatura no pano branco lhe parecia real. Pouco depois, o abaixo-assinado já não era mais uma preocupação.

NINI NÃO SABIA que um segredo podia ter vida própria. O fato de existir um lugar onde ela ia morar um dia logo ocupou todo o espaço existente no seu peito, e continuou a se expandir, deixando doloridos os seus seios miúdos. Os seus membros, mesmo a perna e o braço bons, pareciam cada vez mais distantes, com as articulações se tornando frouxas e fora do seu controle. A menina se observou no espelhinho ovalado, de apenas um palmo, que a segunda irmã havia escondido debaixo do travesseiro. Embora o espelho só a deixasse ver um lado do rosto de cada vez, a pessoa refletida ali não era mais a criaturinha feia que conhecera: agora, tinha os lábios mais carnudos, as bochechas mais roliças, sempre coradas.

Não era a primeira vez que a sua mente andava ocupada. Antes de Bashi, foram o professor e a sra. Gu. Alguns desejos, porém, pareciam mais exigentes que outros e Nini sentia que, agora, o seu corpo era pequeno demais para conter aquele segredo. Tinha de morder a parte interna da boca para evitar deixar escapar as novidades para um estranho qualquer na rua, ou, o que seria pior ainda, para a sua família. Afinal, quando teve a impressão de que ia explodir, pegou a neném e disse à Pequena Quarta e à Pequena Quinta que ia levá-la ao mercado. As duas lhe imploraram para ir junto, mas Nini respondeu que tinha outras coisas a fazer e que elas só iam atrapalhar. Para aquietá-las, deu a cada uma um doce que havia trazido da casa de Bashi. Prometeu-lhes mais se ficassem em casa, bem-comportadas. Não podiam ir brincar no quintal?, perguntou a Pequena Quarta, jurando que não poriam o pé na rua. Nini hesitou. As duas meninas pareciam até gêmeas e, desde que estivessem juntas, o seu mundo estava completo. Em geral, não havia problema em deixá-las brincar no quintal, mas ela acabou decidindo que, aquela vez, não lhe faria mal algum exercer mais autoridade, para que cada favor recebesse, em troca, gratidão e obediência. Disse às irmãs que ia ter de trancá-las em casa. Ambas pareceram desconsoladas, embora não tenham reclamado. Ficaram paradas ali, comendo o doce e olhando a mais velha que trancava a porta, passando o cadeado pelo lado de fora.

— Arranjei um cunhado para vocês — sussurrou ela, quando já estavam na rua, roçando com os lábios a orelha da Pequena Sexta.

A menininha apontou para um carro da polícia parado numa transversal, com as luzes piscando.

— Luz, luz.

— Vou arranjar um bom marido para você também e as pessoas vão ter tanta inveja que os olhos delas vão ficar verdes — acrescentou Nini, imaginando a fúria impotente dos pais e das duas meninas maiores. Se a Pequena Quarta e a Pequena Quinta se comportassem, consideraria a possibilidade de ajudá-las também. Com toda brandura, virou o rostinho da neném até conseguir que ela a fitasse, e não ao carro da polícia.

— Preste atenção — disse ela. — Quer uma vida melhor? Se quiser, vai ter de ficar do meu lado. Nunca ame qualquer outra pessoa naquela família. Ninguém vai fazê-la feliz, a não ser eu, a sua irmã mais velha.

— Mã — balbuciou a Pequena Sexta, colando a boca molhada no rosto de Nini.

— O seu cunhado... — disse a menina, corando diante da própria audácia em chamar Bashi daquele jeito. — O seu irmão mais velho, que consegue fazer até uma pedra rir.

Mais uma vez, a neném balbuciou alguma coisa, tentando dizer "irmão", uma palavra nova para ela.

— Ele é rico e vai lhe dar um dote quando chegar a sua vez de se casar. Não espere isso de qualquer outra pessoa...

Quando entraram na casa de Bashi pela porta que não estava trancada, ninguém respondeu aos chamados de Nini. A porta do quarto estava fechada. A menina bateu.

— Sei que está aí dentro; não me venha com as suas brincadeiras — disse ela.

Não houve nenhuma resposta lá do quarto. Nini colou o ouvido à porta e ouviu barulho de pano.

— Bashi? — chamou ela.

— Um segundo — respondeu a voz dele, em pânico.

A menina empurrou a porta. Bashi se aproximou quase correndo, fechando a braguilha com uma das mãos.

— Não sabia que você vinha — disse ele, um tanto ofegante.

— Quem está aqui? — perguntou Nini, fitando aquele rosto afogueado.

— Ninguém — respondeu o rapaz. — Só eu.

A menina lhe entregou a neném e foi verificar. A reação de Bashi lhe pareceu suspeita, e, instintivamente, sabia que havia uma outra mulher que ele estava tentando esconder. Puxou a manta embolada sobre os lençóis, mas não havia ninguém ali. Espiou debaixo da cama. Atrás da cortina, a cama da avó estava vazia. E o armário também.

— O que está procurando? — indagou Bashi, sorrindo, com a neném encarapitada nos ombros e lhe puxando o cabelo.

— Está escondendo alguém de mim? — replicou a menina, depois de se certificar de que não havia vestígios de outra mulher dentro do quarto.

— Claro que não.

— Por que outra razão você estaria dormindo no meio da manhã?

— Não estava exatamente dormindo. Voltei da rua e me deu vontade de me deitar um pouco — disse Bashi. — Estava sonhando com você quando chegou.

— Que idiota acreditaria nisso?

— Pode acreditar — retrucou ele. — Não tenho ninguém mais em quem pensar. Só você.

Nini estava a ponto de rir, mas Bashi a fitava com um quê de desespero nos olhos.

— Vou acreditar — disse ela.

— Falei com a sra. Hua.

A menina sentiu o coração parar por um instante.

— E o que ela disse?

— Não disse não.

— Mas concordou?

— Disse que precisava falar com o marido, mas acho que vão concordar. Por que não concordariam? Parece até que ela ia me dar um beijo quando lhe contei que queria me casar com você.

— Bobagem! Por que ela ia querer lhe dar um beijo? É uma velha.

— Então você quer me beijar, mocinha?

Nini lhe deu um soco no braço. O rapaz se esquivou de um salto, fazendo a neném gritar, feliz da vida. A menina abriu os braços, tentando alcançá-lo. Ele ficou pulando e os três riram às gargalhadas.

Ela foi a primeira a se acalmar. Estava cansada, disse, sentando-se na cama de Bashi. A Pequena Sexta recomeçou a puxar o cabelo do rapaz, pedindo mais correria. Ele saiu andando pelo quarto, cantando uma canção sobre soldados indo para o front na Coreia. A neném acompanhava, dando uns tapinhas na sua cabeça, e Nini, cantarolando baixinho. Quando parou de cantar, Bashi tirou a garotinha dos ombros e a pôs na cama, ao lado da irmã. Pegou então o lenço que ela usava, dobrou-o fazendo um camundongo e, com uns movimentos dos dedos, fez o bichinho pular em cima da neném, como se tivesse vida própria. A Pequena Sexta soltou uns gritinhos de alegria. Nini se assustou, e, depois, riu.

— Que sortudo eu sou, tendo duas meninas-flores aqui em casa — disse Bashi.

— O que foi que você disse? — perguntou Nini, parando de rir.

— Que, com uma brincadeira, fiz as duas rirem.

— Não, disse mais alguma coisa — insistiu a menina. — O que quis dizer com isso?

— O que quis dizer? Não sei — respondeu ele, coçando a cabeça.

— Mentira! — retrucou Nini, e, sem mais nem menos, os seus olhos se encheram de lágrimas. Tinha falado como uma daquelas mulheres mal-humoradas que via no mercado; como a própria mãe, e ficou com vergonha.

A Pequena Sexta continuou mordendo o rabo do seu ratinho de pano, fitando a ambos com o maior interesse.

— Está com dor de barriga? — perguntou Bashi, parecendo preocupado.

— O que pretende fazer com a neném? — perguntou Nini. — Já lhe disse que ela não é sua. Vai ter o melhor homem do mundo.

— Melhor que eu?

— Cem vezes melhor — disse a menina, embora já estivesse começando a sorrir. — Nem pense em querer a Pequena Sexta!

— Céus! Ela não passa de um bebê...

— Mas não vai ser um bebê para sempre. Vai crescer e, quando isso acontecer, você não vai mais gostar de mim, porque ela vai ser mais jovem e mais bonita. É isso que está planejando? Vai se casar comigo para, um dia, ficar com a Pequena Sexta?

— Juro que nunca planejei nada.

— E quando ela crescer?

— Sendo o seu irmão mais velho, é claro que vou cuidar dela. E escolher um marido cem vezes melhor que eu.

— Irmão, irmão — disse a neném, sempre com o lenço na boca.

Tentando disfarçar os próprios sentimentos, Nini lhe disse que não acreditava nele.

— Estou falando sério. Se não for verdade, que todos os camundongos do mundo venham me roer até a morte; ou um escorpião pique a minha língua e eu nunca mais volte a falar; ou que uma espinha de peixe entale na minha garganta e eu nunca mais consiga engolir um grão de arroz sequer — disse Bashi. — Juro que só existe você no meu coração.

Ao fitá-lo, Nini não viu sinal de brincadeira nos seus olhos.

— Não faça juramentos assim tão severos — disse ela, brandamente. — Acredito em você.

— Não acredita, não. Se ao menos soubesse... — prosseguiu o rapaz, e respirou fundo. — Amo você, Nini.

Era a primeira vez que dizia aquela palavra e ambos enrubesceram.

— Eu sei. Amo você também — retrucou ela, num sussurro. Os seus braços e pernas pareciam deslocados; o corpo, um fardo incômodo.

— O quê? Não ouvi direito. Fale mais alto — disse Bashi, levando a mão ao ouvido. — O que foi que acabou de dizer?

— Nada — respondeu a menina, sorrindo.

— Ah, que tristeza! Estou apaixonado e não sou correspondido.

— Não é verdade — replicou ela, mais alto do que pretendia. Bashi a fitou, abanando a cabeça como se não acreditasse. A menina entrou em pânico. Será que ele tinha entendido mal? — Que o deus dos relâmpagos me parta ao meio se eu não estiver dizendo a verdade.

— Se isso acontecer, a deusa dos trovões vai me fazer cair mortinho... — disse o rapaz.

— Não. Eu teria uma morte cem vezes mais sofrida que a sua.

— A minha morte seria mil vezes mais dolorosa que a sua.

— Eu seria sua escrava na próxima vida — disse Nini.

— E eu, uma mosca que ficaria zumbindo ao seu redor até você me matar com um tapa.

Nenhum dos dois disse nada, como que encantados com aquele desejo de demonstrar o quanto estavam dispostos a sofrer pelo outro. No silêncio, ouviram a neném balbuciando. Nini ficou imaginando o que seria deles, agora que sabiam como desejavam um ao outro. Quando Bashi tocou o seu rosto, foi a coisa mais natural do mundo os seus lábios se aproximarem dos dela, e, então, o resto dos seus corpos os levou para a cama, para o chão, sem um ruído sequer. Ficaram os dois ali, num abraço tão apertado que os seus ossos chegavam a doer.

Bashi a levantou dali e a levou para a cama da avó. A Pequena Sexta ficou olhando, mas, quando eles puxaram a cortina, logo perdeu o interesse. Saiu engatinhando pela cama do rapaz, indo de um lado a outro, explorando aquele território desconhecido, desfrutando da liberdade de estar sem a corda que a prendia ao colchão. Não tardou a cair da cama, mas o travesseiro que vinha arrastando consigo amorteceu a queda. Chorou, meio desanimada, e, depois, foi engatinhando até a outra cama; quase se embolou na cortina, passou por um par de sapatos bem grande e por outro maior ainda. Acabou chegando ao lugar pretendido: debaixo da outra cama onde a irmã mais velha e o irmão mais velho ofegavam, vivenciando um prazer e uma agonia até então desconhecidos. Pegou um pedaço de ginseng e o enfiou na boca. De início, era doce, mas, depois, ficou com um gosto horrível. A menininha o tirou da boca e o jogou longe, com toda força. O ginseng foi aterrissar num daqueles sapatos grandes.

— Bashi — sussurrou Nini.

A poucos centímetros de distância, o rapaz a fitou. Depois, escondeu o rosto na curva do seu pescoço.

— Vamos esperar até estarmos casados — disse ele, num sussurro. — Quero que você saiba que sou um homem responsável.

A menina olhou as próprias roupas já meio abertas e sorriu, encabulada. Abotoou a blusa e, juntos, ficaram ouvindo a neném falando sozinha.

— Vou procurar os Hua assim que você for embora — disse Bashi.

— Diga-lhes que queremos nos casar amanhã — replicou Nini. — Meus pais não vão se importar com isso.

— Que sorte eu tenho! — exclamou o rapaz.

— Eu é que tenho sorte.

Deitaram-se ali, abraçados. De quando em quando, um dos dois rompia o silêncio, fazendo planos para si mesmos e para a neném, pensando na sua vida futura. Depois de um bom tempo, Bashi olhou para o relógio e, em seguida, olhou novamente.

— Já é quase meio-dia — disse.

Nini também olhou para o relógio e ficou à escuta. Estava tudo muito calmo para aquela hora do dia quando, normalmente, crianças e adultos estariam indo almoçar em casa. Sentou-se e declarou que tinha de ir. Movia-se lentamente, como se o seu corpo, tão repleto de sonhos preguiçosos, estivesse pesado demais para as suas forças. Bem que podia deixar os pais e as irmãs esperando.

— Você volta hoje à tarde? — perguntou Bashi. — A essa altura, já terei falado com os Hua.

— Volto depois do almoço — respondeu a menina, dando-lhe as costas para ajeitar as roupas. Antes de sair, enfiou um saquinho de amendoins torrados no bolso do casaco. — É para a Pequena Quarta e a Pequena Quinta — disse ela. E o rapaz acrescentou ainda alguns caramelos.

Quando Nini saiu do quintal da casa, duas velhas a fitaram e, depois, trocaram uns olhares. Era a primeira vez que passava por aquele portão em plena luz do dia. Em geral, tomava todo cuidado, esgueirando-se ao chegar e ao sair, na penumbra do amanhecer. Mas, azar... Aquelas mulheres que sofressem com a bisbilhotice e a inveja... Ela era dele, ele era dela e logo, logo o velho Hua e a esposa estariam tratando de casá-los. Agora, não havia mais o que temer.

A rua estava estranhamente deserta. O mercado estava fechado e, na rua principal, a maioria das lojas também. Quando passou diante de uma escola primária, o portão se abriu e crianças de todas as idades saíram correndo. Já era tarde para mandar os alunos para casa, pensou Nini, e apressou o passo. Será que conseguiria chegar antes dos pais e das irmãs? Talvez eles nem percebessem que havia estado ausente.

A uns poucos quarteirões de distância, viu fumaça. Gente carregando baldes e bacias passava por ela. Quando dobrou na ruela em que morava, um vizinho a viu e exclamou, aliviado:

— Graças a Deus vocês não estavam em casa, Nini!

A menina olhou para a própria casa engolida pelo fogo. A fumaça negra parecia espessa contra o céu e as línguas de fogo, ágeis e impiedosas, lambiam o telhado. Aos gritos, o vizinho mandou que ela ficasse longe dali, dizendo que os seus pais já estavam chegando e os bombeiros também.

Alguns estudantes passaram por ela correndo. Aos berros, avisavam do incêndio aos transeuntes, mais por empolgação que por qualquer preocupação de dar o alarme, e não tardou que os adultos que estavam na ruela os enxotassem dali. Nini olhou para o tal vizinho que corria em direção à casa; teve esperanças que ele já tivesse esquecido da sua presença. Agarrou firme a irmãzinha e esgueirou-se para uma ruela próxima, indo no sentido contrário à multidão que vinha chegando. Tudo o que queria era poder se transformar num filete de ar.

BASHI PASSOU DUAS VEZES pelo local, mas nenhum dos vizinhos que vieram abrir a porta foi capaz de lhe dar qualquer pista sobre o paradeiro da família. As paredes de tijolos continuavam de pé, mas o telhado havia desabado. A sala da frente, com os buracos escurecidos onde antes havia duas janelas e uma porta, lhe pareceu até uma caveira, e o rapaz cuspiu, repreendendo-se por fazer uma associação tão agourenta. Uma velha, que remexia as ruínas com umas pinças, ergueu os olhos, assustada, ao ouvir os seus passos. Julgando que fosse uma vizinha, Bashi tentou puxar conversa, perguntando-lhe se conhecia a família que o incêndio havia vitimado. Ela, porém, pareceu apavorada e saiu correndo, carregando uma sacola de palha cheia de quinquilharias. O rapaz levou alguns instantes para entender o que a velha estava fazendo. Gritou, então, mandando que ela voltasse, pois aquelas coisas não lhe pertenciam, mas já não conseguia mais vê-la.

Decidiu ir até o hospital municipal para tentar conseguir alguma informação. Por lá, alguém devia saber se as duas meninas haviam sido vítimas do incêndio, como Nini acreditava. Ele a encontrou toda encolhida diante da porta fechada da sua casa ao voltar da visita aos Hua. Acorde, menina, disse o rapaz, acrescentando que tinha ótimas notícias.

Quando, porém, ela abriu os olhos, Bashi constatou, impressionado, que, em menos de uma hora, Nini tinha se tornado uma estranha. Era sempre possível ver tudo naquele rostinho miúdo: fome, raiva, curiosidade, determinação; mas, agora, o ar apático que havia ali o deixou assustado. Ao ouvir a sua voz, a Pequena Sexta saiu do galpão engatinhando e sorriu.

Ele ainda ia querer casar com ela, perguntou Nini, uma menina que dava azar, que tinha matado as irmãs e deixado a família sem ter onde morar. Bashi levou alguns minutos para entender aquela pergunta. Tentou pensar em algo para animar Nini, mas o seu cérebro parecia congelado por aqueles olhos que nem piscavam. Os Hua haviam concordado em cuidar dela caso os seus pais aceitassem a proposta de casamento, disse o rapaz, dando aquela notícia com menos confiança e alegria do que tinha imaginado. Os dois poderiam estar no paraíso, retrucou a menina; poderiam ter ficado tão felizes... Ainda podiam, atalhou Bashi, mas Nini abanou a cabeça, dizendo que havia sido punida por tanta felicidade. O rapaz lembrou do ditado favorito da avó, e o repetiu naquele instante: o céu é mesquinho, pois mais exige do que dá. O céu é cruel, disse Nini, e Bashi replicou que, nesse caso, iria para o inferno com ela. Por um momento, depois de ficarem olhando a Pequena Sexta engatinhando pelo quintal, os dois se deram as mãos. Eram duas crianças para quem, de início, o mundo não fazia lá muito sentido e, juntos, apenas no espaço de uma manhã, haviam crescido para se tornar um homem e uma mulher que não teriam muito a fazer nesse mundo.

A caminho do hospital, Bashi viu rostos desconhecidos circulando pelas ruas em grupinhos de dois ou três. Se não fosse aquela história do incêndio, pararia para falar com esses forasteiros, tentando puxar conversa com eles; agora, porém, o rapaz os fitava sem o menor interesse. Mesmo que o mundo estivesse desmoronando não faria diferença alguma para Nini ou para ele.

Como sempre, a recepcionista da emergência não foi nada cordial, e, já que não conseguiu obter nenhuma informação com ela, lembrou dos dois estranhos parados diante do hospital.

— Que dia atribulado, irmãos — disse, aproximando-se.

Os dois homens o olharam de alto a baixo e não responderam. O rapaz lhes ofereceu um cigarro. Um deles, pouco mais velho que Bashi, estendeu a mão mas, depois de lançar uma olhadela ao companheiro, abanou a cabeça, dizendo que tinha o seu próprio maço.

— Que pena. Sem querer ofender, mas acho inadmissível recusar um cigarro que alguém lhe oferece. Pelo menos aqui, na nossa cidade.

O mais velho fez um aceno de cabeça, como que se desculpando, e pegou dois cigarros, um para si, um para o companheiro. O outro riscou um fósforo e acendeu primeiro o cigarro do mais velho. Quando ofereceu a Bashi o fósforo já quase no fim, o rapaz abanou a cabeça.

— Bom — disse ele —, vocês são de onde?

— Por que pergunta? — retrucou o mais velho.

— Pura curiosidade. Conheço muita gente por aqui e tenho a impressão de que nunca os vi antes.

— É mesmo? O que você faz? — perguntou o tal sujeito.

— Ouviram falar do incêndio? — indagou Bashi, dando de ombros.

— Houve um incêndio?

— Uma casa foi inteiramente destruída.

— Que azar — observou o mais moço.

— Então, não ficaram sabendo de nada? Achei que talvez soubessem, já que têm de ficar parados aqui o dia todo.

— Quem lhe disse que ficamos parados aqui o dia todo? — perguntou o mais jovem. O outro tossiu e puxou a manga do companheiro.

Bashi olhou para os dois, sorrindo.

— Não pensem que sou idiota — disse. — Estão aqui por causa da manifestação, não é mesmo?

— Quem lhe disse isso? — indagaram ambos, aproximando-se e postando-se um de cada lado do rapaz.

— Não sou cego, nem surdo — retrucou Bashi. — Posso até ajudá-los se me ajudarem também.

— Conte o que sabe, irmãozinho — disse o mais velho, pondo a mão no seu ombro.

— Ei, está me machucando! — exclamou o rapaz. — O que quer saber?

— Tudo o que puder contar — respondeu o sujeito.

— Como já disse, antes vocês têm de prometer que vão me ajudar.

— Não barganhamos com esse tipo de coisa.

— Ah, é? Querem saber o que aquele ali fez? — perguntou Bashi, apontando para um homem de meia-idade que saiu do hospital e atravessou a rua.

O mais velho deu uma olhadela para o companheiro que assentiu e também atravessou a rua, correndo um pouco para alcançar o tal homem.

— Se for até a emergência perguntar se houve algum ferido no incêndio eu lhe conto o que ele fez — disse Bashi quando o sujeito voltou a fazer pressão no seu ombro.

— Fale você primeiro.

— Depois não vai querer me ajudar.

— Vou, sim.

Bashi o fitou por um instante.

— Vou confiar na sua palavra — disse. — Aquele homem... Não sei como se chama, mas sei que trabalha aqui no hospital... Assinou uma petição pela contrarrevolucionária. Agora tem de ir lá dentro para me ajudar.

— Só isso? — indagou o sujeito, sem se mover.

— Só isso, como? Não é uma informação importante para vocês?

— Use a cabeça, irmãozinho. Se ele assinou uma petição, por que precisaríamos de você para nos dizer isso?

— Então, o que quer saber?

— Viu alguém, digamos, que participou da manifestação, mas não assinou o tal documento?

Era isso que estavam procurando, pensou Bashi, e assentiu, com um sorriso, apontando para a entrada da emergência. O outro o fitou e atirou a guimba do cigarro no bueiro.

— Vou fazer o que me pediu e é melhor que tenha alguma coisa boa para mim.

Pouco depois, voltou dizendo que ninguém tinha morrido no incêndio, mas duas garotinhas, com queimaduras graves, haviam sido transferidas naquela tarde para a capital da província. Bashi pensou naqueles corpinhos envoltos pelas chamas e estremeceu.

— As meninas não morreram — disse o homem, observando-o. — Não sei se a notícia é boa ou má, mas descobri o que queria. Agora é a sua vez.

— O que quer que eu conte?

— Tudo o que você souber, como já disse.

— A velha, a mãe da contrarrevolucionária, se é que sabe de quem estou falando, é a eminência parda nessa história.

O sujeito soltou uma exclamação de desprezo, nada impressionado com tal revelação.

— O que mais? — perguntou ele. — Conte alguma coisa que ignoremos.

— Vi tanta gente que não vou conseguir lembrar todos os nomes.

— Mas deve se lembrar de alguns.

— Vejamos — disse o rapaz, refletindo, e foi citando vários nomes, alguns de gente que tinha visto na manifestação, outros de pessoas que, em alguma ocasião, o haviam ofendido. O homem não parecia muito interessado em verificar a veracidade daquela lista, e, por isso, Bashi continuou, com mais ousadia, dando-lhe todos os nomes que conseguiu lembrar daquela manhã e incluindo outros tantos de pessoas que considerava suas inimigas. O sujeito foi anotando aqueles nomes num caderninho e, depois, pediu os dados do próprio rapaz.

Bashi lhe deu seu nome e endereço.

— Sempre que precisar de ajuda, estou às ordens — acrescentou.

— Um momento! — exclamou o outro. — Por que foi até lá?

— Só para ver o que estava acontecendo — respondeu ele, despedindo-se com um aceno.

A ALEGRIA DA JUVENTUDE faz um dia passar num piscar de olhos; a solidão da velhice transforma um instante num pesadelo sem fim. O professor Gu ficou olhando a sombra enviesada que o sol do entardecer projetava no muro. O envelope pesava na sua mão, mas, de repente, não conseguia se lembrar o que havia escrito para a ex-mulher. Quanto tempo levaria para aquelas cartas chegarem à mesa dela, serem abertas, lidas, relidas e respondidas? Fez as contas e calculou em quanto tempo a resposta deveria chegar, mas acabou se confundido com todos aqueles dias.

Na véspera, à noite, a sua esposa tinha sido levada por dois guardas e, agora, o professor lembrou de ter mencionado a prisão de um jeito um tanto superficial na última carta. A polícia chegou, bateu uma vez e foi logo empurrando a porta. Ela saiu do quarto e se deixou algemar sem dizer uma palavra. O professor Gu estava sentado à mesa, com a caneta-tinteiro na mão, embora não estivesse escrevendo nada. Nem os guardas nem a sua mulher lhe disseram o que quer que fosse, e, por um instante, foi como se houvesse se tornado transparente, coisa que tanto desejava. Escreveu uma longa carta para a ex-esposa, a magia da libertação fazendo dele o poeta que há muito tempo havia deixado de ser.

A sra. Gu não voltou para o café ou para o almoço, e, agora, quando as pessoas que não saíam para trabalhar começavam a encher ruas e ruelas com as suas longas sombras se sobrepondo umas às outras, o professor compreendeu que ela também não voltaria para o jantar, nem pelo resto da vida, aliás. Era sempre assim, todos desapareciam sem lhe dar nenhuma chance de intervir ou até de protestar: um dia, reparou que a primeira mulher estava atrasada ao voltar do trabalho e, pouco depois, encontrou uma carta propondo o divórcio, escrita com aquela sua letra linda, junto ao bule de chá que ele tinha preparado para ela e que acabou esfriando, intocado; Shan estava na cama, lendo um livro, na ocasião em que a polícia veio buscá-la, já quase na hora de irem dormir porque, em geral, era quando se faziam as prisões, e houve certo tumulto, alguma resistência por parte da moça que questionava a legalidade daquele ato, mas, afinal, acabou sendo arrastada, deixando o livro aberto com a página marcada perto do travesseiro; na véspera, a sua mulher não discutiu nem opôs qualquer resistência quando os policiais lhe deram voz de prisão. Às costas do marido, dirigiu-lhe algumas palavras, desculpando-se, mas para quê? O seu coração já não estava com ele ali naquela casa onde tinham vivido por trinta anos, mas voava para algum lugar distante, pronto para ocupar um altar. Todas se foram com tanta facilidade, como se ele fosse um sonho, nem bom nem ruim, simplesmente um sonho indiferente, cheio de detalhes sem interesse, e, um dia, elas acordariam para seguir vivendo sem dar pela sua ausência. Será que teriam um momento de hesitação ou pensariam nele ao ver o seu rosto entre dois galhos de árvore ou ao ouvir a tosse de um velho cão? Será que a sua esposa, onde quer que se encontrasse agora, estava pensando nele, naquele idoso inválido que nada mais tinha a fazer a não ser esperar e chorar na ruela? O professor Gu tentou se aprumar com o auxílio da bengala, mas a sua mão tremia tanto que, por um instante, pensou que era o fim que vinha esperando ansioso. De repente, o seu corpo, como que exercendo a própria vontade, ia derrubá-lo na sarjeta antes que a sua mente pudesse detê-lo.

— O senhor está bem?

Era o vizinho da voz bonita, cujo nome o professor jamais se deu o trabalho de descobrir e cuja esposa tratava de espioná-los com tanto entusiasmo. Ele freou a bicicleta e o segurou com uma das mãos.

Num momento de confusão, o professor tentou se desvencilhar daquele sujeito e sair correndo. O outro, porém, o segurou mais firme ainda, como uma braçadeira de ferro. Saltou da bicicleta e, sem largar o braço do velho, perguntou:

— Precisa ir ao hospital?

— Estou indo até a caixa de correio — retrucou o professor quando recuperou a dignidade.

— Deixe que faço isso — disse o homem.

O professor Gu abanou a cabeça. Queria ouvir o barulho da carta caindo na caixa de metal. Há quantos dias tinha mandado a primeira delas? Voltou a fazer as contas, sem saber que aquela carta, contendo o seu nome e o seu endereço, como as demais que havia enviado, seria interceptada e lida antes por um estranho. Quem lia as cartas era um sujeito mais velho que cumpria o seu último ano como escriturário do departamento de polícia e que sofria diante dos trechos quase ilegíveis, pois se lembrava dos pais moribundos e da aposentadoria iminente. Poderia assinalar as linhas que traziam alguma mensagem mais rude com relação ao governo e armar a maior confusão, mas, não vendo motivo para causar uma dor indevida a um companheiro nos últimos e tristonhos anos da velhice, acabou carimbando as cartas como sendo inofensivas e deixando que seguissem o seu caminho pelo correio. À noite, quando não conseguia dormir, chegava mesmo a pensar na mulher que estaria lendo e respondendo aquelas cartas. Adoraria poder ler também as respostas enviadas ao endereço dos Gu, mas isso era tarefa de outra colega, uma mulher de uns trinta e tantos anos que ficava o tempo todo chupando balas enquanto lia, e o barulhinho das balas batendo nos seus dentes era algo que o deixava bem aborrecido. Não teve jeito de perguntar sobre cartas enviadas ao professor Gu por uma mulher, mas ficou curioso, quase tão ansioso quanto o próprio professor para que ela respondesse. Nenhum deles sabia que aquelas cartas permaneciam fechadas, num escritório, junto com o resto da correspondência, já que a mulher em questão estava morrendo de câncer e de solidão num hospital de Beijing reservado para as autoridades dos altos escalões.

— Vou ajudá-lo a ir até lá — disse o vizinho.

O professor ficou calado. Desvencilhou-se do homem e saiu andando; poucos passos adiante, porém, quando este se ofereceu novamente para levar a carta, ele não recusou. Não comia nada desde a véspera. Quando o vizinho voltou e o viu apoiado no muro, mal se aguentando em pé, pegou-o com a maior facilidade e o sentou no porta-embrulhos da bicicleta.

— Vou levá-lo ao hospital, está bem? — indagou ele, erguendo a voz, segurando o guidão com uma das mãos e, com a outra, ajudando o velho a se equilibrar.

O professor protestou com tamanha veemência que por pouco não derrubou a bicicleta com os dois em cima. Outro vizinho veio ajudar e, juntos, os dois homens foram empurrando o veículo com todo cuidado até o portão da casa do professor. O homem da voz bonita apoiou a bicicleta na parede e ajudou o velho a descer, mas ainda não tinham entrado no quintal quando a mulher do sujeito apareceu, surgida sabe-se lá de onde.

— O que está acontecendo aqui? — perguntou ela, estalando a língua. — Não é o senhor que odeia a todos nós, proletários?

O professor parou e levou alguns instantes para perceber que era com ele que a mulher estava falando, com os olhos arregalados bem diante do seu rosto, já que estava ridiculamente perto.

— Onde está aquela sua esposa? — prosseguiu ela. — Acredita agora no poder do povo?

O outro sujeito tratou de ir embora e o vizinho disse à mulher:

— Vá para casa, agora mesmo. Não faça escândalo.

— Por que não? — retrucou ela. — Quero ver essa gente apodrecer bem diante dos meus olhos.

O professor tossiu e a mulher protegeu o rosto com as mãos.

— Pode vir. Entre — disse ele. — Não vai demorar tanto assim.

A vizinha abriu a boca, mas o marido repetiu, em tom de súplica:

— Vá para casa. Volto já, já.

— Quem é você para ficar me dando ordens?

Agora que a tonteira tinha passado, o professor soltou com todo cuidado os dedos do vizinho que seguravam o seu braço.

— Obrigado, meu rapaz — disse ele. — Estou em casa. Pode me deixar aqui.

O sujeito hesitou; sua esposa riu.

— Venha — disse ela. — Não é o seu pai. Não precisa ficar andando atrás dele como um filho devotado.

O vizinho foi embora com a mulher, sem dizer uma palavra; ela, porém, continuou perguntando por que ele tinha de ser tão delicado com um velho contrarrevolucionário. O professor os viu desaparecer porta adentro. Pouco depois, entrou na sua casa silenciosa, escura e fria. Por um instante, desejou ter uma esposa tagarela como a do vizinho. Desejou que ela inundasse a casa com palavras tolas, pois, assim, ele próprio não precisaria procurar algum sentido para preencher todo aquele vazio. Ficou parado ali, desejando várias coisas insensatas, até que conseguiu se recompor. Pegou uma chaleira e despejou água morna numa xícara de chá. Depois, acrescentou umas colheradas de açúcar. Antes de mais nada, ia precisar de energia para cuidar das coisas necessárias: o estômago vazio, a bexiga cheia e, depois, o urinol também cheio. Mais tarde, haveria outras coisas a fazer: os planos para localizar a esposa, os trâmites para conseguir vê-la, tudo aquilo que já fizera pela filha e teria de voltar a fazer pela mulher, menos esperançoso que dez anos atrás. Tomou uns golinhos daquela água tão doce que quase o fez engasgar.

Uma única batida na porta veio anunciar mais um visitante indesejado. O professor se virou e viu o vizinho, ainda usando o uniforme de trabalho, aquele macacão sujo de graxa.

— Professor Gu — disse ele. — Espero que não fique chateado com a grosseria da minha mulher.

O velho abanou a cabeça. Com um gesto, convidou o homem a se sentar à mesa. Este tirou do bolso uns saquinhos de papel. Rasgou-os, espalhando o seu conteúdo sobre o papel aberto: tofu frito, pé de porco em conserva, amendoim fervido, salada de algas com gergelim branco.

— Achei que talvez o senhor quisesse conversar — disse ele, oferecendo-lhe uma garrafinha achatada de aguardente de sorgo.

O professor fitou aquele frasco de um palmo de comprimento, feito de um vidro verde bem espesso e embrulhado num papel grosseiro com estrelas vermelhas.

— Desculpe, mas não tenho nada a lhe oferecer em troca — disse ele, estendendo ao vizinho um par de pauzinhos.

O homem pegou outra garrafinha para si mesmo.

— Vim pedir desculpas pela minha mulher, professor Gu — declarou ele. — Como o senhor disse, de homem para homem.

O velho voltou a abanar a cabeça. Depois de adulto, jamais tinha se sentado à mesa com alguém da condição social do seu vizinho, um operário, um membro menos instruído do todo-poderoso proletariado. A única recordação semelhante que tinha foi o dia em que visitou, ainda criança, a casa de uma criada. O marido dela era um carpinteiro que havia perdido quatro dedos da mão direita num acidente e o professor se lembrava de ficar olhando para aqueles tocos quando o homem lhe servia o chá. O seu corpo tinha um cheiro diferente dos outros homens que conhecia, todos profundos conhecedores de literatura e professores da mais alta reputação.

— Em que trabalha, meu rapaz? — perguntou.

— Na fábrica de cimento — respondeu o outro. — Conhece a fábrica de cimento?

O professor assentiu e viu o sujeito pôr dois amendoins na boca de uma só vez e mastigá-los ruidosamente.

— Como se chama? Por favor, desculpe esse velho ignorante e inválido.

— O meu nome é Gousheng — respondeu ele, e, como que tentando se justificar, explicou que, como os seus pais eram analfabetos, tinham lhe dado aquele nome tão chumbrega para garantir que o filho não viesse a ser desejado pelos demônios.

— Não há do que se envergonhar — observou o professor Gu. — Quantos irmãos tem?

— Somos seis, eu e cinco irmãs — disse Gousheng. — Fui a única manifestação de boa sorte dos meus pais.

O professor nunca tinha desejado conscientemente ter um filho, mas, agora, perguntava-se se não estava errado. Seria bem diferente ter um filho que bebesse com ele, com quem pudesse conversar de homem para homem.

— Mesmo assim, eles tiveram mais sorte que muitas famílias — retrucou.

Gousheng tomou um gole bem grande da garrafinha.

— Verdade, mas eu não teria sido tão pressionado se tivesse um irmão.

— Você e... a sua esposa... não têm filhos?

— Até agora, nem sinal de um bebê — respondeu ele, abanando a cabeça.

— E vocês são... — principiou o professor, lutando para encontrar as palavras certas — ativos em suas tentativas?

— Sempre que posso — disse Gousheng. — A minha mulher... Por favor, professor Gu, não ligue para a grosseria dela... No fundo, é uma pessoa delicada... Ela fica infeliz por não conseguir ter filhos. Acha que o mundo inteiro ri dela por causa disso.

O professor pensou naquela mulher. As palavras lhe saíam da boca como lâminas afiadas. Não podia imaginá-la sendo uma pessoa delicada, mas, por um instante, achou muito bem feito que ela vivesse em desespero. A alegria da vingança, porém, logo desapareceu. Todos eram vítimas do próprio sofrimento desprezível; todos, sem exceção; e que direito tinha ele de rir da mulher cujo marido estava ali, à sua frente, abrindo o seu coração, um homem se confessando a outro com toda sinceridade?

— Fico preocupado, achando que o gênio dela está dificultando essa história de ter filhos. Mas como posso lhe dizer isso? Minha esposa é o tipo de mulher que quer tudo, todo sucesso e toda glória.

O velho pegou a garrafa e ficou observando-a. Gousheng empurrou a comida na sua direção.

— Coma e beba — disse ele. — Sou um homem que não conhece muitas das palavras que existem nos livros, professor Gu, e o senhor é a pessoa mais culta que conheço. Diga-me, por favor, existe algo que pudéssemos melhorar? Ando preocupado porque a minha esposa é cruel com muita gente e acho que estamos sendo castigados pelo seu comportamento.

O professor levou a garrafa à boca com todo cuidado, preparando-se para aquela bebida ordinária.

— Cientificamente falando... — principiou ele, mas logo se conteve, pois era provável que as suas palavras afugentassem o homem que o estava salvando de uma noite solitária. — Já foram ao médico? — perguntou.

— A minha esposa não quer. Faz três anos que estamos casados. Já dava tempo de ela ter engravidado. Se formos ao médico, o mundo inteiro vai ficar sabendo do nosso problema.

O professor pensou em lhe explicar que ela podia não ser a única responsável pela situação, mas por que ia querer livrá-la da vergonha e da humilhação que sentia? Tomou um gole da bebida e enfiou uns amendoins na boca, exatamente como Gousheng havia feito.

— Não tem outro jeito. Continue tentando. Mas precisa saber que algumas galinhas jamais põem ovos — disse ele, sentindo-se de início enojado e, depois, divertido com aquela metáfora grosseira.

Gousheng ficou refletindo. Depois de tomar uns goles, assentiu.

— Nesse caso, eu estaria perdido — retrucou ele. — Os meus pais não concordaram com o nosso casamento quando viram a foto dela. Ficaram preocupados, achando que ela tinha uma aparência masculina demais para uma esposa.

— E você gostava dela?

— Ela já era a líder da nossa seção da Liga da Juventude; eu era apenas um trabalhador comum. Como recusar tal partido? Até um cego poderia ver como eu era um sujeito de sorte, principalmente porque foi ela quem começou a falar em casamento.

— Mas, então, por que ela o escolheu? — indagou o velho. — Claro que você é um homem bonito — acrescentou ele, de forma não muito convincente.

— Ela disse que queria alguém confiável — respondeu o outro, abanando a cabeça. — Alguém da classe proletária, alguém que ganhasse a vida com as próprias mãos. Mas por que justo eu? Existem muitos homens que se encaixam nesses padrões! Às vezes, adoraria que ela não tivesse me escolhido. Fico pensando que poderia ter uma esposa mais obediente em vez de ser eu a obedecer o tempo todo!

O professor fitou o rapaz, com os olhos marejados sob o efeito da aguardente.

— As mulheres são imprevisíveis — observou ele. — Os homens decerto tentam entender a sua lógica, mas, ouça o que lhe digo, elas agem de forma muito pouco sensata. Por que não se divorcia? Deixe que ela sofra. Não sofra junto com ela. As mulheres são todas iguais: não sabem facilitar a vida dos homens!

Gousheng pareceu chocado com a súbita veemência do professor; este, porém, tomou mais uns goles da bebida e continuou falando, com energia renovada.

— Pense na minha mulher, por exemplo. Veja onde ela foi se meter!

O vizinho bebeu a aguardente com toda calma, e, depois disse:

— Professor Gu, a sua esposa...

— Não se ache na obrigação de defendê-la. Sei perfeitamente o que ela fez.

— Com certeza, vão considerá-la cúmplice, na pior das hipóteses — disse o rapaz. — Já é uma senhora de idade e é provável que não sejam tão duros assim com ela.

O professor ignorou os esforços de Gousheng para consolá-lo. Bebia agora tão depressa quanto o vizinho.

— Sabe do que mais? A pior coisa que aconteceu nessa nova China, não que eu seja contra a nova China de algum modo, mas o problema é ver todas essas mulheres que conseguem fazer o que querem sem o consentimento dos homens. Acham que sabem muito sobre o mundo, só que agem com qualquer outra parte do corpo, menos com o cérebro! A sua esposa, perdoe-me se por acaso eu o ofender, é a mesma criatura que vi na minha própria esposa. E na minha filha também. Você não deve tê-la conhecido, mas ela era igualzinha à sua mulher, cheia de ideias e de críticas. No entanto, não tinha noção do que é ser um ser humano respeitoso. Elas acham que são revolucionárias, progressistas; acham que estão fazendo um grande favor ao mundo tornando-se donas da própria vida, mas o que é uma revolução senão uma forma sistemática para uma espécie devorar outra viva? Pode acreditar: a história, à diferença do que dizem pelos alto-falantes, não é movida pela força revolucionária, mas sim pelo desejo que as pessoas têm de montar nos outros e mijar e cagar como bem entenderem. Os homens já fizeram muitas coisas ruins, mas se acrescentarmos as mulheres a essa equação, um sujeito bem poderia desejar não trazer nenhum bebê a este mundo. O que vê neste mundo que valha a pena, para querermos que alguém nasça nele? Diga-me, aponte um único bom motivo.

O professor Gu sentiu o coração se espalhar por aquela mesa como os amendoins que saíam rolando e que os seus dedos, agora desajeitados, não conseguiam apanhar. Nunca havia pensado tão apaixonadamente no mundo. Por que deveria continuar sendo respeitoso e humilde quando precisava sofrer, não apenas por causa dos homens que odiava, mas também por causa das mulheres que amava? Antes de mais nada, por que foi amá-las, quando Buda deixou bem claro que toda mulher bonita era simplesmente um saco de ossos brancos disfarçados? Como podia ter sido enganado por elas, esposas, amantes e filha? Quem eram elas, senão criaturas enviadas para destruí-lo, para fazê-lo viver na dor e morrer na dor?

— Não fale tão alto assim, professor — disse Gousheng, num sussurro. — Está sendo imprudente.

O rapaz, que estava sentado ali à sua mesa, mas cujo nome já lhe tinha escapado, tentou tirar a garrafa das suas mãos. O professor o empurrou, pronto para enfrentá-lo e também a todo o mundo que estava por trás dele. Aquela era a sua casa e podia fazer o que quisesse, exclamou alto e bom som. Podia sentir o mundo dando uma tímida olhadela por trás do corpo alto e forte do sujeito. Decidiu que, se ele voltasse a espiar, quebraria a sua cabeça com aquela garrafa de vidro verde, mas, quando olhou para a própria mão, ficou sem saber onde a tal garrafa teria ido parar.

NO MEIO DE UMA CANÇÃO REVOLUCIONÁRIA, a voz do pai de Tong foi se extinguindo e logo, logo ele estava roncando.

— Não é qualquer um que consegue ficar tão animado depois de beber — disse a mãe do menino, admirada, como se tentasse justificar a indulgência que demonstrava com relação às bebedeiras do marido. Ajoelhou-se ao seu lado para desamarrar os cadarços e tirar os seus sapatos. — Ele possui a maior virtude dos bêbados.

Tong estava sentado na beirada da cadeira, olhando as próprias pernas penduradas, só esperando que o pai caísse naquele abandono feliz. Ninguém havia mencionado a assinatura naquela petição; mesmo assim, o menino não conseguia se convencer, e tinha decidido falar com a mãe, para ficar mais tranquilo.

Ela tirou as meias do marido.

— Vá pegar um pouco de água quente — disse, sem erguer os olhos. E, ao ver que o filho não se mexia, mandou que andasse logo senão o pai ia pegar um resfriado.

Tong foi se arrastando até a bancada onde estava a chaleira de água, com dois grous passeando na capa de plástico rosa. Ficou olhando para as aves. Uma delas tinha o pescoço espichado para o céu, a outra baixava a cabeça na direção de algo que ele não via. A mãe voltou a apressá-lo; desta vez, o menino subiu numa cadeira e segurou a chaleira junto ao peito, como um bebê. Quando pulou no chão, fez barulho e a mulher franziu as sobrancelhas. Com o pé, Tong puxou uma bacia que ficava debaixo da pia e o ruído do metal arrastando no chão de cimento pareceu deixá-lo mais animado do que jamais estivera o dia todo. Cutucou a bacia, primeiro com um dos pés, depois com o outro, como se fosse uma bola que tentasse proteger com todo cuidado no campo de futebol. Um, dois, um, dois, contou ele, e quase tropeçou na mãe.

Ela foi direto pegar a bacia para examinar cuidadosamente o fundo esmaltado.

— Tong, você já está bem grande para saber o que não deve fazer — disse, então, em tom de censura.

O menino sentiu as lágrimas lhe subirem aos olhos, mas não seria certo chorar. Abraçou a chaleira, esperando outras palavras mais duras; a mãe, porém, lhe tirou a chaleira das mãos. Tong a viu verificar a temperatura da água com o dorso da mão antes de despejá-la nos pés grandes do marido. Este se remexeu um pouco na cadeira e continuou roncando.

Tong perguntou por que ela fazia tudo para o seu pai.

— Que pergunta! — exclamou a mulher. Ergueu os olhos e, ao ver o ar sério do filho, sorriu e lhe afagou o cabelo. — Quando você for um homem, vai ter uma boa esposa e um bom filho que também vão se ajoelhar para servi-lo.

O menino não respondeu. Levou a água para o quintal e a despejou num canto, perto da cerca. Quando voltou à sala, a mãe estava meio arrastando meio ajudando o marido a chegar até o quarto. O pai reclamou, agitando os braços, mas, quando ela o enfiou porta adentro, ele caiu num sono profundo de bêbado. A mulher o fitou por um instante e voltou-se para o filho:

— Terminou o dever de casa?

— Não tem dever hoje — disse ele.

— Como não tem?

Tong olhou para a mãe, mas, aparentemente, ela nem notou.

— Teve umas reuniões de emergência o dia todo na escola.

— Ah, é verdade — disse ela. — Sobre essa história da manifestação.

— O que aconteceu no dia do Ching Ming? — perguntou o menino, sem saber se ela poderia perceber que estava lhe escondendo um segredo.

— É complicado demais para explicar. São coisas de gente grande.

— O nosso diretor disse que aconteceram coisas horríveis.

— Não tão ruins quanto você está pensando — retrucou a mãe. — Tem gente que pensa de um jeito e gente que pensa de outro. As pessoas são sempre assim. Raramente concordam sobre algum assunto.

— E qual é o lado certo?

— O dos seus professores e do seu diretor. Faça sempre o que eles lhe ensinarem e, assim, não cometerá nenhum erro.

Tong lembrou de alguns professores que tinha visto na manifestação da véspera, aquele que estava sentado diante do tal documento e uns dois outros, na fila, em silêncio, com as suas flores brancas.

— Não fique pensando muito nessas coisas sem importância — acrescentou a mãe. — Se não sair da linha, nunca vai estar no lugar errado. E, se não fizer nada errado, não precisa ter medo, mesmo que os fantasmas venham bater à sua porta à meia-noite.

O menino estava a ponto de fazer outras perguntas; antes porém que pudesse abrir a boca, bateram ao portão.

— Falando no diabo... — disse a mãe, rindo. — Quem será, a essa hora?

Tong saiu atrás dela para o quintal e, de repente, o medo o deixou com um nó na garganta. Não havia onde se esconder ali, a não ser a caixa de papelão aberta que servia de casa para Orelhudo. Quando a sua mãe abriu o portão para dois fachos reluzentes de lanternas, o menino entrou na caixa, prendendo a respiração.

Ela perguntou o que os visitantes queriam e alguém respondeu em voz baixa. Não poderia ser um engano?, indagou a mulher, e Tong percebeu medo na sua voz. Devia ser um mal-entendido, acrescentou ela, em tom de súplica, mas os visitantes pareciam não lhe dar ouvidos. Um deles deve tê-la empurrado, pois a sua mãe recuou, soltando um gritinho de surpresa. Tong espiou lá para fora e tentou reconhecer os sapatinhos de algodão da mãe em meio às quatro botas de couro daquelas pessoas. Agora, dois homens seguiam em direção à casa, e ela ia atrás; o seu marido estava doente e já tinha se deitado, disse a mulher, mentindo, mas os sujeitos ignoraram os seus apelos. Entraram no quarto e o menino não tardou a ouvir o pai, ao ser acordado, interrogar aqueles intrusos. Estes falavam em voz baixa, imperturbáveis, e, por mais que tentasse, Tong não conseguia ouvir o que diziam.

— Vou ser bem claro com vocês — disse o pai. — Não pus o pé fora desta casa durante toda a manhã de ontem.

Os visitantes retrucaram de forma inaudível.

— Só pode ser um engano — insistia a mãe. — Juro que somos ambos cidadãos cumpridores da lei.

Tong saiu da caixa e, de gatinhas, chegou mais perto da casa. Pela porta aberta, ouviu um dos sujeitos dizer, com toda calma:

— Não vamos discutir com o senhor agora. A nossa tarefa é levá-lo à delegacia. Lá, poderá dizer o que quiser, mas aqui está a ordem de prisão que já lhe mostramos. Se não se mexer, não pense que não podemos tirá-lo daí à força.

— Mas não dá para esperar até amanhã de manhã, meu senhor? Por que levá-lo hoje, quando poderiam deixá-lo dormir em casa? — perguntou a mulher. — Prometemos que a primeira coisa que faremos pela manhã será ir à delegacia para esclarecer esse mal-entendido.

Os visitantes não responderam, e Tong os imaginou olhando para o seu pai, desconsiderando a voz da sua mãe. Já tinha visto muitos homens agindo desse jeito, ignorando as mulheres, e, aliás, todas as crianças também, como se elas não existissem. Adoraria que a mãe entendesse isso e deixasse essas coisas por conta do marido.

— A percepção das mulheres — disse o pai, em tom de desprezo. — Curtinha como as patas das formigas. Nunca ouviu o ditado que diz que *se os fantasmas querem convidá-lo para um passeio, não dá para esperar mais que um minuto*?

— É assim que se fala — disse um dos homens, com uma risadinha.

— Mas o que ele fez, na verdade? — murmurou a mulher.

— Tinta preta sobre papel branco — retrucou o outro. — Não se discute uma ordem policial.

— Não complique as coisas, mulher — exclamou o pai de Tong. — Ao que parece, tenho de me dignar a fazer uma viagenzinha hoje à noite. Por que ainda estamos parados aqui, perdendo o seu tempo, irmãos?

— Agora, sim! Isso é que é ser um homem inteligente — disse um dos visitantes, e ouviu-se um barulho de metal.

— Precisa ser desse jeito? — indagou o pai. — Afinal, não estou criando nenhum caso.

— Sinto muito — e veio o clique das algemas. — Não podemos livrá-lo disso.

— Ele pode levar um lanche? — perguntou a mulher. — Pode ser uma noite bem longa.

Os sujeitos não disseram nada.

— Que lanche, que nada! — exclamou o marido. — Prepare um bom café da manhã para quando eu chegar, assim que essa história tiver sido esclarecida.

— Não quer um chá quente antes de sair? Esse casaco vai bastar? Não quer que eu vá buscar o de pele de carneiro?

— Que boa esposa você arranjou — disse um dos homens.

— Sabe como são as mulheres — retrucou o pai de Tong. — Quanto mais a gente as trata como lixo, mais elas rastejam de joelhos. Agora, pare de fazer confusão feito uma pata velha. Durma bem. Logo, logo estou de volta.

Tong se escondeu novamente na caixa e viu o pai, ainda meio alto, sair com os dois homens de uniforme preto. Tinha as mãos algemadas às costas, o que não o impedia de ir conversando com os sujeitos, na maior intimidade, como se fossem irmãos que não se vissem há muito tempo. Aquele seu jeito desembaraçado e confiante deixou o menino assustado. Imaginou o choque que o pai levaria quando visse o próprio nome assinado no tal pano branco. Estaria lúcido o bastante para argumentar que não era a sua letra? E, nesse caso, a polícia voltaria trazendo algemas para ele, que tinha escrito o nome do pai naquela petição? Ficou ali pensando e aquelas ideias o deixaram apavorado. Nunca lhe dariam o lenço vermelho dos Jovens Pioneiros.

Depois que os dois sujeitos foram embora levando o seu pai, batendo o portão na cara da sua mãe, ela ficou parada, numa espécie de transe, chamando pelo filho. Ao ver que o menino não respondia, voltou a chamá-lo, em voz mais alta.

Tong continuou calado, prendendo a respiração, com o sangue pulsando forte nos ouvidos. Viu que ela esperou um pouco, à escuta, e entrou na casa, sempre gritando o seu nome. Se conseguisse chegar ao portão pé ante pé, talvez tivesse tempo de sair correndo antes que ela o pegasse; se pulasse num trem noturno, talvez pudesse estar de volta à aldeia dos avós no dia seguinte. Lá, ninguém o acusaria de nada; todos sabiam que ele era um menino destinado a construir um nome grande e importante para si mesmo.

A mãe voltou ao quintal, sempre chamando por ele, baixinho, mas, agora, dava para perceber o pânico na sua voz. De gatinhas, Tong saiu da caixa e se pôs de pé.

— Estou aqui, mamãe.

SE FICASSE BEM QUIETINHA naquela cadeira, pensou Nini, o fantasma da avó de Bashi, se é que ele existia mesmo, poderia achar que ela fazia parte da mobília da sala. Olhou para os cartazes, o presidente Mao cumprimentando o general Zhu, um menino gorducho segurando uma carpa vermelha todo animado e duas pegas vermelhas, piando uma para a outra, na sua condição de mensageiras da boa sorte. Todos eles estavam ali, sujos de pó de carvão, pendendo descorados na parede. A velha não ia gostar nada se ela não mantivesse a casa limpa e arrumada, pensou a menina. Bem devagarinho, pôs uma perna em cima da cadeira, depois a outra e cruzou-as. No quarto, a Pequena Sexta fez um barulhinho, ameaçou chorar, mas acabou pegando no sono novamente. Agora, eram uma família: Bashi, Nini e a neném.

A sopa de peixe fumegava sobre a mesa, as duas tigelas de arroz pareciam deliciosas e convidativas; o tofu frito, as salsichas defumadas e os brotos de feijão em conserva acenavam para o seu estômago, que roncava. Era o seu primeiro jantar com Bashi e a menina havia se esmerado para fazer dele algo bem especial. Pegou um pauzinho, mergulhou-o na sopa e o chupou. Aquele gostinho aumentou ainda mais a sua fome. Mesmo assim, não ousava comer nem um bocadinho, temendo atrair má sorte para a vida que levaria com o rapaz de agora em diante.

Não fazia tanto tempo que Bashi tinha saído e Nini tentava imaginar se ele ia demorar muito para voltar trazendo notícias das suas irmãs. Será que teria esbarrado com os seus pais ou outros adultos desconfiados? Será que iam lhe perguntar onde ela estava? A menina começou a mexer os dedos dos pés, que já estavam ficando dormentes, e ergueu os olhos para o teto. Como ninguém estava ali olhando, pegou os pauzinhos e apanhou uma lasca de gengibre da sopa. Depois, pegou mais uma lasquinha e também um pedaço do peixe, daquela parte bem abaixo da barriga. A carne tenra a deixou mais animada. Por que ficar se preocupando com um futuro que não tinha como controlar? Se existisse mesmo uma justiça celeste, iria para o inferno. Havia destruído a vida da Pequena Quarta e da Pequena Quinta, e o melhor que tinha a fazer era desfrutar da sua própria, enquanto podia. Comeu mais um bocadinho e, depois, mais um. Quando terminou o peixe, embrulhou as espinhas num jornal velho e atirou tudo nas chamas do fogareiro. O peixe que sobrou parecia solitário e Nini se perguntou se não seria mais um sinal de infelicidade, já que os casais devem fazer tudo em dupla.

Saiu um cheiro estranho que a fez lembrar do casaco de pele de carneiro do pai que, uma vez, foi parar no fogareiro que ficava debaixo da cama. A Pequena Quarta e a Pequena Quinta haviam arquitetado a travessura, mas, por razões que não conseguia entender, foi ela que levou uma boa surra e ficou com as costas inchadas por uma semana inteira.

Nini cutucou as espinhas de peixe com o atiçador, mas o tal cheiro enjoativo ficou ainda pior. Foi até o quarto, revirou o armário e a cômoda, mas tudo o que encontrou foi um frasco de colônia que devia ter sido da avó de Bashi. O líquido verde já estava pegajoso. A menina abriu a tampa, derramou um pouquinho nas mãos e ficou horrorizada com o odor fortíssimo que os anos passados no frasco haviam tornado ainda mais concentrado. Chegou até a espirrar.

Abriu a torneira e deixou as mãos debaixo da água corrente por um bom tempo. Quando as levou ao nariz, o cheiro estava mais fraco. Ficou aliviada ao encontrar a metade de uma laranja perto do travesseiro do rapaz. Tirou um gomo para chupar e jogou o resto no fogareiro. Logo, logo a sala estava com um cheiro bem melhor.

Bateram ao portão. Nini apagou a luz da casa, esgueirou-se até o quintal e entrou no galpão. O som de algo metálico batendo na madeira fina a deixou assustada. Essas pessoas não tardariam a entrar, uns demônios enviados pelos seus pais para destruir a sua esperança de uma vida feliz, e Bashi não estava ali para protegê-la. Daqui a pouco, iam arrastá-la para fora daquela casa, voltando a trancafiá-la na prisão mantida por seus pais.

— Ei! O que estão fazendo no meu portão?

Nini quase chorou de tanta gratidão quando ouviu a voz de Bashi.

— Você é Lu Bashi?

— Não conheço nenhum outro Lu Bashi na vida.

— Então, venha conosco.

— Para onde?

— Vai saber quando chegarmos lá.

— Parece empolgante — exclamou o rapaz. — Mas não posso ir agora. Tenho uma coisa muito mais importante para fazer.

— Lamento desapontá-lo — retrucou o homem. — Essa noite, não há nada mais importante que vir conosco.

Ouviu-se um ruído de metal lá fora.

— Essas algemas são de verdade? Lembro que tive umas de brinquedo, quando era desse tamanho... — disse Bashi.

— Experimente.

— Sinto muito, mas prefiro algemar os outros — replicou ele. — Para que as algemas?

— Você sabe melhor que nós.

— Sinceramente, não consigo lembrar de nada errado que tenha feito.

— Bom, pode continuar pensando nisso quando chegarmos à delegacia.

Nini pensou em abrir o portão e puxar Bashi antes que os homens dessem pela sua presença. Poderia passar o ferrolho por dentro e, quando eles conseguissem arrombar, os dois já teriam saído do quintal, da casa, e desse mundo de horrores.

— Mas estou ocupado hoje à noite. Não posso ir até lá amanhã de manhã?

— Olhe aqui — grunhiu um dos homens. — Faz ideia do que é isso? Sabe ler?

— Ordem de prisão. Ora, para que serve isso?

— Bom, vamos lá. Nunca vi ninguém falar tanto quanto você.

— Por favor, irmãos, me deem uma pista. É por causa de uma menina? Sabem se isso aí tem alguma coisa a ver com uma menina?

— Uma menina! — exclamaram os sujeitos, rindo. — Você só pode ter se perdido nos seus sonhos molhados para achar que viríamos buscá-lo por causa de uma menina!

— Então, não tem nada a ver com meninas — disse Bashi.

Afinal de contas, os seus pais não estavam assim tão preocupados com ela para se dar o trabalho de tentar encontrá-la, pensou Nini. Talvez até comemorassem a sorte que deram por tê-la perdido.

Os homens voltaram a insistir, apressando Bashi.

— Esperem um segundo, camaradas. Vocês são muito gentis. Não querem me dar um minuto para resolver umas coisinhas aqui dentro?

— Você tem a aparência de homem, mas cria caso como mulher — disse um dos sujeitos, sacudindo novamente as algemas. — Temos que visitar outras casas. Não podemos ficar a noite inteira pajeando você.

— Por favor! É só um minutinho. Preciso dizer à minha avó que não vou dormir em casa. Sabem como são as senhoras idosas: estão sempre se preocupando, mesmo quando não está acontecendo nada de mais.

— Não tente nos enrolar. Está escrito aqui que só há um morador nesta casa. É isso mesmo?

— Está certíssimo quanto ao registro de moradores, mas pensem no fantasma da minha avó... Foi ela que me criou e não ia me deixar aqui sozinho. Por isso, falo com ela todo dia, dizendo-lhe onde estou. Se me levarem sem que eu diga nada, o que vai acontecer se ela me seguir até a delegacia? E se, por engano, ela seguir vocês dois até em casa e perturbar o sonho dos seus filhos? Não venham me dizer que não são daqui e que não têm que se preocupar com essas coisas. Os fantasmas viajam mais depressa que qualquer um de nós.

Nini estremeceu ali no escuro. Olhou para o presunto pendurado bem acima da sua cabeça. E se o fantasma a estivesse observando? Mas que tipo de fantasma era aquele que não vinha salvar o próprio neto? Bem baixinho, a menina fez uma oração pedindo que a velha compreendesse quem eram os seus verdadeiros inimigos.

— Está tentando blefar? Sabe muito bem que vivemos numa sociedade nova onde não há lugar para superstições.

— Bom, se não acreditam, podem me levar agora mesmo. Acontece que nunca se sabe... Fantasmas não leem jornal e também não ouvem os programas de rádio do governo.

— Está bem — disse um deles, e a voz era do mais velho. — Vamos lhe dar um minuto. Afinal, ele não tem a menor chance de fugir de nós.

— Não, não pretendo fugir de vocês — retrucou Bashi. — Têm a minha palavra. É só um minuto.

— O que está querendo dizer? Vamos entrar com você.

— Mas a minha avó não os convidou.

— Seremos ótimas visitas.

O portão se abriu e os três homens entraram no quintal. Agachada atrás de um pote dentro do galpão, Nini se lembrou da Pequena Sexta dormindo lá no quarto e o seu coração disparou.

— Estão sentindo esse cheiro? — perguntou Bashi, depois de abrir a porta.

— O que é isso?

— A colônia da minha avó — respondeu o rapaz. — Há quanto tempo não sentia esse cheiro! Da última vez que ela usou essa colônia, eu ainda era uma criança que saía na rua sem calças.

Os dois homens tossiram, bem pouco à vontade.

— Agora, ande depressa — disse um deles.

— Não vão entrar comigo? Talvez a minha avó soubesse que vocês vinham e tenha preparado alguma coisa para comerem.

— Ande, vamos — ordenou um deles, de repente, em tom ríspido. — Já estou cansado dessa bobagem de superstições.

— Está com medo, camarada? — indagou Bashi, mas o seu riso estancou quando um dos homens o puxou para trás, fazendo-o descer os degraus aos tropeções. O rapaz gritou bem alto, mas os sujeitos o agarraram e o foram levando. — *Nana*! — gritou Bashi. — Está ouvindo esses cavalheiros? Vou ter de passar a noite fora. Não precisa se preocupar, *nana*. Estou de volta num piscar de olhos. Seja boazinha e fique aqui. Nem pense em fazer travessuras, indo atrás desses cavalheiros, hein? Não quero que acabe se perdendo.

Alguém praguejou e, em seguida, Bashi soltou um berro de dor. Nini ficou agachada ali, no escuro, chorando. Ouviu o rangido dos portões dos vizinhos se abrindo e, depois, se fechando. Minutos mais tarde, saiu do galpão. A lua crescente estava já alta no céu, de um dourado avermelhado. O portão tinha ficado entreaberto. Bem de mansinho, a menina foi até lá para espiar. Os vizinhos tinham voltado para dentro de casa; todos os portões da ruela estavam fechados. Com todo cuidado, foi empurrando o portão da casa de Bashi e conseguiu fechá-lo sem fazer barulho algum. Não havia fantasmas no mundo, pensou; a velha estava enterrada, fria debaixo da terra, e não viria salvar Bashi ou ser insultada por ela. Como sempre, estavam à mercê de estranhos.

A ÁGUA PINGAVA num ritmo lento, hesitante, como as gotas de chuva tantos anos atrás, no jardim dos seus avós, caindo das pontas das folhas de bananeira até formar uma pocinha ali no chão. A qualquer momento, a babá ia chegar e ele teria de fechar os olhos, mas ela sempre sabia quando ele tinha estado chorando. Olhe a fronha, dizia ela, passando o dedo pelos seus cílios molhados. A luz da lamparina que trazia na outra mão lhe aquecia o rosto, mas nada disso conseguia acabar com a sua tristeza, assim como ele nunca conseguia arranjar uma explicação para aquelas lágrimas. O patrãozinho andou chorando novamente, dizia ela aos seus avós, depois de sair do seu quarto, e, mais uma vez, sem jamais perder a paciência, a sua avó diria que as crianças choram até que as lágrimas levem embora toda a tristeza que elas trazem das vidas mais recentes.

Um ciclo perfeito, pensou o professor Gu, a vida de uma pessoa começando com a dor trazida da vida anterior, desenvolvendo-se para se livrar de tal fardo só para ir acumulando dores novas para a próxima vida. Aos poucos, o mundo veio voltando, e, com muito esforço, ele conseguiu acender o abajur da cabeceira. Estava de camisa e cueca. O paletó e a calça sujos de vômito, supunha, tinham sido lavados e estavam pingando ali no varal, formando uma pocinha no chão de cimento. Gousheng havia deixado um bule de chá ao lado da cama, e a bebida ainda estava quente. Por quanto tempo teria ficado inconsciente? Abriu a boca, mas a garganta ardida não emitiu som algum. Então, era a isso que estava reduzido: um velho de ressaca provocada simplesmente pela sua própria ilusão de continuar vivendo. Continuar vivendo havia sido a sua fé, desde o divórcio, e, por ela, abrira mão da dignidade, da esperança, da raiva e das pessoas que amava. Mas aonde essa fé o tinha levado a não ser de volta àquele ciclo do qual ninguém podia escapar?

Meu amor querido, a minha mente está clara como um espelho perfeitamente limpo sob a luz prateada da lua cheia, escreveu o professor, e pôs a frase junto com outras anotações no envelope bem grande que enviaria para a ex-mulher. Pela última vez, escreveu o nome e o endereço dela; depois, fechou a Parker com todo cuidado e a enfiou no envelope que já continha as cartas.

Debaixo da cama, estava o velho baú de madeira onde a sua esposa guardava o que tinha de mais precioso e o professor teve de fazer muita força para conseguir arrastá-lo. Ali dentro, havia um terno em estilo ocidental que tinha pertencido ao avô da sua filha, como ele lhe disse uma noite, na véspera do dia em que ela e os camaradas pretendiam vir fazer uma limpeza nos pertences burgueses daquela casa. Antigamente, junto com o terno, havia o guarda-chuva, lembrança da história de amor dos seus pais. Naquela ocasião, o professor disse à filha que ficaria muito grato se ela poupasse as poucas coisas que guardava deles dois. Shan debochou do pedido que ele lhe fez, mas, no dia seguinte, decidiu ignorar o terno e o guarda-chuva quando atirava todo o resto no fogo, inclusive as blusas de seda da mãe e a beca de formatura do pai.

O professor abotoou o paletó do terno e ajeitou o cabelo; uma das obrigações de um indivíduo era deixar o mundo com boa aparência.

A distância até a caixa de correio era maior do que ele imaginava, e, por duas vezes, precisou fazer uma pausa para recuperar o fôlego. A carta não pesava mais que o seu próprio coração, e não produziu som algum ao ser jogada naquela caixa metálica.

Um cachorro latiu; um gato do mato soltou um miado sofrido e outro respondeu num tom mais agudo; numa casa ali por perto, uma criança chorava e uma mãe cantava uma cantiga de ninar; o mundo era lindo sob o céu de primavera, com a lua nova cercada por estrelas prateadas e uma brisa amena passando os seus dedos invisíveis pela longa ramagem dos salgueiros. O professor Gu ficou à escuta. O seu coração era um poço sem fundo; cada som, por menor que fosse, um suspiro, um sussurro, o bater das asas mais delicadas, era acolhido com a mais profunda serenidade.

— Para onde está indo? — perguntaram dois homens, detendo-o quando saía da ruela.

— Para o rio Lamacento — respondeu o professor.

Os dois sujeitos se entreolharam e lhe disseram que ele não podia ir até lá. Por quê?, indagou o velho, mas os dois se limitaram a dar de ombros, dizendo que ninguém tinha permissão para circular pelas ruas depois das oito da noite. Mandaram que voltasse, apontando na direção de onde ele vinha. Em outros locais, a cena se repetia, já que trabalhadores de outra cidade tinham vindo supervisionar o toque de recolher.

— Tomem cuidado — disse o professor, condoendo-se daquelas pessoas que viviam na fé cega e, um dia, morreriam sem uma única luz para brilhar em sua alma. — Hoje, açougueiro; amanhã, carne na tábua de corte — observou ele; as facas com que cortam a garganta dos outros vão um dia cortar a sua própria.

Furiosos, os dois homens empurraram o professor Gu, ameaçando prendê-lo. Aquelas bocas se abriam e se fechavam com palavras inúteis e avisos vazios. Ah, seres humanos estúpidos, disse o velho. Decidido que estava a ir ao encontro das águas que o levariam embora, bateu nos sujeitos com a bengala, mandando que o deixassem passar. Não foi difícil para os dois imobilizá-lo no chão. Frio como água, a sensação de alívio percorreu o seu corpo como um sussurro quando ele virava ligeiramente a cabeça para que o rosto doesse menos ao contato com as lentes quebradas.

Ignorados pela consciência do professor, que ia se esvaindo, eram os gritos e urros da carne torturada, todos abafados pelas paredes e pelos corações igualmente insensíveis. O pai de Tong, quase desmaiado de tanto apanhar, ficou por um instante imerso num dos seus sonhos embriagados no qual, por detrás das pálpebras quentes, a sua mãe preparava um único ovo mexido, mas o barulhinho das varetas de bambu na tigela de porcelana foi interrompido pelos pesados golpes de botas na sua cabeça. Não longe dali, em outra sala, um homem, pai de duas meninas com quem Bashi sonhara por algum tempo, chorava sentado no chão frio de cimento, depois de ter assinado, com uma impressão digital sangrenta, a confissão que haviam arrancado dele à força. Cauteloso como era, jamais se aproximou de qualquer panfleto, mas, no relato que Bashi havia inventado, aquele sujeito tinha aparecido na manifestação trazendo consigo uma flor branca.

Noutra sala, o rapaz também chorava, rolando pelo chão e segurando o baixo-ventre com ambas as mãos. Por favor, irmãos, por favor, tios, por favor, avós, por favor, por favor, implorava ele. Era menor que a menor das unhas de um dedo do pé de qualquer um deles; menor que o seu próprio peido, por favor, confessaria tudo o que eles quisessem; sim, ele era um contrarrevolucionário, sim, tinha comparecido à manifestação, mas, por favor, irmãos, por favor, tios e avós, lembrava de todas as pessoas que tinha visto por lá; diria o nome de cada uma delas, reconheceria aqueles rostos em fotografias, mas por favor, por favor, que não o chutassem, não lhe batessem, porque era uma criatura tão reles que ia sujar os sapatos e as mãos deles; poderia dizer tudo, qualquer coisa; contaria tudo o que sabia sobre o homem que falou mal do Comunismo e a mulher que cuspiu na estátua do presidente Mao; sim, contaria tudo sobre aquele homem que estuprava e mutilava cadáveres de mulheres e que faria a mesma coisa com as esposas e as irmãs de todos eles caso não o pegassem a tempo.

XII

Muitos anos depois, pais e mães de Rio Lamacento mostravam Tong aos filhos; alguns diziam que ele era o único culpado pelos ouvidos surdos, o crânio rachado e o corpo definitivamente paralisado do pai; outros, por uma questão de justiça, acrescentariam que, apesar de toda a sua estupidez, ele foi um bom filho e jamais permitiu que o pai tivesse escaras ou que a mãe sofresse sob o jugo de uma nora. De dia, ia trabalhar como escriturário no prédio da administração; à noite, lia. Lia até depois da meia-noite, e, quando a mãe pegava no sono, tirava de uma gaveta trancada um caderno bem grosso e ficava escrevendo, embora nunca relesse o que tinha escrito e ninguém mais no mundo lhe pedia para ler aquelas palavras.

Sem ter ideia do rumo sombrio que a sua vida viria a tomar, quando Tong entrou no gabinete do diretor pela manhã, no dia seguinte à prisão do pai, tudo que via era o desabrochar da sua crença, mais esplêndida que qualquer flor, mais pura que o puro ouro. Fez uma lista dos nomes das pessoas que tinha visto na manifestação, tios e tias das unidades de trabalho dos seus pais, professores e vizinhos, o velho Hua e sua esposa. Descreveu rostos desconhecidos e prometeu identificar todos eles se lhe dessem a chance de fazê-lo. Poria a própria vida nas mãos do Partido e do povo, e o seu pai, será que o diretor poderia ir dizer às autoridades que o seu pai não passava de um bêbado?

“Esse menino foi enviado pelos céus”, pensou o diretor, observando Tong com o seu sotaque estranho e aquele jeitão de camponês. Era uma lousa que ele podia colorir e só dependia do seu próprio gênio para que ela fosse vermelha ou negra.

Pegou o telefone e esperou que a telefonista de voz doce passasse a ligação para um representante da educação no conselho municipal. O menino estava sentado no meio do escritório, fitando os próprios sapatos, e o diretor precisou lhe fazer sinal duas vezes mandando-o erguer a cabeça para que ele pudesse vê-lo melhor. Agora, pensou o sujeito, com as mãos trêmulas e o coração repleto da emoção dos jogadores, eles eram dois grilos atados pela mesma corda. Aquele garoto podia ser o mais jovem contrarrevolucionário em meio à tempestade política e ele, o educador que falhou, corria o risco de ver desmoronar a carreira construída com tanta aplicação; ou, se conseguisse convencer o seu superior de que o menino podia ser transformado em jovem herói, que se apresentou para denunciar todos os criminosos, inclusive o próprio pai, eles, os arquitetos do pequeno herói, ganhariam uma estrela brilhante pelos seus relatórios.

Jialin disse à mãe, que teve permissão para visitá-lo na véspera do julgamento, que estava pronto a morrer pela causa que defendia e que já era hora de ela ficar feliz por ele em vez de continuar sofrendo. Algumas vidas são mais leves que uma pluma e outras mortes pesam mais que o monte Tai. A mulher levou o lenço aos olhos e retrucou que a vida de um filho, por mais insignificante que fosse para o mundo, era insubstituível. Como podia querer que ela festejasse o infortúnio do próprio filho?

Oitocentas e oitenta e cinco pessoas, algumas das quais haviam participado da manifestação com as flores brancas, outras que foram acusadas de ter estado lá por vizinhos e inimigos, foram investigadas e acabaram expulsas das suas unidades de trabalho. Entre elas, uma médica do setor de emergência do hospital municipal. Por que o destino era tão cego?, escreveu a filha da médica no seu diário, e, na mente da menina de quatorze anos, a desgraça da mãe ia crescendo até se transformar num tumor venenoso. Uma jovem recepcionista que estava de casamento marcado para o Primeiro de Maio, dentro de duas semanas, recebeu uma carta do noivo pedindo-lhe desculpas pela fragilidade do amor e lhe desejando boa sorte para encontrar um novo emprego e um novo marido. Um professor do ensino secundário se despediu dos alunos na sala; duas amigas, ambas apaixonadas pelo sujeito, começaram a chorar; aquelas lágrimas provocaram várias visitas ao gabinete do diretor e as meninas acabaram se voltando uma contra a outra, competindo para ver quem revelava mais pensamentos escusos da outra com relação a um homem que tinha idade para ser seu pai.

Os Hua foram libertados do centro de detenção improvisado, situado num campo de treinamento da milícia local, poucas horas depois de terem sido presos. Mais tarde, a sra. Hua ficou sabendo que o seu patrão, o velho solteirão Shaokang, tinha intervindo para que fossem soltos. Os dois lhe seriam eternamente gratos, disse-lhe a mulher quando voltou a vê-lo, e ele respondeu, com severidade, que ali não havia mais trabalho para ela. Mas como tinha conseguido aquilo?, indagou a velha, ainda incrédula diante de tamanha sorte; ele devia ter alguma ligação importante no governo, seria um irmão, um parente, um amigo? Shaokang ergueu os olhos para fitá-la. Vamos esquecer essa história, disse ele, quase numa súplica, e, pela primeira vez, a sra. Hua percebeu que, na sua vida de solteirão, havia alguns segredos bem-guardados que o seu patrão tinha posto em risco por ela.

Nini comeu, dormiu e chorou por quatro dias na casa de Bashi, até que a polícia a encontrou. Não estavam atrás dela; estavam procurando provas inexistentes de um crime inexistente, já que Kwen apontou o rapaz como seu cúmplice nos atos criminosos cometidos no corpo da contrarrevolucionária executada. As casas dos dois foram revistadas. Dois potes de vidro com formol contendo os seios e as partes íntimas da mulher foram descobertos na cabana do vigia depois que os policiais atiraram na cabeça do cachorro que rosnava sem parar; na outra casa, encontraram uma menina, junto com a irmãzinha ainda bebê, mantidas em cativeiro pelo criminoso sob intimidação. A garota só falava de um casamento que estaria sendo arranjado, mas ninguém acreditou, e, mais tarde, quando a levaram embora daquela casa, ela gritou muito e chutou os homens que a resgataram. Um exame médico comprovou que ela não tinha problemas mentais e ainda era virgem, e a polícia ficou intrigadíssima com a sua insistência naquela história de casamento com Bashi, o seu raptor. Quando lhe perguntaram por que não havia dado queixa do desaparecimento das duas filhas, o pai das garotas limitou-se a dizer que tinha esquecido delas, pois precisou cuidar das outras duas que se queimaram no incêndio de sua casa, bem como da esposa que teve um aborto. Como pais podem esquecer das filhas?, perguntou uma jovem policial, dirigindo-se aos colegas. Estes lhe responderam que o que aconteceu às outras duas foi muito pior e que o melhor que ela tinha a fazer era se fortalecer para enfrentar o tipo de trabalho que desempenhava.

As histórias das partes do corpo da mulher executada e da menina mantida em cativeiro, esquecida pelos próprios pais, e que acabou se apaixonando pelo raptor correram de boca em boca, de ouvido em ouvido. Durante algum tempo, aqueles assuntos eram os únicos que não representavam perigo em Rio Lamacento e as pessoas iam inventando detalhes, deixando que a imaginação abafasse o medo que tinham de uma vida que não compreendiam.

Por conta da política de aplicar as mais duras penas a quaisquer organizações ou indivíduos contrários ao governo, as trezentas e onze pessoas que haviam assinado a tal petição foram julgadas contrarrevolucionárias, com sentenças variando de três anos, para os simpatizantes, a prisão perpétua, para os líderes do movimento. Revendo todos os casos, as autoridades provinciais observaram que não haveria um efetivo alerta às massas sem uma sentença de morte. *Matem uma galinha para todos os macacos travessos ficarem com medo e passarem a obedecer*, foi a recomendação por escrito de alguém do alto-escalão e vários outros concordaram plenamente.

ELA NÃO CONTAVA COM aquele silêncio. Os sons que antes constituíam o transcurso natural dos seus dias — Ming-Ming chorando no meio da noite, as brincadeiras de Han, as queixas da sua mãe, a música patriótica que tocava para a cidade, a sua própria voz lendo as notícias para alguns ouvidos desinteressados — não a deixavam; ou melhor, para Kai, eles bloqueavam os ruídos cotidianos: a água pingando, o choro e os sussurros das mulheres nas celas vizinhas, o abrir da portinhola por onde chegavam as refeições, os seus próprios passos palmilhando o cubículo que era a sua cela.

Não foi de surpreender que, depois de passar o primeiro dia confinada na melhor hospedaria de Rio Lamacento, Kai tenha sido transferida, com as mãos algemadas, para a cela atual. Não sabia o que esperar das horas e dos dias que tinha pela frente; mesmo assim, estranhamente, estava ansiosa por isso, como alguém que, pairando acima de um território desconhecido, não vê a hora de pisar em solo firme.

E, agora, os braços fantasmagóricos daqueles sons que antes lhe eram familiares a puxavam para baixo. Nas noites mais silenciosas, pensava em Ming-Ming para quem o pai e os avós pouco a pouco a reduziriam à inexistência. Entre todas as pessoas de quem sentia falta — a mãe e os irmãos, Jialin e até mesmo Han —, Ming-Ming era o único que não teria qualquer lembrança dela quando essa página fosse virada. Será que, enquanto esperava pela morte sem medo algum, Jade de Outono desejou que houvesse um mundo paralelo no qual continuaria a cuidar dos filhos?

Kai começou a cantar para desligar a mente daquela dor. Cantou as cantigas que há muito tinham ficado como que esquecidas, junto com os seus sonhos de juventude. A sua voz soava diferente daquela que lembrava ter anos atrás, mas, naquela época, o palco não exercia tanto domínio sobre ela, como faziam agora as frias paredes da cela.

Cantou as cantigas que Gu Shan deve ter cantado durante os longos anos que passou na prisão. *As flores de maio se abrem nos prados, e as pé-*

talas vermelhas caem, cobrindo o sangue dos mártires. Nunca tinha se sentido tão próxima das pessoas nas cantigas — o homem e a mulher que se casaram minutos antes de serem executados; a filha, na prisão, pedindo à mãe que a enterrasse num túmulo voltado para o Leste, pois, assim, ela poderia ver o nascer do sol; a cantiga de ninar que uma mãe cantava para o filho torturado até a morte pela polícia secreta bem diante dos seus olhos. Todos tinham sido gente de verdade antes de se transformarem em lendas e, agora, viviam pelo seu cantar, dividindo com ela os seus segredos, segurando a sua mão, esperando ao seu lado.

Anos depois, em suas memórias, um dos ativistas que esteve preso contou que a ouvia cantar. O homem foi solto e reabilitado; a essa altura, ela já havia se tornado uma lenda há muito tempo.

A COMEMORAÇÃO DO PRIMEIRO DE MAIO foi marcada pela acusação pública de Wu Kai e seus cúmplices no levante contra o governo. Na manhã da cerimônia, Tong acordou cedo e lavou o rosto, limpando atrás das orelhas com um cuidado todo especial. A mãe tinha passado as duas noites anteriores costurando uma calça azul e uma camisa branca, e, depois de vestido, o menino passou a mão pelas roupas novas para que não tivessem um amassado sequer. Ele ia ser um dos oradores da cerimônia, juntamente com Han e alguns outros cidadãos exemplares de Rio Lamacento, que receberiam o título de Herói Guardião da China Comunista. Na abertura do evento, aconteceria uma cerimônia especial, quando o menino ia se tornar um Jovem Pioneiro. Tong olhou a camisa que logo, logo seria enfeitada pelo lenço vermelho; quando ergueu os olhos, deu com a mãe que o fitava com um temor e uma tristeza que ele não conseguiu entender. Comporte-se bem, foi a recomendação que lhe deu, acrescentando que tanto ela quanto o pai estavam muito orgulhosos dele. O menino olhou para o pai ali na cama — que ainda não tinha se recuperado o suficiente para reconhecer o filho — e disse que ganharia todos os prêmios e faria deles os pais mais felizes e orgulhosos do mundo.

Duas policiais abriram a cela e entraram, ambas evitando encarar Kai. Uma encomenda de sua mãe, disse uma delas, entregando-lhe um pacote de roupas. Desde que fora presa, Kai vinha se recusando a ver a mãe que viera visitá-la inúmeras vezes. Que mulher de coração de pedra, disse-lhe o juiz no primeiro julgamento realizado em segredo, apenas com a presença de umas poucas autoridades do poder judiciário; não só tinha traído o Partido que a sustentava, mas também a própria mãe, o marido e o filho. Kai permaneceu calada e indiferente, e não se surpreendeu com o novo julgamento, realizado de forma semelhante. Por que deveria temer a morte?, perguntou a moça quando foi lida a sentença. Imaginou a mesma frase lida para Jialin, sabendo que ele estava tão preparado quanto ela própria.

Abriu o pacote que decerto continha roupas e sapatos novos. A desgraça de sua mãe era ter uma filha como ela, pensou, e resolveu se concentrar na tarefa de se trocar. Não era filha, nem esposa ou mãe; era ela mesma, e continuaria assim o dia inteiro.

Às nove e meia, foi levada até uma caminhonete da polícia, com os braços presos às costas e amarrados com tanta força que já estavam ficando dormentes. Os guardas, dois homens e duas mulheres, permaneceram calados; o chefe, cerca de dez anos mais velho que os colegas, foi quase gentil quando lhe disse que não devia fazer qualquer discurso contrarrevolucionário durante a cerimônia.

Por que não lhe cortaram as cordas vocais, como fizeram com Gu Shan, para garantir o seu silêncio?, perguntou a moça, mais por curiosidade. Os três guardas mais jovens continuaram impassíveis, como se não soubessem do que ela estava falando. Quando a caminhonete arrancou, Kai fitou o mais velho do grupo. A princípio, ele evitou o seu olhar, mas, pouco depois, respondeu que todos os prisioneiros mereciam ser tratados de forma civilizada e que, se fosse necessário realizar qualquer operação extraordinária, isso se deveria exclusivamente a motivos humanitários.

Quando chegaram ao estádio do Vento Leste, a moça percebeu, pelos slogans gritados e por sua própria experiência prévia, que a cerimônia já devia ter atingido o seu ponto alto. Ao se aproximar do palco, viu que os seus camaradas haviam sido trazidos antes dela e compreendeu que a tal gritaria de slogans fora para eles. Todos tinham os braços amarrados, cada qual com dois guardas postados às suas costas. Kai foi empurrada para o meio do palco sem ter a chance de fitá-los. Quando o público enfim se aquietou, uma voz feminina anunciou o crime dos contrarrevolucionários.

A moça ficou ouvindo a nova locutora cuja voz era tão impecável quanto a sua. Um garotinho, com um leve sotaque do interior, subiu para ler um discurso e, depois, vieram mais algumas pessoas. De uma forma ou de outra, todos tinham contribuído heroicamente para livrar Rio Lamacento dos seus inimigos mais perigosos. Han foi o último a falar, mencionando a sua luta e, finalmente, o momento em que abriu os olhos para descobrir que a ex-mulher liderava um levante contra a sua pátria-mãe.

Quando anunciaram as sentenças, Kai se surpreendeu pela primeira vez naquele dia. A sua foi a última, a única de morte. Ela era jovem demais para morrer, gritou a sra. Gu, não conseguindo mais se conter; mas logo a levaram dali à força. Só então a moça percebeu que a sua condenação havia sido ocultada dos seus companheiros, talvez para causar mais impacto, ou simplesmente por uma questão de protocolo. Por mais força que os guardas fizessem para mantê-la de cabeça baixa, ela conseguiu erguer os olhos e fitar Jialin que tinha se voltado na sua direção. Por trás das lentes dos óculos, havia um estranho ar de desejo no olhar do rapaz. Antes que qualquer um dos dois pudesse falar, ele foi empurrado para fora do palco. Kai foi a última a sair, e, por um instante, lembrou do texto que o pai tinha rascunhado para ela na época em que estava na quinta série. *Quem tem um sonho revolucionário nunca é uma alma solitária* — era o título, e, fechando os olhos, podia quase ver o texto inteiro, classificado em primeiro lugar no concurso provincial: aquelas palavras perfeitas do seu pai escritas com a letra dela, não tão perfeita.

O VELHO HUA E SUA MULHER deixaram Rio Lamacento na véspera do Primeiro de Maio. Praticamente nada os prendia agora àquela cidade ou a qualquer outro lugar do mundo e sentiam o coração voltar a se animar com a esperança de recuperar a liberdade da vida de mendigos. Nini, que havia sido repudiada pelos pais, implorou aos velhos que a levassem e estava indo embora com eles. O fato de não se lembrar mais do rosto das filhas já não tinha importância, pensou a sra. Hua. Nini seria a última filha do casal. Não sabiam que a menina tinha pegado o dinheiro que havia no baú da casa de Bashi e escondido tudo nas meias. Agora, os maços de notas roçavam a sola dos seus pés, deixando-os calejados depois de muitos dias de bolhas, mas ninguém desconfiou de nada ao vê-la mancando.

Com aquele dinheiro, pensou a menina, cuidaria dos Hua quando eles estivessem velhos demais para trabalhar. Não via motivo para permanecer em Rio Lamacento, embora soubesse que voltaria dentro de dezessete anos, quando Bashi já tivesse cumprido a pena a que foi condenado por molestar e sequestrar uma criança. Tentou visitá-lo uma vez, mas os guardas disseram que as visitas só eram permitidas a parentes e familiares. Não fazia sentido tentar convencê-los de que era a sua futura esposa; não fazia sentido explicar o que quer que fosse a quem quer que fosse, nem mesmo aos Hua. Tudo o que tinha a fazer era contar os dias e os anos que vinham pela frente.

Por estuprar e mutilar um cadáver, Kwen foi condenado a sete anos de prisão. Na manhã do Primeiro de Maio, quando a música e a gritaria dos slogans que saíam dos alto-falantes atravessaram os muros altos do presídio, Kwen fez sinal para que Bashi, todo encolhido ali no seu catre estreito, escutasse. Ambos tinham apanhado muito dos companheiros de cela, tanto por serem novatos quanto por terem cometido crimes contra mulheres. Eram considerados mais reles que a mais reles das criaturas. O espancamento parecia não incomodar o vigia e, em pouco tempo, era ele quem passaria a organizar as tais surras. Naquele momento, portanto, quando Kai estava sendo levada no carro da polícia até a ilha Corcunda, os dois se moviam com dificuldade por causa dos ferimentos recentes. Está ouvindo?, perguntou ele; outra vida a caminho do outro mundo. Bashi não respondeu, limitando-se a fitá-lo com medo e repulsa. Lembra daquela ocasião, quando ficamos amigos por causa do corpo da mulher?, prosseguiu o vigia, dando uns tapinhas no ombro do rapaz e lhe dizendo que não precisava ter tanto medo. A porta do céu é estreita e só permite a entrada de um herói de cada vez, mas os que vão para o inferno, acrescentou Kwen, viajam sempre em dupla, de mãos dadas.

Agradecimentos

Sou imensamente grata a Elizabeth McCracken e Edward Carey, que deram sol, água e muito amor a este romance quando ele ainda era apenas uma semente; a Richard Abate, Chen Reis, Katherine Bell, Jebediah Reed, Barbara Bryan, Timothy O'Sullivan, John Hopper e Ben George, por lerem e relerem os originais; à Lannan Foundation e à Whiting Foundation, pelo generoso apoio que me deram; a Andrew Wylie, Sarah Chalfant e Scott Meyers, pelo trabalho duro que fizeram; a Mitzi Angel e Kate Medina, pelas suas intuições.

E também a:

Brigid Hughes e Aviya Kushner, por sua amizade que torna grande esse mundo pequeno;

James Alan McPherson e Amy Leach, pelas lindas mentes que têm;

Vincent e James, por não deixarem que a sua mãe viva exclusivamente em meio às palavras; e a Dapeng, por fazer os mapas e as cortinas, por guardar as lembranças e por seu amor.

William Trevor, pelas histórias e pela esperança.

Produção editorial
Daniele Cajueiro
Rosana Alencar

Revisão de tradução
Janaina Senna

Revisão
Mariana Oliveira
Taynée Mendes

Diagramação
Filigrana

Este livro foi impresso no Rio de Janeiro, em maio de 2010, pela Ediouro Gráfica, para a Editora Nova Fronteira.
A fonte usada no miolo é Fournier, corpo 12,5/17. O papel do miolo é pólen soft 70g/m², e o da capa é cartão 250g/m².